# Enlève-moi

Crédits iconographiques
Couverture : © Cottonbro studio/Pexels
Quatrième de couverture : © Melissa Bellevigne

Conception graphique de la couverture : © Tom De2S


ISBN : 978-2-492534-46-1

MELISSA BELLEVIGNE

# Enlève-moi

TOUT LES OPPOSE, MAIS TOUT LES LIE

kiWi
romans

*À toi, Samuel.*
*À tous ceux qu'on a brisés et dont les balafres ont bien failli coûter la vie.*
*À tous ceux à qui on a voulu faire croire que la liberté n'existait pas.*
*À tous ceux qui ont bien cru que l'amour était perdu à jamais.*

# Prologue

– Enlève-moi.

Ophelia, les yeux fermés, avait soufflé ces mots avec aplomb, un petit sourire aux lèvres. Il baissa les yeux vers elle, surpris. Elle ne daigna même pas ouvrir les paupières.

– Que veux-tu dire ?

– Je veux dire, enlève-moi, alors, si ça ne te plaît pas, répondit-elle alors que sa tête reposait toujours sur les jambes de Samuel.

– Tu n'es pas sérieuse.

– Si. Non. Je n'en sais rien.

Il se laissa retomber contre le vieux mur. L'air était humide, il pleuvait à verse, ce qui ne gênait pas le moins du monde Aslan, le Clydesdale bai attaché à quelques mètres, qui broutait paisiblement, comme à son habitude.

– C'est exactement ce que je veux dire : tu n'en sais rien. Tout cela n'a aucun sens, soupira Sam.

Ophelia ouvrit les yeux, tendit sa main gauche devant elle et observa longuement le solitaire qui scintillait sans peine malgré le peu de lumière ambiante.

– C'est magnifique, tout de même, souffla-t-elle.

Il pouffa.

– Bien sûr que c'est magnifique, répéta-t-il, acide. C'est tout aussi absurde. Tu as dix-neuf ans. Sérieusement. Dix-neuf ans ?

– Et puis ? Je suis trop immature, tu crois ?

– Je crois que tu ne sais pas ce que tu fais.

– C'est monsieur J'ai-volé-des-cordes-de-guitare qui me fait la leçon, ou je rêve ?

– Tout le monde n'est pas né avec une cuiller en argent dans le bec, lâcha Samuel.

Le tonnerre gronda. La pluie repartit de plus belle.

– Le problème n'a rien à voir avec la maturité, reprit Samuel. Tu n'es plus une gamine.

Elle ouvrit un œil intrigué.
– Quel est donc le problème, alors ?
– C'est à peine si tu le connais.
– Tu ne sais pas de quoi tu parles. Au contraire, c'est comme si je l'avais toujours connu. Nos deux familles sont comme une seule.
– Et c'est ça que tu appelles « connaître quelqu'un » ?
– Tu crois que je te connais, toi, peut-être ?
– Je n'ai jamais prétendu ça.
– Je sais tout de lui.
Il soupira de nouveau.
– Bien sûr que non.
– Je sais qu'il est promis à une formidable carrière de médecin, je connais sa date de naissance, ses parents, ses deux petits frères, son goût pour les tableaux de Monet et les pièces de Shakespeare, je sais qu'il aime l'horticulture, Beethoven, les *Kentish Pies* et les belles voitures.
Samuel lâcha un rire ironique.
– C'est ridicule.
– Qu'est-ce qui est ridicule ?
– Tu ne vois donc pas, vraiment ? Soit tu te joues de moi, soit tu te voiles la face. C'est un CV que tu me présentes, là, pas l'homme avec qui tu seras heureuse.
Elle le toisa de ses grands yeux verts. La faible lueur de cette journée pluvieuse ravivait l'éclat de sa peau pâle parsemée de taches de rousseur. Samuel refoula de toutes ses forces son désir ardent de la serrer assez fort pour que jamais elle ne s'en aille.
– Et que sais-tu du bonheur, d'ailleurs, toi ? lui asséna-t-elle.
Samuel resta silencieux quelques secondes avant de lui répondre :
– Tu as raison, je n'en sais rien. Ce que je sais, en revanche, c'est que tu n'es qu'un oisillon effarouché à l'idée de voler, et que cette demande en mariage n'a pour vocation que de te séquestrer un peu plus encore dans ta cage dorée. Jusqu'à t'en faire oublier l'idée même que tu as des ailes. Ce que je sais, c'est que tu mérites de virevolter au-dessus de tout ça, de vivre avec quelqu'un qui t'aimera vraiment.

Elle avait beau saisir tout le poids de ses paroles, elle ne pouvait se résoudre à les accepter.

– Eh bien, ne t'inquiète pas. Il m'aime. Vraiment. J'en suis certaine, il m'aime, répéta-t-elle d'une voix assurée, sans le lâcher de son regard presque provocateur.

– Et toi ? Tu l'aimes ? enchaîna Samuel du tac au tac.

Elle se tut. Il y eut un nouveau coup de tonnerre et de grosses rafales de vent se mirent à tant bousculer les arbres qu'elles précipitèrent une farandole de feuilles mortes jusqu'à leurs pieds. Ophelia referma les yeux. Quelques larmes s'en échappèrent et roulèrent sur ses pommettes. Samuel les essuya d'un revers de main. Alors, dans un soupir, elle lui dit de nouveau :

– Enlève-moi.

# Première partie

# 1

### Kent, Angleterre, un automne des années 90

Ophelia, prostrée sur la banquette près de la fenêtre entrouverte, observait les environs telle une princesse enfermée en haut de sa tour. Elle ne prêtait guère attention au remue-ménage qui allait bon train au rez-de-chaussée, ni à l'enthousiasme un brin démesuré qui animait sa mère. Pourtant, elle avait toujours été passionnée par les somptueuses réceptions, allant jusqu'à envisager sérieusement de devenir un jour wedding-planner, avant que ses parents, peu convaincus par cette orientation professionnelle, ne la poussent à entamer des études de droit dans l'idée qu'elle rejoigne un jour le cabinet de son père. Ophelia avait beau vouer un culte aux fleurs, aux bals, aux rubans et aux robes de cocktail, elle ne pensait ni à la splendide Vera Wang qu'elle allait porter le lendemain, ni à l'imposant diamant qui parait son annulaire, ni même à Josh. Non. Ce qui l'obsédait depuis qu'elle s'était éveillée, c'était la météo.

La fête était prévue pour le lendemain, et la maison Cavendash se préparait déjà pour l'évènement. Ce qui n'avait rien d'étonnant, puisque c'était là ce dont rêvait Caroline depuis de longues années : les fiançailles de sa fille aînée à Joshua Coventry, futur chirurgien, garçon absolument charmant, fils de leurs amis de longue date qui, surtout, était éperdument amoureux d'Ophelia depuis... eh bien, depuis toujours, à vrai dire. Ces préparatifs n'auraient pu combler plus son cœur de maman. Tout devait être parfait et elle ne laisserait rien au hasard, toute déterminée qu'elle était à faire de ce jour un souvenir mémorable.

Ophelia, quant à elle, malmenée par les réminiscences d'une discussion qui allait bouleverser sa vie, attendait le signal. Celui-là même qu'elle convoitait avec ardeur sans toutefois se l'avouer, plus encore depuis que Josh lui avait demandé sa main.

Les pupilles rivées sur les nuages qui approchaient dangereusement depuis quelques minutes, elle n'entendait pas les tables qu'on bougeait au rez-de-chaussée, ni les coups de fil de Caroline, occupée à vérifier une fois encore la bonne disponibilité du groupe de jazz alors qu'Hannah était en ligne avec le traiteur tout en accueillant le fleuriste qui déchargeait les premières compositions de roses – celles-là mêmes qui empliraient bientôt chaque recoin de la salle de réception.

Ses genoux repliés contre elle, Ophelia enroulait et déroulait avec préoccupation les pointes de ses longs cheveux roux, avide d'entendre la pluie arriver, puisque cela avait toujours été leur code. C'est alors qu'elle entendit le premier murmure d'un coup de tonnerre lointain, qui secoua sa poitrine d'une subite décharge d'adrénaline. Au deuxième grondement, elle ouvrit grand la fenêtre, aux aguets. Au troisième, bien plus net et tranché que le précédent, il y eut un éclair. Alors elle se leva, sauta dans ses bottes et sortit précipitamment.

♪

Ophelia, de dos, était en train de sangler la selle d'Aslan sous les premières gouttes de pluie quand il approcha d'elle. Elle n'avait visiblement pas pris soin de passer sa tenue d'équitation, trop pressée d'aller braver les éléments et de se sentir voler au galop, pensa-t-il. Il la trouva plus belle que jamais dans cette robe écrue en coton aux longues manches bouffantes. Ses cheveux roux couraient sur ses épaules et tombaient jusqu'à ses reins tels une cascade de feu que le vent venait faire danser. Concentrée, méticuleuse et méthodique, elle maîtrisait de ses mains habiles chaque étape. Tapis, selle, sangle, boucle, étrier. Tout en elle n'était que contraste, ce qui la rendait plus belle encore. La pâleur de sa peau tranchait avec sa chevelure flamboyante, son apparence angélique avec son caractère aussi changeant que le ciel du Kent, son côté studieux avec la fougue qu'elle mettait dans ses escapades à cheval. L'observant avec fascination, il se souvint du jour où il avait échangé quelques mots avec elle pour la toute première fois et se sentit l'homme le plus chanceux au monde.

– Hello, lui dit-il en saisissant doucement sa main.

Ophelia sursauta, subitement tirée de ses pensées.

– Josh ? lança-t-elle, surprise, en tournant la tête et le découvrant si près.

– Oui, qui d'autre ? s'amusa-t-il.

Il fit le dernier pas qui le séparait d'elle et la prit tendrement par les épaules.

– Tu es nerveuse, n'est-ce pas ? chuchota-t-il d'une voix rassurante.

Elle ferma les yeux, à la fois apaisée par son étreinte et déchirée par les sentiments contradictoires qui la malmenaient depuis ce qui lui semblait être un siècle.

– J'ai besoin...

– D'air. Je sais.

– Je suis désolée.

Il saisit lentement son menton et le releva vers lui.

– Ophelia, ne sois jamais désolée d'être toi.

Elle sourit. Il avait décidément le regard le plus doux qu'elle connaisse. Elle passa sa main sur son épaule robuste et la laissa remonter jusqu'à plaquer sa paume dans le cou de Joshua. Il se pencha alors vers elle et lui donna un baiser aussi suave que délicat qui fit voler en éclats toutes ses pensées secrètes. Josh débordait de bienveillance et savait mieux que quiconque la rassurer, lui apporter cette sécurité chaleureuse qu'elle convoitait autant qu'elle la combattait. Ophelia s'abandonna à ses lèvres, ignorant de toutes ses forces le conflit qui faisait rage en elle et l'insupportable poids des choix qui allaient avec. La pluie s'intensifia et un nouveau coup de tonnerre changea les gouttelettes en trombes d'eau. Rappelée à l'ordre par l'orage qui semblait la réprimander et fit instantanément réapparaître les traits de Sam dans son esprit, elle relâcha son étreinte et grimpa sur son cheval.

– Je dois y aller.

– Vas-y, l'encouragea Joshua, qui ne connaissait que trop bien les impulsions de sa fiancée, plus sûr que jamais qu'elle était la femme de sa vie, bien qu'il ignorât tout du but premier de ses excursions dans la nature.

Elle lui sourit, le cœur lourd, et Aslan se précipita vers les champs.

# 2

– Où étais-tu, encore ? bougonna Bob tandis que Samuel refermait la porte. Tu crois que le bois va se rentrer tout seul, hein ?

Le son de la télévision était trop fort, une odeur de transpiration se mêlait à celle de la cendre dans l'âtre et de l'haleine fétide de Bob. Il n'était que neuf heures, mais une bouteille de Jack Daniel's bientôt vide gisait sur la table basse, près du vieux fauteuil depuis lequel son père lui parlait, un verre à la main. Étouffé par ces abominables effluves, sans prendre le temps de retirer ses bottes ni son blouson en cuir, Samuel approcha de la fenêtre du salon dont les montants de bois sec étaient rongés par le temps. Il l'ouvrit en grand pour mieux s'imprégner de l'odeur de l'air humide qui se changerait peut-être en cette pluie qu'il attendait toujours impatiemment. Il inspira à pleins poumons ; l'espace d'un instant, elle se rappela à lui et cette pensée soulagea sa nausée.

– Mais ferme cette foutue fenêtre, nom de Dieu, je n'entends plus rien ! s'exclama Bob en désignant l'écran.

– Ça vaut peut-être mieux comme ça, souffla Samuel en jetant un œil au programme musical dont le ridicule n'avait d'égal que l'allure négligée de son père. Je monte.

– Le bois, j'ai dit, répéta Bob en désignant la cheminée. Avec tes fenêtres ouvertes, tu as refroidi tout le rez-de-chaussée.

– Tu as deux jambes, Bob.

– J'ai aussi deux poings, tu veux y goûter ? menaça Bob en se levant tant bien que mal.

Samuel lui jeta un regard glacial.

– Ne me touche pas.

– Va chercher le bois, je te dis, fit-il d'un ton agressif. Et arrête un peu de m'appeler « Bob ». Tu me dois le respect, je suis ton père.

– Tu ne te respectes pas toi-même, rétorqua Samuel. Pourquoi aurais-je une once de respect pour ce que tu es devenu ?

Malgré le degré d'alcool qui sévissait dans le sang de Bob, il ne suffit que d'une fraction de seconde pour que la bouteille de *Whiskey* vole en travers de la pièce et se brise contre l'arcade sourcilière de Samuel. L'instant d'après, le sang coulait jusque sur le vieux parquet.

♪

Sam porta machinalement la main à son sourcil qui bourdonnait tant cela le lançait. La coupure était nette, le dessus de sa paupière avait déjà commencé à tourner au rouge violacé. Il saisit sa guitare, que lui avait jadis offerte sa mère, Jane, jeta un regard à la fenêtre grande ouverte, et scruta le ciel avec l'espoir que les nuages grisonnants se fassent plus nombreux et plus sombres. Puis il s'assit à même le sol, ouvrit un petit carnet de notes noir et se mit à y griffonner quelques mots avant de lâcher son crayon et de reprendre les accords qu'il avait imaginés la veille. Les mots et la musique étaient son refuge depuis toujours, bien qu'il s'y soit plongé avec une ardeur bien plus grande depuis qu'elle était morte. Autodidacte, il disposait d'un don inné et d'une oreille particulièrement affûtée. C'était cathartique, il maniait les phrases et les accords comme il respirait, c'est-à-dire avec intensité, et il avait trouvé en cela un moyen de déverser ses pensées les plus violentes comme les plus intimes. Bribes de chanson, esquisses de textes qui voguaient entre poésie maîtrisée et déversoir à émotions, ses phrases étaient tantôt volatiles, tantôt maniées avec une précision remarquable.

*Ah, les voilà, les feuilles mortes que le vent emporte. Par la fenêtre, je les regarde, et elles tombent, flétries, jaunies, livrées à la pourriture, relâchées sans le moindre regret par un arbre transi par le froid. Il ne résiste pas. Peut-être bien qu'elles lui manqueront, un court instant, une fois de temps à autre, au détour d'un éclair de lucidité, quand il n'aura pas le nez plongé au fond de son verre. Mais elles, comme moi, nous savons qu'il poussera ce soupir suivi de cet ignoble et hypocrite sanglot, et qu'aussitôt il saisira son réconfort en cette bouteille devenue son unique racine. Il flanchera, un beau jour, ce vieux chêne dégarni par l'automne dont l'écorce trouée a buriné le visage. Ses branchages sont paresseux et son tronc rongé par les regrets.*

Au rez-de-chaussée, Bob s'était endormi enfoncé dans son fauteuil. Sans le moindre remords d'avoir une fois encore infligé une blessure à la seule personne qu'il lui restait. Les éclats de verre éparpillés sur le sol lui importaient peu, tout comme les cicatrices sur le visage de Sam – c'était tout juste s'il se souvenait comment elles y étaient arrivées, de toute manière. Robert Kroeger avait jadis été un employé modèle, un mari aimant et un père attentionné. Mais depuis le drame, il n'était plus animé que par la soif inextinguible qu'il éprouvait pour son *Whiskey* du Tennessee, vague élément de nostalgie qui le ramenait en quelque sorte à son pays et à un bonheur perdu. Tout le reste avait foutu le camp. Du moins, tout le reste, sauf son fils. Mais c'était à peine si Bob se souvenait de son rôle de père. Loin de le considérer comme ce qu'il avait de plus précieux au monde, il avait fait de Sam son punching-ball favori ; un moyen toujours à portée de poing pour assouvir son urgence à soulager sa tristesse, avant de succomber à la somnolence de l'alcool.

*Ce qui est perdu vaut parfois mieux que ce qui reste. L'espoir, le faux, celui qui ravage et qui détruit, je ne veux plus le subir. Parce qu'à attendre ce qu'on n'obtiendra jamais des autres, c'est notre propre vie qu'on regarde lentement se consumer, ce sont nos propres batailles que l'on ne livrera jamais.*

Relisant ce qu'il venait d'écrire sans vraiment y penser, Sam sentit ses yeux se remplir de larmes. L'évidence, claire comme de l'eau de roche, apparut à Samuel Kroeger. Comme si son cœur contrôlait sa main, il se remit à écrire :

*Je ne peux plus rester.*
*Je ne peux pas te réparer, moins encore te changer.*

*Si je reste, je finirai par mourir et me décomposer comme ces feuilles fraîchement tombées qui bientôt ne seront plus qu'un tas d'engrais dans lequel tu viendras chercher à puiser encore quelques forces, te sachant en sursis.*

*Hé, m'entends-tu ? Non, bien sûr que non, l'alcool a embué tes yeux autant que ton âme. Encore quelques heures et tu reprendras vie juste assez longtemps pour m'asséner un coup de plus, un de ceux qui te permettent de te sentir encore un peu vivant. Mes intentions étaient bonnes, mais c'est fini, maintenant. Je n'ai plus rien à faire ici, l'air est devenu toxique, tes paroles empoisonnées.*

Samuel fut tiré de ses pensées par le grondement lointain de l'orage. Il se précipita à la fenêtre et constata le cœur battant que la pluie n'était plus qu'une question de minutes. Il était l'heure de la rejoindre. À la simple idée de revoir son visage, de sentir son odeur, de se retrouver auprès d'elle, il se sentit chez lui, quand, paradoxalement, les murs entre lesquels il avait passé ces dernières années n'avaient rien ni d'accueillant ni de réconfortant. Son chez-lui, c'était elle.

*Je vais me battre, attendre la pluie et flirter avec le vent en le suppliant assez fort pour que le tonnerre gronde et qu'il m'emporte loin de toi une bonne fois pour toutes.*

Demain, on fêterait la future union d'Ophelia avec Monsieur-Parfait. Et elle lui échapperait pour de bon. Le regard grave, Samuel venait à la fois de faire le deuil de celui qu'avait été son père et de réaliser ce à quoi il tenait le plus. Déterminé, il inscrivit ces quelques lignes sur la page suivante :

*C'est une lune rousse que je m'en vais chercher.*

# 3

Samuel, stoïque, fixait la pluie qui ruisselait sur le sol depuis la marche d'un vestige d'escalier. L'endroit, vaste château baroque abandonné du XVIe siècle, figé dans le temps et envahi par la végétation, était une pure merveille – parenthèse sauvage loin de tout et de tout le monde. Plus sûr de lui que jamais, Sam voulait saisir sa liberté avant qu'elle ne lui échappe. Il avait pris la décision de tirer un trait sur tout ce temps passé à voir sa vie défiler devant lui sans qu'il ne puisse ni la construire ni la savourer. D'échapper à ce *Whiskey* dont il ne pouvait plus supporter ni les effluves, ni les blessures. Il rêvait d'accorder pour de bon son énergie à la musique et aux mots, comme Jane l'y avait toujours encouragé, en témoignait cette guitare qui était devenue sa plus fidèle compagne. Et, par-dessus tout, il voulait mettre un terme à la dictature Cavendash qui avait été si perfide qu'Ophelia en avait bâillonné son être même. Aussi consentante ait-elle été, ce cirque avait assez duré.

Où était-elle ?
Elle ne tardait pas tant à apparaître, d'habitude.
L'idée qu'elle ne vienne pas lui glaça le sang.
Il y eut un nouveau coup de tonnerre. Puis deux. Puis trois.
Allait-elle seulement venir ? Était-il trop tard ?

Bien sûr qu'il était trop tard. Il aurait dû parler plus tôt, beaucoup plus tôt. Oui mais voilà, il ne l'avait pas fait. Il avait hésité, il avait voulu lui laisser le temps d'ouvrir les yeux sans son aide, il avait espéré ardemment qu'elle n'ait pas besoin de lui pour cela. Pourtant, aussi intelligente fût-elle, on lui avait tant fait miroiter cette vie idyllique qu'elle n'avait sans doute jamais tout à fait observé les choses avec clairvoyance. Elle n'avait d'ailleurs jamais remis en question leur relation, qui n'était pas aussi amicale qu'elle l'imaginait. Il s'en mordait les doigts, là, tout transi de froid et d'amour qu'il était. Comment avait-il pu être aussi bête, au juste ? Bien sûr qu'elle ne viendrait pas. Bien sûr qu'elle lui préférait de loin Monsieur-Parfait, avec son sourire enjôleur, ses boucles blondes, son internat prestigieux et ses souliers vernis. Bien sûr que l'idée même qu'ils puissent être autre chose que deux âmes égarées qui se retrouvent au détour d'une météo capricieuse n'avait aucun sens.

Tandis qu'il tergiversait encore, le bruit des sabots d'Aslan sur les vieilles pierres résonna, et elle apparut, une robe claire aux manches longues collées à sa peau tant elle était trempée. Élancée, mais robuste sur son majestueux Clydesdale écossais, parée des innombrables taches de rousseur qui parsemaient aussi bien son décolleté que son visage, Ophelia apparaissait chaque fois avec quelque chose de fabuleux tant son allure fière et son visage ruisselant semblaient tout droit sortis d'un ouvrage de Tolkien.

– Tu es là, souffla-t-il, soulagé.

Elle descendit, et remarqua – sans peine mais non sans inquiétude — l'œil au beurre noir de Samuel ainsi que la vilaine coupure qui le surmontait. Il en garderait une marque en travers du sourcil, c'était certain. Ophelia avait beau l'avoir vu à de multiples reprises ainsi amoché, elle ne pouvait s'habituer à tant de violence. Elle se précipita vers lui.

– Chut, c'est moi qui parle, dit Samuel en posant un doigt sur les lèvres d'Ophelia avant qu'elle n'ait pu prononcer le moindre mot. C'est fini. Je pars, annonça-t-il. Et je veux que tu partes avec moi.

Elle en eut le souffle coupé.

– Ophelia, ni toi ni moi n'avons de comptes à rendre à nos parents. Cette cicatrice sera la dernière, précisa-t-il d'un ton décidé. Et toi, tu n'as pas à épouser ce type.

– Josh.

– Josh, peu importe.

– Je l'aime.

Le cœur de Samuel sembla s'arrêter.

– Quoi ? demanda-t-il, déconcerté.

– Je l'aime, affirma Ophelia.

Il y eut un silence. Sam porta ses mains à sa tête, rabattant en arrière ses cheveux noirs, puis éclata de rire.

– Bien sûr que non, tu ne l'aimes pas ! Ophelia, à qui tu veux, mais pas à moi, ricana-t-il. Tu as bien failli m'avoir, mais je ne marche pas, là, non.

Ophelia saisit les mains de Samuel et les joignit entre les siennes. Il fallait qu'elle le lui dise. Pourtant, plus les secondes s'égrenaient, plus la tâche lui paraissait monumentale. Le découvrant ainsi déstabilisé, lui d'ordinaire si impassible, elle culpabilisa de plus belle, sachant pertinemment le mal qu'elle lui faisait et que pourtant il ne méritait pas le moins du monde.

– Sam.

– Ne joue pas avec moi, Ophelia.

Elle fit un pas vers lui mais il recula de plus belle.

– Je ne joue pas. Au contraire, il faut qu'on réfléchisse. Je veux dire, en adultes. Je comprends que tu veuilles partir, non seulement je comprends, mais aussi je te soutiens. Tu sais que je te soutiens, hein ?

Muet, il la fixait d'un regard suppliant.

– Tu peux partir, tu dois partir, même ! reprit-elle. Avant qu'il n'aille trop loin, avant qu'il ne te tue sans même s'en apercevoir. Tout ça a assez duré, et tu n'as jamais eu à supporter ça, tu ne le dois ni à lui, ni à ta mère, ni à ta sœur. Elles ne l'auraient pas toléré une seule seconde, tu le sais.

Samuel inspira, il sentait le coup de grâce arriver.

– Seulement, tu ne pars pas avec moi, déduisit-il.

Ophelia baissa les yeux.

– Non, Sam.

Il dégagea alors ses mains de celles d'Ophelia avec force et fit quelques pas en arrière. La colère monta en lui, oppressante, insupportable.

– Tout ça n'a aucun sens ! s'exclama-t-il. À quoi ont donc rimé nos rendez-vous ici, hein ? Ton sentiment d'être comme piégée dans une vie qui n'était pas la tienne, ta soif de liberté ?

Ophelia, la gorge nouée, regardait le bout de ses bottes.

– Je t'ai entendue des semaines, que dis-je, des années durant, me raconter ce quotidien morne qui te coupe le souffle, ce défilé de professeurs particuliers, couturières et autres domestiques, ce destin tout tracé qui t'écœure d'avance tant il est insipide et t'en fait oublier qui tu es vraiment. Je t'ai écoutée rêver à un métier centré sur ces « contes de fées des temps modernes » comme tu les appelles, bien loin de ce droit qui t'ennuie à en crever. Tes odes à une existence faite de grand air et d'imprévus, c'était irréel, peut-être ?

– Sam...

– Quoi, « Sam » ? Je me trompe ? Tu voudrais me faire croire que soudain tu n'es plus avide d'évasion, que tu n'as plus envie de tout envoyer valser et de faire tes propres choix ? Tu m'aurais donc menti ?

– Je ne t'ai pas menti. Mais c'étaient là les pensées d'une personne qui n'avait pas tout à fait pris conscience de la vraie vie, j'imagine. Je ne vis pas dans un conte de fées. J'ai des... j'ai des responsabilités.

Il y eut un silence. Elle eut envie de crier à quel point il avait raison, de le supplier une fois encore de l'enlever, de l'arracher à tout ce à quoi elle s'était engagée malgré elle, à tout ce qu'on avait toujours attendu d'elle. Mais une fraction de seconde plus tard, le visage de Joshua se rappela à son esprit et, avec lui, le sentiment de sécurité grisante qui l'accompagnait. Elle s'imagina un instant sa vie de femme mariée, dans un joli pavillon. Elle s'imagina rentrer tard du cabinet de son père, et l'attendre impatiemment jusqu'à ce qu'il la rejoigne à la maison après avoir sauvé quelques vies supplémentaires, affichant cet irrésistible sourire tendre, ses bras qui l'enlaceraient sur le seuil, ceux-là mêmes dont toutes les jeunes femmes rêvaient, Rosie la première. Pourtant... pourtant, ce tableau aussi idéal que follement réaliste lui parut soudain d'une mièvrerie intolérable.

Bien sûr que non, ce n'était pas ce qu'elle convoitait. Mais qui était-elle, au fond, pour disposer à sa guise de tout ce dont on peut rêver et pour malgré tout ne pas en saisir la chance ? Quel manque de reconnaissance ! Quelle effronterie ce serait de ne pas saisir un bonheur certain quand d'autres passent leur vie à redouter les coups d'un conjoint violent ou à se démener pour joindre les deux bouts ! Quel genre de personne était-elle pour ne pas parvenir à faire taire cet insupportable désir de rébellion, ce besoin viscéral d'échapper à son cocon doré et de troquer un futur rutilant contre l'inconnu ?

– Ophelia, ce n'est pas parce que ta vie semble toute tracée que tu n'en tiens plus les rênes, déclara Samuel en faisant écho sans le savoir à ce qui tourbillonnait dans l'esprit de la jeune femme. Ce n'est pas parce que tu crois avoir une chance folle d'être née dans une famille parfaite que tu as le devoir de vivre une existence parfaite. Tu as le droit de faire autrement. Être adulte ne consiste pas à faire une croix sur ce qu'on est vraiment au fond de soi. C'est toi qui me l'as appris. Tu as le choix.

Ophelia détourna le regard.

– Je l'aime, je te dis, répéta-t-elle machinalement.

Samuel marqua un bref silence le temps de calmer le courroux qui prenait possession de tout son corps, mais ne parvint pas à le contenir un instant de plus.

– Syndrome de Stockholm ! hurla-t-il, excédé. Tu es prisonnière ! Prisonnière d'un monde certes plus délicat et enjolivé que le mien, mais qui reste une cage, aussi dorée soit-elle, dans laquelle tu finiras par étouffer, Ophelia ! Tu crois que tu l'aimes, mais ce n'est qu'une illusion ! Ce n'est ni plus ni moins qu'un abominable mécanisme de survie, une façon qu'a ton subconscient de t'enticher suffisamment de lui pour ne pas risquer de voir tout ton monde s'écrouler, de décevoir tes parents, ta sœur, la... la société, bon sang !

Elle déglutit, à la fois surprise de le voir ainsi s'exprimer et effroyablement bousculée par cette vérité qu'elle refusait d'accepter.

– Mais tu sais quoi ? reprit Sam. Il n'en est rien ! Ils survivront ! Ils t'ont conditionnée à agir selon leurs principes, aussi louables soient-ils, mais tu les respectes sans jamais écouter ton cœur. S'ils t'aiment autant qu'ils le prétendent, ils comprendront. Tu n'es que l'ombre de toi-même, sauf quand tu es ici, avec moi. Sais-tu seulement ce que tu veux, d'ailleurs ? S'ils décident de te tourner le dos parce que tu choisis d'être heureuse à ta façon, alors ils ne méritent pas ta loyauté. Encore moins ton affection.

Immobile face à lui et ses déclarations justes et tranchantes au possible, elle comprit qu'il était temps de mettre fin à tout cela. Ophelia contempla son visage torturé, son teint mat et ses cheveux aussi noirs que la nuit, qui contrastaient avec le bleu intense de ses yeux, savant mélange de ses origines irlandaises et cherokee. Elle voulait s'imprégner du portrait de Samuel Kroeger, là, dans ce lieu hors du temps baigné de brouillard, comme on se plonge corps et âme dans un tableau accroché aux galeries d'un musée avant d'en quitter les lieux pour toujours. Résignée, elle prit une grande inspiration pour mieux mettre un terme à tout cela.

– Sam, c'est fini. Je ne te rejoindrai plus ici, je n'écouterai plus les appels de la pluie. Demain, c'est samedi, on fêtera mes fiançailles avec Joshua, ensuite j'entamerai comme prévu la nouvelle année académique, et ma vie prendra pour de bon le tournant qu'elle doit prendre. Je regrette.

– Je ne crois pas un traître mot de ce que tu me dis, répondit Samuel, glacial. Tu ne regrettes pas, tu es en plein déni.

Les yeux d'Ophelia se remplirent de larmes.

– Tu ne sais rien, Sam, souffla-t-elle en fermant douloureusement les paupières.

C'est alors que Samuel, noyé par le sentiment infernal de la perdre pour de bon, fit voler en éclats toute la retenue qu'il avait manifestée jusque-là pour la préserver. Il approcha et saisit son visage entre ses mains jusqu'à ce que la pointe de leurs nez se frôle.

– Je t'aime, avoua-t-il enfin. Je t'aime à en crever, Ophelia.

Prise de court, Ophelia le fixa, pétrifiée par ce qui s'éveillait au tréfonds de son cœur, tandis que ses larmes et la pluie coulaient encore sur ses joues.

– Je t'aime, tu m'entends ? répéta-t-il de sa douce voix grave. Je ne veux pas partir sans toi. Je ne veux pas que tu épouses cet homme. Je te veux, toi. Même si je dois affronter la colère de ton père et les regards méprisants de tous ces gens qui gravitent autour. Je te veux toi, quoi qu'il m'en coûte.

Incapable de prononcer le moindre mot, rongée par une culpabilité plus violente que jamais, Ophelia posa la main sur le buste de Samuel puis le repoussa doucement avant de remonter à cheval et de disparaître dans la brume.

# 4

## Trois ans plus tôt

C'était une fin d'après-midi d'août, l'air était chaud. Ophelia, seize ans, revenait au trot d'une longue balade à travers la nature. Caroline et Lawrence lui avaient toujours fait confiance ; elle ne faisait qu'un avec son cheval. Sans compter que les environs étaient sûrs dans ce coin vert à l'est du Kent. Tous deux les connaissaient par cœur pour les avoir arpentés eux-mêmes étant plus jeunes. Comme à son habitude, elle descendit de sa monture à l'arrière de la grande bâtisse familiale, qui donnait directement sur les champs, et noua les rênes à l'anneau de fer près duquel se trouvait le tonneau de bois dans lequel Aslan se mit à boire. Il y avait du mouvement, de l'autre côté de la rue, remarqua Ophelia tandis qu'elle remontait le large escalier de pierre. Un 4x4, portières ouvertes, était garé devant chez Mrs O'Connell. On s'affairait à décharger valises et sacs manifestement pleins à craquer. C'était bien la première fois qu'il y avait autant d'animation chez cette vieille dame discrète qui n'en était pas moins sympathique. En arrivant dans sa chambre, elle trouva sa petite sœur le regard rivé vers le cottage voisin.

– Tu sais qui s'installe ? s'enquit Ophelia tandis qu'elle traversait la pièce en direction de la salle de bain.

– Oui. Tu as manqué les présentations, s'amusa Rosie, dont la robe rose à volants s'étalait sur les coussins de la banquette.

Ophelia marqua un petit rire en ouvrant le robinet de la douche.

– Maman a déjà donné le ton, alors.

– Tu crois qu'elle a conscience qu'on est au XXe siècle ? se moqua Rosie.

– Je doute qu'elle tienne à l'intégrer, en tout cas, commenta Ophelia d'une voix un peu plus forte alors que l'eau se mit à couler le long de son corps. Après tout, c'est aussi ce qui fait son charme, non ? Qui nous aurait glissé *Orgueil et Préjugés* entre les doigts, si pas elle ?

Rosie, les yeux rivés au-dehors, esquissa un sourire.

– Tu as raison, on lui doit beaucoup. C'est papa qui va être ravi en rentrant.

Sous les airs sévères de leur mère se cachait une femme au cœur tendre qui vouait un culte aux romans de Jane Austen et au XIXe siècle de manière générale. Caroline Cavendash avait toujours eu à cœur de faire bonne impression, et mettait un point d'honneur à entretenir des relations les plus cordiales possible avec tout le monde, se précipitant avec un panier de fleurs ou de muffins dès que quelqu'un emménageait dans les parages, organisant garden-parties et autres réceptions à la première occasion, au grand désespoir de Lawrence, qui n'était pas tout à fait du genre à se délecter de pareilles mondanités.

– Bon, et qui sont donc ces nouveaux voisins ? s'inquiéta à nouveau Ophelia alors qu'elle finissait de se doucher. Est-ce que Mrs O'Connell va bien ?

– Pas tant que ça, apparemment. Elle est souffrante, en fin de vie, a dit maman. C'est sa fille qui revient du Tennessee pour s'occuper d'elle.

– C'est tout à son honneur, reconnut Ophelia en rejoignant sa cadette, une serviette immaculée nouée autour de la poitrine, avant de jeter à son tour un œil par la fenêtre.

♪

Samuel s'était assoupi sur le trajet. Il s'éveilla difficilement alors que son père sortait un énième sac en toile du coffre. La tête encore appuyée contre la fenêtre, il sentit sa gorge se serrer dès que l'évidence se rappela à lui. La première chose qu'il remarqua fut cette grande bâtisse qui trônait de l'autre côté de Daffodil Meadows. Il sortit du 4x4 un brin sonné. À sa droite, il reconnut sans peine le vieux cottage mal entretenu de sa grand-mère, qu'il avait vu sur quelques clichés avant leur départ. Bien qu'il eût espéré que la réalité fût plus indulgente, il n'en était rien. Sentant la colère monter en lui, il s'en détourna sans tarder, ignorant sa mère qui le sommait de ne pas trop s'éloigner ; ils avaient encore besoin de lui pour tout décharger.

Sam fit quelques pas le long de la route pour mieux distinguer ce qui devait être la maison la plus imposante qu'il ait vue de sa vie. Se sentant minuscule face à son apparence aussi gigantesque qu'ostentatoire, il porta sa main à son front, stupéfait. Toute de briques rouges, parée d'un haut portail de fer forgé et de jardins au gazon impeccablement tondu, située au beau milieu d'étendues d'herbe d'un vert qu'il n'avait jamais connu, elle surplombait tout alentour et contrastait indécemment avec la bicoque dans laquelle il venait d'élire domicile bien malgré lui. À vue de nez, il y avait déjà une bonne douzaine de fenêtres rien que sur la façade principale, et il lui sembla distinguer une dépendance, un peu plus loin. Ou peut-être était-ce une écurie ? Ça devait faire quoi, sept ? Huit chambres ? Cela lui sembla irréel. Il n'y avait que quelques centaines de mètres entre les deux adresses, mais c'était un gouffre qui les séparait. *Ça frise le ridicule*, pensa-t-il.

– Joli, hein ? lui souffla une voix familière avec tendresse.

– Je n'arrive pas à croire que tu aies passé presque vingt ans en face de ça.

– Et pourtant. Il y a pire, comme vue, dit-elle, pensive.

– Vu comme ça.

– La maison de grand-mère a besoin d'un coup de neuf, je suis d'accord. C'est pour ça qu'elle a besoin de nous, Sam. On va s'y mettre tous les trois, et même si ce ne sera pas digne d'un quatre-étoiles, avec le temps on va s'en faire un chez-nous.

– Tu es heureuse d'être revenue, maman ?

Jane marqua un silence.

– Pas tout à fait, non, avoua-t-elle. Mais ce nouveau départ va nous faire du bien.

Le ton de sa voix sonnait faux.

– Tu cherches à t'en convaincre toi-même, hein ?

Jane ne répondit rien. Son fils la connaissait par cœur, il ne servait à rien de lui mentir.

– Maman, tu sais que peu importe où on ira, elle ne reviendra pas, n'est-ce pas ?

Les larmes montèrent instantanément aux yeux de Jane. Elle posa le menton sur l'épaule de son fils, qui, bien charpenté du haut de ses dix-huit ans, la dépassait depuis quelques années déjà. Elle le serra contre elle, s'imprégnant de son odeur réconfortante comme elle l'avait toujours fait.

– Je sais, Sam, je sais bien. Mais toi, tu es là.

– Je suis là, maman, répéta-t-il.

Il pouvait percevoir la douleur de sa mère jusque dans ses tripes. Il ressentait la même, à vrai dire. Rien ne serait plus jamais comme avant. S'il venait de perdre tous ses repères, il savait qu'elle venait de perdre les siens, elle aussi. En dépit de l'enthousiasme qu'elle s'évertuait à manifester pour apaiser leur peine, elle n'éprouvait pas moins de tristesse que lui à avoir quitté le Tennessee et les murs qui les avaient vus grandir, sa petite sœur et lui.

– Ça existe vraiment, ce genre de chose ? s'enquit Samuel en désignant l'imposante résidence voisine, pour changer de sujet.

Relevant la tête, Jane esquissa un sourire.

– Ah, la maison Cavendash. Fascinante, hein ?

– Tu les connais ?

– Je les ai connus. Un peu. Il y a longtemps, souffla-t-elle doucement.

Sam observa le regard troublé de sa mère sans parvenir à le déchiffrer.

– J'ai l'impression d'avoir fait un saut dans le passé, quand je vois cette baraque, reprit-il. Et depuis quand l'herbe peut-elle avoir cette couleur fluo, d'ailleurs ?

Jane laissa échapper un éclat de rire.

– Bienvenue dans le Kent, mon garçon, lui dit-elle en passant affectueusement sa main sur son épaule. Tu vas t'y faire, ajouta-t-elle avant de faire demi-tour en direction du 4x4.

*Bien sûr que non,* pensa Samuel, dont les projets, la musique et les amis étaient restés à Belvedere Creeks, Tennessee. Il entendait encore les pas de sa mère s'éloigner sur le gravier quand il distingua deux silhouettes à l'une des innombrables fenêtres de la vaste demeure. Deux femmes, d'apparence assez jeune, qui semblaient le fixer. Qui donc pouvaient-elles être ? Des princesses ? Des comtesses ? Ces gens-là avaient-ils seulement la moindre idée de ce que les mots « fin de mois » signifiaient ? Écœuré par ce déménagement forcé et par l'indécence du train de vie de ses nouveaux voisins, il leva un regard sombre vers elles.

Ce que Samuel ne vit pas, ce fut le visage bouleversé de Lawrence Cavendash qui, au même moment, remontait Daffodil Meadows au volant de son Audi, et venait de reconnaître sans peine les traits de celle qu'il avait essayé d'oublier de toutes ses forces des années durant, sans jamais y parvenir.

# 5

Il était à peine sept heures le lendemain quand Ophelia ôta son trench détrempé pour l'accrocher au portemanteau dans le vestibule. Elle n'avait pas fermé l'œil de la nuit et avait quitté la maison à cheval avant même le lever du soleil, préférant de loin l'air humide de la nature, le souffle chaud d'Aslan et le silence de l'aurore aux pensées assourdissantes qui l'accablaient sans répit. Malgré son désir puissant de chevaucher jusqu'au vieux palais, elle avait préféré galoper à travers champs jusqu'à la rivière, sans jamais s'en approcher. Il était trop tard. Il faisait partie de son passé, désormais, elle devait apprendre à vivre sans lui. Ophelia ne prêtait guère attention à ses cheveux et ses vêtements qui gouttaient au sol. Elle n'avait pas froid, bien que son cœur fût glacé. Hannah, tout habituée qu'elle était aux retours de la jeune femme les jours de pluie, se précipitait déjà vers elle, une serviette éponge entre les mains. Caroline apparut en haut des escaliers et porta ses mains à sa bouche.

– Ophelia... souffla sa mère en découvrant que sa fille était sortie sous un temps pareil avec un Burberry, le jour où on célébrerait ses fiançailles, qui plus est.

– Maman, je t'en prie, ce n'est qu'un peu de pluie, lâcha Ophelia d'une voix morose en passant devant elle.

– Eh bien, on dirait que la météo est sur la même longueur d'onde que toi. Aslan est-il...

– À l'arrière.

Ophelia passa devant sa mère, dégageant une odeur de crin de cheval mouillé. Caroline jeta un œil à Hannah qui se dirigeait déjà vers la buanderie.

– Hannah, vous voudrez bien ?

– Bien sûr, Madame, je préviens Martin.

– Où comptes-tu aller, comme ça ?

– Prendre un bain, répondit Ophelia sans se retourner. C'est de rigueur, il me semble.

Caroline Cavendash sentit l'agacement monter en elle, mais se ravisa. Elle savait à quel point sa fille était changeante et avait besoin de solitude, plus encore depuis quelques semaines. Et cela ne la surprenait point, elle-même avait été légèrement mutine à cet âge. Qui plus est, l'effervescence qui entourait la fête devait sans le moindre doute bousculer un peu le caractère réservé d'Ophelia. *Tant que tout se passe comme prévu,* pensa sa mère en la voyant grimper à l'étage, la main glissant sur la rambarde comme depuis qu'elle était enfant, *il ne vaut pas la peine de la contrarier.*

♪

– Qu'est-ce que c'est que ce ramassis d'ordures ? lança Robert Kroeger d'une voix agressive.

Le sang de Sam ne fit qu'un tour. Son père, debout près du lit, tenait fermement sa reliure noircie de mots. Des mots assassins sur lesquels il s'était endormi tout habillé, des mots qui avaient eu besoin de s'échapper de son cœur meurtri la veille au soir et une bonne partie de la nuit, mais des mots que jamais, ô grand jamais ! il n'avait souhaité voir sous les yeux de Bob. Étourdi et effrayé, Sam protégea son visage avec son avant-bras, par réflexe.

– C'est ça que tu penses, de moi, alors ? Un vieux tronc d'arbre pourri jusqu'à la souche, hein ?

N'ayant pas encore pris le coup auquel il s'était attendu, Samuel comprit qu'il était sans doute un peu tôt et que son père n'avait pas encore bu assez d'alcool pour passer à côté du propos de ses lignes. En cet instant pourtant, il aurait de loin préféré avoir affaire au poivrot plutôt que d'avoir à affronter le vrai Bob. Celui qui, rarement, était lucide, triste et d'une violence différente, mais pas moins redoutable. Le jeune homme se leva précipitamment et recula vers la fenêtre.

– Tu comptes te barrer, c'est ça, gamin ?

Sam ne répondit pas.

– Et tu comptes aller où, hein, Sam ? Là-haut ? suggéra-t-il, moqueur, en désignant la maison Cavendash. Tu t'es entiché de la rouquine, alors.

Sam resta immobile, mais son cœur était secoué par la peur. Bob était plus féroce encore quand le *Whiskey* ne coulait pas dans ses veines.

– Tu crois, quoi, hein ? Qu'elle va te tomber dans les bras et qu'ils vont quoi ? T'adopter, peut-être ? ricana-t-il. Ces gens-là se foutent bien des gens comme nous, Samuel. Et tu ne vaux pas mieux que moi, ajouta-t-il en avançant, menaçant.

Sam ne pipait mot.

– Eh bien ? Tu étais nettement plus prolixe cette nuit, mon grand ! s'exclama-t-il en brandissant le carnet. C'est quoi le plan, alors ? Tu te tires ? Tu abandonnes ton job chez Gary et tu me laisses croupir ici, sans revenu ?

– Tu n'as qu'à aller bosser toi-même, lâcha Sam, acide. Tu n'as qu'à te décoller de ton fauteuil et de ton écran de télé pour de bon. Tu n'as qu'à ramasser le peu de dignité qu'il te reste et en faire quelque chose.

Bob approcha, Sam recula et se retrouva le dos collé à la fenêtre entrouverte.

– Mais c'est qu'il répond, en plus, souffla son père, envahi par une colère de plus en plus noire. Tu n'as donc aucun respect pour moi ? Je suis ton père, tu le sais, ça, hum ?

– Arrête, avec ton obsession pour le respect. Tu es méprisable. Il ne reste rien de mon père, osa Samuel, poussé à bout par un dangereux courage.

Une fraction de seconde et un coup de poing plus tard, tout devint noir.

♪

Rosie entra dans la salle de bain. Ophelia éteignit le Walkman, retira son casque de ses oreilles, sortit le bout de son pied de l'épaisse couche de mousse et ferma le robinet d'un orteil.

– Rosie...

– Ophelia.

– Sors, s'il te plaît.

– Pourquoi ?

– Parce que je prends un bain.

Rosie pouffa.

– Comme si c'était un problème, s'amusa-t-elle.

– La porte était verrouillée.

– Justement. C'est le code pour « j'ai besoin de parler », non ? dit-elle d'une voix malicieuse en refermant la porte à clef derrière elle.

Ophelia se laissa aller à un sourire.

– Tu es têtue, petite sœur.

– Comme une mule. J'ai été à bonne école, ajouta-t-elle d'un clin d'œil, en s'asseyant en tailleur sur le petit cabriolet rose poudré au pied duquel gisaient les vêtements trempés d'Ophelia. On est encore allé chevaucher sous la pluie, à ce que je vois, constata Rosie en ramenant ses genoux contre elle. Tu y vas de plus en plus souvent, ces temps-ci.

Ophelia fronça les sourcils.

– C'est un interrogatoire ?

– Pourquoi ? Tu as quelque chose à te reprocher ?

– Non.

– Alors, ce n'est qu'une question.

Ophelia reposa la tête contre la céramique de la baignoire. Elle fixa les délicates moulures au plafond, cherchant tant bien que mal à chasser le visage anéanti de Samuel de son esprit. Mais elle n'y parvint pas.

– Que vas-tu donc faire, là-bas ?

– Tu ne sais pas où je vais.

– Je sais que tu vas assez loin pour qu'Aslan revienne avec de la boue jusqu'au-dessus des genoux et des brins de fougères coincés dans la bouche, dit Rosie en observant les nuages faire lentement place au soleil par la fenêtre de la salle de bain. Je dirais que tu vas jusqu'au vieux château. Et que ce n'est pas la première fois. Ça fait quoi ? Deux ? Trois mois ?

*Trois ans*, pensa Ophelia, qui resta muette.

– Alors ? insista Rosie. Que vas-tu donc chercher, là-bas ?

– Personne, répondit Ophelia.

Rosie marqua un bref silence puis nota :

– Personne ?

– Non, personne.

– Pas *rien. Personne.* Alors, ce n'est pas qu'un peu de paix, que tu convoites lors de tes escapades, c'est bien quelqu'un, comprit Rosie, d'un ton mi-fier, mi-inquiet.

– Voyez-vous, ça ? Dix-sept ans et déjà une vraie petite Sherlock, commenta Ophelia, bluffée par les déductions de sa cadette.

– Dix-neuf ans et déjà bientôt mariée, répliqua Rosie sur le même ton.

Ophelia ferma les yeux et l'air torturé de Samuel lui revint de plus belle.

– Rosie, tu crois que je fais une bêtise ?

– C'est-à-dire ? En allant rejoindre quelqu'un en secret alors qu'on fêtera tes fiançailles cet après-midi ?

– En épousant Josh.

Rosie éclata d'un rire cristallin.

– Tu veux rire ? Vous êtes faits l'un pour l'autre.

– Nous sommes faits l'un pour l'autre, répéta Ophelia d'une voix détachée et le regard fixe. Et c'est un homme très bien.

– C'est l'homme idéal, surenchérit Rosie, un brin rêveuse. Gentil, attentionné, de bonne famille, beau, intelligent. Que demander de plus ? C'est à croire que les étoiles étaient déjà alignées au-dessus de ton berceau. Ton avenir brodé d'amour, de fleurs et de dorures est tout tracé. Tu imagines ? Tu fais partie de cette élite qui n'aura sans doute jamais à se soucier de rien.

– J'imagine, oui.

Devant le visage tourmenté de sa sœur, Rosie s'enquit :

– Ophelia, qui est-ce, cet inconnu que tu rejoins aux ruines du château ?

– Personne, je t'ai dit.

♪

Il faisait drôlement frais en ce matin de novembre. La pluie avait cessé et le ciel se dégageait, mais le froid s'infiltrait par les fenêtres mal isolées et la porte voilée du vieux cottage de sa défunte belle-mère. Bob était sorti chercher du bois, celui-là même que son ingrat et fainéant de fils avait refusé de rentrer à plusieurs reprises. Il avait allumé le feu dans la cheminée, frotté et réchauffé ses grosses mains gonflées, repris place dans son fauteuil et rallumé la télévision. Il se versa un verre de Jack Daniel's. Puis un deuxième. Puis un troisième. Au quatrième, il ne prêtait déjà plus attention au corps de son fils étalé sur le tapis devant l'âtre.

♪

– Oh ! mon Dieu, tu es magnifique ! s'exclama Caroline en portant une main à son cœur tandis qu'elle entrait dans la pièce.

Rosie, vêtue d'une robe courte et vaporeuse couleur corail, affichait un sourire ravi.

– N'est-ce pas, maman ?

– Ma fille, mon bébé, dit doucement leur mère en saisissant Ophelia par les épaules, tandis que toutes trois fixaient le miroir. Tu es si belle et si grande...

Face à la mine émue de sa mère, Ophelia esquissa un sourire forcé. Parfaitement maquillée, ses cheveux roux coiffés en cascade sur le côté, elle contempla la longue robe fluide Vera Wang d'un somptueux vert sapin qui marquait sa taille avec élégance et mettait en valeur la pâleur de sa peau parsemée de taches de rousseur.

– Oh là là ! qu'est-ce que ça va être au mariage ! Je ne tiens plus en place ! piailla Rosie d'une voix aussi aiguë que gonflée d'impatience.

Elle avait beau avoir rêvé de sa fête de fiançailles, de porter une telle robe et de voir autant de roses dans chaque recoin de la maison, Ophelia ne parvenait pas à se réjouir. Et plus elle contemplait son reflet, plus elle avait le sentiment d'être une imposture, la réalité se rappelant à elle – amère, frappante, tranchante.

Mais il était trop tard.

Au rez-de-chaussée, on entendait déjà le bruit des verres de champagne mêlés à ce brouhaha caractéristique des grandes réceptions Cavendash. Même la météo avait finalement décidé d'être de la partie ; le vent et la pluie de l'aurore avaient progressivement laissé place à un ciel bleu immaculé, le soleil brillait haut malgré le froid.

– Il est l'heure, annonça Rosie, trépignante, après avoir jeté un coup d'œil à sa montre.

♪

Tout était trouble et un sifflement assourdissant résonnait dans sa tête endolorie. Sam ne parvint pas à bouger, c'était comme si tout son corps était de plomb. Était-il mort ? Non, la mort devait faire moins mal que ça. Et la mort ne l'avait jamais effrayé, tandis que là, sans toutefois pouvoir se l'expliquer, il était terrifié. D'une main engourdie, il palpa le sol sous ses doigts et reconnut la texture rêche du vieux tapis poussiéreux devant la cheminée. Le bruit dans sa tête s'atténua légèrement et il perçut le son étouffé du générique de cette émission musicale insipide. Évidemment qu'il était en vie. Petit à petit, il se souvint du carnet, de l'expression enragée de son père et du coup de poing qui avait suivi. Comment était-il arrivé jusqu'ici ? Bob l'avait-il tiré depuis l'étage jusque dans les escaliers ? Cela se tenait, ça expliquait probablement ses douleurs dans tout le corps. Avait-il cherché à le tuer, comme l'avait toujours redouté Ophelia ? Mais non. Bien sûr que non. Sans Sam, plus le moindre revenu. Sans Sam, plus de bois dans la cheminée. Sans Sam, plus de *Whiskey* dans son verre. Bob ne se risquerait pas à le tuer. L'amocher, pour le forcer à ce respect ridicule qu'il convoitait tant, ça, oui, par contre. Sam pensa qu'il avait bien trop tardé. Sam pensa qu'il aurait mieux fait de se tirer la veille. Sam n'avait qu'à s'en prendre à lui-même. Bon sang, que sa tête lui faisait mal !

– Alors, alors, on émerge, la belle au bois dormant ?

Bob n'était pas vissé dans son fauteuil. Il était juste là.

– Lève-toi, gamin.

Sam tenta de se relever, mais une vive douleur le secoua. Il devait bien avoir une ou deux côtes cassées en plus d'un œil au beurre noir.

– Debout, j'ai dit ! cria Bob de cette voix retentissante qu'il n'avait que quand il était saoul au possible.

Faisant un effort qui lui sembla surhumain, Sam releva le menton et ouvrit ses yeux bouffis par l'hématome qui gênait son œil droit.

– Tu me vois, Sam ?

Il le voyait, oui. Trouble, d'abord, puis de moins en moins, malgré la blessure qui le lançait alors qu'il n'avait pas encore eu le temps de soigner la coupure de la veille. Bob se tenait entre lui et l'âtre, où de grosses bûches flamboyaient vivement. Se mêlant à celle du feu de bois, l'odeur du *Whiskey* qui gouttait au sol parvint aux narines de Samuel.

– Et ça, tu le vois, ça ? Hum ?

Sam commençait à retrouver conscience et un semblant de force. C'est alors qu'il comprit :

Dans la main droite de son bourreau de père, une bouteille neuve de Jack.

Dans la gauche, la guitare.

Le *Whiskey* coulait tout le long de sa précieuse guitare, jusqu'à en avoir trempé le vieux tapis.

– Non... murmura Sam qui avait compris sans peine quelle sentence l'attendait.

– Eh si, confirma Bob.

– Je t'en prie, le supplia Samuel de qui l'instrument était de loin le plus grand trésor.

– Il faut que tu comprennes que tu dépasses les bornes, mon garçon. La musique ne justifie pas le manque de respect. Elle ne t'autorise pas non plus à te faire la malle.

– Papa, s'il te plaît...

Bob inspira lourdement, faussement désolé.

– Ah, c'est « papa », maintenant ?

– Je t'en prie...

– Tu ne me laisses pas le choix, Sam. Je suis responsable de ton éducation.

– Pas la guitare...

– Si tu me promets de rester ici, je la repose. Sinon, au feu.

C'est alors que les mots d'Ophelia se mirent à résonner en lui :

*« Tout ça a assez duré, et tu n'as jamais eu à supporter ça,*
*tu ne le dois ni à lui, ni à ta mère, ni à ta sœur.*
*Elles ne l'auraient pas toléré une seule seconde. »*

– Tu restes, tu la gardes, répéta Bob. Deal ?

– Jamais, souffla Samuel, déterminé.

Bob, excédé, brisa d'un geste brusque la bouteille de Jack Daniel's sur la guitare. L'alcool gicla sur sa main, sa chemise et son pantalon en même temps que sur l'instrument qui en était allègrement badigeonné.

– Tu l'auras voulu, lâcha Bob en se tournant vers la cheminée.

Mais la rage de Sam le gonfla soudain d'un courage et d'une force que son père ne soupçonna pas – espérant encore sauver sa guitare, il saisit le bord du tapis et le tira aussi vite et fort que possible. Bob Kroeger perdit l'équilibre, tomba face la première dans les flammes rougeoyantes et s'embrasa.

# 6

Ophelia entra dans la vaste et lumineuse salle de réception d'une démarche élégante, sous le regard ébloui de Joshua Coventry. Il était subjugué par l'aura envoûtante qui émanait d'elle. Tous les invités se turent, soufflés eux aussi par sa beauté unique. Aucun d'entre eux n'entendait pourtant les mille pensées assourdissantes qui faisaient rage dans son esprit troublé. Josh, vêtu d'un splendide smoking noir qui faisait ressortir ses boucles blondes et ses grands yeux bleus, avança vers elle et saisit délicatement ses mains. Comme par magie et comme toujours, les préoccupations de la jeune femme s'évanouirent dès qu'elle posa les yeux sur l'expression tendre et réconfortante de son fiancé.

– Ophelia, je ne saurais dire combien je suis reconnaissant à Dieu de t'avoir mise sur ma route. Tu es la personne la plus fascinante que je connaisse et je n'aurais pu rêver meilleure compagne pour partager ma vie. Depuis cette soirée où tu m'as dit « oui », chacun de mes réveils est ponctué par la sensation effrayante que tout n'ait été qu'un rêve, puis par le bonheur inouï qui s'ensuit à la simple idée que c'est bien réel, que tu seras toujours à mes côtés.

Émue, Ophelia buvait ses paroles. Josh avait le don de tout lui faire oublier, de changer sa peine en joie, son inquiétude en paix et ses plus grands doutes en certitudes. C'était bien là ce qui faisait tant basculer son cœur, en dépit de tout le reste. Elle ne pouvait résister à son assurance enrobée de pudeur, à la douceur de son regard ni à la chaleur de ses doigts qui s'entremêlèrent aux siens. Se tournant fièrement devant les convives, il la prit de court en brandissant soudain sa main gauche et annonçant d'une voix forte et fière :

– Mesdames et Messieurs, la future Mrs Coventry !

Ophelia rougit et laissa échapper un éclat de rire. À cet instant précis, c'était comme si rien d'autre n'existait. Plus de préoccupation, plus d'hésitation, juste le bonheur grisant de se trouver si désirable dans les yeux d'un homme qui avait tout du prince charmant. Tous se mirent à applaudir allègrement. Les coupes s'entrechoquèrent, les « Bravo ! » retentirent de part et d'autre, puis Josh demanda le silence d'un geste et, se tournant vers Ophelia, reprit :

– J'ai quelque chose pour toi. Tu permets ? demanda-t-il, taquin, en lui montrant un bandeau de soie.

Elle opina et il le lui noua sur les yeux avant de la prendre par la main pour l'entraîner à travers la pièce. Ophelia ne pensait plus à Sam, ni à l'adrénaline qu'elle convoitait encore quelques heures plus tôt. Elle se laissa porter par l'enthousiasme et l'amour aussi sincères que débordants de Joshua, les exclamations émerveillées de sa petite sœur, l'odeur des roses et les murmures attendris de tout ce petit monde venu partager le bonheur idéal vers lequel elle avançait les yeux bandés.

Quelques pas plus loin, Josh s'arrêta et approcha de son oreille.

– Je t'aime, lui murmura-t-il en découvrant ses yeux.

Ophelia ouvrit les paupières sur le vaste balcon dont le sol était entièrement tapissé de pivoines rose pastel, ses fleurs préférées. Au centre, on avait dressé un présentoir garni de lierre sur lequel trônait une splendide selle de cuir couleur rouille, posée sur un tapis assorti aux rebords en laine écrue.

– Réalisée sur mesure pour Aslan par la maison française Hermès, précisa Joshua à Ophelia qui avait porté ses mains à sa bouche et dont les yeux émerveillés ne pouvaient quitter le cadeau incroyable qu'il venait de lui faire.

– Mon Dieu ! Merci ! lui répondit-elle en lui sautant au cou, éprise et pleine de gratitude.

Affichant un sourire éclatant, elle avança parmi les fleurs au bras de Josh, sous les clics des appareils photo et les « Oooh ! » attendris des convives adossés aux rambardes, qui voyaient en ce jeune couple la personnification de l'amour absolu. Ophelia passa la main sur le cuir délicat de la selle, fascinée par la beauté de l'objet qui parerait bientôt le dos de sa fidèle monture. Elle ne prêta pas attention aux premiers murmures inquiets qui montaient. Ce fut plutôt l'odeur, d'abord discrète puis de plus en plus prononcée, qui la tira de son rêve éveillé.

– Mais que se passe-t-il, là-bas ? s'inquiéta quelqu'un.

Ça sentait la fumée.

– Ça vient d'où ? fit un autre.

– De la vieille maison en contrebas, on dirait.

– Mais c'est... c'est un incendie ! s'exclama une femme.

Ophelia releva la tête et découvrit le nuage gris et opaque qui remontait depuis le bas de Daffodil Meadows. Bousculant fleurs et hôtes, elle se précipita jusqu'au bord du balcon et découvrit avec horreur les volutes noires qui s'échappaient de la maison Kroeger.

– Sam ! s'écria-t-elle, affolée. Saaaam ! répéta-t-elle d'une voix désespérée.

– Qu'est-ce que...

Joshua, qui à son tour vit les flammes lécher le toit de chaume du cottage voisin, n'eut pas le temps de la retenir. Ophelia, dont le cœur venait subitement de prendre l'avantage sur la raison, dévalait déjà les escaliers, le souffle court, anéantie par l'angoisse.

♪

Samuel luttait pour respirer, mais parvint à s'extraire de la maison en flammes, en rampant. Il voulait vivre. L'idée de crever dans cette baraque alors même qu'il venait de décider de s'en aller pour de bon lui était intolérable. Le temps avait beau avoir été humide, le vieux bois sec des poutres et le chaume du cottage O'Connell n'avaient pas mis bien longtemps à flamber de l'intérieur. Le sol, détrempé d'alcool, avait pris feu sous les pieds de Bob. Avec sa guitare.

Sam s'écroula sur le gravier mouillé à peine eut-il passé la porte. Quelques secondes plus tard, Ophelia arriva en courant.

– Sam ! Oh ! mon Dieu, Sam ! répéta-t-elle en se précipitant vers lui.

Il fut secoué par une brutale quinte de toux.

– Sam ! Oh ! Sam, ça va ? s'inquiéta-t-elle en découvrant son visage à demi tuméfié et couvert de multiples brûlures. Sam ! Tu peux marcher ? lui demanda-t-elle en levant les yeux vers les flammes qui s'échappaient toujours par les fenêtres voilées. Il faut s'éloigner !

– Ophelia... Bob, Bob, il... il est...

– Où est-il, Sam ? Où est Bob ?

Samuel toussa de plus belle et désigna la porte.

– Il est dedans ? comprit-elle, épouvantée.

– Oui, il... il...

Un pan de chaume s'effondra vers l'intérieur et un énorme nuage de fumée noire s'en échappa. Ophelia, dont la musculature exercée par des années d'équitation était conséquente, tira Samuel de toutes ses forces sur le gravier pour l'éloigner autant que possible de la vieille maison. Il s'agrippa à elle, laissant des traînées noires sur sa peau pâle. Elle l'entraîna à une dizaine de mètres du côté de la route avant de capituler sous son poids.

– Sam, que s'est-il passé ?

– Il a trouvé le carnet... il m'a...

Samuel toussa encore.

– Il t'a encore cogné, hein ?

– J'ai perdu connaissance, acquiesça Samuel dans un souffle. Il m'a traîné dans les escaliers. Il a voulu brûler... brûler la... la guitare.

Ophelia n'eut aucun mal à imaginer la scène. Elle jeta de nouveau un regard au cottage en feu qui était probablement déjà la dernière demeure du bourreau de Sam. Un sort qu'elle ne comptait pas qualifier de triste, compte tenu des circonstances. Pourtant, plus elle voyait les volutes remplir le ciel et les secondes s'égrener, plus elle comprit la tournure que tout cela pouvait prendre. Entre les plaintes incessantes que Robert n'hésitait jamais à faire au sujet de son fils, les rares fois où il sortait de chez lui – pour se ravitailler en *Whiskey* — et les bleus arborés par Samuel la plupart du temps, personne alentour n'ignorait les violentes querelles qui allaient bon train chez les Kroeger. Elle devait agir vite ; elle entendait déjà les sirènes retentir au loin.

– Sam, ils vont t'emmener...

Percevant l'inquiétude dans sa voix, il leva un regard interrogateur vers elle.

– Quoi ?

La gorge nouée et les larmes au bord des yeux, elle lui répondit :

– Ils vont t'emmener à l'hôpital pour te soigner, d'abord. Et puis, ils vont le trouver, et puis... et puis, ils vont penser que, peut-être, tu l'as tué. Tu comprends ? dit-elle, la gorge nouée. Tu pourrais aller en prison. Tu dois fuir, Sam.

Elle avait raison. Et elle pleurait, remarqua Sam à qui chaque inspiration semblait arracher les poumons. Il était amoché mais au vu de l'état de la maison et de la vitesse à laquelle ses vêtements avaient flambé, Bob ne risquait pas de s'en sortir. On allait l'accuser de meurtre, ni plus ni moins. Ce serait sa parole contre l'opinion bien basse que les gens d'ici avaient de lui. Ses ecchymoses contre le cadavre de son père. S'il restait, il était perdu. Sans doute pour de bon.

– Sam, pars, pars avant qu'ils ne t'emmènent, je t'en supplie. Je peux vivre en imaginant sans cesse ce qu'aurait été ma vie auprès de toi. Je peux vivre en te sachant dans la nature. Je peux vivre en supportant ton absence malgré moi. Mais je ne peux pas vivre en te sachant derrière les barreaux.

Il observa un instant les traits torturés d'Ophelia et se dit que la vie était décidément d'une injustice inconcevable. Il ne pourrait donc jamais savourer sa présence sans avoir à se cacher. Propulsé par un instinct semblable à celui du gibier qui détale malgré le plomb qui vient de lui transpercer la peau, il se releva, ignorant la douleur atroce qui courait dans tout son corps. Avant même qu'il n'ait pu prononcer le moindre mot, Ophelia s'approcha vivement de lui et l'embrassa sur la bouche avec autant d'ardeur que de déchirement. Tandis qu'il s'abandonna à ses lèvres, tout autour devint flou. Elle avait le goût du bonheur. La colère et la peine qui bousculaient Sam furent comme pulvérisées, et son cœur fut soudain gorgé d'un sentiment de plénitude suprême tel qu'il n'en avait jamais éprouvé.

C'est à cet instant précis que Samuel Kroeger prit la décision qui allait bouleverser leurs existences à tous les deux.

– Fuis, répéta-t-elle, à mille lieues de savoir ce qui se tramait en lui.

Tandis que les camions des pompiers et les voitures de police passaient le virage au bas de Daffodil Meadows dans un retentissement assourdissant, Samuel prit ses jambes à son cou et s'enfuit, chancelant, en direction de la forêt, sous les yeux de Joshua qui, désabusé, n'avait rien manqué de la scène.

# 7

Trois ans plus tôt

Le clair de lune déposait sur eux sa douce lumière lactée.

– Tu vieillis bien, murmura-t-elle en caressant ses tempes. J'aime beaucoup la barbe. Tu es comme le bon vin, tu te bonifies avec le temps.

Il sourit.

– Et toi tu n'as pas pris une ride, lui répondit-il.

– Ha ha, il fait nuit ! Bien sûr que j'en ai, ajouta-t-elle en reboutonnant sa blouse.

– Tu es toujours aussi belle, peu importe l'obscurité. Quand je t'ai vue revenir, tu avais la même allure qu'à l'époque. Crois-moi, je n'aurais pu te confondre avec personne.

Elle fut flattée, cela faisait des années qu'elle n'avait pas entendu de compliment si sincèrement exprimé. Ces deux dernières semaines avaient réveillé en elle des sensations qu'elle avait crues perdues à jamais. La douceur. Le désir. L'impression qu'elle n'était pas seule face au monde et à la mort. Celle d'avoir vingt ans à nouveau. L'air était doux, on entendait le bruissement de la rivière à quelques pas, les étoiles brillaient haut dans le ciel. Tout ici ravivait des souvenirs intenses et envoûtants, loin du Tennessee, du drame, de tout ce qui en avait découlé, et... du diagnostic fatal qu'on lui avait annoncé quelques jours avant l'accident.

Cancer du pancréas de stade quatre.

Il ne lui restait plus longtemps.

Les paysages du Kent n'avaient subi ni les marques du temps, ni les traumatismes de sa vie. Voilà pourquoi elle s'y était précipitée, avide de passer le peu de temps qui lui restait loin des rues où elle ne voyait plus que les traces de frein et le verre pilé sur le goudron. Être là, auprès de lui, c'était comme remonter le temps et revenir à celui où l'insouciance était reine, où elle n'avait pas ce gouffre béant dans le cœur, ce manque atroce et la colère qui allait avec. Elle avait beau savoir à quel point c'était se mentir à elle-même que d'apprécier à nouveau sa présence, son souffle dans son cou, son odeur rassurante, le son de sa voix... c'était plus fort qu'elle. Elle prit une grande inspiration, cherchant à s'imprégner au maximum de cette ambiance irrésistiblement nostalgique qui soulageait si bien sa peine et sa peur.

– C'est comme si rien n'avait changé, constata-t-elle en laissant ses doigts glisser sur l'écorce du vieux chêne auquel elle était accolée.

– Tu m'as tant manqué, murmura-t-il, ignorant tout de ce qui l'avait ramenée à Daffodil Meadows.

Il l'embrassa, fiévreux. Même son baiser avait un goût d'antan. *Et pourtant, tout a changé,* songea-t-elle tandis que la réalité se rappelait déjà à elle.

– Arrête, souffla-t-elle en le repoussant.

– Que se passe-t-il ?

Elle ferma les yeux, malmenée par la passion et la culpabilité qui se disputaient son cœur.

– On ne peut pas.

– Mais, c'est toi qui... c'est toi qui es revenue, c'est toi qui as voulu qu'on se retrouve, s'étonna-t-il, la sentant se dérober.

Il avait raison.

– Je sais... Et c'est enivrant au possible. Tout... tout a l'air d'être comme avant, c'est merveilleux et c'est affreusement utopique à la fois. Le temps nous a glissé entre les doigts, Law. Tu ne sais pas... tu ne sais pas ce que j'ai vécu, là-bas, ni ce qui m'attend. Tu ne sais pas.

– Eh bien ? Dis-moi.

Elle déglutit. Non. Elle ne pouvait pas. Ni évoquer la mort de Maxine, ni briser le cœur de Lawrence encore une fois.

– Non.
– Comment puis-je comprendre, alors ?
– Tu n'as pas besoin de comprendre.
Il aurait voulu lui arracher ces vérités qui la tourmentaient, la serrer dans ses bras jusqu'à faire jaillir de son cœur ce qui la rongeait, à la force de son étreinte. Il n'avait pas la moindre idée de ce par quoi elle était passée ni de ce qu'elle redoutait tant, mais pour qu'elle, autrefois si forte et si déterminée, soit devenue chancelante à ce point, ce devait être terrible. Et il n'avait rien su. Il n'avait pas été là.
– Laisse-moi t'aider, je t'en prie.
– Tu ne peux pas m'aider. Ce que j'ai perdu l'est à jamais. Ce qu'il me reste est éphémère. Ce moment. Cette nuit. On n'a pas fait pause sur nos vies, Law. On a vieilli, on s'est marié. On est devenu parent. La vérité, c'est que tout a changé. Nous n'avons plus ni le même âge, ni les mêmes vies, ni les mêmes responsabilités.
– Pourtant, c'est toi qui as volé mon cœur. Tu l'as embarqué là-bas avec toi, sans explication, sans prévenir, sans ne plus jamais donner de nouvelles. Et voilà que tu reviens des années plus tard, un mari et un grand garçon sous le bras, mais que sitôt auprès de moi, c'est comme si on reprenait là où l'on s'était arrêté.
Là encore, il avait raison.
– Je... je suis désolée, lâcha-t-elle la gorge nouée. Je ne sais plus où j'en suis, je ne sais pas ce qui... ce qui me prend. Je suis d'un égoïsme impossible et j'ai fait une erreur de plus en cherchant à te revoir, mais, c'était... c'est juste que je...
Elle s'interrompit, ne souhaitant pas une seconde évoquer ce qui l'avait véritablement ramenée à Daffodil Meadows.
– Jane, que me caches-tu ? l'interrogea-t-il.
Elle resta silencieuse.
– Tu n'es pas revenue seulement pour t'occuper de ta mère, comprit-il.
– On n'a pas le droit de faire ça à nos enfants, éluda-t-elle. Ils ont confiance en nous. On devrait... je n'en sais rien, moi, on devrait plutôt leur montrer l'exemple.
– Les enfants n'en savent rien.

– Là n'est pas la question ! s'exclama-t-elle.

– Chut, chuchota-t-il, effrayé à l'idée qu'on puisse les entendre.

– Et Caroline, alors, hein ? continua-t-elle à voix basse.

Il marqua une pause, secoué par la culpabilité à son tour. Caroline ne méritait pas ça, c'était un fait. Caroline était pétillante, intelligente, belle, travailleuse, passionnée. Caroline était sa femme. Caroline était la mère de ses deux incroyables filles.

Mais Caroline n'était pas Jane.

Il avait eu beau combattre ses sentiments des années durant, lutter pour chasser son image de ses pensées, rien n'y avait fait. Il aimait sa femme, il l'aimait sincèrement. Mais il l'aimait différemment. Ce que Jane avait éveillé en lui alors qu'ils n'étaient encore que deux adolescents, cette empreinte suave et indélébile qu'elle lui avait laissée, il y avait été addict dès les premières secondes, et il l'était toujours.

– Je t'aime, déclara-t-il. Depuis le premier jour. Je n'y peux rien.

Il y eut un bruissement. Sans doute un animal.

– Moi aussi, répondit Jane.

Et faisant taire une fois de plus ses principes et ses tourments, elle s'abandonna à ses lèvres. De nouveau, un bruit les interrompit. Avant même qu'ils n'aient pu l'identifier, on entendit :

– Maman ?

Une violente décharge d'adrénaline secoua Jane Kroeger.

– Sam ?

– Maman, qu'est-ce que...

Sous le clair de lune, sa guitare sur le dos, Sam leur faisait face. Elle ne distinguait pas bien ses traits, mais elle n'eut aucun mal à imaginer son expression choquée.

– Oh ! mon Dieu, Sam ! s'écria Jane en se dégageant de l'étreinte de son amant.

– Monsieur Cav... Monsieur Cavendash ? balbutia Samuel, incrédule.

– Sam, ce n'est pas ce que tu crois, mon garçon, tenta Lawrence.

Samuel en eut un haut-le-cœur.

– Bien sûr que c'est ce que je crois.

# 8

– Dieu du ciel ! s’exclamait Caroline, horrifiée depuis le rez-de-chaussée tandis qu’elle observait les derniers convives quitter le parking. Quel désastre !

Loin de se douter que leur voisin venait de perdre la vie dans les flammes, c’était son rêve de voir sa fille épouser l’homme idéal en grande pompe qui venait de partir en fumée. Jetant un œil dépité à la quantité folle de fleurs – gâchées — qui emplissaient leur maison, elle ne put contenir son désarroi et fondit en larmes, elle qui avait mis tant d’énergie dans l’organisation des réjouissances qui auraient dû marquer cette journée. Hannah et Martin s’affairaient déjà à débarrasser les tables où des coupes de champagne pleines avaient été abandonnées au profit du triste spectacle des pompiers face à l’incendie.

À l’étage, les bras couverts de suie, sa robe froissée et tachée, Ophelia n’avait plus prononcé le moindre mot.

– Ophelia... tenta Rosie en approchant pour la rassurer.

Mais elle se déroba, courut s’enfermer dans la salle de bain et se laissa tomber sur le sol. Les sanglots s’emparèrent d’elle et se mirent à la secouer. Elle venait de perdre les deux hommes qu’elle aimait en quelques heures à peine. Sam devait être perdu au beau milieu de la forêt. Il avait besoin de soins. Dieu savait quelles blessures lui avait assénées Bob avant que tout ne s’embrase. Peut-être même luttait-il pour sa vie ? Il avait beau être de nature robuste, entre les coups et les brûlures, la douleur devait être insoutenable. Sans compter toute la fumée inhalée avant de parvenir à s’extraire de la maison – rien ne garantissait qu’il s’en sortirait. Mais elle n’avait aucun moyen de le joindre, cela avait été leur règle numéro un ; ne jamais laisser de trace. Ni lettres, ni coups de fil, rien. Seulement la pluie.

Frappant doucement à la porte, Rosie lui dit d'une voix hésitante :

– Ophelia, ça va aller...

Comment cela pourrait-il aller ? L'inquiétude la rongeait au sujet de Sam, secondée de près par la culpabilité d'avoir détruit, sans doute à jamais, la confiance et l'amour que lui portait Joshua. Où pouvait-il bien être, d'ailleurs ? Il avait été le premier à venir la chercher et l'éloigner du cottage en flammes, il n'avait pas pipé mot quand il l'avait raccompagnée jusqu'à la maison, sous le regard choqué de leurs invités qui n'en avaient pas manqué une miette, non sans commentaire. Après s'être assuré qu'elle était en sécurité, il avait redescendu les escaliers le regard grave, avant de monter dans sa voiture et de quitter Daffodil Meadows sur les chapeaux de roues.

– Hey, dit Rosie, je suis là, tu peux tout me...

Elle n'eut pas l'opportunité de terminer sa phrase.

– Où est-elle ? lança Lawrence d'une voix forte en surgissant dans la chambre. Ophelia ! s'écria-t-il, furieux.

Rosie s'écarta, affolée par la rage qui semblait animer son père, habituellement de nature posée et réservée et qui jamais n'avait monté le ton sur elles, les ayant toujours éduquées et disciplinées avec tact – ce qui avait d'ailleurs contribué au respect et à l'amour profond qu'elles éprouvaient pour lui. Il avança vers la salle de bain.

– Ophelia !

Elle ne répondit pas.

– Ophelia ! Tu m'entends ? Je sais que tu m'entends ! répéta-t-il en cognant contre la porte avec le poing.

Bien qu'il ait de bien bonnes raisons d'être contrarié, Rosie ne comprenait pas ce qui pouvait le mettre à ce point hors de lui.

– Ophelia ! Je t'avais dit de ne pas approcher ce garçon ! Je te l'avais dit, n'est-ce pas ?

Nouveau silence.

– Il n'est pas fait pour toi ! s'exclama-t-il. Comment peux-tu me faire ça ? À moi ? gémit-il, manifestement submergé par la colère et l'embarras.

Rosie le fixait, médusée. Cela ne lui ressemblait pas, elle n'avait pas souvenir de l'avoir un jour vu s'emporter de la sorte. Même dans les pires situations, il avait toujours été la force tranquille, le calme à toute épreuve, contrebalançant avec talent les sautes d'humeur de leur mère dont la gestion du stress et des imprévus laissait franchement à désirer. Alors certes, sa fille chérie venait de planter tous leurs invités pour se jeter ouvertement dans les bras d'un autre homme que son fiancé, ce qui avait laissé tout le monde pantois – aucun d'entre eux n'avait vu venir ça.

*Quoique,* pensa Rosie.

Et pourtant, en dépit de cette déconvenue monumentale, la réaction de son père lui parut tout de même des plus disproportionnées.

Ce qu'ignoraient les deux sœurs, c'est que ce n'était pas la disgrâce qu'Ophelia pouvait bien jeter sur leur réputation, qui inquiétait Lawrence. Ce n'était pas non plus ses liens avec son associé – qui n'était autre que Richard Coventry — ni la déception probablement inconsolable de son épouse. Non, ce qui l'inquiétait jusqu'à lui en faire perdre ses moyens, c'était que sa fille aînée, la prunelle de ses yeux, ait eu vent de son secret, et que les fondements mêmes de sa famille se soient déjà brisés à jamais.

♪

La nuit était tombée. Assis au volant de sa Jaguar noire, qu'il venait de garer sur le bas-côté pour mieux observer la mer scintiller sous le ciel dégagé, Joshua tentait de rassembler les morceaux de son cœur. Il avait roulé sans s'arrêter pendant des heures en écoutant Beethoven au maximum du volume de son autoradio. Sans surprise, cela n'avait pas suffi à apaiser son esprit.

Comment avait-il pu être aussi naïf ? Depuis quand le trompait-elle avec ce type ? Que lui trouvait-elle, d'ailleurs ? Qu'avait-il de plus que lui ? Et pourquoi ne s'était-elle pas sentie suffisamment en confiance pour lui avouer la vérité plus tôt ? Était-elle seulement la femme qu'il pensait ? Il avait aimé Ophelia dès leur première rencontre. Leur relation avait été si évidente dès le départ, ils s'étaient tant ouverts l'un à l'autre sans ne jamais rien se cacher – du moins, c'était ce qu'il avait cru. Il semblait finalement qu'il avait loupé un tas de choses. Toutes ses certitudes venaient de voler en éclats.

Josh laissa sa tête tomber sur le volant. Il ne pouvait s'en prendre qu'à lui-même, dans le fond. Elle était trop bien pour lui, il se l'était dit un million de fois. Se redressant soudain, il sentit les larmes envahir ses yeux et, les retenant, s'exclama à voix haute :

– Mais elle est trop bien pour lui aussi, bon sang !

♪

Samuel, étendu sur le lit de camp, fut réveillé par une quinte de toux à laquelle succéda une douleur vive qu'il n'eut aucun mal à reconnaître. Plusieurs côtes cassées, sans le moindre doute. Et la fumée de l'incendie lui avait comme desséché le corps de l'intérieur. Sa gorge lui parut rabotée, ses bronches sifflaient à chaque inspiration. Mais il était vivant.

*« Chaque jour est un trésor que tu dois chérir, pas un droit absolu. »*

C'est ce que lui avait répété sa mère après la mort de Maxine, puis de nouveau avant de mourir à son tour. Il était conscient du caractère éphémère de la vie. Sans doute plus que quiconque, à vrai dire. Et aussi paradoxal que cela pût paraître, c'était ce besoin vivace de ne pas se contenter de peu qui, en se combinant au contact des lèvres d'Ophelia, l'avait convaincu de tout risquer. Pour avoir tout tenté. Pour ne pas gâcher une minute de plus de son existence. Mieux valait vivre peu de temps mais intensément, qu'un siècle sans vibrer. Sam n'avait pas peur de mourir ; il avait peur des regrets. Il ne supportait plus l'idée de perdre une seconde de plus, Bob lui avait déjà volé ces trois dernières années, et quand on a à peine plus de vingt ans, c'est déjà beaucoup trop. Il avait tout subi et tout tenté pour ramener son père à la raison, pour lui redonner goût à la vie, mais ça n'avait servi à rien. Bob n'éprouvait plus rien d'autre que de la colère, il était perdu.

Ophelia, elle, l'aimait.

Elle le lui avait caché – elle se l'était probablement caché à elle-même, d'ailleurs. Et ça changeait tout. Ce qu'il s'était résolu à faire lui ferait risquer gros. Ne pas le faire lui faisait toutefois risquer bien plus. *Ce qui vaut le coup mérite toujours qu'on se batte*, résonna encore la voix de Jane dans l'esprit téméraire de son fils. Sam était bien décidé à éprouver chaque instant comme s'il allait crever le suivant, peu importe qui se dresserait sur son chemin. Il n'y avait pas une minute à perdre. Il préférait ignorer la douleur physique, demain serait peut-être déjà trop tard.

Il n'avait pas la moindre idée de l'heure qu'il était, l'obscurité là-dedans étant toujours totale. Tendant le bras vers la caissette en bois retournée qui lui faisait office de table de nuit, il saisit une lampe de poche à dynamo. Balayant la pièce du regard, il fit rapidement les comptes et constata avec une certaine satisfaction que cela suffirait amplement à tenir quelques semaines. Le temps de se retourner, pensa-t-il. Jetant un œil au vieux plaid au sol sur lequel il avait l'habitude de la déposer, il songea à sa guitare et fut submergé par la peine de l'avoir perdue à jamais. Bob avait réussi son coup, en fin de compte ; elle n'était sans doute plus qu'un tas de cendres, désormais. Le chagrin se changea en haine. Plus jamais.

Une fulgurante bouffée d'adrénaline s'empara de son être tout entier, le dressant sur ses deux jambes comme si ses blessures n'avaient jamais existé, comme s'il avait subitement été doté d'une force surhumaine.

Il était temps de se saisir pour de bon de son existence.

Et *d'elle.*

♪

La fenêtre était ouverte vers l'intérieur, comme dans la plupart des maisons anglaises. Il faisait froid, mais l'air humide rassurait Ophelia, qui en tenait fermement la poignée sans y prêter attention – elle ne pouvait se résoudre à la fermer, elle avait trop peur de suffoquer.

– Tu ne dors pas, constata Rosie en observant sa sœur frissonner sur la banquette en velours capitonné.

Ophelia ne répondit pas.

– Il est trois heures du matin, il faut que tu lâches prise. Viens te coucher. Au moins le temps de te reposer un peu. La journée promet d'être longue...

– Je ne peux pas dormir.

– Alors, raconte-moi.

– Il n'y a plus rien à raconter.

Rosie se redressa dans son lit. Voir sa grande sœur ainsi préoccupée l'inquiétait au plus haut point. Sans parler de ce qui s'était passé avec leur père.

– Tu sais pourquoi papa a pété les plombs, pas vrai ?

Ophelia sentit sa gorge se nouer.

– Peut-être.

– Peut-être ? s'enquit Rosie. Tu veux dire que tu n'en es pas sûre ?

Ophelia tourna la tête dans sa direction.

– Rosie, tout ça est trop compliqué. Je ne veux pas t'y mêler.

– Mais quel âge penses-tu que j'aie, au juste ? s'énerva Rosie en faisant tout de même attention à ne pas monter le ton pour ne pas risquer de réveiller quelqu'un. J'ai dix-sept ans, je suis jeune, oui, mais je ne suis pas une gamine pour autant.

– Ce n'est pas contre toi...

– Comment ça, « ce n'est pas contre moi » ? Tu sais tout de moi, Ophelia, tout. Tu es ma confidente, ma meilleure amie. Et... eh bien, disons que je pensais être la tienne, aussi.

– Ne le prends pas comme ça.

– Je le prends comme je veux. C'est décevant de voir que tu m'as tenue loin de tout ça, loin d'un truc pareil. Comme si je ne pouvais pas être là pour toi, comme si j'étais trop immature. Tu m'as menti. Tout ce temps, tu m'as menti, tu t'en rends compte, au moins ?

– Je ne t'ai pas menti.

– Par omission, si. Tu sais que j'ai remarqué tes allées et venues, tu sais que j'avais compris que tu rejoignais quelqu'un, que je m'inquiétais pour toi, et pourtant tu as refusé de te confier à moi, alors que... alors que, je ne sais pas, moi, j'aurais pu t'aider !

– Et t'attirer les foudres de papa, toi aussi ? répliqua Ophelia. Tu es sûre que ça te tente ?

– Si ça avait pu te soutenir, je n'aurais pas hésité.

Rosie, dont les paupières étaient lourdes, marqua un silence, bâilla, puis reprit :

– Ophelia, qui est cet homme ?

– Tu sais très bien qui il est, répondit-elle. Samuel. Samuel Kroeger, dit-elle d'une voix fébrile.

– Je veux dire, qui est-il, pour toi ?

Les larmes qu'Ophelia avait mis des heures à contenir resurgirent instantanément. Voyant sa sœur s'effondrer à nouveau, Rosie quitta ses draps, vint la rejoindre près de la fenêtre et jeta son couvre-lit de laine sur leurs épaules, comme elles le faisaient depuis leur enfance dès qu'il était l'heure des confidences.

– Je... je ne sais pas très bien, hoqueta Ophelia, mais je tiens à lui. Plus que je ne devrais, avoua-t-elle.

– Comment ça, plus que tu ne le devrais ? répéta Rosie. Depuis quand y a-t-il des règles, quand il s'agit d'aimer ?

*Aimer.*

Rosie avait prononcé ce mot sans hésitation, comme si ça avait été évident, comme si ça transparaissait à l'œil nu. La sagesse mêlée de candeur de sa petite sœur décrocha un mince sourire à Ophelia. Pourtant, la réalité était toute autre et les règles pesaient lourd sur ses épaules.

– Sam... Sam ne doit pas faire partie de ma vie.

– Qu'est-ce qui t'en empêche ?

Ophelia déglutit et lâcha :

– Papa. Papa m'en empêche.

– Mais pourquoi ?

Leur père les avait toujours laissées faire leurs propres choix tant qu'ils étaient mûrement réfléchis, mettant le libre arbitre sur un piédestal au même titre que la perspicacité, leur apprenant à écouter leur cœur autant que leur raison pour ne pas passer à côté de leur bonheur, auquel il tenait plus que tout au monde. Ophelia prit quelques secondes avant de répondre :

– Tu l'as dit toi-même, Joshua est l'homme idéal. J'imagine que papa ne supporte pas l'idée de me voir fréquenter quelqu'un qui ne soit pas d'aussi bonne famille que nous.

Rosie prit quelques instants pour réfléchir.

– Non.

– Comment ça, « non » ?

– Ça ne colle pas. Enfin, je veux dire. Oui, bien sûr que oui, Josh est extraordinaire. Et tu sais que... tu sais que je... enfin qu'au début je...

– Je sais, Rosie.

– Mais je n'aurais jamais, enfin tu sais que...

– Je sais aussi, répéta Ophelia. Ne t'en fais pas.

– Mais ce Samuel... il est différent, c'est vrai, mais...

– Diamétralement différent. Sans doute trop différent pour coller aux attentes de papa.

Rosie resta pensive. Elle avait beau tomber de sommeil, il y avait quelque chose dans la réaction de leur père qui n'avait pas de sens.

– Depuis quand est-ce que ça dure ?

– Quoi donc ?

– Tes escapades à cheval, pour le rejoindre.

– Un peu moins de trois ans.

– Trois ans ? Tu m'as caché ça pendant trois ans ? gronda Rosie qui ne s'était pas attendue à pareille réponse. Tu veux dire, depuis qu'ils ont emménagé, c'est ça ?

– À peu de chose près, oui.

– Comment as-tu pu me...

– Je suis désolée, Rosie... Je savais à quel point tu regardais ce qui se profilait pour moi avec de grands yeux rêveurs, je savais ton affection pour Josh et ton regret d'être trop jeune pour qu'il te remarque. Je ne voulais pas te donner l'impression de gâcher ce que toi, tu convoitais. C'était injuste envers toi.

– Parce que me cacher la vérité, c'était juste, tu crois ?

– Je te demande pardon. Je n'ai jamais su sur quel pied danser, ces trois dernières années. Ni avec nos parents, ni avec toi, ni avec Josh... ni avec Sam, se livra Ophelia dont l'esprit était plus épuisé que jamais après tant de temps passé à être ainsi tiraillée.

Les deux jeunes femmes restèrent silencieuses quelques minutes. Ophelia se sentait indigne de l'affection de sa sœur et pour la première fois de sa vie, Rosie se mit à éprouver un ressentiment pour elle qui jamais ne l'avait effleurée. C'était offensant au possible de voir à quel point Ophelia lui avait caché ses mésaventures, ses hésitations mais aussi les réprimandes de leur père, tandis qu'elle, lui avait toujours tout confié sans la moindre hésitation. Pourtant, Rosie était foncièrement bienveillante et dotée d'une miséricorde qui ne lui permettait pas de tolérer ces sentiments négatifs plus longtemps. Elle qui aimait sa sœur comme personne d'autre au monde finit par déclarer :

– Si tu veux te faire pardonner, alors raconte-moi. Tout, depuis le début. Je ne peux pas passer l'éponge si je ne comprends rien, et je ne peux pas supporter cette distance que tu as mise entre nous sans daigner m'en prévenir. Raconte-moi ces trois dernières années.

# 9

Trois ans plus tôt

– C'est beau, commenta une voix féminine.

Surpris, le jeune homme s'arrêta instantanément de fredonner et releva la tête, ébahi. Derrière le fin rideau de bruine se dressait un grand cheval bai aux larges pieds. Ne parvenant pas à distinguer qui le montait, il déposa doucement sa guitare sur le sol en pierre et se releva avec précaution. L'animal poussa un soupir et fit quelques pas en arrière, nerveux.

– Chuuut, Aslan, fit la cavalière, dont la large capuche cachait son visage mais pas la cascade de cheveux roux qui s'en échappait.

– Je...

– Qui es-tu ? le coupa-t-elle d'un ton incisif.

– Samuel. Enchanté, tenta-t-il, stupéfait par la scène qui frôlait le fantastique.

– Que fais-tu ici ?

– Eh bien, je compose.

Il y eut un bref silence et le Clydesdale avança jusqu'à rejoindre Sam à l'abri. Elle descendit de sa monture avec aisance, découvrit sa tête, tendit la main et annonça :

– Ophelia, enchantée.

La blancheur de sa peau lui fit l'effet d'un clair de lune éblouissant. Son visage parsemé de taches de rousseur soulignait avec grâce ses iris émeraude. On aurait dit une fée. Ou un elfe. Elle respirait l'intelligence ainsi qu'une certaine méfiance.

– *Maxine.* Je crois que c'est le plus joli prénom que j'aie entendu de ma vie, affirma-t-elle. Qui est-ce ?

Elle le prenait de court. Et pourtant sa question, tout abrupte fût-elle, était posée avec tant de spontanéité qu'il lui répondit sans détour :

– Ma petite sœur.

– Elle en a, de la chance. Cette chanson est magnifique.

– Elle est morte, révéla Sam de but en blanc, saisissant pour la première fois l'occasion de déverser ses traumatismes ailleurs que dans ses carnets de notes. Accident de voiture.

Elle resta interdite quelques secondes, puis, désignant la guitare de son index, lui dit :

– Tu es doué. J'ai tout écouté.

Depuis quand était-elle là, au juste ?

– Tu es le petit-fils de Mrs O'Connell, n'est-ce pas ?

Il lui jeta un regard surpris.

– Avons-nous déjà été présentés ?

– Non. Mais je t'ai vu emménager. Nous sommes voisins.

Les princesses, comprit-il, soudain bien mal à l'aise.

– Tu viens ici souvent ? tenta Samuel pour ne pas avoir à en dire plus.

– Oui.

– Oh ! Je viens de te voler ta planque, alors, s'amusa-t-il.

– Disons ça, confirma-t-elle, sérieuse.

Le regard perçant de la jeune fille le laissa hésitant. Était-elle véritablement en train de lui dire qu'il n'avait rien à faire là ? Avant qu'il n'ait pu lui poser la question, elle saisit les rênes de son cheval pour aller les nouer à la branche d'un arbre à quelques mètres de là, et l'animal se mit immédiatement à brouter.

– Aslan, hein ?

– Oui.

– Férue de C.S. Lewis ? devina-t-il.

– Oui, répondit-elle en laissant échapper un sourire qui ne le laissa pas de marbre. Et puis, je ne sais pas... la longue crinière... ajouta-t-elle, un brin timide, en regardant le bout de ses bottes montantes.

Trouvant la comparaison entre le félin légendaire et le cheval des plus cocasses, il se mit à rire. D'un rire éclatant, cristallin et pur comme elle n'en avait pas souvent entendu, trop habituée aux mondanités, à l'importance de soigner ses manières et ses apparences. À vrai dire, peu de gens autour d'elle se permettaient de se laisser aller à rire ainsi, sans retenue. Ce fut ce qu'elle remarqua en premier chez lui. Avant de laisser ses yeux s'attarder sur le reste.

Samuel Kroeger n'avait pas le moins du monde l'allure des garçons qu'elle connaissait. Grand et bien charpenté, il portait des bottines noires dont le bout était manifestement patiné depuis trop longtemps, un jean troué aux genoux, un simple tee-shirt gris chiné et un perfecto. Le teint mat, rasé de près, il portait ses longs cheveux noir de jais attachés en arrière. Et sous ses sourcils tout aussi sombres, elle découvrit un étonnant regard bleu, d'une intensité peu commune.

– Cet endroit est dingue, affirma-t-il en balayant des yeux les murs envahis par la végétation, les hautes colonnes du kiosque à quelques dizaines de mètres et ce qui restait du double escalier, autrefois accès principal de cette majestueuse propriété.

– C'est le moins qu'on puisse dire. C'est un château du XVI^e siècle qui a été rebâti au XVIII^e puis totalement laissé à l'abandon, pour une raison qui m'échappe. Je ne sais pas qui en est propriétaire à ce jour. Je crois avoir entendu papa raconter qu'un riche passionné a vaguement commencé à le rénover dans les années soixante, mais que tout a été suspendu suite à son décès prématuré. Depuis, plus rien.

S'il fut d'abord surpris par ses précisions, cela lui rappela bien vite à qui il avait affaire.

– C'est bien dommage, même si je crois que je préfère de loin ça, en fait. La nature qui a pris le dessus sur la pierre, c'est assez dingue. Poétique et brut à la fois. On se croirait dans un film, ajouta Samuel.

– Mes parents ne sont pas tellement pour que je me promène dedans. Ils ont peur que je me prenne un plafond sur la tête, j'imagine. Mais l'intérieur est fascinant et il m'arrive parfois d'en arpenter les couloirs. C'est comme si le temps avait tout figé, il y a encore un tas de vieux meubles dans certaines pièces, des tentures qui pendent encore à quelques fenêtres, des miroirs géants dont le verre est brisé, expliqua-t-elle en jetant un coup d'œil à la haute façade.

Ophelia s'assit contre le mur, près de la guitare dont il prenait manifestement grand soin, à en juger par la brillance impeccable du bois verni. Il fit de même, ramassa son calepin et le crayon sur le sol et les glissa dans la poche intérieure de son blouson en cuir.

– Tu viens des USA, c'est ça ?

– Oui.

– C'est sûr que ça doit te changer.

– Disons que dans le Tennessee, on n'a pas ce genre de baraque. Ni de météo, tu me diras, lança-t-il en désignant d'un geste la pluie qui commençait à tomber à verse.

– Tu n'aimes pas la pluie ?

– C'est plutôt que je n'y suis pas habitué.

– Tu as lu Jane Austen ?

– Non. Je connais de nom seulement, répondit honnêtement Sam qui ne voyait pas très bien le rapport.

– Tu devrais. Elle te fera aimer la pluie, je pense. Et cet endroit encore plus.

– Je note. Que viens-tu faire ici, alors ?

– Je viens ici dès que j'ai besoin de...

Elle s'interrompit, remarquant seulement que ce qui la poussait à s'isoler à travers ces ruines n'était pas tout à fait le genre de chose qu'on confiait au premier venu.

– Respirer, compléta-t-il comme s'il avait perçu ses pensées.

– Oui.

– Je comprends, dit-il en baissant les yeux.

– Tu peux revenir. Je veux dire, si tu veux, se surprit-elle à dire.

Il n'avait pas attendu son autorisation pour l'envisager, mais apprécia ce qui sonnait presque comme une invitation. Princesse ou pas, cette fille avait quelque chose qui ne le laissait pas indifférent, bien qu'il perçoive en elle un tumulte qu'elle peinait à dissimuler. Peu importe qu'elle vive dans une maison mille fois plus grande et plus confortable que la sienne, cette Ophelia n'était pas en paix, ça crevait les yeux.

– Je suis désolée, annonça-t-elle.

Il lui jeta un œil perplexe.

– Pour ta sœur, souffla-t-elle alors.

Il laissa sa tête retomber contre le vieux mur couvert de lierre et ferma douloureusement les paupières.

– Moi aussi.

# 10

– Qu'était-il arrivé à sa sœur ? demanda Rosie qui avait bu les paroles d'Ophelia comme on dévore le prologue d'un roman passionnant, malgré sa fatigue croissante.

– Accident de voiture. Son père conduisait. Elle l'avait appelé un jour où elle avait fini les cours plus tôt que prévu, il est allé la chercher, il était saoul. Un camion les a percutés, elle est morte sur le coup, alors que lui s'en est sorti avec une simple jambe cassée. Elle n'avait pas quinze ans.

Rosie était horrifiée.

– Et il s'en est sorti comme ça ?

– Pas vraiment. Il a eu un très bon avocat qui lui a sauvé la mise, tout en les laissant sur la paille. Il a écopé d'une peine de prison avec sursis qu'il a passée en cure de désintox. Six mois, je crois. Enfin, il s'est remis à boire sitôt qu'ils se sont installés ici, apparemment. C'est seulement après la mort de sa mère qu'il est devenu violent.

Il y eut un silence. Il commença à pleuvoir et le cœur d'Ophelia se serra de plus belle.

– Après ce jour-là, sans vraiment qu'on en convienne, dès que la pluie se mettait à tomber, on se retrouvait là-bas, c'est devenu notre signal, et les ruines du château notre sanctuaire. On a fait connaissance, partagé nos états d'âme. Il m'a parlé des rues animées de Nashville, de son amour pour la musique, du manque atroce qu'avait laissé Maxine derrière elle et des disputes de plus en plus violentes de ses parents, à tel point que sa mère avait annoncé du jour au lendemain qu'il leur fallait un nouveau départ et qu'elle voulait revenir en Angleterre. J'ai été là pour lui quand il a compris, seulement quelques semaines avant qu'elle ne meure, qu'elle lui avait caché son cancer. J'étais là quand elle est morte, et sa grand-mère juste après elle, ce qui a marqué le début des coups de son père. Son père qui n'a jamais accepté que ça ait été Maxine et pas Sam sur le siège passager, qui a plongé de plus belle dans l'alcool, qui n'a jamais vu quel homme son fils était devenu, qui n'a jamais compris à quel point il souffrait lui aussi.

Rosie, qui avait vécu jusqu'alors dans le cocon rassurant de leur vaste demeure sans jamais véritablement s'inquiéter de ce qui pouvait aller bon train au sein d'autres foyers, venait de prendre conscience de ce qui s'était pourtant tramé sous leurs yeux, à deux pas de leur quotidien confortable.

– Sa vie n'était faite que de blessures et de deuil, et pourtant... pourtant, il a toujours pris le temps de s'inquiéter de moi. Il m'a écoutée lui parler d'Aslan, lui raconter mes rêveries, il n'a jamais jugé d'un mauvais œil mon besoin d'évasion, mon aversion à l'idée de suivre le chemin tout tracé qui m'attendait et me donnait des haut-le-cœur. Mais je...

Ophelia mordit sa lèvre inférieure.

– Tu quoi ?

– Je crevais de jalousie, lâcha-t-elle, rongée par la culpabilité.

Il avait beau faire sombre, Rosie jeta un œil interloqué à sa sœur, cherchant à interpréter cette phrase prononcée la voix cassée.

– De jalousie ?

– Je sais, c'est horrible et paradoxal au possible quand on compare sa situation à la nôtre, mais... Il... il était libre.

– Libre de quoi ?

– De fuir, de tourner la page sans rien qui le retienne. Libre de courir après ses rêves, d'être passionné, d'avoir la tête dans les étoiles, avoua Ophelia. Il n'avait aucune idée de son avenir, il ne vivait que pour la musique, il voulait écrire à n'en plus pouvoir, quitter le Kent, retourner dans le Tennessee, retrouver ses amis et... devenir une rock-star, précisa-t-elle en se surprenant à rire. Quand moi je me voyais déjà travailler au cabinet de papa sitôt mon diplôme en poche, lui, malgré la violence de son quotidien, il ne lâchait pas ses espoirs de vivre un jour de ce qui le faisait vibrer le plus au monde. Moi, je pouvais presque déjà dérouler le film de ce que serait ma vie du début à la fin. Et Sam n'avait pas de futur, mais le mien, aussi enviable soit-il, me terrifie, Rosie. J'ai... j'ai peur de m'ennuyer à mourir, tu comprends ? Il n'y a rien qui m'emporte, rien que je ne puisse déjà entrevoir, rien qui ne puisse me couper le souffle. Aucun suspense, aucune adrénaline. Je sais que c'est affreusement ingrat et égoïste, je sais que certains feraient tout pour être à ma place, toi la première, mais moi... Eh bien, plus je passais du temps avec Sam, plus je ressentais cette envie folle de tout plaquer, de ne plus me conformer aux attentes des autres et de me jeter dans l'inconnu. De ne pas savoir de quoi demain serait fait... de partir sur les routes américaines moi aussi, juste avec lui et sa guitare, de... je n'en sais rien.

Rosie, qui n'était pas si étonnée par les aveux de sa sœur, la serra contre elle et posa la tête sur son épaule. Et Ophelia se confia plus encore :

– Sa présence m'est devenue indispensable tant ces moments-là ont été hors du temps, loin des domestiques, des cours de violon et de mes insipides études de droit. Auprès de lui, je n'ai jamais eu besoin d'être « bien comme il faut », je ne cherche pas à lui faire plaisir, je ne réfléchis pas cent fois avant de parler, je suis juste... moi. Je le contredis si je ne suis pas d'accord avec lui. Je ne me préoccupe ni du volume de mes rires, ni de ce que penseraient les autres s'ils me savaient à ce point réticente à embrasser l'avenir doré qu'on m'a consciencieusement préparé. Avec lui, je suis libre, Rosie.

Il y eut un silence. Ophelia avait parlé longtemps, mais avec une conviction et une passion que Rosie n'avait jusque-là que soupçonnées.

– Ophelia ?

– Oui ?

– Tu n'as jamais vraiment été « bien comme il faut », affirma Rosie avec tendresse. Tu es mon Elizabeth Bennett. Et peu importe ce qu'en pensent nos parents, nos tantes ou les Coventry, moi, c'est telle que tu es, que je t'aime. Aussi sauvage soit ton cœur.

Ophelia esquissa un sourire à l'écoute de ce compliment particulièrement touchant.

– Ce Samuel a l'air d'avoir remarqué ça aussi, on dirait.

– Il me connaît bien, c'est un fait. On est devenu amis, affirma Ophelia.

Rosie laissa échapper un petit rire avant de s'adosser à la banquette.

– Amis ? se moqua-t-elle gentiment, peu convaincue. Tu ne t'entends pas parler, je crois, ajouta-t-elle, attendrie, tandis que le sommeil la rattrapait.

Ophelia resta muette et Rosie bâilla longuement avant de reprendre :

– Tu n'es pas jalouse, Ophelia. Tu veux simplement partager sa vie. Voilà pourquoi tu t'es jetée à son cou. Tu l'aimes, affirma Rosie. Tu n'as jamais utilisé de tels mots pour décrire Josh. Tu n'as jamais parlé de lui avec tant d'émotion. Tu l'aimes, répéta-t-elle. Il n'y a pas de honte à ça. Sauf si tu te mens à toi-même, conclut-elle dans un sourire avant de laisser sa tête retomber sur le dossier capitonné de la banquette et de s'endormir paisiblement.

C'était de loin la chose la plus belle que sa petite sœur lui ait jamais dite.

Ce fut aussi la dernière avant que tout ne bascule.

Les minutes passèrent et Ophelia resta pensive, tandis que sa petite sœur, auprès d'elle, dormait comme un bébé. Il y eut alors un coup de tonnerre qui illumina brièvement la nuit noire, puis une rafale de vent s'engouffra dans la pièce en même temps que l'homme qui se jeta sur Ophelia. Sa tête heurta le parquet, elle perdit connaissance sur le coup.

# Deuxième partie

# 11

Ce fut une violente migraine qui fit émerger Ophelia. Pourtant, quand ses yeux s'ouvrirent, tout resta noir. Quelle heure était-il ? Elle chercha à porter la main à son front mais constata qu'elle était bloquée par quelque chose. Une attache en plastique ? Oui, c'étaient bien des colliers de serrage, et ça faisait mal. Il ne lui fallut pas plus de quelques secondes pour comprendre qu'elle ne pouvait pas non plus bouger les jambes et qu'elle était fermement ligotée, allongée sur une sorte de fin matelas au sol. Instantanément secouée de frissons de peur, elle tourna la tête de tous les côtés, cherchant désespérément à ne serait-ce qu'apercevoir un mince rai de lumière. Mais rien. Tout était d'une obscurité totale. Elle avait froid. Ça sentait le renfermé et l'humidité et le seul son qu'elle entendait était celui, étouffé, de l'eau qui gouttait quelque part. Le souffle court, elle sentit la panique l'envahir et voulut appeler à l'aide ; mais sa bouche était bâillonnée.

Que s'était-il passé ? Où était-elle ? Était-elle seule ? Les questions s'entrechoquaient dans son esprit et avant qu'elle n'ait pu envisager la moindre explication, elle se souvint de la discussion avec Rosie juste avant le violent coup de vent qui avait laissé place au néant. Elle avait beau prier pour y voir clair, quand elle commença à s'imaginer ce qu'on comptait faire d'elle, à en juger par ses liens qui commençaient déjà à lui blesser les poignets et les chevilles, elle se dit qu'il valait peut-être mieux ne pas le voir venir. À vrai dire, c'était la toute première fois de sa vie qu'Ophelia ne se sentait pas en sécurité, et... c'était terrifiant. L'angoisse – d'être frappée, violée, tuée ou torturée — s'était infiltrée dans chacune de ses veines. Elle tenta de se repasser la scène encore et encore, espérant déceler parmi ses souvenirs un détail, une impression ou n'importe quoi qui puisse lui permettre de comprendre où et comment elle était arrivée là, mais rien.

Blackout total.

Le coup qu'elle avait pris l'avait laissée inconsciente pendant une durée indéterminée. Compte tenu de l'obscurité totale dans laquelle elle baignait, Ophelia n'avait aucun repère. La peur de souffrir et de mourir fit alors place à l'image insoutenable du visage de Rosie. Sa petite sœur devait être plus traumatisée encore de l'avoir ainsi vue disparaître dans la nuit noire.

Soudain, il y eut un mouvement. Un mouvement brusque et furtif, mais proche, qui l'effraya bien qu'elle ne puisse en saisir l'origine. Était-ce un animal ? Une personne ? Une autre femme qu'on aurait ligotée auprès d'elle ? Et si elles étaient plusieurs ? Oh ! cela pouvait-il être Rosie ? Mon Dieu, faites que ce ne soit pas Rosie, je vous en prie, faites que ce ne soit pas Rosie. Il y eut un nouveau silence, et Ophelia, cherchant désespérément un moyen de contrôler quelque chose pour ne pas perdre toute emprise sur son existence, se mit à compter. Elle compta, pour essayer d'au moins pouvoir garder une idée du temps qu'elle passerait là-dedans. Mais l'angoisse et toutes les interrogations qui allaient avec se bousculaient toujours tant dans son esprit qu'elle perdit le compte et recommença.

Une fois.

Deux fois.

Dix fois.

Les larmes lui montèrent. De colère, de frustration, d'effroi. Elle ne maîtrisait rien. Ni son souffle, qu'elle jugea trop bruyant dans ce silence presque absolu, ni son cœur, qui s'emballait, ni ses pensées, qui fusaient dans tous les sens à la recherche ne serait-ce que d'une bribe de souvenir à laquelle se raccrocher. Rien. Elle n'avait plus le contrôle sur rien.

Il y eut soudain un nouveau mouvement, suivi d'un affreux gémissement. *Près, tout près. À un ou deux mètres, tout au plus.* Et au son, ce n'était ni un animal à l'agonie, ni Rosie. C'était un homme.

Il toussa.

*Sam ?*

Elle voulut parler à nouveau, secouée par l'inquiétude. Mais de nouveau il toussa, et elle n'eut plus aucun doute, elle avait reconnu sa voix.

*Mon Dieu ! Sam !*

Avait-il été battu et enfermé avec elle, lui aussi ? Elle se souvint de l'état dans lequel elle l'avait laissé fuir après l'incendie, et fut à la fois soulagée de le savoir encore en vie et terrifiée à l'idée qu'il soit à l'agonie. Il semblait bien mal en point... L'avait-on frappé, encore ? Le désir de lui venir en aide était si fort qu'elle chercha à se débattre à nouveau, mais fut vite rappelée à l'ordre par la douleur des liens qui s'enfonçaient dans sa peau. Il toussa de plus belle, d'une voix rauque et d'un souffle manifestement éprouvant. Puis plus rien. Le silence de plomb ponctué du bruit lointain de l'eau reprit place, la laissant plus seule encore. Était-il endormi ? Inconscient ? Dans le coma ? *Pourvu qu'il ne soit pas mort...* Plus les minutes s'égrenaient, plus l'angoisse la gagnait. Depuis combien de temps Sam était-il là ? Est-ce que quelqu'un avait seulement la moindre idée de ses blessures ? Viendrait-on bientôt à leur secours ? Est-ce qu'on les recherchait, au moins ? Oui, ça ne faisait aucun doute. À moins qu'on ait aussi enlevé Rosie et que ce soit encore la nuit et que... et que leurs parents ne se soient pas encore aperçus de leur absence. Est-ce que Rosie était ici ? *Est-ce qu'elle est saine et sauve ?* Si c'était encore la nuit, Lawrence et Caroline étaient peut-être encore endormis. Le tonnerre avait grondé si souvent cette nuit-là qu'il était peu probable qu'ils aient entendu quelqu'un entrer. Peut-être même qu'une fois le jour levé ils ne s'inquiéteraient pas de ne pas les voir descendre pour le petit-déjeuner, puisqu'il arrivait aux deux sœurs de bavarder si tard qu'elles ne s'éveillaient qu'en milieu de matinée le lendemain...

Les théories, les angoisses et le stress fusaient dans la tête d'Ophelia. Elle avait soif. Et elle avait perdu le compte des minutes depuis belle lurette quand ses yeux, soumis à tant de pression, se fermèrent d'épuisement.

♪

Les colliers de serrage se rompirent et la sensation de sa cheville libérée réveilla Ophelia. La faible lumière d'une lampe à dynamo éclairait le visage tuméfié de Samuel qui, à plat ventre et à bout de forces, s'affairait à couper ceux qui maintenaient son autre jambe avec la lame d'un vieux couteau. Elle tenta de parler mais elle était toujours bâillonnée.

– Chut, souffla-t-il. Pas un bruit. On pourrait nous entendre. Je l'enlève mais tu gardes ta voix basse, OK ?

Elle opina. Tendant une main tremblante vers elle, Sam libéra sa bouche du vieux bout de tissu.

– Sam...

– Tout doux, lui dit-il en retirant le lien en plastique. Tu as pris un coup sur la tête.

– Sam, où est-on ?

Il ne répondit pas.

– Tu vas bien ? s'inquiéta-t-elle.

– J'ai connu mieux.

– Est-ce que Rosie est ici ?

– Non. Pas que je sache.

– Ils t'ont enlevé, toi aussi ? Qu'est-ce qui s'est passé ?

Il soupira.

– Il faut qu'on reste tranquille, Ophelia.

– Mais il faut qu'on appelle à l'aide...

– Non, ça ne ferait qu'envenimer la situation. Fais-moi confiance, le plus discret on se fait, le mieux on se porte.

– D'accord, répondit-elle.

Il fut secoué par une nouvelle quinte de toux qu'il tenta de retenir pour ne pas faire de bruit. Un gémissement s'échappa de sa gorge malgré lui tant la douleur refaisait brutalement surface maintenant que l'adrénaline ne coulait plus dans ses veines.

– Sam, tu as besoin d'aide.

– J'ai quelques côtes cassées. Ça se remettra tout seul.

– Il faut que tu voies un médecin.

– Non, lâcha-t-il fermement. On ne peut pas bouger d'ici. Tu comprends ?

Elle pouvait lire la terreur dans sa voix rendue rauque tant il avait inhalé de fumée.

– Mais que t'ont-ils fait ? Est-ce qu'ils vont revenir ?

– Laisse-moi détacher tes poignets.

– Ils savent que tu as un couteau ? demanda-t-elle, préoccupée.

– Ne t'inquiète pas pour ça, souffla-t-il en se laissant retomber sur le sol.

Ses mains enfin libres, elle s'assit et se précipita sur la lampe de poche pour examiner Samuel sous toutes les coutures. Malgré l'éclairage de fortune, elle n'eut pas de mal à distinguer son visage si gonflé qu'il en était déformé, et la coupure toujours nette à son sourcil. Elle releva lentement son tee-shirt sali par la poussière et la suie, et découvrit avec horreur les très larges et sombres ecchymoses qui couraient depuis ses flancs jusqu'à son torse.

– Depuis combien de temps est-on ici ? lui demanda-t-elle.

– Je n'en sais rien. Je n'ai pas de montre.

– Il faut qu'on sorte. Tu dois aller à l'hôpital.

– On ne doit pas sortir ! répliqua-t-il vivement. On ne doit pas sortir, Ophelia, tu m'entends ? répéta-t-il fermement.

Elle ne savait pas ce qui se passait, mais il ne faisait aucun doute que c'était sérieux et qu'il y avait lieu de rester à la fois silencieux et prudents.

– On fait quoi si tu fais une hémorragie interne ?

– Rien. On ne fait rien. Plutôt crever ici auprès de toi que de vivre loin, répondit-il, catégorique. Il me faut juste un peu de repos... ajouta-t-il en fermant les paupières, épuisé par la souffrance due à ses multiples blessures.

Ses traits étaient crispés et son inquiétude palpable. Mais il était là. Avec elle. En vie. C'était l'essentiel. Peu importe comment ils avaient atterri ici, finalement. Elle voulait être avec lui, elle en était absolument certaine, désormais.

– Sam ?

– Oui.

– Sam, je... je...

Les larmes montèrent à Ophelia sans qu'elle puisse les contenir.

– Je suis là, Ophelia. Ça va aller.

Elle tâta le sol froid. Du carrelage ? De la pierre ? Du marbre, peut-être, même ? Puis elle s'allongea prudemment auprès de lui. Entremêlant ses doigts aux siens, elle se blottit le long de son dos et murmura :

– Sam, je t'aime. Depuis le début et pour toujours.

Dans la pénombre, il esquissa un sourire et perdit connaissance.

# 12

Tennessee, environ quatre ans plus tôt

Bob fut éveillé par une sensation oubliée depuis trop longtemps : la chaleur du corps de Jane qui se lovait derrière lui. Il ouvrit les paupières, surpris. Il devait être très tôt. Cinq ou six heures du matin, guère plus, s'il s'en tenait au fait que son réveil n'avait pas encore sonné et au jour qui semblait seulement se lever de l'autre côté du voilage de leur fenêtre entrouverte. Il se délecta de cette étreinte inattendue. La dernière fois qu'elle s'était ainsi blottie contre lui remontait à si longtemps qu'il n'en avait même plus le souvenir. Il avait préféré essayer d'oublier à quel point il avait besoin de son contact, et là, à cet instant, il préféra ne pas chercher à comprendre ce qui l'avait soudain poussée à rompre la distance qu'elle avait mise entre eux au fil des années. C'était trop agréable et trop rare pour être gâché. Elle poussa un soupir en le serrant contre elle et il sentit le désir monter en lui. Comme elle lui avait manqué ! Comme c'était exquis d'ainsi la retrouver !

Exalté par la réconciliation sur l'oreiller qui se profilait à l'horizon, il passa sa main sur la sienne, déterminé à lui faire si bien l'amour que plus jamais elle n'aurait envie de se dérober. Transi, il n'eut pourtant pas même le temps de se retourner pour l'embrasser qu'il entendit sa femme murmurer dans son sommeil :

– Law, je t'aime...

Robert Kroeger sentit l'adrénaline prendre possession de son corps entier sous la violence de cette petite phrase qui venait tout bonnement de briser son cœur. Poussé par les larmes de colère qui remplirent ses yeux sans qu'il ne puisse les réfréner, il sortit en trombe du lit, attrapa quelques fringues et ses clefs, monta dans sa Chevrolet rouge et quitta Belvedere Creeks.

♪

– Je suis désolé, vieux.
– C'est moi qui suis désolé, lâcha Bob.
– Tu n'y es pour rien, le rassura Joe en finissant sa bière.
– C'est bien ça le problème. Il était le premier. Il sera toujours le premier. Je n'ai jamais eu ma chance face à lui. Je suis le second. Un lot de consolation, ni plus ni moins.
– Un lot de consolation qu'elle a épousé et avec qui elle a eu deux enfants, quand même, tenta Joe.
– C'est ce que j'ai essayé de me dire pour me rassurer pendant des années. Et pourtant, tu vois, ça n'aura rien changé.
– Ça ne veut pas dire qu'elle ne t'aime pas.
Bob ricana.
– Tu crois ? Pourtant c'est son nom à lui qu'elle prononce au lit. C'est à lui qu'elle pense quand elle dort à côté de moi.
Joe marqua une pause, démuni. Puis il désigna leurs bouteilles vides et lança au barman :
– Deux autres.
– Nan, le corrigea Bob, *Whiskey* sec, pour moi.
Joe lui jeta un œil soucieux.
– T'es sûr ?
– Certain.
– Il n'est pas dix heures du matin.
– Et alors ? Je compte pas aller bosser aujourd'hui, si t'as pas encore compris.
Joe soupira.
– Les femmes.
Le barman posa une bière devant lui et un verre de Jack Daniel's devant Bob, qui le but cul sec.
– Bob, tu peux pas te laisser abattre comme ça. T'as des gosses, eh.

## CHAPITRE 12

– Et puis ?

– Et puis ça leur arrivera peut-être à eux, aussi, un de ces jours. Tu leur apprends quoi, là, hein ? Qu'à part picoler, y a rien à faire dans ce genre de situation ? Faut les préparer, les p'tiots. Ça arrive à n'importe qui. À des types bien, comme toi. Ça pourrait arriver à ton Sam. Et à des filles bien comme la tienne, aussi.

– Pas à Maxine. Il ne lui arrivera rien.

– Mais tu s'ras pas toujours là pour veiller sur elle, mon pote. Un de ces jours, elle fera sa vie, ses expériences.

– Je garderai un œil dessus. Hors de question qu'elle se fasse avoir comme moi.

– Suffirait de lui apprendre à se battre pour ce à quoi elle tient. Et tu peux pas faire ça si tu t'mets à traîner dans les bars.

Bob lâcha des yeux le fond de son verre vide et leva un regard offusqué vers son collègue et ami de longue date.

– Et je fais comment, Joe, hein ? Je fais comment pour ramasser ce qui reste de mon estime et conquérir le cœur de ma femme qui l'a déjà donné à quelqu'un d'autre ?

Joe resta silencieux. Il connaissait Robert Kroeger depuis des dizaines d'années et ne l'avait jamais vu ainsi bouleversé – à très juste titre, malheureusement. Bob était tombé amoureux de Jane au premier regard. Cette jeune Anglaise arrivée à Nashville avait volé son cœur en un battement de cils, ils s'en étaient d'ailleurs allègrement moqués, jadis. Le jeune Bob avait remué ciel et terre pour la conquérir, il avait arboré le sourire le plus comblé du monde le jour de leurs noces, et sué corps et âme pour lui bâtir cette maison de style colonial dont elle rêvait, du porche à la barrière en bois blanc. Il lui avait tout donné. Pourtant, les années passant, il avait assisté impuissant à son plongeon dans la mélancolie et son passé plutôt que dans leur futur commun. Il l'avait sentie lentement glisser vers le tréfonds des souvenirs de sa vie d'avant, auxquels il n'avait pas su l'arracher.

Il y avait eu de brèves accalmies, des lueurs d'espoir, le temps de ses deux grossesses qui, comme par magie, lui avaient un peu rappelé qu'il était le père de ces deux enfants qu'elle avait tant désirés. Mais ces marques d'affection et ce regard amoureux n'étaient réapparus que brièvement et s'étaient évaporés quelques semaines après les naissances de Samuel puis de Maxine, sans qu'il ne puisse rien y faire. Comme si, finalement, cela n'était pas suffisant, bien que lui-même n'ait jamais envisagé chose plus précieuse qu'une naissance. Il s'était imaginé que cela les lierait pour de bon, puis il avait fait face à la pire désillusion de son existence. Les années avaient passé. Les enfants avaient grandi. Et Bob n'avait lentement mais sûrement plus du tout occupé la place de l'amant, ni même de l'ami. Ils étaient devenus colocataires. Oui, ils partageaient le même lit. Oui, ils prenaient leurs repas ensemble le dimanche. Non, ils ne se disputaient pas pour autant, du moins, pas vraiment. Mais ils ne parlaient plus. Elle s'était refermée sur elle-même, comme happée par une dimension dans laquelle il n'avait jamais pu entrer et qui lui restait hermétique. Jane avait pourtant laissé Samuel entrer dans son monde bien volontiers – Œdipe, sans doute, en avait conclu Bob avec un certain détachement, avant de se mettre malgré lui à envier ce fils qui se délectait de l'affection de Jane tandis que lui en était si assoiffé. Il avait alors choisi de se concentrer sur ce qui lui restait de plus précieux : sa fille.

– Le problème n'a rien à voir avec moi, conclut Bob en vidant le deuxième verre de *Whiskey*. Le problème, c'est ce Lawrence. « Lawrence », se moqua-t-il. C'est ridicule, pour un avocat, en plus.

Joe n'osa même pas sourire tant l'état de son ami le préoccupait.

– C'est lui qu'elle aime. Elle a vaguement essayé de l'oublier avec moi, parce qu'elle était arrivée ici malgré elle et que, eh bien, fallait bien qu'elle trouve une distraction, j'imagine. C'est au moins ça de rassurant. Dans le fond, c'est pas contre moi.

# 13

Il faisait froid et humide, la pénombre était toujours aussi dense malgré les heures qui passaient. Pas un courant d'air, pas non plus une once de lumière qui se dessinait. Ophelia en avait conclu qu'ils devaient être en sous-sol. Ou alors, dans une pièce borgne et drôlement bien isolée. La théorie d'une cave lui semblait mieux se tenir, cela dit, même si ce qui ressemblait à du marbre au sol ne collait pas vraiment. N'était-ce pas dans les caves que les cinglés et autres tueurs en série préféraient retenir leurs victimes, de toute manière ? Combien de temps s'écoulerait avant que leur ravisseur ne revienne, d'ailleurs ? Que comptait-il faire d'eux ? Une rançon ? Mais oui, évidemment, une rançon. Cela semblait logique, ses parents étaient de loin les personnes les plus riches du comté, avec un peu d'imagination et un plan précis, il y avait de l'argent facile à se faire. Et Sam, alors ? Pourquoi l'avait-on séquestré, lui aussi ? *Dommage collatéral*, pensa Ophelia sans hésiter. Sam et son côté protecteur, Sam qui avait toujours su garder un œil sur elle à distance, discret mais présent, tel un ange gardien. Il avait sans le moindre doute surpris le type, tenté de s'interposer. Sauf que compte tenu des blessures que Bob lui avait infligées, malgré sa force, il avait perdu le dessus. Il suffisait qu'il ait trouvé plus fort que lui, voilà tout. Et pour qu'il soit lui aussi coincé dans cette cave, il ne faisait aucun doute que l'homme disposait d'une force suffisante pour les y avoir conduits, ou traînés.

*Au moins, on est ensemble.*

Certes. Mais ils étaient aussi enfermés Dieu savait où, et par quelqu'un d'assez robuste et d'assez malin pour les y retenir dans le plus grand secret, si bien que personne ne les avait encore retrouvés, alors que toute la maison Cavendash et ses parages devaient déjà être remplis d'officiers de police.

Samuel s'était évanoui si vite qu'elle se faisait sérieusement du souci pour sa vie. Elle ne savait pas précisément ce qui avait bien pu lui arriver après qu'elle l'eut vu disparaître dans les bois, chancelant, tandis que l'incendie faisait encore rage dans sa maison. Ce qui était certain, c'était qu'il était salement amoché. Ophelia avait donc exploré chaque recoin de la petite pièce à la lumière de la vieille dynamo, déterminée à trouver de quoi soigner les blessures de Samuel. L'agacement l'envahissait un peu plus à chaque fois qu'il lui fallait la remonter tant la batterie fatiguait vite. Cela devait faire moins d'une dizaine de mètres carrés. À une vingtaine de centimètres du sol, il y avait une épaisse porte en métal. Verrouillée, bien entendu. Par endroits, le marbre brisé se mêlait à du béton et de la terre battue. Dans un recoin, elle avait découvert de vieilles toilettes dépourvues de cuvette et un robinet rouillé sur le mur, qui gouttait dans un seau en plastique, juste en dessous. Au pied de ce qui avait l'air d'un fin matelas de plage posé à même le sol, il y avait un tas important de conserves qui n'avaient pas eu le temps de prendre la poussière – haricots, raviolis, soupe. Tout cela avait-il été sciemment préparé pour les maintenir prisonniers à long terme ? En se restreignant, il devait y avoir des vivres pour plusieurs semaines au moins. De quoi faire monter les enchères pour qu'on les libère ? Combien de temps comptait-on les tenir prisonniers, au juste ? Chassant cette idée de son esprit, Ophelia s'approcha d'une pile de vieux vêtements pliés à la va-vite, près de ce qui semblait être une couverture en laine. Cherchant un linge le plus propre possible dans l'idée de nettoyer les plaies ouvertes de Samuel, elle découvrit en dessous une glacière en plastique dans laquelle on avait consciencieusement rangé deux petites serviettes éponge, quelques gobelets en plastique, du savon solide, du dentifrice, une brosse à dents, une bouteille de vodka, et, surtout, une surprenante variété de médicaments. Des boîtes d'ibuprofène et de paracétamol, du collyre, des antidiarrhéiques et vomitifs, une boîte d'antispasmodiques, un spray antiseptique, des pansements, de l'eau oxygénée. Au fond, il y avait même du coton, une bande neuve, du sparadrap et… quatre paquets de serviettes hygiéniques. Ce détail, bien qu'attentionné de prime abord, confirma les craintes d'Ophelia ; manifestement, on comptait les garder là-dedans assez longtemps pour qu'elle en ait l'usage.

*Le plus urgent, c'est Sam*, se dit-elle pour s'insuffler du courage et cesser de s'apitoyer sur leur sort. Déballant la boîte d'ibuprofène, elle en sortit deux comprimés qu'elle cassa au mieux dans un gobelet avant d'y ajouter un petit fond d'eau. Après avoir versé cela avec précaution dans la bouche de Samuel, à la faible lueur de la lampe dynamo qu'elle tenait entre ses dents pour y voir assez clair, elle le couvrit avec le vieux plaid en laine et s'en retourna à la glacière pour trouver de quoi panser ses blessures et ses brûlures.

♪

– Ophelia ? souffla-t-il d'une voix rauque, sa bouche ayant rarement été aussi pâteuse.

Passant lentement la main sur sa joue gauche – celle qui était la moins amochée —, elle lui répondit :

– Hey. Comment te sens-tu ?

Sam porta la main à son front, puis tâta son visage entier et constata qu'il avait considérablement dégonflé. Il avait des pansements un peu partout. Au sourcil, sur certains doigts, sur le bras, aussi.

– Mieux, on dirait. J'ai dormi combien de temps ?

– Je n'en ai aucune idée. Assez longtemps pour que tu ne sois plus rasé d'aussi près qu'à ton habitude, se moqua-t-elle gentiment. Ça te va bien, tu sais, la barbe de trois jours.

Il sourit. La douleur était bien moins vive même si son corps entier lui semblait peser le poids d'un âne mort tant il était ankylosé. Il remarqua qu'il était allongé sur le côté. Tâtant du bout des doigts ce qu'il avait dans le dos, Samuel comprit qu'elle l'avait calé avec des vêtements enroulés.

– Je suis désolée, je n'ai pas osé te déplacer sur le matelas, j'avais trop peur d'aggraver tes blessures. Je t'ai juste changé de côté de temps en temps, histoire que tu n'aies pas trop mal au dos à cause du sol.

Il rit faiblement.

– Parce que tu crois que tu aurais réussi à me déplacer jusque sur le matelas, peut-être ? se moqua-t-il en toussotant.

Rassurée de l'entendre s'exprimer ainsi, elle rit à son tour. Il n'était manifestement pas en danger de mort.

– Je l'ai fait pour te sortir de l'incendie, je peux recommencer. Je ne suis pas aussi frêle qu'on pourrait le croire... même si j'en ai encore des courbatures, avoua-t-elle.

Malgré la lueur faiblarde de la lampe, il la regarda avec tendresse et constata une fois encore à quel point elle était belle.

– Comment te sens-tu ? s'enquit-il. Ta tête ?

– Bien. Je me sens bien. Je n'ai plus qu'une grosse bosse, mais rien de bien méchant, ne t'inquiète pas pour moi. Il avait tout prévu pour qu'on ne manque de rien. Il y a de quoi manger, boire et même se soigner un minimum. C'est aussi rassurant que flippant, avoua-t-elle.

– Tant mieux si tu vas bien, répondit-il en cherchant à déglutir.

Il y eut quelques secondes de flottement.

– Il n'est pas revenu, l'informa-t-elle, soudain plus grave.

– Qui ça ?

– Le type. Il n'est pas revenu.

Samuel tenta de s'éclaircir la voix.

– Je meurs de soif.

– C'est normal, tu n'as rien bu pour de vrai depuis... eh bien, je ne sais pas depuis combien de temps, mais trop longtemps, c'est certain. J'ai régulièrement versé de l'eau dans ta bouche, par toutes petites doses. Je vais t'en chercher un verre, attends, ajouta-t-elle en se levant.

– Il faut que j'aille pisser.

Elle n'eut pas le temps de s'agenouiller près de lui que déjà il se redressa.

– Hey, tout doux, tout doux. Je vais t'aider. Il y a des toilettes, là. La chasse d'eau est cassée. Mais le robinet dans le mur fonctionne à peu près.

Elle l'obligea à passer son bras sur ses épaules et l'aida à se relever lentement en s'appuyant sur elle. La douleur se réveilla dans ses côtes, vive, incisive. Il gémit. Cela dit, c'était considérablement plus supportable qu'auparavant.

– Il faut qu'on trouve un moyen de bander ton buste pour essayer de maintenir tes côtes les plus immobiles possible et limiter la casse, annonça-t-elle en l'accompagnant vers les toilettes. Je vais couper quelques fringues, on va trouver une idée, dit-elle en se tournant pour le soutenir tout en lui laissant un minimum d'intimité le temps qu'il urine.

Elle le raccompagna ensuite jusqu'au matelas où il s'assit, puis lui rapporta un verre rempli de l'eau du vieux robinet. Il le but lentement, suivant les instructions d'Ophelia qui avait peur de le voir vomir tant son corps avait été malmené. Finalement, elle l'aida à s'allonger et il soupira de soulagement. Tandis qu'elle se mit à découper au couteau quelques pans des vieux vêtements pour tenter de le panser, elle murmura :

– J'ai peur, Sam.

Elle ne s'en rendit pas compte, mais il fut alors envahi par des sentiments si contradictoires qu'il en eut des palpitations.

– Je sais. Mais on est ensemble, dit-il en fermant les yeux et saisissant ses doigts.

– Je ne veux plus jamais qu'on soit séparé. Je crois qu'il... qu'il veut que mon père le paye en échange de ma liberté. Mais toi... Je ne veux pas qu'il te... Je ne veux pas qu'il te tue, avoua-t-elle en sentant sa gorge se nouer.

Un sanglot la secoua tant la panique l'envahissait.

– Ça va aller, Ophelia. Je te le promets. Ça va aller. Je ne compte aller nulle part. Personne ne va me tuer, affirma-t-il en serrant sa main dans la sienne.

Interloquée par le ton de sa voix, elle essuya ses larmes, et lui répondit alors :

– Co... Comment peux-tu en être aussi sûr ?

# 14

Ophelia secouait frénétiquement la poignée métallique, poussée par une rage telle qu'elle n'en avait jamais ressentie. Pourtant, la lourde porte ne bougeait pas d'un pouce ni ne générait le moindre bruit.

– Arrête, tu vas te blesser, lui dit Sam.

Mais elle ne l'écouta pas et se mit à frapper dessus des deux poings. La lampe allumée posée sur le sol éclairait faiblement le visage de Samuel, étendu sur la paillasse. Il faisait sombre depuis si longtemps que tous deux s'étaient habitués à l'obscurité et se contentaient désormais sans peine de cela pour y voir à peu près clair.

– Ça ne sert à rien de t'acharner, l'idée est précisément que ça reste verrouillé, commenta-t-il. Elle est blindée.

– On finira par m'entendre. Ça doit forcément résonner de l'autre côté, lâcha-t-elle les dents serrées et les doigts déjà endoloris.

– Non, lui dit-il calmement, toujours allongé.

Elle se retourna et le dévisagea.

– C'est la douleur qui te rend à ce point stoïque ? Où est passée ta fureur de vivre ? lâcha-t-elle d'une voix presque agressive.

Samuel n'avait pas encore craché le morceau, redoutant indubitablement sa réaction. Il ne lui avait certes pas dit la vérité de but en blanc, mais il n'était pas pour autant responsable du scénario alternatif qu'elle s'était imaginé seule alors qu'il était inconscient. Elle croyait dur comme fer à ce ravisseur qui les tenait prisonniers tous les deux, elle s'était convaincue de cette histoire de rançon qui lui semblait être si évidente compte tenu des moyens de sa famille – si bien qu'elle n'envisageait de toute évidence pas une seconde que les choses puissent en être autrement. Et s'il la laissait y croire ? Après tout, rien ne l'obligeait à lui dire la vérité. Peut-être même pouvait-il se faufiler dans cette brèche et savourer sa présence autant de temps que l'illusion ferait effet. Ce serait parfait : elle se réfugierait auprès de lui, rechercherait son contact, la sécurité de ses bras. Elle s'abandonnerait à son amour, enfin. Elle prendrait soin de lui et ils pourraient vivre quelques semaines d'une idylle au cours desquelles rien d'autre que lui ne compterait. C'était tentant. Et c'était elle qui avait monté ça de toutes pièces, pas lui.

L'estomac de Sam fut alors submergé par une forte nausée et il se pencha vers le côté par réflexe.

– Sam ? Ça va ? s'inquiéta-t-elle en s'approchant instantanément.

Elle craignait une commotion cérébrale. Elle n'avait pas le moins du monde conscience que c'était l'aspect aussi tortueux qu'ignoble de son propre raisonnement qui venait de le dégoûter jusqu'à lui en donner de véritables haut-le-cœur.

– Ophelia.

– Oui ?

– Viens par là, s'il te plaît, dit-il doucement en l'invitant à s'asseoir près de lui sur le fin matelas.

Elle s'exécuta.

– Ça va ? répéta-t-elle, toujours aussi préoccupée.

– Ça va. Je t'assure. Arrête donc de t'inquiéter pour moi, tu veux ?

– Non. Jamais, répondit-elle en approchant pour l'embrasser.

Mais il glissa ses doigts sur les lèvres d'Ophelia et la repoussa tendrement.

– Je ne peux pas.

– Tu ne peux pas quoi ?

– Te laisser croire à ça.

– Quoi ? Croire à quoi ?

Il prit une grande inspiration, sachant que la phrase qu'il s'apprêtait à prononcer sonnerait sans doute le glas de leur histoire, une histoire qu'il aurait étouffée dans l'œuf. Pourtant, il ne supportait pas l'idée de lui mentir. Physiquement même. C'était au-delà de ce qu'il pouvait endurer. La douleur, OK. Les coups, aussi. La honte, la tristesse, le deuil. Tout ça, il connaissait. Tout ça, il avait réussi à y survivre. Mais Samuel Kroeger avait le cœur d'une pureté rare. Et s'il ne comptait pas tout lui expliquer immédiatement, laisser Ophelia plonger dans ce cauchemar qu'elle considérait comme l'unique possibilité était bien au-dessus de ses forces. Il lança alors un coup d'œil à la porte et ajouta :

– C'est une porte acoustique.

– C'est-à-dire ?

– C'est-à-dire que non seulement on ne peut pas l'enfoncer, mais qu'en plus, personne ne peut ni nous entendre parler, ni t'entendre cogner dessus.

Elle l'observait, interdite, les sourcils froncés.

– Je ne comprends pas.

– Nous sommes en sous-sol. Outre la porte, on est trop loin sous terre pour que le moindre son ne fuite. Je le sais parce que... Parce que...

Il y eut quelques secondes de silence.

– Sam.

– Oui.

– Sam ? supplia-t-elle.

– Oui.

– Sam, ne me dis pas que... Que c'est toi qui...

Il sentit sa gorge se serrer.

*Ça y est, c'est fini.*

– Si. Je suis désolé.

Elle le gifla violemment.

♪

– Je te déteste ! hurla-t-elle, ne pouvant retenir les larmes de colère qui s'échappaient de ses yeux depuis de longues minutes déjà.

– Je sais... souffla Samuel.

Elle donna un vigoureux coup de pied dans la porte, qui ne bougea ni n'émit le moindre son, ce qui fit redoubler son courroux de plus belle.

– Comment as-tu pu ? Mais qui es-tu pour te saisir de moi, hein ?
– Personne. Je ne suis personne.
– JE NE T'APPARTIENS PAS ! hurla-t-elle à pleins poumons.
– Bien sûr que non. Tu n'appartiens à pers...
– Tu es fou, Samuel ! le coupa-t-elle. FOU !

Sam l'avait déjà vue bouillonner, il l'avait déjà entendue s'emporter. Sous la pluie, quand ils étaient loin de tout et de tout le monde, quand l'orage grondait, elle ne lui avait pas une seule fois dissimulé ses pensées, ses contrariétés, ses frustrations. Au cours de leurs rendez-vous pluvieux au vieux palais, Ophelia s'était à de multiples reprises révoltée de ce paradoxe insupportable. Celui qui mêlait sa culpabilité chronique au fait d'avoir en aversion une vie confortable quand d'autres crevaient de faim ou peinaient à joindre les deux bouts. Auprès de Sam, la soupape n'existait pas, elle ne filtrait rien. Avec lui, elle n'avait jamais hésité à déverser tout ce qui lui passait par la tête, à s'insurger contre l'aspect affreusement monotone de son futur tout tracé – tandis que, trop effrayée à l'idée de décevoir ses parents qui fondaient tous leurs espoirs en elle, et sa petite sœur, de qui elle était l'héroïne, elle s'était bien gardée d'évoquer ses conflits intimes, s'interdisant même de coucher ses sentiments par écrit au risque que l'on tombe sur ses notes et que la supercherie soit révélée. Cela faisait quelques années déjà qu'elle voyait sa vie comme une imposture de laquelle elle était complice, par respect pour ses parents, l'éducation et les valeurs qu'ils lui avaient transmises. Elle ne supportait pas l'idée de les décevoir, d'aller contre leurs plans, de faire peu de cas de tout ce qu'ils avaient espéré pour elle. Elle ne supportait cependant pas plus le fait de se mentir à elle-même, d'être ainsi spectatrice d'une existence qui lui glissait de plus en plus entre les doigts. Ophelia était malheureuse, ne savait pas sur quel pied danser ; elle était tiraillée au point d'en avoir oublié son libre arbitre.

Sam, lui, le savait pertinemment. C'était entre autres pour cette raison qu'il avait décidé de la soustraire au monde : lui rappeler sa liberté.

Les contrastes d'Ophelia la définissaient aux yeux du jeune homme, tout comme aux yeux de Josh, à vrai dire, bien qu'elle n'ait jamais osé se révéler à lui autant qu'elle se l'était permis avec Samuel. Aussi différents aient-ils été, tous deux avaient su sonder son cœur plus changeant que l'océan, ses pensées souvent en noir ou blanc plutôt qu'en niveaux de gris. Ophelia n'avait somme toute pas grand-chose de pondéré, en dépit de cette attitude sage et mesurée qu'elle avait si bien appris à manifester en société. Pourtant, sous son apparence docile, il y avait une fougue intense que personne, pas même elle, n'avait jamais réussi à maîtriser. C'était sans conteste cette personnalité fascinante mêlée d'une intelligence rare qui avait fait chavirer ces deux hommes que pourtant tout opposait.

Cette fois, en revanche, était bien différente. Cette colère n'était pareille à nulle autre. Non seulement Sam ne l'avait jamais vue ainsi, mais elle-même n'en avait jamais éprouvée de pareille. À cet instant, cloîtrée dans cette petite pièce, elle avait tout d'un animal sauvage qui s'agite férocement dans une cage.

L'instinct de survie.

La claustrophobie.

Le souffle court.

L'avidité de liberté.

Le regard paniqué.

Le cœur qui s'emballe et la raison qui défaille.

– Laisse-moi sortir ! mugit-elle.

Samuel voulut se lever, la prendre dans ses bras, tenter au moins de la calmer, lui expliquer. Il chercha à se redresser, mais la douleur dans ses côtes brisées était encore vive et le secoua avant même qu'il n'ait pu s'asseoir. Abdiquant, il se laissa retomber sur le côté.

– Je ne peux pas. C'est trop tard... déplora-t-il.

– MENTEUR ! LAISSE-MOI SORTIR ! JE TE DÉTESTE ! rugit-elle de plus belle, à tel point que sa voix s'érailla.

Il comprenait sa réaction, il s'était attendu à cette violence, à ces mots. *Je les mérite.* Mais tout candide qu'il était, il n'avait, au cours des longues semaines qu'il avait passées à préparer son enlèvement, jamais abandonné l'espoir qu'elle le remercie d'avoir mené à bien cette idée. Une idée qu'elle lui avait soufflée elle-même. Maintenant qu'il la voyait se changer en fauve sous ses yeux, maintenant qu'il entendait ses mots amers, il se rendait à l'évidence ; tout ça avait été voué à l'échec avant même qu'il n'ait envisagé avec sérieux de passer à l'acte.

– LAISSE-MOI SORTIR ! LAISSE-MOI SORTIR ! répétait-elle sans relâche à grand renfort de coups de poing contre la porte.

Elle hoqueta, haletante, puis toussa avant de reprendre d'une voix plus faible :

– Laisse-moi sortir ! Laisse-moi sortir, laisse-moi sortir...

Ophelia était épuisée. Murmurant inlassablement, elle se laissa glisser contre la porte jusqu'à tomber au sol, ses articulations blessées et ses poignets endoloris à force de taper contre le large pan de métal.

– Ophelia, je t'en prie, arrête. Je ne peux ni me lever pour t'empêcher de te faire du mal, ni te laisser sortir.

Elle porta alors ses doigts ensanglantés à ses tempes, le regard vide, balbutiant des phrases que Sam ne comprit pas. Aucun d'entre eux ne disposait de montre, et sans le moindre accès à la luminosité extérieure, il leur était impossible d'avoir la moindre notion ni de l'heure qu'il était ni du temps qui s'écoulait. Samuel avait sciemment pris cette décision, bien décidé à ce que cette parenthèse loin du monde soit dénuée de tout repère autre que celui qu'ils étaient l'un pour l'autre. Que plus rien d'autre ne compte, au propre comme au figuré.

– Ophelia, tu me fais peur, reviens près de moi, s'il te plaît, lui dit-il doucement.

Elle leva vers lui un regard assassin.

– Je te fais peur, hein ? Je te fais peur ? Et tu crois qu'il se passe quoi, dans ma tête à moi, là ? Hein, Sam ? Tu crois que je me sens comment, maintenant que je suis coincée dans un trou depuis lequel je ne peux ni voir le jour ni appeler à l'aide, recluse avec un dingue qui a pensé que le meilleur moyen de gagner mon affection serait de me retenir en otage ? Tu crois que je n'ai pas peur, moi ? Tu crois que je ne suis pas noyée d'effroi, peut-être ?

Elle avait enchaîné les phrases à une vitesse vertigineuse.

– Qu'est-ce qui a bien pu te passer par la tête, Sam ? Qui es-tu ? Est-ce que tu as seulement été honnête avec moi une seule journée ?

Tu veux quoi ? Le fric de mon père ? Qui es-tu ? répéta-t-elle. Un tueur en série ? Un collectionneur de femmes ? Un ado qui s'est tant fait maltraiter qu'il n'a rien trouvé de mieux comme moyen d'alléger sa peine que de me séquestrer ? C'est quoi ton plan ? Me violer ? Me dépecer ?

– Mais non, Ophelia, comment peux-tu...

– Est-ce que tu avais prévu ça dès que tu m'as rencontrée ? C'était ton plan, n'est-ce pas, de gagner suffisamment ma confiance pour que... je n'en sais rien, que je te tombe dans les bras et accepte de rester auprès de toi dans ce... dans cette cave ? Et puis où est-on, au juste ? Depuis quand tu manigances ça, hein ? Depuis notre rencontre au...

– MAIS ENFIN OPHELIA, NON ! C'ÉTAIT TON IDÉE ! C'ÉTAIT TON IDÉE ! s'écria Samuel d'une voix retentissante.

Il y eut un silence de plomb pendant lequel, bien qu'ils ne le perçoivent pas, leurs deux cœurs furent bousculés par de semblables palpitations.

– Quoi ? demanda-t-elle d'une voix étrangement calme après un moment.

Il lui lança un regard suppliant.

– C'est toi qui m'as demandé de t'enlever.

– Je ne suis pas sûre de te suivre.

– Tu me l'as dit une fois, deux fois, cent fois.

– Tu plaisantes, n'est-ce pas ? lâcha-t-elle. Tu n'es pas sérieux ?

Il hésita. Mais qu'y avait-il de plus à perdre, de toute manière ?

– Si. Je suis sérieux. Je l'ai toujours été. Et je pensais que tu l'étais aussi, à force.

Elle se releva lentement, ne le lâchant pas des yeux, choquée.

– Tu... tu m'as enlevée, parce que... parce que je te l'ai demandé ? répéta-t-elle, décontenancée.

– Oui, confirma-t-il.

Ophelia laissa sa tête tomber en arrière et prit une grande inspiration.

– C'est ça ? C'est donc ça, la raison ? Tu m'as enlevée parce que je t'ai dit de le faire ?

– Oui.

– Mais à quel moment m'as-tu pensée aussi sérieuse ? N'as-tu pas compris que c'était... je ne sais pas, moi, que c'était dit en l'air ? Que c'était simplement l'expression de mon mal-être ?

– Si.

– Alors ?

– Alors, je pensais aussi que, au-delà de ces paroles dites sous le coup des émotions, tu avais raison.

Elle approcha alors à pas de loup, s'assit près de lui et passa la main sur sa joue avant de lui murmurer :

– Sam, tout ça n'a rien de raisonnable. Laisse-moi repartir et on n'en parle plus. Je te promets que je ne dirai rien à personne, je dirai que j'ai fugué.

– Tes parents n'y croiront pas, ton père me hait. Ils me tomberont dessus tôt ou tard.

Ophelia tentait de garder son calme en dépit de l'adrénaline qui avait pris possession de son être tout entier. Elle devait le convaincre de la libérer. À tout prix.

– Je te couvrirai, je te le promets, dit-elle d'une voix faussement sereine. On va y réfléchir ensemble, tu vas me libérer, je te laisserai le temps de fuir avant de rentrer chez moi et tout sera terminé. D'accord ?

Il la connaissait trop bien pour ne pas avoir remarqué son ton peu assuré.

– Tu crois vraiment que je suis fou, pas vrai ? Je te terrifie, c'est ça ?

Elle ne répondit pas.

– Allez, Ophelia, essaie de prendre deux secondes de recul. As-tu oublié qui je suis ? Non, je ne suis ni avide du pognon des Cavendash, ni un psychopathe qui rêve de t'ajouter à son tableau de chasse. Je t'aime. Je viens de faire une énorme connerie, j'en ai bien conscience, mais je l'ai faite pour toi. Pour nous, aussi. Pour que tu ouvres les yeux, pour que tu distingues à quel point tu n'es pas toi-même auprès d'eux. Pour que tu réalises que... qu'aussi invraisemblable que ça puisse te sembler, c'est ici que tu peux réellement goûter à ta liberté.

Elle resta muette, cherchant à intégrer et interpréter du mieux possible ce qu'il venait d'énoncer. Mais elle ne savait plus sur quel pied danser. L'effroi de s'être trompée sur lui et d'être face à un déséquilibré flirtait avec l'espoir irrésistible qu'il soit bel et bien en train de lui dire la vérité, qu'il avait juste été dépassé par sa naïveté. Il lui demandait de prendre du recul, mais plus elle essayait, plus la situation lui semblait démente. En parallèle, elle ne pouvait se résoudre à le voir autrement que l'homme doux et l'artiste torturé qu'elle avait appris à connaître et à qui elle s'était si facilement confiée ces dernières années.

– Je me mets à ta place, reprit-il, la sortant de ses complexes réflexions, et je me doute bien que si vraiment... Si vraiment tu ne m'as jamais dit ça avec sérieux, tu dois être en train de paniquer intérieurement et de ne rêver qu'à t'échapper.

Elle le fixait, le souffle court, réduite au silence.

– Mais Ophelia... si jamais il y a une infime fraction de toi qui se souvient de ça, de nous, de la pluie qui tombait à verse, de ta tête posée sur mes jambes et de ces mots que tu as prononcés, si jamais au fond de toi tu crois les avoir pensés avec sérieux, ne serait-ce qu'une seule seconde, alors, je t'en prie, essaie de comprendre.

Évidemment qu'elle se souvenait. Évidemment qu'elle les avait pensés, qu'elle y avait rêvé, même juste un instant. Et pourtant. L'enlèvement sous les yeux de Rosie. La cave. La porte blindée. Les vivres. Les serviettes hygiéniques. Tout ça n'était-il pas extrême ? Ne devait-elle pas lutter pour sa liberté, pour remonter à la surface avant qu'il ne perde l'esprit pour de bon, ne la retienne définitivement, voire ne lui fasse du mal ? Elle rêvait de lui faire confiance. Elle l'aimait – ça, elle en était sûre, depuis l'incendie. Mais était-il vraiment celui qu'elle pensait ? Le doute la submergeait, mais Ophelia avait été conditionnée depuis son plus jeune âge à être raisonnable, à faire taire ses émotions. Il avait beau lui avoir dit que l'idée venait d'elle, elle ne pouvait se résoudre à excuser quelque chose d'aussi démesuré, même si ça revenait à faire le deuil d'une amitié et d'un amour profonds.

– Samuel, il faut mettre un terme à tout ça avant que ça ne prenne des proportions plus graves. Il n'est pas trop tard pour revenir en arrière. Je te connais, ajouta-t-elle en essayant tant bien que mal de camoufler sa peur sous une voix douce. Je sais que dans le fond tu ne me veux que du bien. Allons, laisse-moi repartir et on n'en parle plus. Même s'ils t'arrêtent, je te donne ma parole que je ne laisserai personne t'accuser, je n'accepterai pas de faire la moindre déposition, je ne témoignerai jamais contre toi, c'est au-delà de ce que je peux supporter, de toute façon. Je te le jure, dit-elle sincèrement. Laisse-moi repartir.

Il la regarda intensément, le cœur serré. Puis il caressa sa joue avec délicatesse, et elle ferma les yeux, oubliant tout l'espace d'un instant, submergée par une chaleur irrésistible.

Alors Sam annonça :

– Ophelia, tu l'as dit toi-même, tu l'as dit devant la maison en flammes : si on me trouve, on me jette en prison. Pour le meurtre de mon père. Ou tentative de meurtre, peu importe. Ma liberté à moi n'est déjà plus qu'un lointain souvenir, tu le sais aussi bien que moi. C'est trop tard. Tout ce qu'il me reste, c'est la vie et... toi. Ici. Maintenant. Tu comprends ?

Oui, elle comprenait. Et les larmes lui montèrent sous le poids de ces évidences auxquelles aucun d'eux ne pouvait plus se soustraire. Elle ferma douloureusement les paupières. Et Sam conclut :

– Je ne peux pas vivre sans toi. Si tu pars, je me fous en l'air.

# 15

– Comment ça, vous avez arrêté les recherches ? s'exclama Lawrence, furieux, tandis que Rosie fondait en larmes dans les bras de sa mère, au fond du couloir du commissariat, après son second interrogatoire.

– Asseyez-vous, Mr. Cavendash, dit l'homme aux cheveux grisonnants d'une voix ferme, en désignant la chaise devant son bureau.

Jetant un œil à Caroline qui tentait au mieux de calmer les pleurs de Rosie, Lawrence soupira, lissa sa cravate et obéit.

– Je ne comprends pas, lâcha-t-il, manifestement contrarié.

– Monsieur Cavendash, je ne vais pas passer par quatre chemins : nous pensons à une fugue.

– Une fugue ? répéta Lawrence, abasourdi.

– Une fugue, oui.

– Mais grand Dieu, c'est ridicule ! Ophelia ne songerait même pas à fuguer, enfin ! protesta-t-il avec véhémence.

– Avec tout mon respect, Monsieur, c'est ce que disent beaucoup de parents d'adolescents.

– Mais justement ! Ma fille n'est plus une adolescente, elle a dix-neuf ans, elle... elle est fiancée ! Elle est bien loin de ces enfantillages !

– Comme vous venez de le souligner vous-même, elle est majeure. Peut-être donc ai-je mal employé le terme « fugue », mais jusqu'à preuve du contraire... votre fille est partie.

– « Jusqu'à preuve du contraire » ? Et quelles chances avons-nous de prouver le contraire si tout à coup vous arrêtez de faire votre boulot ?

– Nous n'allons pas suspendre l'enquête précipitamment, rassurez-vous, expliqua Jones. Nous avons seulement décidé de concentrer nos efforts sur d'autres pistes. Les appels, le courrier, de potentiels signalements.

– Je ne vois pas en quoi cela est rassurant. Et vous prétendez quoi ? Qu'elle s'est fait la malle, comme ça ? Au beau milieu de la nuit ? Sans prendre ses affaires ni laisser un mot ?

– Elle n'a peut-être pas pris ses valises, mais elle a pris son cheval.

– Mais enfin, qui vous dit que c'est elle qui est partie avec ?

– Et la journée précédente semble avoir été riche en émotions, si je peux me permettre, poursuivit l'homme sans relever. Elle avait largement de quoi prendre une décision sur un coup de tête.

Lawrence le regarda, consterné.

– C'est ridicule. Il est évident qu'on l'a enlevée, nom d'un chien ! Et vous, vous comptez la laisser tomber ?

– Mr. Cavendash, répondit l'enquêteur avec calme, je comprends votre désarroi, et, tenant compte de vos inquiétudes, nous avons tout mis en œuvre jusqu'à présent pour fouiller la piste de l'enlèvement, croyez-moi. Nous avons interrogé les invités qui ont assisté à cette fête de fiançailles, les riverains, aussi. Et pour le moment, ce qui en ressort, c'est qu'une bonne cinquantaine de personnes ont constaté sans l'ombre d'un doute qu'une jeune fille de bonne famille s'était jetée au cou du pauvre garçon d'en face. Ce qui, je l'imagine sans peine, doit relever d'une certaine déconvenue pour votre épouse et vous-même.

Lawrence porta une main à ses cheveux roux, bouillonnant.

– Vous mélangez tout, dit-il en tentant de contenir sa colère. Je connais ma fille. Elle... elle aime le petit Coventry, j'en suis certain ! Et même si je... même si je ne la savais pas proche de ce misérable, du fils Kroeger... je...

Il s'interrompit, secoué par une bouffée de chaleur, puis desserra d'une main sa cravate.

– Tout va bien, Monsieur ?

Lawrence s'éclaircit la gorge.

– Oui. Enfin, non, non. Je suis sûr que vous vous plantez. Ça ne lui ressemble pas de partir sans même prévenir sa sœur.

– Monsieur...

Il s'interrompit.

– Quoi ? s'inquiéta Lawrence.

– Eh bien, il semblerait que votre cadette confirme notre théorie, Monsieur.

Lawrence ouvrit de grands yeux ébahis.

– Je vous demande pardon ?

– Votre fille Rosie nous a confirmé il y a quelques minutes les sentiments apparemment très forts d'Ophelia pour le jeune Kroeger. Elles en auraient discuté juste avant sa disparition, justement. Manifestement, c'est avec lui qu'elle rêve de vivre et non pas avec ce jeune médecin à qui vous l'avez promise.

– Rosie vous a dit ça ?

– Oui.

– Et qu'a-t-elle dit d'autre, hum ?

– Rien de plus que ce qu'elle vous a confié à vous et madame Cavendash. Elle ne se souvient pas de grand-chose, elle s'est réveillée sur la banquette de leur chambre parce qu'elle avait froid, a constaté l'absence de sa sœur, a paniqué et est montée vous prévenir.

– Et ça ? Ça ne vous inquiète pas ? fit Lawrence, acide. Vous croyez vraiment qu'elle n'aurait rien remarqué ?

– Il était plus de quatre heures du matin, quand vous avez appelé la police, Monsieur. Il va sans dire, d'autant plus après le fiasco des fiançailles et l'incendie voisin, que votre fille Rosie était exténuée. Ma théorie, c'est précisément qu'Ophelia a décidé de partir sur un coup de tête suite à cette conversation, et qu'elle est passée par la fenêtre ouverte sans risquer de la réveiller en prenant quoi que ce soit avec elle.

– Sérieusement ? Vous vous entendez parler, au moins ? gronda-t-il. Vous pensez que Rosie s'est simplement endormie après avoir bavardé avec sa sœur, et qu'elle ne l'a pas entendue se faire la malle ? Ça ne vous vient pas à l'idée qu'on l'ait menacée ou alors tant effrayée qu'elle ait fait un malaise ? Cela lui arrive régulièrement, vous savez ! Elle est fragile, la petite !

– Votre femme et vous-même avez admis qu'Ophelia est bien assez agile et sportive pour sortir par une fenêtre. Vous avez aussi reconnu vous être emporté contre elle après l'incendie... Il en faut rarement plus à une jeune femme pour prendre une décision impromptue.

– Certes, mais... ça ne veut pas dire que... grommela Lawrence en serrant dents et poings.

Constatant sans peine la détresse de ce père qu'il jugeait en plein déni, le policier prit une grande inspiration puis conclut, toujours d'un calme absolu :

– Monsieur Cavendash, vraiment, je compatis. Je suis moi-même père d'une fille de douze ans et j'imagine sans peine votre inquiétude. Mais je fais ce métier depuis plus de trente ans, et je dois m'en tenir aux faits. Nous avons passé votre propriété au peigne fin. Nous avons même inspecté une partie des environs, à votre demande. Mais nous n'avons pas constaté d'entrée par effraction ni trouvé la moindre trace prouvant que quelqu'un se soit introduit chez vous. Même le cheval, qui pourtant selon vos dires n'est pas du genre à se laisser approcher par n'importe qui, semble clairement avoir obtempéré. Et, surtout... il n'y a pas eu la moindre demande de rançon.

C'en était trop pour Lawrence. Excédé, il se leva de sa chaise et s'écria :

– Quel genre de flics êtes-vous, au juste ? Ce gamin a assassiné son père et enlevé ma fille, c'est une évidence ! Et vous, vous imaginez qu'ils sont juste partis ensemble pour... pour vivre d'amour et d'eau fraîche ? Vous devriez avoir honte ! Vous devriez retourner chaque recoin de terre du Kent pour mettre la main sur ce môme au lieu de remettre en question les manières de mes filles ! Tocards ! hurla-t-il en quittant la pièce avant de claquer la porte derrière lui.

L'inspecteur Jones, bien habitué aux réactions souvent immodérées de ces parents chamboulés par l'angoisse, se contenta de refermer le dossier devant lui. Il avait passé la journée à étudier avec concentration les rapports du légiste et des preuves retrouvées dans le cottage. Tout ça sentait la légitime défense à plein nez. Et il s'inquiétait plutôt pour la vie de ce jeune homme qui devait être bien amoché, s'il se référait aux multiples plaintes pour violences et menaces de mort déposées contre Robert Kroeger, couplées aux traces de sang – celui du jeune homme — qu'on avait retrouvées un peu partout, y compris dans les escaliers.

# 16

Samuel, étendu, peinait à rester éveillé tant son corps et son esprit avaient été mis à mal. Ophelia, elle, n'avait plus prononcé le moindre mot depuis ce qui devaient être de longues heures. Ou bien étaient-ce des jours ?

Elle avait silencieusement mené à bien les « tâches » qu'elle s'était mis en tête d'accomplir le plus régulièrement possible, pour ne pas perdre totalement la raison, pour ne pas se négliger physiquement, aussi. Certes, elle n'avait plus accès à la lumière du soleil ou de la lune, ni à une montre ou un calendrier. Mais en dépit de la situation, elle avait rapidement trouvé de quoi s'occuper pour éviter qu'il n'y ait vraiment de vide dans ses « journées ». Dans cette petite pièce qu'elle pensait avoir examinée sous toutes les coutures, le moindre détail lui servait de repère et elle tenait à se concentrer dessus. La dynamo, qu'il fallait remonter encore et encore. Les blessures sur les articulations de ses doigts à elle, ainsi que celles sur le visage de Sam, qui exigeaient un nettoyage des plaies et un changement de pansement régulier pour éviter infections et mauvaise cicatrisation. Les bandes de tissu qu'il fallait resserrer autour de ses côtes. Boire et le faire boire, avant la soif, de préférence, pour ne pas risquer la déshydratation. Manger et le faire manger. Laver les conserves vides pour ne pas risquer de voir apparaître des moisissures dans cet espace étroit, humide et sans fenêtre. Remplir le seau. Se brosser les dents. Aller aux toilettes. Remettre le seau à remplir. Se laver, malgré l'absence de douche et d'eau chaude – c'est-à-dire avec du savon, la serviette et le seau. Le remettre à remplir, encore. Préparer le nécessaire de toilette de Sam, l'aider à se lever et à atteindre les

WC – c'étaient là les seuls instants où il se mettait debout. Malgré elle, elle avait fini par prendre des habitudes. Et malgré elle, plus le temps passait, moins elle parvenait à lui en vouloir.

Ophelia avait sciemment préféré garder le silence, par vengeance, au départ, puis pour essayer de lui mettre une pression telle que, peut-être, il songerait à la libérer. Elle s'était d'abord dit que, privé de tout échange verbal avec elle, il craquerait. Elle le savait faible, tourmenté, seul. Pourtant, elle se rendit vite à l'évidence : non seulement il tenait bon, se contentant de la remercier pour les soins qu'elle lui prodiguait, mais surtout, il avait de bien bonnes raisons de tenir le coup.

Car si elle avait interprété son *« Si tu pars, je me fous en l'air »*, comme les paroles d'un cinglé manipulateur qui use et abuse du chantage affectif pour la garder sous sa coupe, elle ne pouvait s'empêcher de ressasser leur dernière discussion, mais aussi toutes celles de ces dernières années. Et tout ce qui en ressortait, c'était que Samuel Kroeger n'avait jamais été qu'un homme foncièrement bon et bienveillant avec elle. Plus elle laissait les conversations de leurs longs après-midi pluvieux résonner dans sa mémoire, plus elle s'entendait répéter ces *« Enlève-moi »* qu'elle avait prononcés, certes, comme une option illusoire, mais que lui, tout zélé et passionné qu'il était, avait – manifestement — fini par percevoir comme un cri de désespoir, un appel au secours auquel il se devait de répondre à tout prix.

Par amour.

Voilà ce qui la hantait. Cette idée, d'abord floue, insidieuse et désagréable, qu'il avait été honnête et qui, petit à petit, portée par ce silence qu'elle lui avait imposé elle-même, se changeait en certitude. Bien sûr qu'il l'aimait. Ça ne faisait aucun doute. Elle s'en était aperçue tard, trop tard, mais leur relation n'avait pas été que de l'amitié, bien qu'elle se soit menti à elle-même, par lâcheté, préférant fermer les yeux sur les évidences. Pour ne pas souffrir, pour ne pas avoir à choisir. Au cours de ces moments suspendus en pleine nature à deviser de tout et de rien, à rêver, à refaire le monde et à s'insurger contre lui, ils avaient noué une amitié solide, une confiance mutuelle, une complicité rare... qui les avaient liés d'une façon peu commune.

Elle s'était refusée à l'admettre, avant que l'officialisation de ses fiançailles n'approche et qu'il ne lui avoue ses sentiments. Avant qu'il ne soit trop tard. Pourtant, au fond d'elle, elle avait toujours perçu sa dévotion, son respect profond, sa volonté chevaleresque de la faire raisonner, de faire entendre sa voix. Elle avait remarqué sans peine sa détermination à ouvrir les portes de cette cage dorée qui lui coupait les ailes. Évidemment qu'il avait pris ses paroles au pied de la lettre. *Évidemment,* se répéta-t-elle avec de plus en plus de conviction.

Sam était-il fou ? Pas réaliste, en tout cas, c'était certain. Naïf, aussi. *Oui, naïf, surtout.* C'était irraisonné de s'imaginer qu'un tel enlèvement puisse à la fois leur offrir la liberté et cette parenthèse loin de tout et de tout le monde – c'était d'ailleurs incroyablement incohérent. Mais en soi, plus elle analysait la situation, plus elle distinguait les mobiles derrière cette initiative aussi déraisonnable que risquée. *Peut-être pas fou, en fait,* songea Ophelia. Alors, se suicider s'il la perdait... l'avait-il dit pour l'obliger à rester auprès de lui ? Ou en était-il vraiment capable ? Après tout, Samuel avait quitté précipitamment son pays, ses amis, il ne s'en était jamais remis. Il avait perdu sa petite sœur dans des circonstances tragiques, puis sa mère en quelques mois seulement. Finalement sa grand-mère aussi était morte et il y avait bien peu de chances que Bob ait survécu. Sam avait traversé ces dernières années, des années charnières, dans le deuil et la violence. Désormais, il n'avait plus ni foyer, ni famille, ni guitare. Il n'avait plus qu'elle.

Tandis qu'il dormait, Ophelia ne put s'empêcher de lui jeter un regard. Couché sur le matelas de plage, torse nu sous ses bandages de fortune, les sourcils froncés tant il souffrait même dans son sommeil, il dégageait une fragilité frappante, que ni ses muscles saillants ni sa grande taille ne parvenaient à compenser. En apparence, Samuel avait tout d'un homme robuste, mais au-dedans, c'était un orphelin qui avait tout perdu et qui errait en quête d'affection et de douceur. *Il n'a plus que moi...* se répéta-t-elle sans le maîtriser. *Si je pars, il n'a plus de raison de vivre,* constata-t-elle en comprenant que ce qu'elle avait pris pour du chantage n'était en fait qu'une fatalité intolérable à laquelle ils étaient tous deux soumis. *Si je pars, il se tue.*

C'était épouvantable, d'être ici, recluse, privée de lumière, de confort et de ses proches. Ophelia aurait préféré lui en vouloir indéfiniment, le considérer comme un dingue, détester cet endroit et cette situation infernale, pour mieux s'en retourner dans les bras de Josh une fois tout ça terminé – car ça ne durerait pas, c'était un fait. Ça n'avait aucun sens, de faire une chose pareille et... *et en même temps, ça en a tellement.* Tout le paradoxe consistait en ce que cet enlèvement était précisément sa preuve d'amour ultime. Un élan invraisemblable, bourré de spontanéité et de bons sentiments quoique dépourvu de sagesse, qui avait été loin, bien trop loin, mais qui s'expliquait, bien qu'elle ne puisse pas tout à fait l'excuser. *Quoique...* Samuel était couvert de balafres aussi bien physiques que psychologiques, il avait tant été malmené par la vie, il s'était tant attaché à elle, qu'il venait de commettre un crime. Un crime pour ouvrir les yeux d'Ophelia. Un crime pour leur accorder cette retraite hors du temps et de la société. Un crime pour lequel, en fin de compte, elle n'était ni victime, ni même complice mais bien *responsable*, puisqu'elle le lui avait soufflé elle-même.

Le tourment engendré par ses conclusions lui coupait le souffle et elle s'était mise à pleurer sans même s'en apercevoir.

– Hey, que se passe-t-il ? s'inquiéta Samuel en s'éveillant.

Assise sur le sol, les genoux repliés contre elle et la dynamo à ses pieds, elle le fixait, secouée par les frissons et les sanglots.

– Pourquoi tu pleures ? Qu'est-ce qui se passe ?

Submergée par ses émotions, Ophelia lui répondit d'une voix tremblante :

– Sam, mon Dieu, Sam, je...

Il la gratifia d'un regard tendre avant de murmurer :

– Ça y est. Tu as compris. Tu as compris, n'est-ce pas ?

Poussée par le désir incontrôlable de se blottir contre lui, elle vint s'allonger le long de son dos et saisit son bras comme on s'agrippe à une corde pour ne pas tomber dans un précipice. Puis elle prit la plus grande inspiration possible et lui dit à l'oreille :

– Je te demande pardon, je suis... je suis tellement désolée.

Soulagé, Samuel tira alors le pan du plaid en laine et la recouvrit avant d'entrelacer ses doigts aux siens.

♪

– Comment tu t'y es pris, Sam ?

La dynamo s'était éteinte depuis bien longtemps déjà, mais aucun d'entre eux n'avait cherché à la recharger. Blottis l'un contre l'autre, ils avaient dormi. Combien de temps ? Quelques minutes ? Des heures ? Ça n'avait finalement plus d'importance pour Ophelia, qui avait laissé d'innombrables interrogations bousculer cette routine à laquelle elle avait pourtant pensé devoir s'attacher pour survivre. Force était de constater qu'une fois sa colère évanouie, d'autres choses avaient soudain revêtu leur importance – non parce qu'elle avait abdiqué, mais plutôt parce qu'elle avait compris... ou plutôt était-ce justement un nouveau réflexe de survie, qui aurait remplacé le précédent ? Comprendre pour mieux supporter ? Aimer, pour ne pas trépasser ? N'était-ce pas précisément cela, le syndrome de Stockholm ? Elle chassa cette idée aussi vite qu'elle s'était insinuée dans son esprit ; Ophelia n'avait plus la force physique ni mentale de supporter le doute ni de se focaliser sur sa captivité. Mais elle avait besoin de remonter le fil.

Elle savait qu'il ne dormait plus, lui non plus, elle le savait parce que, à force, elle avait appris par cœur chaque mouvement, chaque soupir, chaque rythme de sa respiration.

– Sam ? Sam, comment tu t'y es pris, hein ? répéta-t-elle, déterminée.

Il avait redouté la question depuis qu'il l'avait ramenée là. Il avait été convaincu dès le premier instant qu'il devrait tout lui raconter. Il ne pouvait lui refuser ce récit, même si ça impliquait sans doute un nouvel accès de colère et que bientôt, trop tôt, il devrait renoncer à nouveau à cette douce étreinte, à la chaleur de son corps à elle dans son dos à lui, sensation si douce qu'il aurait pu arrêter le temps pour ne plus jamais s'en défaire. Mais tel était le problème : le temps s'était déjà arrêté. Ils étaient déjà suspendus hors du monde

– ou plutôt sous le monde — et malgré ses rêves, ses espoirs et ses illusions, dans cette sorte de dimension parallèle, il y avait aussi des règles immuables. Du moins, s'il se considérait encore comme un être humain. Il lui devait ces explications.

– Je... commença Sam. Quand je suis arrivé dans la forêt, alors que j'entendais encore les sirènes retentir au loin, la toux m'a secoué, de plus en plus fort. Au bout d'un moment, ça a déclenché des maux de tête, puis j'ai eu un mal fou à reprendre mon souffle et... je ne sais pas, j'ai dû faire un malaise, parce que quand je me suis réveillé, eh bien, la nuit était déjà tombée. Et j'étais seul. Il n'y avait personne à mes trousses. Peut-être qu'ils ne m'avaient pas encore trouvé, peut-être qu'ils n'avaient pas encore commencé à me rechercher, je n'en sais rien. Alors j'ai essayé de me relever. J'ai bien senti que j'avais des côtes cassées, comme... comme ce n'était pas la première fois. Je me savais en sursis, tu m'avais dit de fuir. Dès que cette idée s'est rappelée à moi, j'ai eu l'impression d'être comme un gibier en pleine battue. La trouille, le désespoir, l'adrénaline. La douleur, je n'en avais rien à faire, je n'ai même pas cherché à l'écouter, parce que ça revenait à tout perdre. Je ne pouvais pas rester là.

Il ne le vit pas, mais Ophelia ferma les paupières et fronça les sourcils de peine. Elle n'avait pas eu de mal à l'imaginer seul et blessé en pleine nuit au beau milieu des bois, puisque c'était précisément ce qu'elle avait redouté après l'incendie, cette nuit-là, tandis qu'elle avait pu retrouver la douceur de sa chambre douillette et de sa chemise de nuit en soie.

– Je ne saurais pas vraiment expliquer ça, mais je n'avais plus qu'une idée fixe : t'enlever. Te faire goûter à cette liberté que tu n'avais jamais connue, envers et contre toi. Comme tu me l'avais demandé. Comme je... comme je l'avais préparé.

Il marqua une pause et Ophelia en déduisit :

– Alors, ce n'était pas sur un coup de tête. Depuis... depuis quand ?

– Depuis la demande en mariage de Josh, lâcha-t-il, vaincu.

Elle se détacha de lui et porta une main à son front, réalisant l'ampleur de cette histoire. Privé subitement de sa douce chaleur,

Samuel la sentit se dérober, exactement comme il l'avait redouté. Et pourtant, il ne lui avait pas encore tout confié.

– Mais Sam ! s'exclama-t-elle. Pourquoi ? Pourquoi m'enlever, pourquoi ne pas m'avoir proposé autre chose... je ne sais pas, moi, pourquoi on n'aurait pas juste... fui ensemble ?

Il laissa échapper un rire acide.

– Mais parce que tu aurais fait demi-tour. Parce que tu aurais bien vite été rongée par la culpabilité ! Parce que tu n'aurais cessé de t'en vouloir, de faire ça à ton père, à ta mère, à ta sœur... à tous ces gens qui pensent te connaître et à qui tu n'as pourtant jamais osé montrer qui tu es vraiment ! Pourquoi aurais-tu assumé la simple idée de les quitter de ton plein gré, hum ? Il n'y a jamais eu de place pour une option qui impliquerait ma présence, Ophelia. Tu ne t'es même jamais autorisée à ne serait-ce que rêver de partir avec moi ! s'exclama-t-il sans parvenir à dissimuler la douleur que ce constat avait toujours suscitée en lui. Ce Joshua, c'est sûrement un chic type, mais il a toujours été la voie de la sécurité ! J'ai eu beau respecter tes choix et te laisser te jeter dans ses bras, je...

Il s'interrompit un instant tandis que la colère vint remplacer sa peine. Tâchant d'inspirer et d'expirer suffisamment pour ne pas exploser, il reprit d'une voix la plus calme possible :

– Ophelia, tu crois que je n'ai jamais eu envie de te dire, au beau milieu de tes grands discours, qu'il suffisait qu'on s'en aille, toi et moi, pour que plus rien de tout ça n'ait d'importance ? Tu crois vraiment que tu m'aurais suivi, hein ?

Elle se tut. Elle n'avait rien à répondre à cela, tout avait été dit. Et il comprit à son silence à quel point elle n'avait jamais su comment faire entendre sa voix.

– Tu sais, reprit-il, tu as beau chercher à t'en convaincre, tes mots n'ont jamais été dénués de sens. C'était ton toi profond qui me criait de t'arracher à tout ça à ta place, pour la bonne et simple raison que tu n'en as jamais eu le cran toi-même.

Il avait raison. Mais elle ne tenait pas à faire son propre procès, ni sa thérapie.

– Comment t'es-tu saisi de moi, Sam ? Qu'as-tu fait, après t'être éveillé dans la forêt ?

– J'ai laissé l'adrénaline s'emparer de moi. La peur panique qu'on m'embarque et que je passe le reste de ma vie derrière les barreaux, privé de tout et surtout de toi. La colère d'avoir vu mon père brûler avec la dernière chose qu'il me restait de ma mère. Tout ça m'a... eh bien, ça m'a soulevé, ça m'a donné des ailes, ça a rendu la douleur physique insignifiante.

Tandis qu'il lui contait son récit, Ophelia se rappela ces faits divers époustouflants où des gens en apparence bien frêles parvenaient à développer une force surhumaine, en des circonstances extrêmes. À soulever un pick-up en flammes ou arracher la portière d'une voiture pour libérer un proche. Par amour.

– Je n'avais plus rien à perdre, alors j'ai marché, j'ai marché à travers cette forêt que je connais sur le bout des doigts tant je l'ai sillonnée pour te rejoindre ces dernières années. Et plus j'avançais, moins ça m'importait d'avoir mal. Je voulais, je devais t'atteindre. Tenter, au moins, pour ne pas crever sans avoir essayé. Et j'y suis arrivé. L'orage se levait au loin, il faisait nuit noire, mais j'aurais pu me diriger les yeux fermés tant j'avais appris par cœur chaque marche, chaque dalle, chaque mur de ta maison.

– Comment ça, tu aurais pu te diriger les yeux fermés ? Tu étais déjà venu ?

Il déglutit, penaud.

– Quelquefois.

– Je t'avais dit de rester loin ! Je t'avais dit de ne pas approcher !

*Et tu n'as pas été la seule,* pensa-t-il.

– Pourquoi ? Pourquoi étais-tu venu jusque chez nous ?

– Pour me préparer à toute éventualité. À t'enlever depuis ta chambre, s'il le fallait.

Il saisit sa main, conscient qu'il lui restait plus à en dire qu'elle ne l'imaginait.

– J'ai grimpé à la gouttière, puis sur la corniche de ta fenêtre. Je me doutais qu'elle serait ouverte, tu m'as dit toi-même cent fois que tu la fermes uniquement quand il fait chaud et que l'air est sec.

L'orage grondait, il était tout près. Quand je me suis approché, je vous ai entendues discuter avec ta sœur et... eh bien, elle a beau être toute jeune, j'ai entendu ses mots et j'ai compris que j'avais fait le bon choix.

Rosie. La simple pensée de sa chère petite sœur secoua le cœur d'Ophelia ; Rosie devait se faire un sang d'encre à l'heure où ils parlaient.

– Alors j'ai attendu que plus personne ne parle, qu'il n'y ait plus le moindre bruit, je voulais m'assurer que vous soyez endormies. Naïvement, j'avais imaginé te...

Il s'interrompit tant l'idée lui donna honte, mais elle retira sa main de la sienne en guise de mise en garde et il reprit :

– J'avais prévu de... de te maintenir allongée dans ton lit, de mettre ma paume sur... sur ta bouche, le temps que tu comprennes que c'était moi et que tu me suives mais... je ne me doutais pas une seconde que tu étais encore éveillée. Encore moins que tu étais juste derrière la fenêtre. J'ai guetté les grondements du ciel en espérant qu'ils couvriraient le bruit de mon entrée. Il y a eu tout à coup un éclair stupéfiant et si proche qu'il a tout illuminé, alors j'ai su qu'il était temps ; le tonnerre a grondé précisément à l'instant où j'ai poussé la vitre et sauté à l'intérieur. Mais je suis littéralement tombé sur toi et tu... tu t'es cogné la tête si fort sur le parquet, sous mon poids, que tu as perdu connaissance, avoua-t-il, horrifié.

Ophelia s'était repassé la scène en l'écoutant. Elle se souvenait de cette conversation singulière avec sa cadette et des déductions d'une maturité flagrante de Rosie, Rosie qui pourtant s'était écroulée de sommeil telle une enfant la seconde suivante. Elle n'avait pas non plus oublié le bruit de la pluie ponctué par les humeurs changeantes de l'orage et les éclairs qui déchiraient les cieux, ni cette ombre qui était apparue de nulle part et s'était précipitée sur elle avant que tout ne devienne noir.

– Tout est allé si vite ! Le coup de tonnerre a été aussi violent que ma chute et ta... ta sœur ne s'est même pas réveillée ! ajouta Samuel, encore ébahi par la facilité avec laquelle il était parvenu à repartir sans même que la jeune fille ne sourcille.

– Comment m'as-tu transportée, Sam ? Comment m'as-tu ramenée jusqu'ici ?

*Autant en finir.*

– Aslan.

– Aslan ? s'étonna-t-elle. Je ne comprends pas.

– Je me suis effondré en atteignant le rez-de-chaussée. Je n'avais pas imaginé devoir te porter, mais je... je ne pouvais pas pour autant te laisser là. Alors je suis allé le chercher dans l'écurie, et... eh bien, il m'a reconnu, il m'a suivi, sans broncher.

– Bien sûr qu'il t'a reconnu.

– À vrai dire, quand je suis revenu auprès de toi et qu'il t'a trouvée inconsciente, c'est lui qui s'est penché jusqu'à s'agenouiller au sol. Je ne l'avais jamais vu faire une chose pareille.

Mais elle, si. Aslan avait plus d'un tour dans son sac.

– Alors, je t'ai prise dans mes bras, je suis monté sur son dos, et... voilà.

Ophelia se leva et s'appuya contre le mur. Il savait à quel point lui rappeler sa sœur, puis son cheval, la perturberait. Il savait que ça faisait de lui le méchant de l'histoire et qu'elle allait lui en vouloir de l'avoir arrachée à eux. Pendant un long moment, elle ne dit rien. Pour la première fois depuis qu'elle était captive, le manque s'imposa à elle, vif, impitoyable, accompagné d'une empathie telle qu'elle ne pouvait s'empêcher d'imaginer sa si fragile petite sœur anéantie. Sa Rosie qui n'avait qu'elle pour confidente et qui à cette heure devait se sentir plus seule que jamais.

– Et Aslan... mon Dieu, Aslan, murmura-t-elle en portant une main à sa bouche. Où est-il, Samuel ? Où est Aslan ?

– Je... je ne sais pas vraiment. Dans la nature. Je lui ai retiré son licol à peine arrivés ici et je lui ai dit de partir mais, au début, il n'a pas bougé. Alors, je lui ai fait peur, pour qu'il s'enfuie. Il est parti, Ophelia.

Elle se mit à tourner en rond, rongée par l'angoisse. Son cheval n'avait jamais connu la liberté. Il avait beau être imposant et solide, sans sa cavalière, il n'était plus qu'un animal effarouché. Voire une proie, qui sait ? *Non, il serait plutôt la cible de voleurs, c'est ça le plus risqué, songea-t-elle. Tout dépend d'où nous sommes.*

– Et où est-on, d'ailleurs ? Où est-on, Sam ?

– Je ne peux pas te le dire, répondit-il de but en blanc.

– Pourquoi ?

– Moins tu en sais, mieux tu te portes. Si je t'en dis plus, tu vas de nouveau oublier pourquoi nous sommes ici.

Elle ne peina pas à discerner les raisons qui le poussaient à lui refuser cette information.

– Tu vois ? En l'espace de quelques minutes, c'est déjà devenu ta nouvelle obsession. Tu venais de te souvenir du but de tout ça, tu venais de comprendre pourquoi on est là, mais regarde, tu penses à ta sœur, tu penses à ton cheval, et tu n'es déjà plus avec moi, affirma-t-il, déçu mais pas surpris. C'est un réflexe. Pas juste celui d'une fille qui s'est fait enlever, mais celui de quelqu'un qui ne sait pas lâcher prise. C'est pour ça que je t'ai attachée, quand enfin j'ai atteint cet endroit. J'ai senti mes forces m'abandonner, et je savais que tu voudrais partir sans même prendre une seconde pour te demander si ça ne valait pas mieux comme ça. Et ça n'a pas loupé : quand tu as vu la porte, tu l'as immédiatement prise pour l'entrée et tu t'es jetée dessus, déterminée à t'enfuir, à t'en blesser les mains au sang. Tu n'as pensé qu'à partir, qu'à déverser ta colère dessus, à tel point que tu n'as même pas cherché d'autre issue.

Secouée par sa dernière phrase, elle se précipita de nouveau auprès de lui.

– Qu'est-ce que tu sous-entends, au juste ? lâcha-t-elle, interdite.

– Cet endroit n'est pas juste une pièce. C'est un sas.

# 17

Lawrence saisit nerveusement le combiné et ses doigts composèrent le numéro sans même qu'il ait besoin d'y réfléchir. C'était la huitième fois qu'il cherchait à le joindre. À la neuvième tentative infructueuse, il jeta un œil à son répertoire, fit le numéro juste en dessous et attendit. Plusieurs sonneries plus tard, le répondeur se déclencha. Law, qui commençait à perdre ses moyens, commença par bougonner, puis laissa le message suivant :

– Écoutez, mon brave, je ne sais pas où vous êtes passé ni ce qui vous autorise à ignorer ainsi mes appels, mais cela commence à franchement me casser les pieds. Je commence même à avoir de sérieux doutes sur vos intentions premières, pour tout vous dire ! Si cela vous importe tant, pourquoi ne vous manifestez-vous pas, hein ? Je vous dis qu'on l'a enlevée, j'en suis certain, sacrebleu ! Et j'ai besoin de votre aide, j'ai besoin de quelqu'un de confiance, vous m'entendez ? Alors, si vous tenez à elle autant que vous le prétendez, rappelez-moi. Et vite.

♪

Rosie hoquetait tant que Caroline peinait à saisir le sens de ses paroles. Elle avait déboulé dans le living-room déjà si bouleversée que ses longs cheveux roux et raides étaient trempés de larmes. Affolée, sa mère s'était précipitée vers elle, redoutant un rebondissement tragique dans la disparition d'Ophelia.

– Rosie, Rosie, grand Dieu, que se passe-t-il ? Que se passe-t-il, mon bébé ? s'inquiéta-t-elle en la prenant dans ses bras.

Du haut de ses dix-sept ans, la jeune fille revêtait la fragilité à l'état pur. Fluette, pâlotte et très émotive, elle n'avait jusqu'alors jamais envisagé d'être un jour séparée de son aînée qui avait toujours été pour elle comme une ancre.

– Maman, gémit-elle, maman, tout est ma faute, sanglota-t-elle.

– Mais non, enfin, Rosie, ce n'est pas ta faute, la consola-t-elle en caressant tendrement ses cheveux. Tu ne pouvais pas savoir. Aucun d'entre nous n'aurait pu s'imaginer une chose pareille. Elle va revenir, je te le promets. Elle va revenir, répéta Caroline qui cherchait à s'en convaincre elle-même.

Rosie se défit de son étreinte.

– Non, maman, tu ne comprends pas. Elle ne va pas revenir, elle... elle... je...

Caroline fronça les sourcils, surprise, puis releva le menton de Rosie et lui demanda :

– Ma puce, que veux-tu dire ?

Rosie regarda sa mère avec des yeux aussi rougis que suppliants.

– Maman, je lui ai dit qu'elle s'était trompée. Je lui ai dit que... qu'elle se mentait à elle-même, que Joshua n'était sans doute pas fait pour elle. J'ai... Je ne sais pas ce qui m'est passé par la tête mais je... je crois bien que c'est moi qui l'ai poussée à s'enfuir avec ce Samuel.

♪

Bien tard ce soir-là, Joshua passa la porte de son bureau – celui-là même qui donnait sur sa chambre. Il était plus de vingt-trois heures lorsqu'il ôta son écharpe, déboutonna son long manteau beige Burberry avant de les pendre, et se dirigea tout droit vers la salle de bain, troublé. Ni son père, ni sa mère, ni ses deux petits frères n'avaient osé lui demander des détails, pas plus qu'ils n'avaient abordé le sujet depuis le jour de la fête. Après l'incident, il n'avait eu de cesse de faire de longs trajets en voiture, l'autoradio au maximum du volume, incapable d'apaiser ses sentiments de quelque autre manière qu'en additionnant la vitesse de sa Jaguar aux sonates les plus mélancoliques de Beethoven.

Il retira ses souliers en cuir, se déshabilla complètement, ouvrit les robinets et laissa l'eau chaude de la douche couler sur ses boucles blondes, puis apaiser un peu ses muscles aussi saillants que contractés. Il savait que le deuil est supposé guérir par étapes, mais il n'avait aucune idée de laquelle il traversait actuellement. Et le temps... le temps passait plus lentement que jamais, depuis qu'Ophelia s'était évanouie dans la nature.

Après de longues minutes, Joshua sortit de la douche sans prendre la peine d'essuyer la buée sur le miroir comme il en avait pourtant l'habitude – non, il ne tenait pas à voir une fois encore le reflet d'un homme certes instruit et sincère, mais qui n'avait pas su garder auprès de lui ce à quoi il tenait le plus au monde. Il ne remarqua donc pas qu'il avait eu la main si lourde sur la vanne d'eau chaude, qu'une large tache rouge s'était dessinée le long de sa nuque et de ses épaules. Nouant une serviette à sa taille, il traversa sa chambre, se dirigea vers le répondeur dont la diode clignotante indiquait un message, appuya sur le bouton et reconnut sans difficulté la voix qui disait :

*« Écoutez, mon brave, je ne sais pas où vous êtes passé ni ce qui vous autorise à ignorer ainsi mes appels, mais cela commence à franchement me casser les pieds. »*

# 18

Ophelia avait les yeux fermement bandés lorsqu'elle entendit la lourde porte se déverrouiller – et cette fois-ci, il n'y avait pas de fleurs à ses pieds, pas non plus de brouhaha enjoué autour d'elle. Samuel ne tenait ni à ce qu'elle puisse en deviner le mécanisme, ni à ce qu'elle soit trop violemment éblouie quand il allumerait les spots. Elle avait obtempéré sans rechigner, consciente qu'en dépit de leur alimentation régulière, son corps et son esprit souffraient de plus en plus de la captivité. Samuel ne lui avait laissé ni le temps ni le loisir de chercher l'autre issue, celle-là même par laquelle ils étaient entrés ; il avait beau tenir à elle plus qu'à toute autre chose, il avait aussi été témoin de son humeur changeante et ne pouvait se permettre de lui faire confiance. Il était encore bien trop tôt. À vrai dire, Samuel avait une vague idée du temps qui s'était écoulé depuis l'incendie, pour la bonne et simple raison qu'il avait déjà eu affaire à des côtes cassées, et qu'il savait combien de temps cela prenait à se remettre. Sa douleur : voilà quel avait été son repère depuis le tout début, même s'il s'était bien gardé de lui en faire part. Et bien qu'il ne soit clairement pas encore en état de faire plus de quelques mètres, il n'avait pas peiné tant que ça à se relever. Bien sûr, ça n'avait rien de très précis, mais cela lui suffisait amplement.

La première chose qu'elle remarqua, quand il la guida pour monter la haute marche qui les séparait du sas, ce fut l'odeur. Elle qui s'était tant habituée au climat humide et de plus en plus lourd, voire suffocant, de la cave étriquée dans laquelle ils avaient passé les derniers jours – ou semaines — elle eut l'impression de respirer pour la première fois. L'air était plus sec, et même si ça sentait tout de même un peu le renfermé, ou les vieilles choses, peut-être, eh bien, c'était le jour et la nuit. Au sens littéral aussi, d'ailleurs, car malgré le tissu sur ses paupières, elle n'eut aucun mal à percevoir de la lumière. Beaucoup de lumière. Ophelia, avide de sortir enfin de l'obscurité, porta machinalement les mains à sa tête pour se défaire du tissu.

– Attends, dit-il en retenant son bras. Ne bouge pas, ok ?

Elle obéit et resta immobile tandis que Samuel revint sur ses pas, saisit la glacière avec le nécessaire de premiers secours ainsi que le sac en toile dans lequel il avait préalablement rassemblé ce qui leur restait de conserves, puis la rejoignit. Ophelia entendit le bruit de la porte se refermer et Sam la verrouiller à nouveau. Elle comprit que ce changement d'environnement allait de pair avec un séjour relativement durable, voire définitif, qu'il ne serait sans doute pas question de revenir en arrière ; elle ne sut pas si cela était rassurant ou plus inquiétant que le reste. Samuel avait eu beau lui avoir avoué qu'il s'était mis à envisager de l'enlever dès qu'elle lui avait annoncé s'être fiancée à Joshua, il lui avait manifestement caché bien des détails. Ophelia n'avait aucune idée de ce qu'il avait pu préparer en secret. Jusqu'où avait-il été ?

Se plaçant derrière elle, elle le sentit la saisir doucement par la taille de sa main gauche et retirer le bandeau de ses yeux de la droite. Au début, elle ne vit rien d'autre que de vifs éclats blancs et jaunes. Puis, les gros points lumineux se changèrent progressivement en de plus petits, tandis qu'elle frotta vigoureusement ses paupières, avide. Finalement, elle ouvrit les yeux sur un endroit comme elle n'en avait jamais vu auparavant et qui n'avait rien de ce à quoi elle aurait pu s'attendre.

À vue de nez, la pièce devait faire dans les dix mètres carrés. Le sol était couvert d'une moquette rouge cramoisi d'aspect velouté. Il y avait des meubles en teck et des étagères assorties, d'apparence vintage mais sur lesquels il n'y avait pas la moindre trace d'usure, pas une rayure, rien de plus qu'une fine couche de poussière. Juste de vieilles enceintes. Comme s'ils avaient été entreposés là avant même d'avoir servi, mais des années – voire des décennies — plus tôt. Ce qui sauta surtout aux yeux d'Ophelia fut ce qui ressemblait à une large table de mixage, juste devant elle, devant ce qui semblait être une épaisse vitre accolée à une autre porte.

– Est-ce que c'est vraiment une... On dirait une sorte de...

– Régie, compléta-t-il.

– Je ne comprends pas, dit-elle, abasourdie, en laissant ses mains courir sur les innombrables boutons.

Il sourit, satisfait.

– Ça m'a fait le même effet, la première fois, s'amusa-t-il en allumant les dernières lumières.

Elle s'était crue dans une vieille cave, depuis le début. Elle s'était dit qu'il l'avait sans doute entraînée au sous-sol d'une vieille maison ou d'un immeuble abandonné, pendant tout ce temps. Elle ne s'était même pas imaginé qu'ils puissent avoir quitté le comté. Mais cet endroit ne ressemblait à rien de tout ça. Étaient-ils seulement en sous-sol, d'ailleurs ? Elle se souvenait l'avoir entendu lui parler de Nashville, de sa passion pour la musique et de ses rêves de monter un groupe avec ses amis. Se pourrait-il qu'il ait trouvé un moyen, tandis qu'elle était encore inconsciente, de l'emmener jusque là-bas, jusqu'aux USA ? Et s'il l'avait droguée ? Était-il aussi mal en point qu'il l'avait prétendu, d'ailleurs ? Et si elle était là depuis bien plus longtemps qu'elle ne le pensait, en fin de compte ?

– Où est-on, Sam ? dit-elle, nerveuse.

Il ne répondit pas ; il n'en avait pas l'intention.

– Sam ? C'est quoi, cet endroit ?

Il posa le sac en toile qui contenait la nourriture puis la glacière de secours sur une des dessertes.

– Tu connais George Martin ? lui demanda-t-il placidement avant de s'asseoir sur l'enfilade derrière lui.

– Non. Jamais entendu parler.

– Les Beatles l'appelaient « Henry ».

Ophelia le dévisagea. Samuel avait-il perdu la raison en fin de compte ?

– Tu me prends pour un cinglé, pas vrai ?

– Samuel, j'ai peur. Est-ce que tu m'as... est-ce que tu m'as fait croire qu'on était dans une cave alors que... qu'en fait ce n'était pas le cas ? Ou alors, est-ce que tu m'as droguée ? Ou bien, est-ce que c'est moi qui...

Pour la première fois, Ophelia questionna sa propre raison. Et si c'était elle, qui était en plein délire ? Cet enlèvement, cette cave, ce nouvel endroit qui n'était dépourvu ni d'électricité ni de meubles... rien, plus rien n'avait de sens. Était-elle seulement consciente ? Et si elle était en plein cauchemar ? Et si le stress des fiançailles l'avait plongée dans un sommeil si perturbé qu'elle avait inventé tout ça ?

Samuel, qui ne se doutait pas de ce qui lui passait par la tête au même instant, se contenta de poursuivre :

– George Martin a vu le potentiel de ces quatre jeunots, il les a auditionnés, engagés et accompagnés pendant les années qui ont fait d'eux un groupe mythique. C'est un type dont la plupart des gens n'ont pas retenu le nom, mais sans qui l'histoire n'aurait pas été la même.

Ophelia ne l'écoutait que d'une oreille distraite, trop occupée à passer en revue chaque bribe de souvenir, chaque sensation, pour essayer de trouver une faille dans sa réalité.

– Ce qu'on sait moins encore, poursuivit Samuel c'est que *Henry* avait un associé, quand tout ça a commencé. Boyle. Jerry Eden Boyle. Un type qui avait déjà fait ses preuves dans le milieu, qui avait participé à l'essor des Monkeys et même des Stones. Un dingue de musique, dingue et passionné, mais dingue et perché, aussi, d'après ce que j'ai pu comprendre. J'entends par là que, malgré son oreille absolue et son fric, il était aussi réputé paranoïaque et complotiste.

Plus il lui parlait, plus son impression de nager en plein délire se confirmait en elle. À quel moment était-elle passée de l'autre côté ? Depuis quand avait-elle basculé dans la folie ? Statique au beau milieu de la pièce, dos à un Samuel qui lui contait une histoire abracadabrante, elle sentit une vague de chaleur l'envahir et son cœur partir en arythmie.

– Quand les Beatles ont été propulsés avec *Love Me Do*, Boyle s'est mis en tête qu'on allait forcément chercher à les assassiner. Il était convaincu qu'ils étaient la cible numéro un de je ne sais quel groupe terroriste. Il n'avait pas tellement tort, dans l'absolu, commenta Sam en haussant un sourcil, les gars allaient se faire quelques ennemis, des jaloux autant que des fans fous, c'était inévitable. Des tarés qui campaient devant Abbey Road, ils en voyaient tous les jours.

Ophelia n'avait pas bougé d'un pouce, mais Samuel était trop plongé dans son récit pour remarquer à quel point elle était noyée par ses pensées les plus déstabilisantes.

– Alors, je ne vais pas m'étaler des masses, mais en gros, tout persuadé qu'il était de les protéger, eux et leur sainte musique – qui l'était, hein, y a pas de doute ! — il a acheté une grande propriété en retrait de Londres, et a lancé des travaux pharaoniques pour la retaper de fond en comble, mais surtout pour mener à bien ce qu'il pensait être le projet idéal pour faire rimer sécurité absolue des Beatles avec production musicale optimale.

Samuel sentit le fou rire monter à la simple idée de terminer son histoire.

– Figure-toi qu'avant même que les ouvriers ne s'attaquent à peaufiner l'accès, Boyle...

Il laissa échapper un petit rire.

– Boyle est... Il est... Il est mort en...

Il ne parvenait pas à terminer sa phrase tant cela était absurde. Ophelia, tirée de ses tergiversations par les rires de Samuel, se tourna lentement vers lui, plus convaincue que jamais que ce monologue, tout comme cette pièce, relevait plus d'une hallucination que de quoi que ce soit de réel.

Sam, dont la douleur dans les côtes s'était éveillée à force de rire, tenta de se concentrer en prenant une grande inspiration avant de conclure :

– Boyle est mort en s'administrant lui-même une forte dose d'un puissant antidote... parce qu'il s'était convaincu qu'on avait versé du poison dans son café !

Secoué de plus belle par la douleur et les rires, il porta une main à ses côtes. Il lui fallut quelques secondes pour noter à quel point Ophelia était livide.

– Hey, ça va ?

Elle resta muette, le regard absent. Sa tête tournait. S'inquiétant subitement, il se redressa, s'approcha d'elle et la saisit doucement par les épaules.

– Ophelia, tu es là ?

– Sam. Sam... Non, je... je crois que je... que je fais un malaise.

Les jambes d'Ophelia fléchirent sans qu'elle puisse le contrôler. Sam eut à peine le temps de l'asseoir près de lui sur le meuble. Étourdie, elle laissa sa tête reposer contre lui et il l'enlaça.

– Alors ? s'enquit-il. Qu'est-ce qui t'arrive, tout à coup ? chuchota-t-il, soucieux, en caressant ses cheveux. Respire, essaie de respirer, tu veux ? Je suis là. Je suis là.

Samuel l'invita à calquer sa respiration sur la sienne. Lentement, mais sûrement, elle retrouva ses esprits, mais n'en resta pas moins troublée.

– Sam, je crois que je suis folle. Je crois que tout ça n'a aucun sens, je crois que je suis... je ne sais pas, que je suis au beau milieu d'un... d'un cauchemar ou d'une hallucination, chuchota-t-elle. Je crois que j'ai perdu pied.

Il l'embrassa sur le front et posa sa joue contre la sienne.

– Mais non. Je t'assure que non. Je te l'ai dit quand on est entré : moi aussi, j'ai eu du mal à y croire, quand j'ai trouvé cette pièce. C'est dingue, c'est vrai. Mais... mais c'est Boyle, qui l'était. Pas toi.

Détachant son visage du sien, elle leva vers lui des yeux suppliants et murmura :

– Sam, qu'est-ce que c'est ? Où est-on ?

La regardant avec compassion et saisissant à quel point c'était déstabilisant pour elle, il lui répondit :

– C'est un studio d'enregistrement et une *panic room* à la fois.

# 19

Quand Ophelia ouvrit les yeux à nouveau, la lumière était tamisée et une couverture blanche molletonnée couvrait ses jambes. Sam était auprès d'elle.

– Hello. Comment tu te sens ?

Elle se redressa, légèrement étourdie, mais incroyablement reposée.

– Mieux, lui répondit-elle d'une voix hésitante en l'observant avec fascination sans vraiment comprendre pourquoi.

Elle plongea dans son regard bleu surmonté de ces sourcils noirs et froncés, si caractéristiques de Samuel. Cet éclairage assombrissait quelque peu ses iris, mais aussi son teint, et rehaussait avec splendeur ses traits cherokees. Ce n'était certes pas la première fois qu'elle les examinait, tant ce contraste le rendait unique. Un peu comme ces loups aux yeux vairons qui happent et captivent. Elle contempla sa peau mate, ses raides et longs, très longs cheveux d'un noir absolu qui tombaient de part et d'autre de ses pommettes saillantes. Et cette expression sur son visage qui n'avait nulle autre pareille : on pouvait toujours y lire la douleur, d'abord, et deviner, juste en dessous, un flot généreux de délicatesse et de bonté. Il la gratifia d'un large sourire et ses yeux se mirent à briller dans la pénombre.

– Tu m'étonnes, tu as fait une sacrée sieste, dit-il à demi amusé.

– Tu... tu t'es rasé ? l'interrogea-t-elle en remarquant combien ses joues étaient soyeuses alors qu'il avait arboré ce qui ressemblait de près ou de loin à une barbe, depuis un bon moment déjà.

Il passa la main sur son menton, manifestement impatient de lui répondre, mais s'interrompit.

– Attends. Une chose à la fois, d'accord ? Tu t'es évanouie, tout à l'heure, et tu es restée endormie si longtemps que je préfère m'assurer que tout aille bien.

– Je me sens vraiment mieux. J'ai... j'ai l'impression d'avoir dormi mille ans, je crève de faim, aussi, mais je me sens en forme, je t'assure. Enfin, en bien meilleure forme que ces derniers temps, disons.

Ophelia s'aperçut à ce moment-là qu'elle était assise sur un matelas gonflable double au revêtement velouté, solide, épais et confortable, comme en choisissent les campeurs du dimanche, peu disposés à sacrifier le luxe d'une bonne nuit de sommeil. Il sentait encore le neuf. Elle ne pouvait évidemment pas savoir si ce profond repos s'était compté en minutes ou en heures, mais à la sensation de légèreté inouïe qu'elle éprouvait, ça avait duré suffisamment longtemps pour qu'elle puisse s'étendre de tout son long et que les multiples ecchymoses, courbatures et autres douleurs qui parcouraient son corps entier depuis des lustres se soient comme effacées. Dans l'autre pièce – enfin, le sas, comme l'avait appelé Sam —, le matelas était si fin et si usé qu'il s'apparentait plus à une paillasse. Pour s'allonger au soleil sur le sable, admettons. Mais le sas, avec son sol bosselé parsemé de bris de marbre, de vieux carrelages et de terre battue, n'avait rien d'une plage. D'autant plus que ce « lit » était d'une seule place, et que compte tenu de ses côtes brisées, elle avait préféré laisser Samuel s'y allonger, se glissant seulement dans son dos depuis qu'il était capable de se remettre sur le côté, et le plus rarement possible, pour ne pas retarder sa guérison. Alors, dormir ainsi, sur une surface aussi accueillante, après autant de temps passé sur un sol froid et accidenté, ç'avait été comme dormir sur un nuage.

Sam, qui portait des vêtements propres, se pencha en avant, augmenta le niveau de lumière de la grosse lampe torche qu'il avait posée au sol en guise de chevet, puis se leva pour aller lui préparer de quoi manger. Tandis qu'il s'approchait d'une petite table d'angle, à droite, sur laquelle il avait entreposé et rangé leurs vivres, elle balaya la pièce du regard et remarqua qu'elle était aussi grande que la régie. Ils étaient de l'autre côté de la vitre. Dix mètres carrés au bas mot, une longue desserte en teck contre le pan de mur de gauche, des prises un peu partout, et la même moquette rouge au sol, intacte.

– Donc ici, ce côté c'est... c'est le...

– La cabine. C'est ici que les artistes sont censés enregistrer. Enfin, étaient.

– Et cette autre porte, là, derrière ?

– Le local technique, répondit-il en lui versant un verre d'eau.

– Sam, comment es-tu tombé sur cet endroit ? demanda-t-elle, incrédule, pendant qu'il ouvrait une conserve.

– Ce serait trop t'en dire. Il n'y a rien de plus à savoir si ce n'est que j'ai eu de la veine, et que j'ai eu assez de temps pour remettre en marche ce qui avait besoin de l'être.

Samuel avait arrêté d'aller en cours dès que sa mère était morte et que Bob avait plongé si vite et si profond dans l'alcool qu'il n'avait plus été capable d'assurer son emploi. Sam, dont le tempérament travailleur n'était pas à prouver, avait alors trouvé un job chez Gary Davies, cinquantenaire sans enfant, mais pas sans cœur, dont la petite entreprise multiservice manquait toujours d'une paire de bras supplémentaire. Charpente, mécanique, électricité, plomberie et même un peu de maçonnerie – Gary avait accordé à ce jeune homme bosseur et consciencieux le temps et la formation nécessaires à faire de lui un employé utile et qualifié. Si la majorité de la paie de Sam flambait en Jack Daniel's et autres spiritueux que Bob descendait devant d'insipides émissions télévisées, il ne pouvait pas renier le fait que cela lui avait été profitable en ce sens qu'il touchait désormais un peu à tout et n'aurait sans doute jamais de mal à trouver du boulot. Ophelia savait tout ça. Ophelia n'avait donc aucun mal à imaginer qu'il ait pu remettre en état des installations qui dataient un peu – voire beaucoup, s'il avait dit la vérité et que tout ça remontait bel et bien aux débuts des Beatles.

Il revint s'asseoir auprès d'elle et lui tendit son repas.

– Tu as l'air d'aller mieux, dit-elle en remarquant avec quelle aisance il s'était levé, déplacé puis assis. Tu as encore mal ?

– De moins en moins. Je ne risque pas de courir un marathon de suite, mais ça va. Ça a beau avoir été très douloureux et handicapant les premiers jours, les côtes, quand ça commence à se remettre, on en oublierait vite que c'est encore là. C'est tout le danger, d'ailleurs : il faut juste que j'évite d'oublier que ce n'est pas totalement remis. Encore un peu, peut-être deux ou trois semaines, et ce sera de l'histoire ancienne.

Elle lui jeta un regard perçant.

– Tu sais à peu près depuis combien de temps on est ici, pas vrai, Sam ?

– Mange donc un bout, j'ai une petite surprise pour toi, éluda-t-il.

Affamée, elle s'exécuta pendant qu'il s'affairait à replier la couverture.

– La prochaine fois que tu feras un somme, ce sera dans des draps propres, dit-il, enjoué.

– Des draps ? Propres ? répéta-t-elle, un brin rêveuse.

– Oui. Je sais à quel point tu aimes la nature et les escapades sous la pluie, mais je n'ai pas oublié que tu es habituée à un certain confort, se moqua-t-il gentiment. J'ai prévu quelques trucs qui devraient te remonter le moral, ajouta-t-il alors qu'elle raclait le fond de la boîte en métal.

Il lui tendit le verre, qu'elle but d'une traite. Alors, il prit sa main et l'invita à le suivre. Il ouvrit la porte au fond, celle où se situait le local technique, et elle comprit que l'espace était en réalité divisé en deux. Le premier, duquel s'échappait un ronronnement fort et régulier, regroupait manifestement groupe électrogène, système de ventilation indépendant, tuyauterie et autres dispositifs qu'elle ne reconnut pas. Elle en conclut que Sam n'avait pas menti à ce propos : l'insonorisation était telle que porte fermée, on n'entendait pas le moindre bruit. L'autre, séparé, n'était ni plus ni moins qu'un vrai cabinet de toilettes couvert de carrelage rose.

– Celui-là dispose d'une cuvette, et il n'a pas besoin qu'on tire la chasse avec un seau, s'amusa-t-il sous les yeux ébahis d'Ophelia qui laissait déjà glisser sa main – avec un certain émerveillement – sur la céramique turquoise du large lavabo au style résolument sixties.

Elle remarqua alors la bouteille qu'il avait laissée en évidence, posée sur une paire de serviettes éponge parfaitement blanches.

– Oh ! mon Dieu ! Du shampoing ! s'exclama-t-elle en portant les mains à sa bouche, euphorique à l'idée de pouvoir se sentir à nouveau propre des pieds au sommet du crâne.

Il rit.

– Comment crois-tu que j'aie pu obtenir ça, hein ? commenta-t-il en désignant les longues mèches noires qui lui tombaient jusque sous les épaules.

Samuel tenait énormément à garder ses cheveux longs. Bien que ce soit Bob qui eût été parmi les rares à être nés de deux parents amérindiens, c'était Jane qui avait pris à cœur d'enseigner à son fils les traditions et contes du folklore cherokee, son père s'étant éloigné volontairement de ses racines à force d'avoir été moqué par « les Blancs », cherchant à se fondre le plus possible dans la masse aussi bien physiquement que dans ses raisonnements. *Sans doute pour survivre*, avait pensé Sam à un moment. Ces autochtones qui avaient autrefois peuplé une bonne partie du sud-est des États-Unis pensaient, comme bien d'autres tribus, que les cheveux étaient un prolongement de l'âme et octroyaient donc à ceux qui ne les coupaient pas une sorte de sixième sens. Ce qui, d'ailleurs, s'était en quelque sorte confirmé pendant la guerre du Vietnam, au cours de laquelle l'armée avait enrôlé de force certains d'entre eux, et constaté avec étonnement que ceux qu'on avait rasés avaient comme perdu leur instinct, quand leurs frères aux cheveux longs l'avaient, semblait-il, conservé. Jane avait même raconté au petit Samuel que quelques scientifiques curieux avaient poussé les recherches et déduit que les cheveux humains pouvaient effectivement être décrits comme une extension du système nerveux, dans une certaine mesure, tant les perceptions d'un individu qui les porte longs sont déployées. *Comme des antennes, Sam*, avait précisé sa mère avec enthousiasme.

– Je crois que je ne t'avais jamais vu avec les cheveux détachés, remarqua Ophelia qui venait de comprendre pourquoi elle l'avait trouvé si beau à son réveil.

– L'élastique a craqué, expliqua Sam en riant.

– C'est un mal pour un bien, souffla-t-elle en passant lentement la main le long de sa chevelure noire.

Il y eut un instant de flottement au cours duquel le silence fut roi et leurs regards se perdirent l'un dans celui de l'autre. Sans même y penser, Samuel frôla de la main la joue d'Ophelia et elle ferma les yeux, inspirant et expirant comme si elle avait enfin accès à de l'air pur. Et puis, bien vite rattrapée par son incapacité à lâcher prise, elle laissa échapper ces mots malgré elle :

– Je vais... je vais me faire un brin de toilette, alors.

La main de Sam retomba instantanément.

– Bien sûr. Prends tout ton temps. Je t'ai laissé une de mes chemises et ahem... un... un paquet de sous-vêtements en dessous, précisa-t-il, mal à l'aise. Je ne sais pas si... enfin, j'espère que ça te conviendra. Je vais mettre les draps sur le lit, ajouta-t-il en tirant la porte derrière lui.

– Pourquoi tu ne nous as pas amenés ici plus tôt, Sam ? lui lança-t-elle d'un ton accusateur à peine fut-il sorti.

Sans se retourner vers elle, il baissa les yeux, la main sur la poignée, et répondit avec honnêteté :

– Parce que la porte est trop difficile à ouvrir pour que j'aie pu le faire quand on est arrivé. Je manquais trop de force, j'avais trop mal. Et je ne pouvais pas prendre le risque de te dire comment la déverrouiller toi-même au risque que...

– Que je m'échappe à la première occasion.

– Oui.

– Tu ne te sens pas encore assez en confiance pour me le dire maintenant non plus, ajouta-t-elle, lucide.

– Non. Je suis désolé.

– Ne le sois pas. Je comprends.

Il referma la porte, conscient de la complexité de la situation. De l'autre côté, Ophelia, qui tenait encore la bouteille de shampoing entre ses doigts, s'adossa à la porte et laissa sa tête retomber en arrière, contrariée. Face à elle, il y avait une de ses chemises à carreaux, rouge et noire, qu'il avait soigneusement pliée et déposée sur le côté du meuble, sous laquelle dépassait un assortiment de culottes basiques en coton. Il avait raison de la maintenir dans l'ignorance. Il avait raison, parce que malgré ce changement d'environnement, malgré ses attentions et malgré sa bienveillance... eh bien, elle avait toujours le désir de remonter à la surface, de retrouver sa sœur, de rentrer chez elle. Paradoxalement, ce « moment » juste avant avait réveillé en elle des sentiments qu'elle avait trop longtemps refoulés au bénéfice de conventions, d'attentes soi-disant élevées des autres ainsi que de règles qui n'avaient jamais pris en compte ses propres aspirations. Quel kidnappeur prenait soin de son otage et restait confiné avec, fournissant couchage confortable, draps et vêtements propres, sans la moindre arrière-pensée, sans réclamer de rançon, sans espérer en faire une esclave ou pire encore, un objet ? *Cet enlèvement n'a rien de conventionnel, pensa-t-elle. Ce n'est même pas vraiment un enlèvement*, se dit-elle en dévissant le bouchon de la bouteille.

*Syndrome de Stockholm !* lui hurla une partie d'elle avec véhémence.

# 20

– Et maintenant, Samuel ? lui lança Ophelia d'une voix acide à peine fut-elle sortie de la salle de bain, ses longs cheveux roux encore mouillés et vêtue de la chemise aussi longue que large de Sam.

Assis sur le lit qu'il venait de border, il leva vers elle un regard confus.

– Que se passe-t-il, Ophelia ?

– Justement, c'est ce que j'aimerais savoir. On est là, toi et moi, exactement comme tu l'imaginais...

– Pas exactement, non, la corrigea-t-il.

– Comment ça ?

– Disons qu'il y a quelques trucs qui ont foiré. À commencer par ces satanées côtes cassées qui n'ont jamais été au programme. On n'était pas censé rester aussi longtemps dans le sas.

Elle mordit sa lèvre inférieure et leva les yeux au ciel, irritée.

– Sam. Tout ça a assez duré. Laisse-moi repartir.

– Non. Si tu ne penses encore qu'à partir, c'est que ça n'a pas assez duré, répliqua-t-il du tac au tac.

Exaspérée, elle avança vers lui et s'écria :

– Mais qu'est-ce que tu veux, à la fin, hein ?

– Ce que je veux ? Ce que je veux n'a aucune importance. Ce que je veux n'a rien à voir avec tout ça, tu m'entends ? lâcha-t-il d'une voix ferme. Si on est là, c'est parce que c'est *toi*, toi qui ne sais pas ce que *tu* veux !

– Tu te trompes ! Je sais ce que je veux, Sam ! rugit-elle. Je veux sortir, nom d'un chien ! Rien de plus simple !

Il ricana.

– Tu crois ? siffla-t-il. Tu crois vraiment ? Et après, Ophelia ? Et après, hein ? Il se passe quoi, au chapitre suivant celui où je te laisse t'en aller ? Tu rentres chez toi, dans ton cocon de velours, tu retrouves tes chers parents, tu leur dis que je suis un dingue et un violent, comme mon père, et que je t'ai kidnappée, manipulée et séquestrée ? C'est ça l'idée ? Ils te croiront, hein, je n'ai aucun doute là-dessus. Ton père ne m'a jamais porté dans son cœur.

Interdite, elle le fixait sans bouger d'un pouce. Sam se leva et s'approcha tout près d'elle, la dépassant de vingt bons centimètres et la surplombant de son regard intense.

– C'est quoi la suite, attends... Ah mais oui, tu présentes tes excuses à ce pauvre type que tu as planté devant une cinquantaine d'invités, mais il est raide dingue de toi et c'est moi le responsable, donc il te pardonne volontiers et vous tombez dans les bras l'un de l'autre.

Il était déjà à bout de souffle tant cette discussion le prenait aux tripes, mais il enchaîna :

– Et puis tu deviens à la fois Mrs Coventry et une brillante avocate et il passe le reste de sa vie heureux pour toujours, à tes côtés dans une baraque à deux millions pendant que tu observes ton existence te glisser un peu plus entre les doigts chaque jour qui passe. J'exagère, là, ou je suis pas loin de la réalité ?

Ophelia le toisait, désemparée. Non, il n'exagérait pas. Si elle repartait, là, comme elle le lui avait demandé, ce qui se profilait ressemblait bien à ce qu'il venait de lui dépeindre, en dépit de la colère qui avait animé ses paroles. Ce constat lui glaça le sang. Soudain, elle n'était plus sûre de rien.

– Ophelia... glissa-t-il à son oreille. Ce que j'ai fait est insensé et clairement illégal, c'est vrai. Mais c'est aussi une chance que je t'offre. Une chance que tu trouves à la fois ta liberté et le courage de faire tes propres choix sans te soumettre aux autres. Tu me suis ?

Secouée par ses mots d'une justesse absolue, elle fit le pas qui la séparait encore de lui et vint poser doucement sa tête et sa main contre son buste. Alors il la prit dans ses bras et lui souffla :

– Qu'est-ce que tu veux, Ophelia ?

♪

Allongée contre lui, elle savourait depuis un long moment déjà son étreinte, ses bras qui l'enveloppaient de tendresse et le sentiment à la fois de sécurité et de plénitude qu'il lui procurait.

– Les mariages, affirma-t-elle soudain.

Il tourna la tête vers elle, dubitatif.

– Te marier, tu veux dire ?

– Je veux dire, tout. L'effervescence des préparatifs, le choix des faire-part, de la robe, des fleurs, du lieu et de la décoration, de la musique sur laquelle on ouvre le bal... énonça-t-elle, songeuse.

– Je me souviens t'entendre me parler de ça. J'imagine que... que c'était ce que tu rêvais de vivre avec... Joshua. Vos fiançailles devaient en être un avant-goût, d'ailleurs. Navré d'avoir gâché la fête, dit-il d'un ton sinistre.

En son for intérieur, Samuel était blessé. La simple évocation de Joshua avait le don de lui rappeler sa moindre condition, de mettre en exergue tout ce que lui ne pourrait jamais offrir à Ophelia, à commencer par des noces aussi féeriques qu'elle le méritait. Il se disait que ces aspirations de grandiose venaient sans doute du train de vie somptueux des Cavendash, qu'elle était tombée là-dedans dès le berceau et qu'il serait bien naïf de croire qu'elle pourrait troquer tout ça contre une vie simple à ses côtés.

Mais à son tour, elle lui jeta un regard désolé.

– Non, Sam. Tu ne comprends pas.

– Comment ça ? Tu ne rêves pas de te marier en grande pompe ?

– Eh bien, si, je reconnais que si. Mais tu m'as demandé de te parler de moi sans laisser ma famille entrer en ligne de compte, et c'est ce que je suis en train de faire, je t'assure. Ça n'a rien à voir avec Josh. Ça n'a plus rien à voir avec lui.

Ophelia fut surprise elle-même par la spontanéité avec laquelle elle avait prononcé ces deux dernières phrases. Josh ne lui manquait pas. Non pas qu'elle n'éprouvât plus rien à son égard, mais à cet instant précis, elle remarqua que, si Rosie et Aslan occupaient en permanence ses pensées, elle ne s'était pas inquiétée de lui. Était-ce parce qu'il avait toujours été si indépendant et qu'elle le considérait comme inébranlable ? Ou bien parce qu'au fond, elle ne s'était pas attachée à lui pour les bonnes raisons ? Ne se soucie-t-on pas des gens qu'on aime sincèrement ? L'aimait-elle donc réellement ? L'aimait-elle comme elle l'avait cru ?

– Vraiment ? fit Samuel qui n'avait rien perçu de ses questionnements.

– Oui.

– Je suis tout ouïe, alors, répondit-il, soulagé.

Ophelia tâcha d'évincer Joshua de son esprit et la culpabilité qui s'éveillait déjà avec. Samuel était perspicace : elle ne savait ni lâcher prise, ni identifier ses propres désirs. La question était pourtant simple et elle tenait à réussir cet exercice. Alors elle se concentra et reprit :

– Rosie et moi avons toujours partagé une passion commune pour les mariages. D'aussi loin que je me souvienne, toutes petites, déjà, on avait ce gigantesque classeur ivoire dans lequel on ajoutait des pages sans arrêt, découpant des bouts de robes de mariée qu'on trouvait dans les magazines pour les assembler et créer les puzzles de celles de nos rêves. On devait avoir quoi ? Quatre ? Cinq ans, peut-être, quand on s'y est mis. On faisait des croquis des arches florales sous lesquelles on s'imaginait échanger nos vœux avec le parfait fiancé, on collait les pétales de fleurs des champs qu'on ramassait en nous disant qu'un jour on pourrait à notre tour tenir le plus beau des bouquets et avancer vers l'autel sous les yeux émus de tous nos proches.

Elle parlait d'une voix enfantine et il trouva cela charmant.

– Le plus extraordinaire, pour nous, c'était d'assister aux mariages des amis de nos parents, de nos cousins et cousines plus âgés, aussi. Notre amour pour les cérémonies n'était un secret pour personne et nous a valu le privilège d'être choisies à de nombreuses reprises comme demoiselles d'honneur, pour porter le coussin des alliances ou tenir la traîne des mariées. Tout le monde échangeait des regards attendris et nous répétait tant qu'on était adorable, que ça nous ravissait plus encore. Je pense que maman nous a sans doute pas mal encouragées aussi, s'amusa Ophelia. Elle aussi a toujours voué une sorte de culte aux réceptions, cortèges, broderies et autres robes en tulle. Sous ses airs stricts, maman est... c'est une romantique, Sam. Mon père est le premier et seul homme qu'elle a connu, c'est tellement beau. Je crois qu'au-delà de lui, elle est amoureuse de l'idée même de l'amour. Je l'envie, d'ailleurs. Cela semble si simple, pour elle, alors que moi je suis apparemment si loin d'en comprendre les rouages. Oh ! je donnerais tant pour pouvoir remonter dans le passé et assister à leurs noces ! Ce devait être un véritable conte de fées... soupira-t-elle.

Trop absorbée par ses rêveries et par ce laisser-aller qu'elle touchait enfin du doigt, Ophelia ne remarqua pas l'expression affligée de Sam, qui luttait depuis bien longtemps déjà pour la préserver. Alors, il ne dit rien, préférant une fois encore lui épargner une vérité qui l'ébranlerait à coup sûr.

– Les années ont passé et, je ne sais pas, c'est... c'est comme l'équitation, c'est resté ancré en moi. J'ai grandi, c'est vrai, mais je n'ai jamais pu m'empêcher de participer autant que possible aux préparatifs des mariages de nos proches. À tel point que, pour enfin répondre à ta question, je me suis imaginé en faire mon métier.

– Ton métier ?

– Wedding-planner.

– Pas avocate, alors.

Elle sourit timidement.

– Non, pas avocate.

– Eh bien voilà, on progresse ! déclara Sam, un brin espiègle, heureux de constater qu'elle s'était enfin concentrée sur ce qui lui plaisait, à elle.

– Je pourrais préparer des mariages et y assister tous les jours. Être plongée dans une telle ambiance sans arrêt, tout gérer jusque dans les moindres détails, me rendre utile au point de préserver les futurs époux d'une bonne partie du stress que ça peut générer, et surtout, surtout...

Elle s'interrompit.

– Surtout ? s'enquit Sam, curieux.

– Surtout le regard du marié.
– C'est-à-dire ?
– Ce truc unique quand il la voit arriver pour la première fois. Cette étincelle, voire ces larmes qui leur montent parfois, à ces hommes qui se laissent trop rarement aller à exprimer leurs émotions, je trouve ça magnifique. Je me dis que... si je faisais ce métier, je pourrais assister à ça si souvent que ça m'en donne la chair de poule, conclut-elle en se frottant les avant-bras pour en chasser les frissons.
Il la gratifia d'une expression bienveillante.
– Tu feras une extraordinaire wedding-planner. J'en suis certain.
Ce n'était qu'un détail, mais en utilisant le futur plutôt que le conditionnel, il venait de lui ouvrir le champ des possibles, de changer ce qu'elle pensait relever de l'utopie en un véritable projet.
– Merci, répondit-elle avec gratitude.
Il y eut un silence, puis Sam, vite rattrapé par la réalité, lui demanda avec amertume :
– Ton mariage avec Joshua se profile comme dans tes rêves, pas vrai ?
Elle perçut sa rancœur malgré ses bras qui l'enlaçaient toujours.
– Eh bien, honnêtement, non.
– Non ? Comment ça, non ? l'interrogea-t-il, étonné. Comment deux familles aussi fortunées peuvent-elles manquer de réaliser tes rêves les plus fous ? Je suis sûr que ce Joshua remuerait ciel et terre pour t'offrir tout ce que tu pourrais désirer.
– Sauf que je ne lui en ai pas parlé. Il n'en a donc aucune idée.
Une fois de plus, la facilité avec laquelle elle venait de s'exprimer la prenait de court. Comment était-il possible qu'elle ne se soit pas aperçue plus tôt de ce qui n'avait rien d'un détail tant elle se l'était dépeint des années durant ? N'était-ce pas là la preuve que ses fiançailles avec Josh avaient plus à voir avec ce que leurs parents espéraient qu'avec ce qu'elle souhaitait vraiment, au fond ? Joshua ne l'avait jamais mise mal à l'aise, elle s'était toujours sentie en confiance auprès de lui. Et elle ne lui avait pas accordé sa main à contrecœur, elle l'avait même choisi délibérément, au grand dam de

Samuel. Pourtant, elle n'avait pas une seule fois ne serait-ce qu'évoqué à son fiancé ce dont elle rêvait vraiment pour son mariage.

– Ophelia, de quoi s'agit-il ?

Elle leva vers lui ses grands yeux verts et chuchota :

– Le palais.

– Le palais, bien sûr, comprit-il en se remémorant leurs discussions passées. Tu rêves de le rénover.

– Et de m'y marier, avoua-t-elle. Je rêve de lui rendre sa splendeur d'antan, d'y réaménager chaque pièce à mon goût tout en conservant ses caractéristiques d'époque, de recréer les jardins tout autour et de remettre en marche les fontaines. D'en faire mon chez-moi, un endroit romanesque et historique à la fois. Tout refaire, des parquets aux fresques des plafonds. Tout sauf le kiosque, que je trouve magnifique tel quel, envahi par la végétation.

Elle prit une grande inspiration puis compléta :

– Le mariage de mes rêves, c'est de me tenir là-bas, sous le kiosque, pour dire « Je le veux ». Et de passer le reste de ma vie à chevaucher à travers les champs et la forêt alentour dès que l'envie m'en prend, avant de rentrer et de me glisser dans un bain chaud avec le casque de mon Walkman sur les oreilles.

Elle avait parlé si vite et avec tant de liberté qu'il laissa échapper un petit rire.

– Tu es encore plus belle quand tu ne te brides pas, Ophelia.

Elle rougit. Et la seconde d'après, elle s'en voulut d'avoir ainsi étalé son attrait pour quelque chose qui impliquait à la fois le luxe et la perfection d'une relation amoureuse, alors que son enfance à lui avait été des plus modestes et qu'il avait passé sa vie à voir ses parents s'éloigner l'un de l'autre.

– Je suis désolée, lâcha-t-elle.

– Désolée ? Pourquoi ?

– Tu ne crois pas au mariage, n'est-ce pas ?

Il se redressa, sérieux. Elle culpabilisa plus encore.

– Qu'est-ce qui te fait penser ça ?

– Eh bien... Tu m'as souvent parlé de la relation conflictuelle de tes parents, des dérives de ton père. Et voilà que... Voilà que, moi, je me mets à t'assommer de visions idylliques d'unions parfaites. Excuse-moi.

– Mais non, enfin, arrête, l'interrompit-il en saisissant sa main. Premièrement, je t'interdis de te censurer. Oui, on est différent, on n'est pas né sous les mêmes étoiles, et alors ? Ce n'est pas parce que je n'ai jamais goûté au confort ni au train de vie aisé dont tu as disposé que j'en suis jaloux ou que tes rêves me rebutent. Et deuxièmement, ce n'est pas parce que mes parents ont fini comme deux étrangers que je suis blasé.

Le regard que Samuel portait sur la vie était si pragmatique et positif qu'elle en fut fort impressionnée. Il avait enduré des épreuves terribles malgré son jeune âge, mais rien de tout cela n'avait eu raison de son espoir. Ça l'avait simplement fait mûrir vite, beaucoup plus vite que la moyenne. Il avait à peine plus de la vingtaine, certes, pourtant elle devinait en lui une âme gorgée de sagesse qu'elle lui enviait.

– Je pense juste qu'ils se sont trompés de personne. Je ne ferai pas la même erreur, compléta-t-il en effleurant la joue d'Ophelia comme on frôle le pétale délicat d'un coquelicot.

Elle plongea alors son regard dans le sien et sentit un élan de désir tel qu'elle fut poussée à ses lèvres. Samuel saisit alors le visage d'Ophelia avec délicatesse et l'embrassa à son tour, plus épris et sûr de lui qu'il ne l'avait jamais été. Elle laissa glisser ses mains jusque sur son torse, puis, faisant voler tous les principes qui l'avaient jusque-là emprisonnée, l'enlaça passionnément. Il s'abandonna un instant à ses caresses, amoureux et enivré par la sensation suave de sa bouche contre la sienne, avant de l'interrompre en la repoussant doucement.

– Je ne peux pas, Ophelia.

Interloquée, elle s'écarta.

– Pardon, je...

– Non ! Non, non. Je t'en prie, ne t'excuse pas.

– Je ne comprends pas, Sam.

– Je n'ai jamais... je veux dire...

– Moi non plus, Sam, moi non plus, je ne l'ai jamais fait, l'interrompit-elle en s'approchant à nouveau.

– Tu... tu ne...

– Non, je... je voulais... je m'étais mis en tête d'attendre d'être mariée. Je sais, c'est ridicule, mais...

– Non, non, ça n'a rien de ridicule, au contraire.

– Vraiment ?

– Mais oui, vraiment, la rassura-t-il. C'est beau.

– Et toi ? Tu... osa-t-elle.

– Moi non plus. Tu es... Tu aurais été la première et... Attends, un peu. Ce n'est pas ce que je voulais dire.

– Quoi, alors ? À quoi bon attendre ? s'impatienta-t-elle en cherchant à lui donner un baiser.

Mais Samuel l'en empêcha.

– Je ne peux pas. Je n'ai jamais cherché à ce qu'on en arrive là, parce que tout ça n'a rien à voir avec moi. Je n'ai pas le goût du risque, j'ai le goût de l'enjeu.

– Sam...

– Non, s'il te plaît, écoute. Ce... cet endroit, toi, moi, tout ça n'a jamais eu pour but de te faire tomber dans mes bras, tu comprends ? Je ne veux pas être ce type-là, Ophelia. Même si je crève d'envie que tu... qu'on ne fasse plus qu'un. Je ne peux pas ! Tu en es aux balbutiements de ton libre arbitre, tu viens tout juste, il y a quelques minutes à peine, d'ouvrir les yeux sur des choses essentielles, sur des traits forts de ta personnalité, de tes souhaits. Je ne peux pas te laisser soudain t'abandonner à mes propres sentiments, parce que je ne peux pas supporter l'idée que tu ne sois pas sûre, absolument certaine même, de ce que tu ressens et de ce que tu veux.

Elle le fixait, stupéfaite.

– C'est un supplice, Ophelia, de te refuser ça. Crois-moi, il n'y a rien de plus... J'en ai tellement envie que... c'est totalement... je...

Il porta ses mains à son front, plus troublé qu'il ne l'avait jamais été, avant d'admettre avec réalisme :

– Je veux me contenter de toi, mais pas de peu. Je te veux consciente, affranchie et convaincue. Et j'attendrai tout le temps qu'il faudra pour ça.

# 21

Il faisait déjà nuit. Joshua, dont le col du manteau était remonté tant il faisait froid, rejoignait à pied le parking en ce début de soirée d'automne, quand il fut surpris par la voiture qui pila à seulement quelques centimètres de ses chaussures jusqu'à en faire voler le gravier. La fenêtre s'abaissa et une voix ferme lui lança :

– Montez, Coventry.

Reconnaissant sans peine le ton autoritaire de Lawrence Cavendash, Josh abdiqua et monta côté passager. L'Audi redémarra sur-le-champ et quitta l'université de Cambridge sur les chapeaux de roues.

– Monsieur, osa Josh après d'aussi longues que lourdes minutes de silence. Avec tout mon respect, il faut mettre un terme à tout ça.

Law lui lança un regard assassin.

– À votre lâcheté, vous voulez dire ? Je suis bien d'accord.

Joshua baissa les yeux.

– À vos appels incessants, Monsieur.

– Vous devriez avoir honte, Coventry, rétorqua Lawrence, acide. Trois semaines qu'elle a disparu et vous êtes déjà happé par vos précieuses études, comme si elle n'avait jamais existé. Auriez-vous déjà le bras autour des épaules d'une étudiante, hum ?

Josh sentit la moutarde lui monter au nez, mais prit encore sur lui, conscient de l'épreuve que traversaient les Cavendash.

– Monsieur, je comprends votre désarroi, je le partage, vous savez.

– Menteur ! s'exclama Lawrence sans lâcher la route des yeux, les mains crispées sur le volant. Si vous le compreniez, vous ne seriez pas là. Vous seriez avec moi à retourner chaque recoin de ce pays pour la sauver des mains de ce Kroeger ! Vous mentez depuis le début, mon petit, vous ne l'aimez pas tant que vous le prétendez !

C'en était trop pour Josh.

– Vous vous trompez ! C'est précisément parce que je l'aime que je ne m'obstine pas ! Pourquoi me mettrais-je entre eux ? Elle ne veut pas de moi, il faut se rendre à l'évidence ! Je ne tiens pas à épouser une femme qui a le cœur ailleurs, c'est si difficile à comprendre ? s'expliqua-t-il, tourmenté.

Lawrence ricana et se moqua :

– Vous êtes un idiot. Vous ne connaissez pas ma fille. Elle ne serait jamais partie. Encore moins avec ce vaurien.

Au cours des années passées à le côtoyer, Josh n'avait jamais vu Lawrence s'exprimer avec tant d'animosité. Mais depuis qu'Ophelia n'était plus là, celui qui était pratiquement devenu son beau-père tant leurs deux familles avaient pris ce mariage pour acquis s'était changé en un tout autre homme. Lawrence Cavendash était devenu amer, remonté contre la police même, qu'il jugeait négligente et incompétente, et multipliait les appels et messages à travers lesquels il sommait Joshua de l'aider à la retrouver.

– Monsieur, tenta Josh d'une voix calme, vous êtes dévasté, et, ne vous fiez pas aux apparences, je l'ai été à l'instant même où elle s'est précipitée pour le rejoindre, et je le suis encore à cette heure.

– Que vous dites.

– Je voudrais aussi me convaincre que ça n'est pas arrivé, reprit-il en ignorant sa réflexion, je voudrais bien pouvoir me dire que non, elle ne m'a pas quitté, que j'ai mal compris mais... et elle ? Vous ne pensez pas que si elle est partie, c'est parce qu'on l'a convaincue de suivre une voie qui ne lui correspondait pas ? Je la connais, à vrai dire, je sais qu'elle veut toujours bien faire, c'est plus fort qu'elle ! Elle a toujours cherché à plaire à tout le monde, quitte à s'en oublier. C'est finalement plutôt sensé qu'elle ait fini par craquer. Personne ne peut tenir ça sur le long terme, je sais de quoi je parle.

Lawrence ne pipa mot et continua de rouler à pleine vitesse dans la nuit noire. Josh porta une main à son front, embarrassé.

– J'admire votre ténacité, Monsieur. Vraiment. Mais je crois... j'ai bien peur que vous ne soyez en plein déni, osa-t-il. Pour ma part, je préfère renoncer à elle plutôt que la partager avec lui. Et je préfère renoncer à elle plutôt que la garder auprès de moi si c'est à autre chose... ou... à quelqu'un d'autre... qu'elle aspire, termina Josh, le cœur lourd.

La seconde suivante, Lawrence mettait un coup de volant et se garait brutalement sur la bande d'arrêt d'urgence.

– Mais sacrebleu, qu'est-ce que vous avez, tous, à vous imaginer qu'elle s'est jetée au cou de ce misérable ? IL L'A ENLEVÉE ! gronda-t-il. IL L'A ENLEVÉE, VOUS SAISISSEZ ?

# 22

La caisse en carton rigide devait contenir une vingtaine de carnets au moins. Tous noircis. Ophelia les feuilleta et reconnut sans difficulté l'écriture de Samuel. Penchée vers la droite. Fine et sauvage, comme si les phrases lui avaient échappé, comme si les mots s'étaient envolés sur le papier avant qu'il n'ait pu les prononcer.

*The wound is clear but your soul is poisoned*
L'entaille est nette mais ton âme est empoisonnée

*I draw into them, you draw in the shadow*
Je puise en elles, tu puises dans l'ombre

*I faint but you keep hitting me*
Je défaille mais tes coups redoublent

*'Cause you and me both know*
Car toi et moi savons tous deux

*That there is no end*
Qu'il n'y a pas de fin

*They are way too far*
Qu'elles sont beaucoup trop loin

*No dawn after death*
Pas d'aurore après la mort

*But you want to be the strongest*
Mais tu veux être le plus fort

Elle ne s'était pas attendue à ces mots-là, bien qu'elle en ait déjà aperçu quelques-uns par le passé, alors qu'il jouait quelques notes contre le mur de pierre du château en ruine. Pourtant, plus elle tournait les pages et plus elle comprenait que ceux qu'elle avait déjà découverts n'avaient été que ceux qu'il lui avait laissé entrevoir. C'est-à-dire, ni les plus sombres, ni ceux qui la dépeignaient, elle.

*When the world disappears under this curtain of mist*
Quand le monde s'efface sous ce rideau de brume

*I renounce my utopias, so I can reach the night*
Je renonce à mes utopies pour mieux atteindre la nuit

*The rain is pouring down, but my mind is burnin'*
Il pleut à verse, mais mon esprit se consume

*Oh, and suddenly, « Take me away », she sighed*
Oh, et soudain, « Enlève-moi », a-t-elle soupiré

*I welcome the wounds, I didn't run away*
J'accueille les blessures, je ne me suis pas enfui

*And here she appears, her pale skin, her emerald eyes*
Et la voilà qui apparaît, sa peau pâle, ses yeux d'émeraude

*She delivers me from the darkness, opposes my mistakes*
Elle me délivre des ténèbres, s'oppose à mes erreurs

*And here she appears, she swallows my fears*
Et la voilà qui apparaît, qui engloutit mes peurs

*She delivers me from my past, challenges my pain*
Elle me délivre de mon passé, défie ma douleur

*In a palace of pride, in a castle of prejudice*
Au palais de l'orgueil, au château des préjugés

*Where her aura welcomes me, I become the insurgent*
Là où son aura m'accueille, je deviens l'insurgé

*In a palace of pride, in a castle of prejudice*
Au palais de l'orgueil, au château des préjugés

*Where she flees her shroud, I want to reveal her*
Là où elle fuit son linceul, je veux la révéler

*Alors, il a fini par lire Jane Austen,* pensa-t-elle en souriant. Il n'y avait pas de date, mais rien qu'aux couplets et autres bribes de texte, elle put remonter le temps, et plonger par la même occasion au tréfonds de Samuel. Ophelia jeta un œil à la porte de la salle de bain, inquiète à l'idée qu'il en sorte déjà, se doutant qu'il n'avait pas caché cette boîte sans raison. Elle hésita, puis se mit à en lire un autre, entraînée par la curiosité – ou plutôt par le désir avide de sonder les pensées les plus intimes de cet homme qui, à ses yeux, définissait l'essence même du courage et de la maturité, ce dont elle se sentait de plus en plus dépourvue.

*Give them back to me, there is no love in absence*
Rendez-les-moi, il n'y a pas d'amour dans l'absence

*Please, free me from this deafening silence*
S'il vous plaît, libérez-moi de ce silence assourdissant

*The abyss is my refuge, I no longer have a home*
L'abîme est mon refuge, je n'ai plus de chez-moi

*The sound of his voice would swallow me whole*
Le son de sa voix m'avalerait tout entier

*'Cause there's nothing more*
Car il n'y a rien de plus

*Of our bygone days, of our happy days*
De nos jours passés, de nos jours heureux

*I'm dead in my core*
Je suis mort jusqu'à l'âme

*'Cause the damage is done*
Car les dégâts sont faits

*The bottle bit him like a snake*
La bouteille l'a mordu comme un serpent

*He drowned in his glass*
Il s'est noyé dans son verre

*And me? I hold on*
Et moi, je tiens bon

*Yeah, I do, but for how long?*
Ouais, mais pour combien de temps ?

*And me? I carry on*
Et moi, je continue

*Yeah, I do, but for how long?*
Ouais, mais pour combien de temps ?

À ces mots, lisibles sous quelques ratures et ce qui ressemblait à des larmes séchées sur le papier, Ophelia prit conscience d'une hypothèse qu'elle n'avait jamais envisagée. Parce que si, certes, il s'était quelquefois épanché auprès d'elle, lui racontant le manque de son pays et de ses amis du Tennessee, sa vie d'avant, le vide qu'avait laissé Maxine derrière elle et les répercussions que ça avait eues, il n'avait pour autant jamais laissé filtrer de ses paroles quoi que ce soit qui implique un désespoir tel que...

Inquiète, elle se repassa le fil de leurs conversations, chercha à puiser dans ses souvenirs pour y trouver ne serait-ce qu'un indice, mais elle y retrouva ce positivisme à toute épreuve qui... qui l'avait poussée à le croire insubmersible. Comme tous les autres, à vrai dire. Tous les autres, sauf Rosie. Sans doute avait-elle grandi dans un tel cocon qu'elle n'avait jamais tout à fait assimilé le fait que ceux qui l'entouraient, ceux qui avaient l'air de disposer à la fois de la connaissance et de l'assurance, n'en étaient pas moins fragiles. Son père l'avait habituée depuis petite à une stabilité immuable – sa vision de la vie, de la famille et de la carrière était comme lui : impeccable. Joshua, qu'elle connaissait depuis l'enfance, ne manquait pas non plus de renvoyer une image idéale, comme si l'échec, le chagrin ou la peur lui étaient inconnus.

*Comment ai-je pu croire à ces chimères ?* se demanda-t-elle en comprenant à quel point elle avait été naïve de penser que tous autour d'elle disposaient à la fois d'une existence et d'un esprit incorruptibles. Autour d'elle, on ne se laissait pas aller à être faible, à hésiter, à trembler. Voilà pourquoi elle avait à la fois développé cette prédisposition à suivre le chemin qu'on lui avait tracé sans chercher à faire de vague, voilà pourquoi elle avait tant à cœur de veiller sur sa fragile petite sœur dont l'émotivité contrastait tant avec leurs habitudes à tous. Ophelia, inconsciemment, s'était fait un devoir de protéger Rosie de ses propres émotions. Quoi de plus humain, pourtant, que de rire à gorge déployée, de pleurer à chaudes larmes ou de tressaillir de peur ?

Plus elle lisait les chansons de Sam, plus elle réalisait à quel point on avait annihilé non seulement son libre arbitre, mais aussi ses sentiments. Ses parents eux-mêmes étaient esclaves de ces conventions qui n'autorisent pas les gens de bonne famille à se laisser aller à vibrer. Samuel, par amour et porté par un profond respect, s'était donc gardé de lui confier les tempêtes qui faisaient rage en lui, pour la préserver, pour ne pas aller contre sa nature. Ce sourire constant qui habillait son visage même quand il venait de partager un bout de sa triste histoire, c'était justement ce qui avait permis à Ophelia de tenir le coup quand elle avait envie de tout envoyer valser. Ces dernières années, lors de leurs rendez-vous orageux, il avait sans le moindre doute bridé à la fois ses idées sombres, mais aussi son envie de faire voler en éclats sa retenue. Pourtant ce qu'elle venait de lire était résolument mélancolique voire... funeste.

Samuel avait-il songé à mettre fin à ses jours ? Ophelia ne s'était jamais posé cette question, et à la seconde où elle en prit conscience, elle fut submergée par la culpabilité. Non pas celle de décevoir les autres, pour une fois. Plutôt celle d'avoir cru à cette expression en apparence apaisée qu'il arborait si bien. Celle d'avoir tenu ses sourcils froncés pour une simple caractéristique physique. Celle d'avoir considéré la constance et la paix qu'il dégageait comme authentiques. Alors que, quand auprès d'elle il observait la vie sous son œil philosophe, répétant que rien n'arrive par hasard, il était, peut-être, en train de mourir à l'intérieur.

La gorge d'Ophelia se noua à l'éventualité, tangible, qu'un jour il ne soit plus là. Soudain, Samuel lui apparut fragile.

Soudain, Samuel n'était plus ce roc qui l'avait bercée de ses paroles et ses bras rassurants quand elle avait besoin de ne pas être seule, alors que, peut-être, c'était lui qui en avait le plus besoin.

Soudain, Samuel était devenu mortel.

Ne supportant pas cette idée, Ophelia essuya les larmes qui avaient perlé aux coins de ses yeux et ouvrit un autre carnet, sur le dessus de la pile, cherchant désespérément à y trouver de quoi apaiser ses craintes. Il s'ouvrit sur une page, presque au milieu, dont l'encre semblait plus fraîche. Les suivantes étaient encore blanches.

*And my hand on your cheek*
Et ma main sur ta joue

*And yours in my neck*
Et la tienne dans mon cou

*And our faces so close*
Et nos visages si proches

*And your lips enlisting me*
Et tes lèvres qui m'enrôlent

Elle sourit, émue. Et la porte s'ouvrit.

♪

Samuel, dont le torse nu était désormais dépourvu de toute ecchymose, frottait encore son visage dans la serviette éponge quand il sortit, jeta un œil à Ophelia, et comprit. Instantanément, il en eut des palpitations.

– Je suis désolée, s'excusa-t-elle, le carnet entre les mains.

Mais Sam se précipita sur la caissette, arracha des mains d'Ophelia le calepin, le mit à l'intérieur puis referma le couvercle et s'adossa au mur en face d'elle, une désagréable sensation d'écrasement lui coupant le souffle.

– Pourquoi... pourquoi as-tu...

Remarquant sans peine la réaction de Sam, Ophelia comprit qu'elle avait franchi une limite et afficha une expression honteuse.

– Sam, je suis vraiment désolée, je...

– Ça... ça n'avait pas l'air assez privé pour toi ? rétorqua-t-il, haletant.

Bien sûr que si. Elle avait découvert la boîte en remarquant une légère épaisseur sous un coin de moquette, tandis qu'elle était encore allongée sur le lit, alors que Sam venait d'entrer dans l'autre pièce pour faire sa toilette. Le carton était caché en dessous, dans un compartiment en métal que Sam n'avait sans doute pas refermé aussi bien que d'habitude. Sa curiosité avait été plus prononcée que sa retenue ; elle avait soulevé le couvercle, aperçu la pile de carnets noirs, et en avait d'abord saisi et feuilleté un, avant de tout sortir.

– Samuel, souffla-t-elle le plus doucement possible, je te demande pardon. Je n'aurais pas dû.

Il la fixait, pétrifié. Elle ne l'avait jamais vu chancelant, c'était la première fois qu'il lui sembla si vulnérable. Même amoché, même avec un œil au beurre noir, une coupure en plein milieu de l'arcade ou les côtes cassées, Samuel avait cet air solide, cette façon de supporter la douleur et de se tenir bien droit qui accentuait sa carrure et le rendait en apparence indestructible. Mais c'était le siège de ses souvenirs, ses émotions, ses tripes même, qu'elle venait d'exposer sans crier gare. Ce fut sans doute à cet instant qu'elle mesura toute la sensibilité qui le caractérisait. Et cela ne fit que confirmer ses craintes : Sam était loin de pouvoir tout supporter. Sa fragilité était seulement bien cachée. Enfin, relativement bien, puisqu'elle l'avait trouvée sous un bout de moquette cramoisie.

Ophelia se leva lentement et s'approcha de lui avec précaution, comme on s'approche d'un enfant effrayé. Elle posa sa main gauche sur son buste et la droite sur le dessus de la caisse qu'il tenait encore fermement sous le bras. Elle la repoussa vers le bas, comme pour l'en délester. Sous sa paume, le cœur de Sam battait si fort qu'elle pouvait le sentir, cahoté par le stress. Elle s'en voulut affreusement. Le regardant droit dans les yeux, elle répéta :

– Je n'aurais pas dû.

– Tu n'avais pas le droit.

– Je sais. Je suis désolée.

– Tu as lu ? s'enquit-il, inquiet.

Elle déglutit.

– Oui, répondit-elle en croisant les bras, mal à l'aise.

Il détourna les yeux, se déroba et alla remettre le coffret à sa place avant de saisir et de passer un tee-shirt noir. Percevant son malaise, elle recula jusqu'à se mettre dos à la vitre, préférant lui laisser suffisamment d'espace pour retrouver son calme.

– J'ai été si égoïste que je t'ai cru, lui lança-t-elle tandis qu'il refermait le compartiment en s'assurant bien d'entendre le cliquetis avant de faire glisser la table jusqu'au dessus, déterminé à ce que, si prochaine fois il y avait, il puisse l'entendre déplacer le meuble.

– Tu m'as cru ? C'est-à-dire ? siffla-t-il.

– Quand tu étais philosophe. Que tu me disais que tu allais bien. Que tu tenais le coup. Que Bob n'était pas plus fort que toi. Que la mort faisait partie de la vie, que tu l'acceptais. Que tu préférais te concentrer sur ce qu'elles t'avaient apporté plutôt que sur leur absence.

Il se redressa et lui jeta un regard troublé. Il n'avait jamais montré ces carnets à personne. Ces carnets étaient là depuis des années, c'était précisément en cherchant un lieu sûr où les cacher aux yeux de Bob – et de quiconque — qu'il était tombé sur cet endroit. Et finalement, même si parfois il s'y adonnait depuis sa chambre ou les marches du vieux château, c'est ici qu'il s'était mis à passer une bonne partie du temps où il écrivait. Les jours ensoleillés où Ophelia ne le rejoindrait pas. Les nuits interminables où ses insomnies avaient raison de lui. Il venait ici. À l'abri des regards, à l'abri des coups. Laissant à chaque fois de quoi s'y sentir mieux la fois suivante. Personne n'était jamais descendu là, il en était certain. Pas depuis des décennies. D'abord ébahi d'avoir trouvé ne serait-ce que le sas, il avait fait des recherches à peine eut-il découvert la porte en métal. Ça lui avait pris quelques semaines de comprendre à la fois ce qu'il avait trouvé et comment remettre en marche ce qui en avait besoin. Comme il était persévérant et intelligent, ça n'avait pas été si complexe et en quelques mois, c'était devenu sa cachette. Là où il pouvait à la fois laisser cours à son imagination et échapper aux accès de fureur de son père.

Ces nombreux carnets, c'était l'expression de tout ce qui le rongeait à l'en rendre malade et qu'il devait déverser ailleurs pour ne pas s'y noyer corps et âme. Alors, forcément pour Samuel, ouvrir ces pages sans y avoir été invité revenait à forcer son esprit au bélier. S'il aimait profondément Ophelia, il n'avait pas tenu à la laisser exhumer tout ça. C'était bien trop sombre et bien trop à vif pour qu'il supporte l'idée qu'elle en prenne connaissance.

Tous deux se faisaient face, chacun d'un côté de la pièce.

– Tu ne sais pas tout de moi, du moins pas encore, fit-il après un instant. Et oui, ça m'est arrivé à quelques reprises de préférer te cacher mes idées noires plutôt que de t'en faire part.

– Mais pourquoi, enfin ?

– Parce que je veux être là pour toi et que, si moi je défaille, qui donc prendra soin de toi ?

– C'est tellement faux ! On est amis, toi et moi, non ? On est amis, pas vrai ?

– Oui.

– Les vrais amis ne mentent pas, Sam, ils ne se cachent pas non plus les choses importantes.

– Je ne t'ai rien caché d'important.

– Vraiment ?

– Où veux-tu en venir, Ophelia ?

– Tu mens ! J'ai lu, Sam ! Je n'aurais pas dû, mais j'ai lu.

– De quoi tu parles ?

– Tu as déjà pensé au suicide ? lança-t-elle de but en blanc.

Il inspira.

– Tout ce que j'écris n'est pas à prendre au pied de la lettre.
– Tu n'as pas répondu à ma question.
Il se contenta de lui jeter un regard incisif.
– Sam. Réponds-moi.
– J'y ai pensé.
– Plus d'une fois.
– Oui.
– Sérieusement ?
– Oui.
– Quand ?
– Quand j'ai vu le cercueil de ma sœur descendre dans sa tombe. Quand j'ai vu ma mère agoniser à l'hôpital, quand elle ne ressemblait plus qu'à un fantôme d'une maigreur insupportable. Quand j'ai commencé à bosser à la place de mon père parce que j'espérais dur comme fer qu'il en viendrait à m'aimer, mais qu'il a préféré se mettre à me cogner dessus. Entre autres.
– Mais pourquoi ? Pourquoi ne pas partir, à la place ? Recommencer une vie loin d'ici ?
– Déjà, partir, ça coûte du fric, Ophelia. Du fric que je n'ai jamais eu, au cas où tu l'aies déjà oublié. Et puis, tu crois vraiment qu'elles me manqueraient moins, ailleurs ? Tu crois vraiment que mon père se découvrirait soudain de l'affection pour moi, si je partais ? J'étais seul, Ophelia. Tu n'as jamais connu ça, tu as toujours été choyée, toi. Je ne peux pas te reprocher de ne pas comprendre, mais tu sais, quand tu te retrouves par terre sur le sol pourri de ta chambre avec la figure défoncée par les saouleries d'un père qui, pour une raison obscure a toujours eu l'air de t'en vouloir, et que tu es à quatre mille kilomètres de ce qui a été ton chez-toi... eh bien, disons que plus le temps passe moins tu es sûr de pouvoir supporter ça plus longtemps.
– Tu n'as donc plus de raison de vivre ? en conclut-elle, effondrée.
– Je n'en avais plus, non.
Ophelia sentit ses jambes trembler. La seule idée qu'il puisse mettre fin à ses jours l'anéantissait.
– Jusqu'à ce que j'apprenne à te connaître, précisa-t-il.

Elle porta la main à sa bouche, gorgée d'espoir.

– Tu as tout changé, avoua-t-il. Pendant des semaines, je n'ai eu d'yeux que pour les rapides au fond de la falaise. Je m'imaginais céder aux sirènes de la rivière, sauter, et que tout soit enfin fini. Mais tu es arrivée de nulle part, sur ton cheval, comme une apparition, comme un ange en fait... et soudain tout a changé. Je n'étais plus seul.

Ophelia rougit et esquissa un sourire.

– C'est toi, depuis, ma raison de vivre, confessa Samuel. Je n'aurais pas tenu sans toi. Je veux me battre, pour toi.

Quelques larmes roulèrent sur les joues pâles de la jeune femme. Des larmes de soulagement qu'elle essuya vite d'un revers de main. Face à elle, il y avait un grand Indien, à la peau foncée, aux yeux bleus et à la longue chevelure de jais. Fort, de prime abord. Il y avait surtout un homme aux multiples cicatrices, tant sur le visage que sur le cœur. Vulnérable. Qui l'aimait plus que tout au monde. Et qu'elle aimait tout aussi intensément. Cela n'avait jamais été aussi clair pour elle qu'en cet instant.

Elle avança jusqu'à lui et chuchota :

– Ferme les yeux.

Il s'exécuta. Elle se hissa jusqu'à ses lèvres sur la pointe des pieds et lui donna un tendre baiser avant de lui dire d'une voix suppliante :

– Laisse-moi faire. Laisse-moi te tirer des ténèbres pour de bon, promets-moi de ne plus jamais songer à cette effroyable solution de facilité. Tu es bien trop jeune. Tu as encore trop à donner. À ce monde. À moi. Le meilleur reste à venir, crois-moi. Promets-moi, Sam, lui susurra-t-elle en appuyant sa joue contre la sienne. Promets-moi que tu n'envisageras pas, jamais plus, de te tuer.

Il l'enlaça et murmura à son tour :

– Tant que tu seras de ce monde, je n'aurai pas de raison de le quitter. Je te le promets.

# 23

Face à face, allongés sur le lit, le bout de leurs nez se frôlait.

Samuel, paisible, ne dormait pas, mais se délectait de la sentir si près, de percevoir chaque mouvement de sa respiration et le contact de ses doigts entre les siens. Il voulait s'imprégner de chaque frémissement de sa peau blanche, de son odeur. Il voulait fixer dans sa mémoire les boucles flamboyantes qui encerclaient les joues parées de taches de rousseur d'Ophelia. À vrai dire, là, dans ce lieu qui n'avait rien de commun et où ils étaient comme seuls au monde, il éprouvait une forme étrange d'émerveillement ; sans qu'il ait pu se l'expliquer, ce qui s'était passé avec la caisse et les carnets, cette façon qu'elle avait eue de lever le voile sur une partie de lui qu'il n'avait jamais eu le courage de mettre à nu, les avaient rapprochés à tel point que pour la première fois, il se disait qu'il y avait de nouveau quelqu'un sur cette terre qui savait tout de lui. C'était somme toute simple : en dépit des circonstances, auprès d'Ophelia, il se sentait *chez lui.* Il l'avait déjà connue, cette sensation grisante et réconfortante, mais elle s'était évanouie en même temps que Jane. Voilà pourquoi il tenait tant à se concentrer sur l'instant présent : quelque chose, au fond de lui, lui criait que cela ne durerait pas, que tout ce qu'il avait connu de doux s'était toujours changé en deuil ou en conflit. Et qu'il n'aurait jamais vraiment le droit d'être *chez lui.*

Ophelia, quant à elle, nageait en plein paradoxe : malgré les quatre murs et la porte verrouillée, elle éprouvait une authentique sensation de liberté. Elle n'avait pas la moindre idée d'où ils étaient exactement, mais ça n'avait plus d'importance. Parce qu'elle n'avait plus envie de partir – plus rien ne comptait si ce n'était de rester auprès de lui, et de suivre sa voie à elle. *Vivre.* Ne plus faire que ce qui l'emportait et aimer qui elle voulait. Loin des longs couloirs de l'université, d'une immense maison ou de soirées mondaines, Ophelia se laissait aller à envisager un autre futur. À mille lieues du Royaume-Uni, dans une vieille Mustang rouge aux fenêtres grandes ouvertes, le vent chaud dans ses cheveux et la guitare de Sam pour seul bagage, à sillonner la route 66 en quête d'un producteur qui saurait dévoiler ses dons au monde entier tandis que, depuis le siège passager, un stylo dans la bouche, sa paire de Santiags au sol et ses pieds sur la planche de bord, elle griffonnerait les esquisses de l'entreprise de wedding-planning la plus extraordinaire au monde. C'était incroyablement cliché, c'est vrai, mais elle ne connaissait rien des USA. Et, à chaque seconde qui passait, elle avait une nouvelle envie, une nouvelle idée ; justement, c'était ça le plus fou, c'était de pouvoir tout à coup s'imaginer une chose puis une autre, prendre conscience qu'elle pouvait voguer vers n'importe quel horizon et même se tromper, changer de cap ou revenir en arrière. Elle se moquait bien de savoir si tout ça était envisageable : elle préférait de loin se plonger dans de telles rêveries que de revenir à ce futur ennuyeux auquel elle s'était soumise jusque-là, et qu'on avait idéalisé à sa place. Pour la première fois de sa vie, Ophelia n'avait aucune idée de quoi serait fait son lendemain, et c'était comme si on avait enlevé une enclume de ses épaules. Plus rien ne comptait si ce n'était de se trouver elle-même, de savoir qui elle était et qui elle voulait être.

Et Samuel. Qui lui avait rendu la vue. Qui lui avait rendu sa vie. En risquant la sienne.

– Tu as de l'or dans les mains, Sam.

– C'est à ça que tu songes, depuis de si longues minutes ? répondit-il, taquin.

Elle le gratifia d'un large sourire.

– Non. Je pensais à mille choses à la fois. Je crois d'ailleurs que je dois te remercier.

– Me remercier ?

– Te féliciter, même.

– Ah oui ? Pourquoi donc ?

– Parce que tu avais raison : en m'entraînant ici contre mon gré... tu m'as prouvé que j'en disposais. Félicitations. Tu as gagné ton pari.

– Attends... Qu'entends-tu par là ?

– Que je ne veux plus rentrer chez moi. C'est toi, mon chez-moi, Sam, désormais. Toi et le milliard de projets fous que j'ai envie d'entreprendre, même si je me casse la figure, même si je dois recommencer, même si ça ne plaît pas à tout le monde. Même si ça ne te plaît pas à toi, d'ailleurs, ajouta-t-elle en riant.

Comment était-il possible qu'elle ait employé de tels mots quand il venait à peine de les penser lui-même ? Sam lui jeta un regard stupéfait tant elle s'était exprimée avec détermination et assurance. C'était comme si Ophelia sortait sous ses yeux de sa chrysalide, comme si elle venait de devenir adulte et de se découvrir des ailes en l'espace de quelques heures. Tout à coup, ce n'était plus une jeune fille, qu'il contemplait, mais une femme. Ébloui, il esquissa un sourire à son tour et s'amusa :

– C'est en fouillant dans mes carnets que tu as découvert tout ça ?

– C'est en fouillant dans tes carnets que j'ai découvert à quel point tu avais vu juste et combien je t'aime, plutôt, répondit-elle en touchant la bouche de Sam du bout des doigts.

Les paupières de Samuel se fermèrent de bonheur. Combien de temps lui restait-il avant que tout ne s'évanouisse ? Il avait beau prier pour que ce qui les unissait à cette seconde ne soit jamais altéré, la fatalité que tout s'effondre brutalement semblait suspendue au-dessus de sa tête telle l'épée de Damoclès.

– Et ton talent, compléta-t-elle sans s'imaginer ce qui le tourmentait. Ce que tu écris, c'est... c'est trop beau pour rester enfermé dans une caisse Dieu sait où sous la surface, Sam.

– Merci. Je ne suis pas certain que tu sois très objective, cela dit, vu le peu de distance qu'il reste entre nos lèvres.

Sam saisit alors vigoureusement la nuque d'Ophelia et lui vola un baiser passionné, pour s'assurer qu'il n'était pas en plein délire. Surprise par son élan, et alors qu'il l'embrassait encore, elle se mit à rire. Il s'arrêta sur-le-champ, d'abord déstabilisé, puis penaud.

– Pardon, je ne sais pas ce qui m'a pris.
– Non, non, c'est plutôt mignon. On aurait cru que c'était la première fois que tu...
Puis, le regard grave, elle termina :
– Ou la dernière.
Il détourna la tête, confirmant les craintes d'Ophelia.
– Sam, je t'en prie. N'aie pas peur. Je suis là.
– Je sais. Je ne sais juste pas jusqu'à quand.
– Stop. Fais-moi confiance, tu veux ? Je ne vais nulle part. Ne laisse pas l'angoisse prendre le dessus. S'il te plaît. Allez.
Elle serra sa main dans la sienne si fort qu'il ne put qu'abdiquer. Elle l'embrassa à son tour, tout doucement.
– Dommage que je ne puisse pas écouter tes chansons pour de vrai, enchaîna-t-elle. J'en meurs d'envie, maintenant que je les ai lues.
Mais la guitare, celle-là même que lui avait offerte Jane à la mort de Maxine, qui l'avait fait tomber pour la musique et avait réveillé son addiction aux mots, était partie en fumée – avec une partie de lui.
– Je n'ai plus de...
– De guitare, je sais bien. Je suis désolée.
– Cela dit...
Il se tourna et jeta un coup d'œil derrière lui avant de lui dire :
– Je crois que j'ai quelque chose quand même.

♪

La peau d'Ophelia, tantôt embrasée, tantôt parcourue d'irrépressibles frissons, réagissait à intervalles réguliers au rythme de sa voix grave et profonde. Les poils sur ses bras se dressaient puis retombaient tandis que de fortes palpitations bousculaient son cœur, allant parfois jusqu'à lui faire monter les larmes. Elle était assise contre lui, il l'enlaçait tendrement et la tenait par les épaules, fébrile, attendant sa réaction. C'était la toute première fois qu'il s'abandonnait à l'écho de quelqu'un d'autre, il était plein d'impatience et d'appréhension. Allait-elle aimer ? Détester ?
– Sam, c'est...

Le morceau s'acheva, Ophelia porta ses mains à ses oreilles et baissa le casque du Walkman dans son cou, époustouflée. Elle tira les manches de la chemise à carreaux trop ample sur ses avant-bras et les frotta pour en chasser la chair de poule avant de se tourner vers lui les yeux humides tant cela l'avait chamboulée. Il attendait son verdict et elle souffla simplement :

– Je ne sais pas quoi dire, si ce n'est merci. C'est trop beau.

Il sourit timidement.

– Tu es sûre ?

– Absolument certaine. Cette chanson, c'est... je...

Ophelia n'avait pas les mots. Pourtant, elle savait être prolixe et avait été éduquée pour l'excellence. Elle était à l'aise aussi bien à cheval qu'en société, elle maîtrisait les codes de la littérature sur le bout des doigts et se débrouillait aussi bien au piano qu'au violon – pour avoir suivi des cours avec un professeur particulier chaque semaine depuis ses quatre ans. Elle s'y connaissait même plutôt bien en rock, son père étant friand des Stones, d'AC/DC et des Pink Floyd — à tel point qu'une des pièces de leur maison était consacrée à ses vinyles et à quelques instruments de collection, dont une ancienne basse de Keith Richards. Sans parler de la passion dévorante de Joshua pour Beethoven qui, dans un registre plus classique, avait animé bien des discussions lors de leurs dîners avec les Coventry. Ophelia avait l'oreille. Elle connaissait l'opéra, le solfège, ses gammes et ses arpèges, elle savait reconnaître la Musique avec un grand M. Et c'était sans l'ombre d'un doute ce qu'elle venait d'entendre.

Mais pour elle, assister à la naissance d'une telle création, d'un texte si saisissant porté par une composition si adaptée, c'était miraculeux. Samuel avait changé un rien en un quelque chose si parfaitement équilibré que ça relevait d'un mystère qu'elle ne serait sans doute jamais tout à fait en mesure de décoder. Sa créativité était prodigieuse.

– Tu t'es reconnue, j'espère ? lui demanda-t-il, la tirant de ses réflexions.

Une vague d'émotion empourpra les pommettes d'Ophelia et glissa jusqu'à sa poitrine.

– Il me semble, osa-t-elle.

La vérité, c'était qu'au-delà de la mélodie, elle avait été touchée en plein cœur. Non seulement par le texte, mais...

– Ta voix. Ta voix, Sam... c'est fou.

Grave. Ténébreuse. Un timbre juste et maîtrisé.

Bouleversante.

Telle était la voix de Samuel Kroeger. Ophelia ne l'avait jamais entendue comme telle, puisqu'il n'avait pas chanté depuis les années où il jouait avec quelques amis dans un garage de Belvedere Creeks et qu'il avait toujours été un brin trop réservé pour la laisser pleinement porter lorsque Ophelia le retrouvait aux ruines du vieux palais. Elle se doutait qu'il avait enregistré cette démo seul, sans doute dans sa chambre à un moment où Bob serait allé se ravitailler en *Whiskey*, ou peut-être même ici, dans cet endroit qui, au-delà d'une *panic room*, était aussi, se souvint-elle malgré le matelas et les vivres, un véritable studio d'enregistrement.

– Tu n'as rien à faire chez Gary Davies, Sam. Tu devrais en faire ton job. Tu as bien assez de talent pour ça. Tu iras loin, j'en suis persuadée.

– Merci.

Il passa une main dans ses longs cheveux, sincèrement reconnaissant. *That's what Musset used to say* était à la fois la chanson qu'il avait le plus travaillée et la plus personnelle qu'il ait jamais écrite. Il y avait au travers de ses calepins une multitude d'émotions, de vécus, de chagrins et d'espoirs, mais celle-là, celle-là se détachait vraiment du lot. Celle-là était unique, il l'avait senti dès les premières lignes, bien avant les fiançailles d'Ophelia, l'incendie et leur arrivée ici. Cette chanson-là avait une valeur toute particulière. Cela dit, en dépit d'un enthousiasme émouvant, Ophelia manquait encore un brin de réalisme.

– Je suis sérieuse. C'est du gâchis de bosser du matin au soir à bricoler du carrelage, de la tuyauterie et des câbles électriques quand on a ton talent.

Il se leva et fit mine d'aller se servir un verre d'eau, contrarié, mais elle n'en vit rien. Portée par une désinvolture aussi nouvelle qu'enchanteresse, elle ne prêta pas attention au visage fermé de Sam.

Ophelia rêvait de rêver à n'en plus pouvoir.

Sam, lui, rêvait de ne plus avoir à ce point les pieds sur Terre.

– Ce n'est pas si simple, rétorqua-t-il à voix basse.

Mais elle ne l'écouta pas.

– Je me demande même pourquoi tu n'y as pas pensé plus tôt, tu pourrais avoir une telle carrière dans la musique ! s'exclama-t-elle, débordante de naïveté.

– Pourquoi je n'y ai pas pensé plus tôt ? Tu crois vraiment que ça marche en un claquement de doigts, Ophelia ? répondit-il, décontenancé.

Surprise, elle reprit :

– Tant que tu n'as pas essayé, tu ne peux pas savoir ce que ça donnera, non ? Tous les grands groupes ont commencé à partir de rien. Ils ont joué dans de petits clubs, au... au bal de fin d'année de leur lycée, je n'en sais rien, moi, tenta-t-elle, hésitante.

– Mais, Ophelia, on vit dans le Kent, au beau milieu de la campagne ! Tu as vu un club près de chez nous où je pourrais me produire et être repéré ?

– Il y en a à Londres. Londres n'est pas si loin.

– À Londres ? Et comment est-ce que je pourrais aller à Londres, hein ? Tu as oublié que depuis la mort de ma mère, je passe la majeure partie de mon temps à « bricoler », comme tu dis, pour une bouchée de pain qui part presque en totalité dans le bois pour la cheminée et les bouteilles de mon père ? Je n'ai même pas de quoi me payer de nouvelles cordes de guitare, comme tu me l'as toi-même fait remarquer un jour. Alors, les billets de train aller-retour pour aller me produire je ne sais où sans la moindre garantie que ça donne quelque chose...

Elle ne comprenait pas comment tout avait basculé d'un instant à l'autre, mais Samuel était manifestement remonté.

– Quant au bal de promo, ajouta-t-il, tu as oublié aussi que j'ai quitté l'école depuis belle lurette, apparemment. Et pas spécialement de bon cœur.

Elle se mordit la lèvre inférieure, saisissant la portée de ses propos énoncés un peu trop vite.

– Pardon, ce n'est pas ce que je voulais dire.

– Évidemment que ce n'est pas ce que tu voulais dire. Parce que tu n'as aucun recul, Ophelia.

Il lui tourna le dos et s'approcha de la table.

– Je suis censée le prendre comme un reproche ? s'enquit-elle.

– Peut-être.

Elle lâcha un rire sarcastique.

– Parce que... quoi ?

– Parce que tu es une petite fille...

Il s'interrompit. Il regrettait déjà ce qu'il s'était apprêté à dire.

– Riche ? devina-t-elle. Oh ! c'est donc ça, alors, hein ? Je suis une petite fille riche donc je ne comprends rien à ce que c'est que la vraie vie ?

– Peut-être bien, oui, admit-il en expirant le plus calmement possible.

– C'est une plaisanterie ?

– Tu crois ?

– Je crois que c'est facile de se dire qu'on va échouer quand dans le fond on n'a pas le cran d'essayer, le provoqua-t-elle.

Dépassé, il tapa du poing sur le mur qui n'émit pas le moindre son.

– Mais c'est normal, que tu n'aies jamais échoué, Ophelia ! s'écria-t-il. Tu vis dans un foutu paradis, tu n'as jamais manqué de rien ! Tu n'as pas essayé plus que moi, tu sais ! Tu as juste disposé de tout avant même d'en avoir besoin ! C'est hallucinant de faire preuve d'aussi peu de recul ! Tout le monde n'est pas né avec une cuiller en argent dans la bouche, c'est si difficile à comprendre ?

– Tu te cherches des excuses, Samuel. Tu as peur, voilà tout.

La moutarde monta au nez de Sam.

– Mais oui, j'ai peur ! C'est clair ! J'ai eu peur de laisser qui que ce soit entrer dans ma vie parce que je suis terrifié à l'idée qu'on me quitte ou me repousse encore, d'une manière ou d'une autre ! Pourtant tu y es entrée sans que j'y sois préparé, et j'ai eu peur de t'aimer, mais je n'ai rien pu y faire, c'était plus fort que moi. Puis j'ai eu peur de te confier ce que je ressentais pour toi, parce que j'avais peur de te bousculer et que tu me repousses, parce que je n'ai pas de diamant à t'offrir, parce que je suis un moins que rien comparé à toi et à ce Joshua... Aujourd'hui encore, même si je suis convaincu que je t'ai enlevée pour ton bien et que c'est enfin en train de porter ses fruits, je suis tétanisé ! Parce que j'ai conscience de l'éphémérité de cette expérience et de ta présence constante auprès de moi, parce que je sais bien que les flics me tomberont dessus sitôt qu'on sera sorti d'ici et qu'il faudrait un miracle pour que je m'en tire sans aller en taule ! Alors, oui, vas-y, tu peux m'accuser d'avoir peur. Ça ne veut pas dire que je suis un lâche pour autant.

Il s'interrompit, essoufflé et secoué par l'adrénaline. Ophelia s'en voulut aussitôt. Samuel avait raison ; elle avait beau fantasmer sa future carrière, lorsqu'elle sortirait d'ici, ce n'était pas la scène d'un stade qui l'attendait mais probablement les barreaux d'une cellule. À moins que...

– Mon père pourrait t'aider, risqua-t-elle sans réfléchir. Il a des contacts. Dans le show-business, je veux dire.

– Je t'en prie, Ophelia, lui dit-il les dents serrées, cherchant à contenir sa colère. Il doit rêver à me faire coffrer à l'heure actuelle.

– Il suffit que je dise que j'ai fugué.

– Arrête...

– Quoi « arrête » ? Si je dis que je suis partie de mon plein gré, ils n'ont aucune raison de t'accuser. Et je te dis qu'il connaît du monde. Les procès vont bon train dans le monde de la musique et du cinéma ; il a déjà représenté un tas de gens haut placés. Fais-moi confiance. Je suis sûre qu'il pourrait t'aider.

Comment lui dire ? Elle ne méritait pas de savoir pourquoi Lawrence serait toujours réfractaire à cette idée.

– Ophelia... C'est splendide de te voir ainsi positive et ouverte à mille possibilités, mais...

– Mais ?

– Mais toi et moi, on ne vient pas du même monde, tenta-t-il.

Elle leva les yeux au ciel.

– Il faut que tu en finisses avec ce rapport à l'argent. Fais un effort, aussi.

– Je te demande pardon ? lâcha Sam, consterné.

Ophelia n'avait pas conscience de ce qu'elle s'apprêtait à déclencher. Elle ne pouvait pas le savoir, car elle n'avait encore jamais connu la désolation. Mais en présence de Sam, elle s'était toujours sentie si libre qu'elle en perdit un instant le fil de la réalité.

– T'es-tu seulement imaginé ce qu'il y a, après ça ? Après toi et moi, ici ? lui demanda-t-elle d'un ton sévère.

– Je ne fais que ça, Ophelia.

– Et ?

– Et c'est compliqué.

– Ça pourrait être simple, pourtant, affirma-t-elle.

Il la toisait, attendant le coup de grâce.

– Tu pourrais rentrer avec moi, déclara-t-elle. Fais-moi confiance, il suffirait que je leur dise qu'on est parti ensemble. Et je leur expliquerai que c'est toi. Que ce sera toujours toi.

– Tu ne comprends pas... c'est eux ou moi, Ophelia.

– C'est quoi, ça ? Du chantage ? s'offusqua-t-elle.

– Non. C'est un fait, et j'en suis le premier désolé. Tu ne peux pas avoir les deux.

– Bien sûr que si ! Pourquoi es-tu si fermé à l'idée qu'ils puissent t'apprécier ? Pourquoi chercher à tout compliquer ?

Le cœur de Samuel s'emballa, il s'appuya de part et d'autre de la table, le souffle court, prenant sur lui pour ne pas exploser tant la candeur d'Ophelia devenait intolérable. Mais il ne pouvait pas le lui reprocher.

– Tu es un type bien, il n'y a pas de raison qu'ils ne comprennent pas ça. Mes parents sont des gens bien aussi, ils t'accepteront, insista-t-elle, convaincue.

C'en était trop pour Samuel. La colère s'empara de tout son être.

– NON, OPHELIA ! hurla-t-il si fort qu'elle en sursauta. Tu ne comprends rien ! Tu te méprends tellement ! Ton père me déteste ! Il n'acceptera jamais qu'on soit ensemble, tu m'entends ? Jamais !

Elle lui jeta un regard incrédule, ne l'ayant jamais vu dans cet état, puis se leva, avança vers lui d'un pas déterminé et répliqua :

– C'est toi qui vois le mal partout ! Tu as beau avoir tes raisons, tout le monde n'est pas comme ton père ! Mes parents ne sont pas comme lui, ils savent reconnaître l'amour, le vrai, je le sais ! Je le sais parce que je le vois, parce que c'est justement ce qu'ils vivent, Sam !

Sam porta la main à ses sourcils, désemparé par tant d'innocence, se refusant à lui dire la vérité, mais se sentant de plus en plus faible face à ses propos.

– Tu ne sais pas de quoi tu parles, souffla-t-il.

– Quoi ? Tu t'entends, au moins ? Tu crois quoi, Sam ? s'emporta-t-elle. Que tu connais mes parents mieux que moi, peut-être ?

– Peut-être bien, murmura-t-il à demi-mot, la tête baissée, de plus en plus confus.

– Ce n'est pas parce que les tiens n'ont jamais su trouver leur équilibre que les miens sont aussi mauvais que tu le prétends.

Dépassé par le poids de son secret et par les affirmations sincères d'Ophelia, Samuel prit une grande inspiration, fit volte-face, avança vers elle avant de saisir son visage et de lui annoncer :

– Il y a quelque chose que tu ne sais pas.

# 24

Trois ans plus tôt

– Kroeger ! fit une voix grave derrière lui.

Samuel, sa guitare sur l'épaule, sursauta. Il avait beau arpenter ce sentier tous les jours depuis quelques semaines déjà, il ne l'avait pas entendu arriver. L'endroit était désert, on n'entendait que le seul piaillement des oiseaux.

– Monsieur Cavendash, le salua Sam d'un ton respectueux, mais glacial.

Lawrence portait une paire de bottes crantées, une veste et un pantalon à l'imprimé treillis, ainsi qu'un appareil photo équipé d'un gros objectif sur l'épaule. C'était la première fois que Sam le voyait ainsi vêtu, ne l'ayant jusqu'alors croisé qu'en début de soirée, quand il rentrait à Daffodil Meadows au volant de sa longue Audi noire, en costume-cravate.

Enfin, à une exception près.

Sa tenue forestière ne changeait toutefois en rien sa prestance : le père d'Ophelia, qui à vue de nez devait avoir autour des quarante-cinq ans, se tenait bien droit. Il était grand et athlétique, exactement comme elle. Ses cheveux roux plaqués sur le côté étaient parsemés de quelques mèches plus blondes, tout comme sa barbe courte, parfaitement taillée. Malgré les rides marquées aux coins de ses yeux rieurs, il observait Samuel, stoïque, tel un fauve s'apprêtant à sauter sur sa proie.

– Il faut qu'on parle, Kroeger.

– Il me semble aussi, répondit Samuel, qui ne comptait pas se laisser déstabiliser par son attitude autoritaire.

Lawrence avança jusqu'à lui. C'était un dimanche, la pluie avait cessé peu auparavant, il était un peu plus de dix-sept heures. Ophelia était rentrée quelques minutes plus tôt pour se préparer au dîner en six services que Caroline et Mrs Coventry avaient organisé pour fêter la fin d'un procès conséquent que Lawrence avait remporté à la Haute Cour de Londres.

– J'imagine que vous avez bien choisi votre moment, on ne risque pas d'être dérangé, pas vrai ? comprit Sam.

– En effet.

– Eh bien ? Je vous écoute.

– Je sais que tu cherches à fréquenter ma fille. Je l'ai vue rentrer à cheval à quelques reprises avant que tu n'arrives à ton tour chez toi peu après. Je ne suis pas un idiot. J'ai été jeune avant vous.

– Oh ? Vous êtes sûr que c'est cela qui vous préoccupe le plus ? Je pensais que nous avions tout autre chose à démêler, siffla Sam, à cran. Je ne suis pas convaincu que ce soit d'Ophelia qu'il s'agisse, je me trompe ?

– Vous lui avez parlé, dit Lawrence.

– C'est une question ? Non, parce que ça n'y ressemble pas.

– Répondez.

– Pourquoi ? Ça vous inquiète ? lança Sam, acide.

– Ne jouez pas au petit malin avec moi, mon garçon.

Samuel sentit l'adrénaline l'envahir.

– Vous m'écœurez, lâcha-t-il. Vous avez déjà tout, mais vous volez sa femme à un autre. Vous n'avez aucun honneur.

Law approcha encore et le regarda droit dans les yeux.

– Vous ne lui avez rien dit.

– Je ne lui ai rien dit.

– Vous n'en ferez rien, affirma Lawrence.

– C'est une menace ? s'étonna Sam.

– Non, c'est un avertissement.

– Et sinon quoi, hein ?

Lawrence fit quelques pas en arrière, lui tourna le dos et se mit à ricaner. Samuel se contenait de toutes ses forces.

– « Sinon quoi » ? Vous êtes bien naïf, mon petit ! s'exclama-t-il en souriant avant d'approcher tout près et de totalement changer de ton. Tu crois qu'Ophelia te croira ? Tu crois qu'elle t'appréciera encore, si tu lui dis ce que tu as vu ? Hum ?

– Ophelia est loin d'être aussi crédule que vous le prétendez. Vous êtes méprisable.

– Tu ne me connais pas, Kroeger.

– J'en ai bien assez vu, pourtant. Ça m'a suffi.

– Ta mère n'a pas le même avis. Tu devrais peut-être lui demander sa version des faits avant de m'accuser, d'ailleurs.

– Laissez ma mère en dehors de tout ça, gronda Sam. Vous l'avez manipulée comme vous l'avez fait avec votre propre femme et vos filles. Vous êtes tout sauf le type classe que vous prétendez être, rugit Samuel.

– Ha ha ! se moqua Law. Tu as raison, ce n'est pas la candeur d'Ophelia qui est la plus conséquente, c'est la tienne, sans l'ombre d'un doute ! Apparemment tu ne connais pas Jane aussi bien que moi.

Sam, dont le seul désir à cet instant était de casser la figure à cet odieux personnage, recula et se cramponna au manche de sa guitare pour éviter de déraper.

– Peu importe ce que tu as vu et peu importe ce que tu crois, Kroeger. Je t'interdis de voir ou ne serait-ce que d'adresser la parole à ma fille, tu saisis ? le somma Law en revenant vers lui, une expression hostile sur le visage.

– Je n'ai pas d'ordre à recevoir de vous.

– Tu en es certain ?

– Oh ! que oui ! Je n'ai pas peur de votre fric.

– Et qui est propriétaire de la concession où travaille ton père, à ton avis ? Ce serait dommage que son poste soit compromis, tu ne crois pas ? Vous avez l'air d'en avoir bien besoin.

Samuel lui jeta un regard sidéré.

– Vous n'oseriez pas.

– Je vais me gêner.

– Vous êtes prêt à tout.

– J'aime ma femme, Kroeger. Et mes filles. Qu'importe ce que tu en penses, cette histoire reste entre nous, compris ? De toute manière si ça vient à fuiter, je saurai d'où ça vient.

Samuel porta la main à ses tempes, décontenancé.

– Vous avez de sérieux problèmes, Monsieur. Des problèmes que l'argent ne réglera pas.

– Laisse-moi gérer mes problèmes et contente-toi de disparaître de la vie de ma fille.

# 25

Ophelia, prostrée sur le lit, tenait ses genoux repliés contre elle. Elle voulut pleurer, mais elle n'y parvint pas. Elle voulut hurler mais aucun son ne s'échappa de sa gorge. Elle voulut dire à Samuel qu'il mentait, mais elle n'avait eu aucun mal à discerner le malaise qui avait ponctué son récit, et elle le connaissait bien assez pour savoir qu'il lui avait dit la vérité.

– Hey ? Hey, ça va ? s'inquiéta-t-il en la prenant dans ses bras.

Elle se mit à trembler.

– Je suis désolé. Je sais ce que ça fait, dit-il d'une voix compatissante en caressant ses longs cheveux roux.

Elle ne s'était certes pas attendue à pareilles révélations. C'était choquant, ça bousculait un idéal parental qu'elle avait chéri avec admiration et poésie, comme on se plonge dans un tableau de Monet. La réalité était toute autre. Et pourtant...

– Pourtant ça explique un tas de choses, murmura-t-elle.

– Que veux-tu dire ?

Il n'en vit rien, mais Ophelia se repassait à cet instant même le film de ces trois dernières années. Depuis l'arrivée de Sam et de ses parents dans le vieux cottage. Et...

– Et tout prend son sens, j'imagine, ajouta-t-elle, pensive.

– J'ai du mal à te suivre.

Elle se blottit dans les bras rassurants de Sam, puis prit une grande inspiration.

– Je me souviens de ce jour-là, raconta-t-elle. Je me souviens de cet après-midi qu'on avait passé ensemble toi et moi, et de ce dîner. J'étais rentrée trempée. Et mon père, il... Il est venu me trouver alors que je terminais de me préparer. Rosie était déjà descendue au salon, Josh et ses parents étaient là aussi. Il avait… je ne sais pas, un regard différent. Inquiet, je dirais. Sombre.

– Il t'a menacée ? la coupa Sam, remonté.

– Non ! Non, non. Mais il… Il m'a parlé avec un ton sévère qui ne lui ressemblait pas. Il m'a dit qu'il connaissait bien les gens qui s'étaient installés en face. Que nous n'étions pas du même monde. Il avait l'air préoccupé, et j'ai pensé qu'il cherchait à me protéger. Il m'a interdit de t'adresser la parole ou même de t'approcher. Il n'avait jamais fait ça auparavant, jamais, Sam. J'ai toujours eu le droit de fréquenter qui je voulais…

– Oui, enfin, dans la limite de votre sphère sociale, commenta Sam, maussade.

– Sûrement, oui. Justement. J'ai pensé que c'était parce qu'il avait peur que tu…

Elle s'interrompit, hésitante.

– Que je te corrompe ?

– Quelque chose dans le genre, oui. Je n'ai jamais douté qu'ils souhaitaient tous me voir un jour au bras de Josh. Je me suis dit qu'il avait simplement peur que je m'éloigne de lui en me liant d'amitié avec toi. Ça se comprenait. Alors j'ai opiné.

– Tu n'as pas cherché plus loin.

– Non, c'est vrai.

– Ce n'est pas un reproche, ne t'en fais pas. D'autant plus que tu ne lui as pas obéi, précisa Samuel, taquin.

Elle lui jeta un regard amusé.

– Eh non.

– Pourquoi ?

– Parce que du peu que j'avais vu de toi, tu n'avais rien d'effrayant.

– Ta candeur te perdra, commenta-t-il dans un éclat de rire. Regarde un peu où tu es ! Il y avait de quoi être inquiète, pourtant.

Ophelia fit mine de le repousser.

– C'est vrai que j'aurais mieux fait de me méfier, admit-elle en riant à son tour. Enfin, au moins ça veut dire que l'une des rares fois où je me suis écoutée aura été la bonne.

## CHAPITRE 25

Il sourit, puis, soudain saisi d'une angoisse, lui demanda :
– Tu penses qu'il t'a crue ?
– Comment ça ?
– Tu penses qu'il sait qu'on s'est retrouvé, toi et moi, ces dernières années ?
– Ça m'étonnerait. On n'a jamais reparlé de ça, je pense que pour lui c'était acquis que je ne chercherais pas à te revoir. Il m'a toujours fait confiance. Et mes escapades à cheval ne dataient pas d'hier.
– Tu as sans doute raison, alors. Moi, après cet épisode sur le sentier, j'ai pris soin de ne plus rentrer directement chez moi quand on se quittait, de toute façon.
Elle reposa sa tête contre son buste, puis s'enquit :
– Et toi ? Tu n'en as jamais parlé avec ta mère ?
– Je n'en ai pas eu le temps. Peu après, elle a manifesté de tels symptômes qu'elle a été obligée de nous faire part de son diagnostic. J'ai compris que si je n'avais pas de secret pour elle, elle en avait pour moi, et pas de petits.
– Mon Dieu, Sam, j'ose à peine imaginer... tout ça en si peu de temps. Tu as dû être ravagé par la nouvelle.
– Disons que j'ai préféré me concentrer sur ce que je pouvais encore partager de positif avec elle. Après tout, personne n'est parfait. Je ne tenais pas à ce que nos derniers mois ensemble soient ponctués par des explications au sujet de son infidélité. Je n'étais pas aveugle. Avant même qu'on quitte le Tennessee, il était évident que mes parents ne partageaient déjà plus grand-chose.
– Je ne sais pas si j'aurais pu, admit Ophelia, impressionnée par la bienveillance et le self-control de Sam. J'aurais eu besoin de comprendre. De savoir.
– Tu as une bien mauvaise image de toi-même.
– Je suis curieuse. Et un brin trop impulsive.
– Un brin ? se moqua gentiment Sam.
– Un brin, confirma-t-elle en rougissant.
– Tu ne sais pas comment tu aurais réagi, Ophelia. Le contexte est différent. Et moi aussi, je peux être sanguin, crois-moi. Mais parfois...
Il soupira.

– Parfois, ça ne vaut pas le coup de tout savoir. Parfois, mieux vaut se concentrer sur le bon et tourner le dos à ce qui fait mal. Ceux qui disent qu'avec le temps tous les souvenirs sont bons se voilent la face, à mon avis.

– Ma mère va être dévastée, déclara Ophelia le cœur lourd.

– Tu crois vraiment qu'elle n'en sait rien ?

– Je ne sais plus quoi penser. J'en doute. Elle a toujours semblé si... éprise.

– Peut-être qu'elle l'est, alors, consentit Sam.

– Ou peut-être qu'elle a suspecté quelque chose, mais qu'elle préfère vivre dans le déni ?

– Tu la connais mieux que moi.

– Je pensais aussi connaître mon père, déplora-t-elle. C'est à croire que nos parents sont malheureux comme les pierres, en fait.

– À mon tour de te demander si tu crois encore au mariage, du coup.

Elle leva le menton vers lui et lui jeta un regard déconcerté.

– Bien sûr que oui.

Ophelia tendit alors la main gauche devant elle comme elle l'avait fait jadis, et contempla l'imposant diamant qui scintillait toujours à son annulaire. Embarrassé, il détourna le regard de cet objet qui semblait le poursuivre tel un lutin maléfique désireux de lui rappeler son triste sort. Mais, le prenant de court, elle retira l'anneau de son doigt, le posa sur la couverture et se tourna de nouveau vers Samuel avant de compléter :

– Il suffit de ne pas se tromper de personne.

Samuel, ému, approcha lentement son visage de celui d'Ophelia, et frôla sa pommette du dos de sa main. Elle ferma les yeux, amoureuse, et il l'embrassa. Alors que leurs lèvres se touchaient encore, il glissa un petit objet en métal dans sa main.

– Il est temps. Tu es libre de partir, lui annonça-t-il tandis qu'elle découvrait la clef au creux de sa paume.

# 26

– Patron ? lança l'officier, l'air grave, en entrant dans le bureau dont la porte était ouverte.

– Oui ? répondit l'inspecteur qui remarqua de suite son expression inhabituelle. Qu'est-ce qui vous amène, Williams ?

– Patron, on a un signalement.

– Un signalement ?

Le jeune policier, manifestement embarrassé, frotta nerveusement son front avant de répondre :

– La petite Cavendash.

– La petite Cavendash ? répéta Jones en se levant sur-le-champ. Comment ça ?

– On a... on a retrouvé son cheval.

Jones se tourna, approcha de la fenêtre sur laquelle la pluie ruisselait tant la météo était exécrable. Il jeta un regard contrarié à travers les gouttes, au loin.

– Dites-m'en plus.

– Un agriculteur l'a trouvé hier soir, errant à l'orée des bois, c'est lui qui a téléphoné au poste. Il n'est pas amoché, mais, d'après ce que j'ai compris, ça n'a pas été une mince affaire de le récupérer, il est très nerveux et effarouché.

– De quoi avait-il l'air ?

– Je ne comprends pas, patron. L'agriculteur ? La soixantaine, dégarni et bedonnant, bottes en caoutchouc, chemise à carreaux. Evans, il s'appelle.

– Le cheval, Williams ! Le cheval ! s'impatienta Jones.

– Oh ? Le cheval ? Eh bien, ahem... il, ahem... il est plutôt maigre, mais s'il a passé quatre semaines dans la nature ça se comprend, j'imagine. Cela dit, il a l'air encore très énergique vu le temps qu'il a fallu aux gars pour l'approcher. Il est à la ferme, à un peu plus de trois kilomètres de la maison de la gamine.

– Vous êtes certain que c'est bien celui de la petite ?

– Affirmatif, patron. Monsieur Cavendash nous avait donné plusieurs photos de l'animal et Taylor s'y connaît en chevaux, patron. Je ne vous aurais pas dérangé si j'avais encore un doute, patron. C'est bien le bon.

Jones prit une grande inspiration puis, cognant du poing sur la vitre, s'exclama :

– Et merde !

# 27

Tout était blanc. Ophelia, seule, éblouie et frissonnante, garda ses paupières closes. Pieds nus, elle portait toujours la longue chemise de Samuel ainsi qu'un de ses jeans bien trop grand pour elle, qui tenait tant bien que mal grâce à une ceinture nouée, puisqu'elle avait été enlevée en pleine nuit, seulement vêtue d'une longue nuisette en soie. L'air humide emplit ses poumons, quelques gouttes de pluie furent projetées sur ses joues par une bourrasque. Plutôt que de réveiller la soif des grands espaces qu'elle avait tant chérie dès lors qu'elle avait su monter à cheval, l'absence de ces quatre murs auxquels elle s'était habituée lui pesa lourdement sur la poitrine. Si l'odeur lui était familière, le bruissement du vent dans les arbres et le chant des oiseaux sonnèrent à ses oreilles comme un vacarme assourdissant. Crispée et haletante, elle s'assit et tenta de calmer sa respiration. Toujours les yeux fermés, trop anxieuse et bousculée par les mille questions qui avaient fusé en son esprit sitôt la porte déverrouillée, elle posa ses mains sur le sol et le tâta. C'est à cet instant-là qu'elle comprit.

Elle n'eut pas besoin de voir pour reconnaître la vieille pierre sous ses mains, elle en connaissait la texture sur le bout des doigts.

Elle n'eut pas besoin de scruter les environs pour se repérer.

Et malgré le froid ambiant, cette pensée lui réchauffa le cœur.

– Oh ! Sam... murmura-t-elle sans pouvoir réfréner le sourire qui se dessina sur ses lèvres.

Mais il n'était pas à ses côtés. Il lui avait laissé quelques instructions pour le moment où elle atteindrait la sortie, ainsi que la vieille lampe dynamo, celle-là même qu'elle avait remontée un nombre incalculable de fois quand ils vivaient sur le sol bosselé du sas, quand il était encore trop amoché pour soulever et pousser la lourde porte de l'entrée du studio d'enregistrement. Dieu qu'il lui manquait ! Déjà ! Il n'était pas loin, pourtant, il était là, juste là, sous ses pieds, quelque part. Ils avaient devisé quelques minutes, elle avait cherché à le convaincre de l'accompagner, soudain effarouchée à l'idée de le perdre, mais il avait refusé, lui rappelant qu'elle était seule décisionnaire et que s'il ne rêvait que de rester auprès d'elle, elle avait besoin de prendre un peu de recul pour mieux discerner ce qu'elle voulait faire du reste de sa vie. Et il avait raison. Il ne voulait pas l'influencer, ni laisser leurs liens la dépouiller de ce libre arbitre qu'elle venait tout juste de se réapproprier. Alors, il avait simplement enlacé Ophelia sur le seuil en lui assurant qu'elle savait désormais qui elle était, et qu'un jour, quand il serait temps et si elle le souhaitait vraiment, ils se retrouveraient. Finalement, il lui avait soufflé un « Je t'aime, pour toujours et à jamais » aussi doux que déchirant qui resterait probablement gravé dans sa mémoire, tant elle avait perçu l'effort que cela lui avait demandé de ne pas chercher à la retenir.

Un écureuil la surprit en sautant d'une branche alentour. Sortie de ses pensées, Ophelia ouvrit les yeux. De hautes colonnes blanches couvertes de lierre l'encerclaient. Et, se dressant à une cinquantaine de mètres face à elle, elle n'eut aucun mal à reconnaître le vieux château abandonné et son double escalier.

Le kiosque.

Depuis tout ce temps, ils étaient sous le kiosque.

♪

Samuel, conscient que le rêve venait de s'achever et qu'il lui restait bien peu de temps avant qu'un attroupement de flics ne déboule, s'empressait déjà de soulever la moquette et de récupérer dans le compartiment métallique la seule chose qui méritait de sortir d'ici : ses textes. En posant la caissette sur le matelas, son œil fut attiré par un scintillement furtif. La bague de fiançailles qu'Ophelia avait abandonnée sur le lit venait de tomber par terre. Un objet de valeur qui n'en était pas moins le symbole de tout ce qui s'était passé. Il ramassa l'anneau, le scruta sous toutes les coutures et en apprécia malgré lui l'éclat. Troublé par les sentiments contradictoires qui commençaient déjà à s'emparer de lui, il ferma le poing sur le bijou, se releva et alla s'appuyer contre la vitre tant sa tête s'était mise à tourner sous la pression.

Tout était fini.

Il avait réussi à lui rendre la vue et le pouvoir sur sa vie.

Il avait ouvert la porte de sa cage dorée puis celle de ce lieu insolite et théâtre de la métamorphose d'Ophelia ; la chrysalide inerte s'était changée, lentement mais sûrement, en un papillon avide de prendre son envol.

Il avait de quoi être fier.

Mais il jeta un œil à la porte grande ouverte et s'effondra.

De violents sanglots le secouèrent, réveillant légèrement une douleur diffuse dans ses côtes, qui ne l'avait pourtant pas dérangé depuis ce qu'il pensait être des jours. Le front contre le verre, il se laissa aller aux larmes, dévasté. Elle ne reviendrait pas. Il l'avait sommée de partir, de retourner à l'air libre – dans tous les sens du terme. Il lui avait rappelé qu'il avait beau l'aimer de tout son cœur, pour toujours et à jamais, il n'avait pas le droit, pas plus que quiconque, de lui imposer quoi que ce soit. Mais aussi impartial ait-il été, il ne supportait déjà plus son absence.

♪

Ophelia se tenait debout au milieu du sentier qui joignait le kiosque au palais. Il lui avait fallu plusieurs minutes pour avancer ne serait-ce que sur la vingtaine de mètres qu'elle avait réussi à parcourir. Se redressant un peu plus à chaque pas, elle avait retrouvé petit à petit goût à la lumière, à la bruine qui commençait déjà à imprégner ses vêtements et à l'air pur qui emplissait ses poumons. S'il lui avait fallu quelques instants d'adaptation, elle réalisa combien la nature, le vent, la pluie et le son de la forêt lui avaient manqué. Être là, seule en cet endroit figé au beau milieu du XXe siècle, c'était comme retourner à l'état sauvage, et c'était exaltant. Elle eut envie de partir en courant à travers la végétation. Immobile, elle s'était pourtant arrêtée, stoppée net par quelque chose qu'elle ne parvint pas de suite à identifier. Elle balaya les environs du regard, à la recherche d'Aslan. Et elle comprit : la dernière fois qu'elle s'était tenue en ces lieux, ça avait été sur son dos, alors qu'elle venait tout juste d'annoncer à Samuel qu'elle devait renoncer pour de bon à leurs rendez-vous sous la pluie.

La dernière fois, il lui avait avoué qu'il l'aimait et elle lui avait tourné le dos.

*Ne suis-je pas précisément en train de faire la même chose ?* se demanda-t-elle en sentant son cœur se serrer et une impulsion forte se distiller dans chacune de ses veines.

♪

Samuel avait fini par se laisser glisser le long de la paroi et s'asseoir sur la moquette en velours cramoisi le temps de reprendre ses esprits. Il avait su dès la première seconde que cette expérience, aussi indispensable lui avait-elle semblé, n'en était pas moins éphémère. Après tout, personne ne peut vivre indéfiniment dans une *panic room.*

*Ni dans un studio d'enregistrement des sixties, d'ailleurs. Même Jerry Eden Boyle aurait fini par devenir dingue et en sortir. Quoique.*

Partant du principe qu'il était déjà sacrément atteint pour avoir entamé pareils travaux, si ça se trouve, il y aurait très bien vécu. Peut-être bien jusqu'à sa mort. On ne le saurait jamais, sa paranoïa ayant eu raison de lui bien avant qu'il n'ait pu tenter quoi que ce soit.

Sam chassa l'image de ce type étrange de sa tête et la laissa retomber en arrière en songeant à ce dont il pouvait bien avoir l'air, là, écroulé sur le sol d'une pièce dont le concept même était d'une excentricité déconcertante. Ne supportant soudain plus le contact de la bague de fiançailles d'Ophelia dans sa paume, il tira à lui sa caisse pleine de calepins, souleva le couvercle et l'y déposa. Non, vraiment, quelle ironie que de juger Boyle si sévèrement alors que lui-même ne tenait plus debout et venait de mettre en sécurité la bague d'un autre !

*Un cinglé.*

Un cinglé en mal d'amour, voilà ce qu'il était. Ni le poète, ni le musicien qu'il avait jadis rêvé de devenir.

Un bruit lointain puis son faible écho tirèrent Samuel de ses élucubrations. La police ? Déjà ? Mais oui, évidemment. Si l'entrée sous le kiosque était discrète, il ne faisait aucun doute que les flics – ou même simplement les Cavendash — avaient fouillé le château en long, en large et en travers, et faisaient sans doute encore des recherches ou des rondes pour retrouver Ophelia. Elle aurait beau chercher à le défendre, ils invoqueraient le syndrome de Stockholm et s'engouffreraient dans le passage sans attendre. Seulement, il s'était dit qu'il disposerait d'un peu de temps pour sortir et tenter, au moins, de fuir. Mais il n'avait toujours pas de montre et ce qu'il avait cru être quelques minutes d'égarement avait peut-être duré bien plus longtemps. Loin d'être disposé à se rendre, il se précipita de l'autre côté et saisit le long couteau qu'il avait scotché jadis sur le dessus du groupe électrogène.

# 28

– Je sais ce que je veux, Sam.

Stupéfait, il lâcha le couteau qui tomba sur la moquette sans le moindre bruit. Ophelia, depuis le seuil, lui jetait un regard aussi intense que déterminé.

– Tu es revenue.

– Je suis revenue.

– Mais pourquoi ? balbutia-t-il, ne sachant qu'en penser. Tu... tu ne dois... Non, non, tu ne dois pas...

– Je ne suis influencée par rien ni personne, l'interrompit-elle d'un ton assuré. Tu n'as pas à me dire ce que j'ai à faire, tu n'as pas à juger du temps qu'il me faut pour savoir ce qui compte le plus pour moi.

Samuel se demanda s'il n'était pas en pleine hallucination. Elle avait l'air nouvelle, décidée comme jamais auparavant, et malgré ses poings serrés et son regard sérieux, elle rayonnait. Avait-il si mal encaissé son départ qu'il rêvait éveillé ? Avant qu'il n'ait pu trouver la réponse à cette question, Ophelia descendit la marche qui séparait la porte du studio, avança droit vers lui, le prit dans ses bras et le serra fort, très fort contre elle, chassant tous ses doutes.

– On était sous le kiosque, on était sous le kiosque depuis le début... souffla-t-elle tandis qu'il se délectait de cette étreinte inespérée, mais bien réelle.

– On était sous le kiosque, lui confirma-t-il en retenant de nouvelles larmes tant l'émotion le dépassait.

– Comment savais-tu ? s'enquit-elle.

– Quoi donc ?

– Que c'est mon endroit préféré ? Que je veux m'y marier ?

– Je n'en savais rien, répondit-il en caressant ses boucles rousses. C'est toi qui me l'as appris tout récemment.
– Épouse-moi.
– Quoi ?
– Épouse-moi. Je ne veux plus te quitter. Plus jamais.
– Je ne peux pas.
– Bien sûr que tu peux.
– Je n'ai rien à t'offrir.
– Tu m'as déjà tout donné. Et on est sous le kiosque. Épouse-moi. Ici. Maintenant. Après, on s'en ira. Loin, très loin, mais tous les deux.

♪

Ophelia sortit de la petite salle de bain parée d'un cardigan en tricot écru que Sam avait saisi dans sa pile de vêtements, d'un clin d'œil amusé. Se prêtant au jeu, elle l'avait passé à la place de la chemise à carreaux, en avait retroussé les manches, puis noué à sa taille la ceinture qui tenait son jean, ce qui donnait effectivement un semblant de robe-pull. C'était à mille lieues de la robe Alexander McQueen que sa mère s'était empressée d'imaginer sitôt Josh leur avait-il demandé sa main. Et à vrai dire, c'était aussi à mille lieues de ce qu'elle avait longtemps fantasmé étant petite. Oui, mais voilà, tout avait diamétralement changé. À ses yeux, contre toute attente, ça ne pouvait pas être plus de circonstance. Que restait-il de « normal » dans son existence, de toute façon ? Aux yeux d'Ophelia, la normalité n'avait plus ni sens, ni lieu d'être.

Tandis qu'elle s'était changée, seule face au miroir, elle avait remarqué à quel point, ces dernières semaines, elle s'était sentie à l'aise dans ces habits d'homme trop grands, elle qui depuis toujours n'avait été habituée qu'à porter des tenues très féminines et souvent trop ajustées, ne prenant que rarement le temps de passer ses pantalons d'équitation tant elle se précipitait sur le dos d'Aslan dès que l'envie lui en prenait – au grand désespoir de Caroline, qui déplorait que même ses pièces les plus luxueuses finissent la plupart du temps mouillées, écorchées par les ronces ou imprégnées de l'odeur tenace du crin de cheval. Debout dans cette toute petite pièce, ne percevant que la douceur des grosses mailles en coton sur sa peau, elle avait réalisé en souriant à quel point ne se soucier du regard de personne était confortable. Samuel se moquait éperdument de ses tenues. Non pas qu'il ne l'ait jamais complimentée, au contraire, mais c'était plutôt son allure un brin mystique qu'il avait évoquée à quelques reprises, quand elle le rejoignait aux ruines du château et apparaissait au beau milieu du brouillard, trempée des pieds à la tête, son mascara ayant souvent coulé sous la pluie. Souriant à cette pensée, elle se dit que cet homme-là n'attendrait jamais d'elle qu'elle fasse bonne impression. Ce qui souligna à quel point elle venait de faire le bon choix.

Ses boucles rousses remontées en un chignon flou simplement tenu par le stylo qu'il utilisait pour écrire, il la trouva magnifique. Agenouillé sur le lit de camp, ses longs cheveux noirs de part et d'autre de son visage, Samuel affichait une expression qu'elle ne lui avait jamais connue et qui la laissa interdite tant elle ne sut comment l'interpréter. Il l'observait de ses yeux bleus en amande dont le contraste avec sa peau mate ne cessait d'impressionner Ophelia. Remarquant à quel point il semblait pétrifié, elle s'inquiéta :

– Sam ? Qu'est-ce qui ne va pas ?

– Je...

– Ça ne te plaît pas ? C'est pourtant la bonne couleur, non ? enchaîna-t-elle en baissant le regard vers le gilet qui tombait jusque sur ses cuisses.

Quand elle releva la tête, il avait porté son poing devant sa bouche, troublé.

– Hey ? Hey, ça ne va pas ?

– Si... si, ça va très bien, la rassura-t-il en laissant échapper un rire tout en essuyant les larmes qui lui étaient monté aux yeux malgré lui. Tu es... tu es éblouissante.

Elle rougit et le gratifia alors d'un sourire généreux. Le regard du marié, pensa-t-elle, attendrie.

– Merci, dit-elle avant de faire un tour sur elle-même comme on fait tournoyer une robe à volants.

– Je pleure beaucoup, ces temps-ci, se moqua-t-il. Tu as une drôle d'influence sur moi, on dirait.

– Ton côté artiste, sans doute, confirma-t-elle en venant à son tour s'agenouiller sur le matelas, face à lui.

Le silence qui suivit fut si profond qu'on aurait pu entendre les battements de leurs cœurs.

Ophelia se sentait bien plus vulnérable en cet instant que face aux dizaines de personnes qui avaient guetté son entrée dans la salle de réception, Dieu savait quand auparavant.

Samuel se sentait bien plus vulnérable en cet instant que face à son père ivre de colère.

Mais rien au monde n'avait plus de valeur que cette même vulnérabilité. Car elle était gage d'une tendresse unique et d'un lien qui flirtait probablement avec la perfection tant il leur semblait inaltérable. Alors, Samuel, qui tenait en sa main gauche un de ses carnets noirs, saisit celle d'Ophelia et lui demanda :

– Prête ?

Elle prit une grande inspiration et répondit :

– Prête.

Il ouvrit le petit cahier à la bonne page, et commença :

*You make my pain evaporate*
Tu fais s'évaporer ma peine

*You change my tears into hopes*
Tu changes mes larmes en espoirs

À son tour, Ophelia lut les deux lignes suivantes.

*Your words subjugate my fate*
Tes mots assujettissent mon destin

*Your presence is pure gold*
Ta présence est d'or pur

Et ainsi, l'un après l'autre, ils changèrent la chanson de Samuel en leurs vœux.

*Grab my hand, my heart and my soul*
Prends ma main, mon cœur et mon âme

*I'll follow you, there will be no remorse*
Je te suivrai, il n'y aura aucun remords

*You're nothing but contrasts, it's beautiful to die for*
Tu n'es que contrastes, c'est beau à en mourir

*I'll follow you, for better and for worse*
Je te suivrai, pour le meilleur et pour le pire

*« Life is a sleep, love is its dream »*
« La vie est un sommeil, l'amour en est le rêve »

*That's what Musset used to say, and I was sleepin'*
Voilà ce que disait Musset, et moi je dormais

*And my home is in your eyes*
Et mon chez-moi est dans tes yeux

*And we will have lived, 'cause our love will rise*
Et on aura vécu, car notre amour s'élèvera

*I had lost my faith, nothing left to achieve*
J'avais perdu ma foi, je n'avais plus rien à atteindre

*I was on edge, but buried in the deep*
J'étais à bout, mais enseveli dans les profondeurs

*In your arms I discover who I am, I believe*
Entre tes bras je découvre qui je suis, je crois

*You are my compass, since I am the ship*
Tu es mon compas, car je suis le navire

*« Life is a sleep, love is its dream »*
« La vie est un sommeil, l'amour en est le rêve »

*That's what Musset used to say, and I was sleepin'*
Voilà ce que disait Musset, et moi je dormais

*And my home is in your eyes*
Et mon chez-moi est dans tes yeux

*And we will have lived, 'cause our love will rise*
Et on aura vécu, car notre amour s'élèvera

*That's what Musset used to say, and I was sleepin'*
Voilà ce que disait Musset, et moi je dormais

*That's what Musset used to say, and you woke me up*
Voilà ce que disait Musset, et tu m'as réveillé

Levant le nez de ses pages, Samuel compléta d'un ton solennel :

– Je te promets, Ophelia Annabelle Cavendash, de t'aimer et te chérir, pour toujours et à jamais.

Plus émue qu'elle ne l'avait jamais été, elle sourit et lui dit :

– Moi qui pensais que, de nous deux, c'était moi la plus sujette à respecter les traditions.

– Compte tenu du contexte, je crois qu'un peu de classicisme ne devrait pas faire de mal.

Elle rit.

– Tu as raison. À mon tour, alors, ajouta-t-elle.

Ophelia ferma les yeux pour se concentrer puis souffla :

– Je te promets, Samuel Kroeger, de...

– Ahem. À vrai dire, ce n'est pas Kroeger, l'interrompit-il, mal à l'aise.

Rouvrant instantanément les paupières, elle fronça les sourcils.

– Comment ça ?

– « Kroeger », c'est... c'est le nom du type qui a élevé mon père comme son propre fils, voilà bien longtemps.

– Je ne comprends pas.

– Mon père a perdu ses parents alors qu'il était encore tout jeune. Ils étaient Indiens, des Cherokees, natifs, tous les deux.

– Oui, tu m'en as déjà parlé. D'où ton teint mat. Les yeux bleus te venant de ta mère.

– C'est ça. Sauf que mon père n'a jamais supporté ses origines indiennes et les brimades qui, souvent, vont avec. J'ai une vague idée de ce que ça donne et... crois-moi, s'il y a pas mal de choses que je n'ai jamais comprises chez lui, ça, je comprends.

– Ce n'est donc pas ton vrai nom ?

– Non. C'est celui qu'on donne, mais pas celui qu'il y a sur nos papiers, disons.

– Quel est-il, alors ? Que je puisse décider lequel m'ira le mieux, précisa-t-elle d'une voix rassurante.

– Sequoyah.

– Sequoyah, répéta-t-elle.

– Ça veut dire « moineau ».

– Comme un oiseau, murmura-t-elle.

– Comme un oiseau, confirma-t-il.

*Comme la liberté,* pensa Ophelia avant de regarder Sam droit dans les yeux et de reprendre :

– Je te promets, Samuel Sequoyah, de t'aimer et te chérir, pour toujours et à jamais.

À ces mots qu'il jugea d'une beauté prodigieuse tant il n'avait jamais ne serait-ce qu'osé s'imaginer pareil moment, Samuel éprouva un bonheur aussi inédit que grisant. Alors, il saisit dans sa poche deux longs brins couleur bronze qu'elle ne reconnut pas de suite.

– Qu'est-ce que c'est ? s'enquit-elle.

– La première des cordes de ma guitare qui a cassé. Il y a des années de ça. Je n'ai pas compris ce qui m'y attachait tant, mais je n'ai jamais eu le cœur à m'en séparer. Aujourd'hui, je sais enfin pourquoi.

Il saisit la main gauche d'Ophelia et noua le brin à son annulaire.

– Ce sont nos alliances.

Touchée par ce geste qui, au-delà de la matérialisation de leurs vœux, se révélait surtout être un hommage à la fois à Jane et à Maxine, elle saisit le second et fit de même. Avançant sa main devant elle, elle se dit que, si ça n'avait rien d'une farandole de diamants ni d'un anneau d'or fin, c'était sa musique que Sam venait de choisir pour symboliser leur amour, et ça avait bien plus de valeur que tout ce dont elle aurait pu rêver.

– Il me semble qu'on peut se déclarer mari et femme, murmura Samuel en observant le morceau de corde attaché à son doigt.

Gonflée d'un élan de fièvre irrésistible, elle fit voler en éclats toute la retenue qu'ils avaient manifestée jusque-là et se jeta à ses lèvres, avant de s'en détacher tout aussi subitement et de lui susurrer :

– Vous pouvez embrasser la mariée.

Bousculée par leur amour fervent, la pudeur de Samuel laissa place à un désir si intense qu'en lui, tout s'embrasa. Saisissant son visage, il donna un baiser suave à Ophelia, que cette union venait en quelque sorte de délivrer pour de bon. Leurs doigts s'effleurèrent, s'entremêlèrent et glissèrent les uns sur la peau de l'autre. Il poussa les mailles du cardigan pour mettre à nu son épaule, ses seins, ses hanches. Tandis qu'il la caressait avidement, elle ferma les yeux et laissa le bout de son nez se perdre dans le cou de Samuel. Puis ses mains glissèrent jusqu'à la taille d'Ophelia, il l'invita dans ses bras, et elle s'abandonna à lui.

# 29

Les deux brins de corde noués étaient tombés sur le sol en velours. Ils n'avaient aucune idée de la date ni de l'heure qu'il était, mais cela ressemblait à un matin. Ils s'étaient éveillés enlacés et nus sous la couverture blanche, dans la plus incroyable des douceurs. Pendant de longues minutes, ils s'étaient simplement observés l'un l'autre, à la lumière tamisée de la lampe torche sur laquelle ils avaient jeté un tee-shirt. Le silence qu'offrait cette pièce hors du commun, couplé au contact de leurs peaux, leur donnait l'impression d'être sur un petit nuage. Ophelia et Samuel se moquaient bien d'être plus ou moins six pieds sous terre, ils ne s'étaient jamais sentis aussi vivants.

– Hey, souffla-t-il finalement en caressant son épaule.

– Hey, répondit-elle, ses doigts pâles jouant avec les longues mèches noires de Samuel.

Ils n'y prêtaient guère attention, mais le contraste de leur carnation était la personnification même de leur histoire, et de leur couple. Ophelia et Samuel étaient pareils à la lune d'une nuit sans étoile : elle couvrait la noirceur de son cœur de son aura laiteuse, il faisait ressortir toute sa lumière par la profondeur de son âme. Tout ce qui les avait toujours opposés s'était précisément changé en ce qui les liait avec tant d'intensité ; leurs différences étaient le combustible d'une mécanique qui les faisait tant apprendre l'un de l'autre que plus rien ne semblait hors de leur portée.

– Alors, c'est à ça que ça ressemble, le bonheur ? s'enquit-il tandis qu'elle posait sa main sur son torse, comme elle en avait l'habitude.

Elle sourit, éprise à la fois de l'homme et de l'instant. C'était différent de tout ce qu'elle avait pu s'imaginer autrefois. Ça n'avait rien d'un conte de fées classique, il n'y avait ni dorures, ni capitons, ni champagne, ni suite nuptiale emplie de cadeaux comme ça aurait sans nul doute été le cas si elle avait épousé Joshua. L'endroit n'avait rien d'un palace, ils avaient passé leur nuit de noces sur un matelas gonflable, et la cérémonie n'avait en rien ressemblé à ce gros classeur de scrapbooking qu'elle avait jadis complété avec Rosie. Pourtant, c'était d'un délice absolu. Être surprise par la vie. Ne pas savoir. Se plonger dans l'inconnu et dans les bras de Samuel. Elle qui avait appris dès son plus jeune âge à faire des plans et envisager toute éventualité pour ne surtout pas manquer de tracer son futur le plus haut possible, elle venait d'expérimenter un tel lâcher-prise qu'en elle tout n'était plus qu'euphorie.

– Je suis sûre qu'on a encore mille choses à vivre, toi et moi, mais je n'ai jamais été si comblée, lui répondit-elle sincèrement. Cette nuit, hier, enfin... Peu importe, je veux dire, je...

Elle était si heureuse qu'elle peinait à trouver les mots pour décrire ce qu'elle ressentait.

– Cette nuit était magnifique, se lança-t-il. Notre mariage n'a rien de conventionnel, mais il n'en est pas moins authentique. Et je veux t'aimer ici, maintenant, demain, dans cent ans. Toujours.

– Voilà, c'est à peu près ce que j'essayais de dire, s'amusa-t-elle. Tu es décidément bien plus doué pour la poésie que je ne le serai jamais. Il va falloir exploiter ça, maintenant.

– Oh ! te revoilà avec ça, comprit Sam en souriant.

– Je suis plus entreprenante que tu ne l'imagines, lui dit-elle en le gratifiant d'un clin d'œil.

– Je confirme, fit-il en laissant sa main glisser jusqu'à la taille d'Ophelia, découvrant ainsi son sein blanc parsemé de taches de rousseur. Tu es si belle.

– Hep, on se concentre, Monsieur Kroeger.

– Mes excuses, Madame Sequoyah.

Elle rougit puis éclata d'un rire cristallin, et il crut nager en plein rêve.

– Bien. Il va nous falloir une vieille Mustang, une paire de Santiags, un cahier, un stylo, une guitare neuve, énuméra-t-elle.

Il lui jeta un regard attendri.

– Tu as déjà fait des plans, on dirait.

– Oui. On va sortir d'ici, on va partir, on va s'enfuir. Sur la route 66. À Nashville. Peu importe.

– Vraiment ? s'étonna-t-il. Le rêve américain, si je comprends bien. Tu es sûre que tu es prête à tout quitter ?

– Rosie et Aslan vont me manquer comme jamais. Mais je reviendrai, ou ils viendront à moi. Je ne peux pas tout emporter dans un sac à dos, j'en suis bien consciente. *« Partir, c'est mourir un peu »*, mais ce n'est pas juste d'un changement de cap dont j'ai besoin, c'est d'une renaissance. Je suis lasse de cette vie, Sam. Tellement lasse ! Et ta musique, ta voix, ton talent... je ne peux pas te laisser étouffer ça dans l'œuf. Et rassure-toi, j'ai mes plans, moi aussi.

– Quels sont-ils ?

– Monter mon entreprise.

– Dans les mariages.

– Dans les mariages, confirma-t-elle en retenant son excitation.

– Vas-y.

– Tu crois ?

– Mais oui.

– Je n'y connais rien.

– Tu as peur.

– C'est clair.

– Moi aussi.

– Mais toi, tu sais déjà écrire, composer, chanter.

– Toi, tu as l'œil pour les belles choses. Et tu es la personne la plus intelligente et sans doute la plus organisée que je connaisse. Tu t'en sortiras très bien, ça ne fait aucun doute.

Elle ferma les yeux, songeuse.

– Je serai là, de toute façon, la rassura Samuel.

– Et je serai là pour toi. On va y arriver.

– Même si, faut être réaliste, on va se casser la gueule, s'esclaffa-t-il en se laissant retomber sur le dos.

– C'est certain. Je vais passer pour une rigolote avec mes idées farfelues et mon entrain démesuré.

– Et moi je vais me faire refouler par les radios locales et je vais pleurer sur les démos que j'aurai travaillées des mois durant.

– On se trouvera un job, en attendant. Tu... tu iras faire de petits travaux chez les retraités du coin et je jouerai les serveuses dans un *Diner*, ou du... du baby-sitting !

– Tu ferais ça ?

– Pourquoi pas ?

– Je ne sais pas... tu...

– Je suis née avec une cuiller en argent dans la bouche ? Je n'ai jamais eu de job de ma vie ? Je sais.

– Ce n'est pas un reproche. Je voulais dire que je pourrais travailler le temps que... je ne sais pas, que ton projet aboutisse. Ensuite je pourrai démarcher les maisons de disques.

– Non, non, hors de question. Ta musique d'abord. J'ai tout mon temps, mais toi, plus tôt tu t'y mettras, plus de chances tu auras, rétorqua-t-elle d'un ton sans appel.

Il la regarda, impressionné par son zèle et sa résolution.

– Tu as des contacts ? Des amis, dans le milieu ? poursuivit-elle.

– Dans le métier, je n'en sais rien, mais dans le temps, j'avais quelques copains plutôt doués qui jouaient avec moi. On espérait tous en faire notre métier. Peut-être que certains y sont parvenus, qui sait ?

– Où ça ?

– À Belvedere Creeks, là où j'ai grandi. C'est un petit patelin près de Nashville. On jouait dans le garage de mon pote, Nick. Son père était un fou de blues, il avait une batterie, une basse, deux guitares et de bons amplis, raconta-t-il. La musique, c'est une religion, là-bas, tu sais. On était veinard de l'avoir dans le coin, et surtout qu'il nous fasse assez confiance pour nous prêter son artillerie.

Elle n'eut aucun mal à imaginer cette ambiance si particulière qu'elle avait aperçue dans les séries et les films américains.

– Vous n'êtes pas restés en contact ?

– La mort de Maxine a mis tout le monde mal à l'aise, on s'est vite perdu de vue après ça. Et ma mère a décidé qu'on devait déménager en Angleterre dans la foulée, alors, tout est allé vite. Mon déménagement a sonné le glas de ces années-là. Mais je les comprends. On n'était que des ados, je ne peux pas leur en vouloir. Ce n'est rien, je me concentre sur les chouettes souvenirs que ça m'a laissés, et crois-moi qu'il y en a eu. Dès qu'on quittait les cours, plus rien d'autre ne comptait que notre groupe et nos répétitions. C'était la belle époque, mine de rien.

– La musique à fond au sous-sol après les cours, pendant que papa travaille, maman qui descend vous ramener de la limonade maison quand elle n'entend plus la musique et en déduit que vous faites une pause, la compétition pour obtenir la scène au bal de promo du lycée... énonça-t-elle.

– Ha ha ! C'est un peu cliché, mais pas tout à fait à côté de la plaque, je l'avoue, fit Sam dont quelques souvenirs d'antan avaient été réveillés par les mots d'Ophelia. C'était sans doute la plus belle période de ma vie. Assez grand pour savoir me servir d'une guitare, assez jeune pour être irresponsable et m'imaginer qu'on allait décrocher un contrat avec un gros producteur et devenir des rock-stars, raconta Sam, les mains sous la tête. On voulait tenter notre chance dans les festivals, être remarqués par quelqu'un qui nous donne une vraie opportunité, quitter l'école pour ne faire plus que ça, et que ça marche ! Passer à la radio, percer comme personne d'autre, se retrouver en top des *charts*, faire les premières parties des concerts de nos groupes préférés... Ah ! On était tellement naïf et insouciant. On se voyait déjà s'acheter des baraques énormes à Los Angeles et collectionner les voitures, se moqua-t-il.

– Tu dis ça comme si c'était inaccessible.

– Disons qu'entre-temps j'ai pris la vie en pleine figure. Les bagnoles, les grosses maisons et le compte en banque florissant, ça ne me fait plus rêver pour un sou, si je peux me permettre le jeu de mots.

Elle laissa échapper un petit rire.

– Je sais que tu ne cours pas après le fric, Sam. Je parlais du reste. Tout ne tourne pas toujours au désastre, tu sais. Quel mal y a-t-il à se rêver artiste et à en faire son gagne-pain ? À vivre de ta passion, à faire vibrer les gens autant que tu m'as donné des frissons, juste au son d'un Walkman ?

Il soupira.
– Les élus sont peu nombreux.
– Tu parles comme un adulte, lâcha-t-elle, déçue.
– Tu parles comme une enfant, répliqua-t-il en se tournant vers elle avant de lui jeter un regard amoureux. Et c'est sublime. Ne perds jamais cette étincelle. Ne te laisse jamais gâter par le temps ou les épreuves, comme moi. C'est trop beau, il ne faut pas déposséder le monde de ta fraîcheur, ajouta-t-il.
– Je parle peut-être comme une enfant, mais je compte bien te faire l'amour comme une femme.

♪

Ophelia reboutonnait le cardigan en tricot sur sa poitrine nue tandis que Sam, qui avait déjà repassé un jean et une chemise à carreaux grise, rassemblait quelques-unes de leurs affaires, préparant leur départ imminent. Elle avança dans son dos et le prit dans ses bras, joyeuse et impatiente.
– C'est le premier jour du reste de notre vie, pas vrai ?
Il sourit en refermant le couvercle de la caissette, dans laquelle il venait d'ajouter les deux brins de corde nouée.
– C'est le premier jour du reste de notre vie, répéta-t-il, tout sourire, en se tournant pour mieux se délecter de son étreinte.
Il y eut un bruit sourd, puis un autre, assourdissant. Une lumière aveuglante emplit soudainement toute la pièce, et tout alla très vite. De l'autre côté de la vitre déboulèrent une demi-douzaine de policiers armés, en tenues de sécurité, casques à visières sur la tête. Ophelia, terrifiée et si éblouie qu'elle ne distinguait rien, poussa un cri strident. Samuel, qui la tenait encore contre lui, tenta de couvrir ses yeux pour y voir clair, mais à peine eut-il approché son avant-bras de son visage qu'une forte détonation retentit. Il y eut ensuite un bref silence, puis on entendit :
– Bordel, Williams ! Vous avez touché la gamine !
Ophelia, à demi nue, était étendue sur le sol, les mailles écrues de son pull se changeant rapidement en une couleur aussi cramoisie que la moquette en velours.

# Troisième partie

# 30

Samuel courait, depuis de trop longues minutes déjà, à en juger par l'air qui commençait à lui manquer, la douleur dans ses côtes qui se réveillait vivement et les acouphènes dans ses oreilles qui couvraient tous les bruits environnants sauf celui des battements effrénés de son cœur. Il connaissait cette forêt comme sa poche, il aurait pu s'y diriger les yeux fermés tant il l'avait arpentée régulièrement, à pied, sa guitare sur le dos, à une époque révolue. L'heure n'était pas à la promenade, mais à la fuite. Fouetté par les branchages bas, griffé par les ronces, il détalait sans écouter la douleur dans ses jambes qui commençaient à sérieusement faiblir.

Samuel se moquait bien de laisser des traces derrière lui.

Samuel ne cherchait pas à être libre, il cherchait à mourir.

D'une seconde à l'autre, un vent violent se leva et des trombes d'eau se mirent à tomber du ciel gris, le rafraîchissant un instant pour mieux le bouleverser tant cette pluie lui rappelait Ophelia. Il avait beau se précipiter vers sa tombe, les images se mirent à défiler, depuis sa première apparition à cheval dans la brume, en passant par sa tête posée sur ses cuisses tandis qu'ils devisaient. Il la revit rougir à ses compliments sous sa peau couleur lune, il l'entendit à nouveau rire à gorge déployée en se félicitant d'avoir su percer sa carapace de bonnes manières. Il se rappela la chaleur de son corps dans son dos, la douceur de ses cheveux sous ses doigts, la pureté de ses courbes sous ses mains, l'étincelle dans ses yeux émeraude quand elle s'imaginait sillonner les routes infinies des déserts américains à ses côtés, et le délice de ses lèvres plaquées contre les siennes.

Comment tout avait-il pu finir ainsi ? *« Tout ne tourne pas toujours au désastre, tu sais »* résonna la voix d'Ophelia dans la tête de Samuel, tandis qu'il se ruait vers son destin fatal. Il l'avait su, pourtant, à la première seconde, celle-là même où il l'avait aperçue à la fenêtre de sa maison démesurément grande, quand lui s'installait à peine dans ce maudit cottage. Tout n'avait été qu'évidence dès le départ, pourtant tous deux n'en avaient fait qu'à leur tête. Lui, le premier, s'était obstiné à traquer la moindre bribe de liberté dans l'esprit de cette jeune femme qui avait toute la vie devant elle. Il l'avait entraînée sous terre pour lui prouver combien elle méritait de voler, et ainsi, il l'avait tuée. Tout avait bel et bien tourné au désastre, et si elle avait fondé mille espoirs en ce que leur futur pouvait devenir, elle s'était pourtant fourvoyée et il l'avait entraînée malgré elle à sa perte.

Le sang sur sa peau lactée. Le rouge imprégné entre les mailles du cardigan écru. La scène s'affichait encore et encore devant Samuel, pourtant haletant au beau milieu des arbres, telle une cassette vidéo qu'on rembobine inlassablement. Plus il s'avançait et plus l'image sautait, changeant irrémédiablement la carnation immaculée d'Ophelia en un bain de sang qui ne faisait plus qu'un avec la moquette de cet antre où il l'avait retenue et où elle avait péri, par sa faute, sous ses yeux.

Époumoné, Samuel atteignit enfin le haut de la falaise. En sueur et trempé de cette pluie qu'il avait jadis tant chérie mais qui en cet instant le torturait à juste titre, il tomba à genoux et chercha tant bien que mal à reprendre son souffle. Il leva les yeux au ciel et contempla l'infinité de gouttes qui n'avait ni début ni fin. Il aurait préféré s'abandonner à cette vision rassurante d'éternité, pourtant l'appel du vide était bien plus fort. Approchant du bord du précipice, il jeta un coup d'œil à cette rivière tout en bas, celle-là même qu'il avait autrefois trouvée si féérique les jours ensoleillés, et dont les rapides, les jours de tempête comme aujourd'hui, l'avaient appelé telles les sirènes de la mort. Le niveau était si haut qu'elle débordait de son lit. À en juger par les vingt ou trente mètres de haut qui le séparaient du cours d'eau, ce serait brutal et immédiat.

Ophelia avait été son unique raison de vivre.

Ophelia n'était plus là.
Samuel se leva en tremblant, le cœur et l'âme secoués par l'adrénaline. Puis, fermant douloureusement les paupières sous ses sourcils froncés, il sauta.

♪

Lawrence reposa la bouteille de brandy sur le comptoir.
– C'est assez clair pour vous, Jones ? dit-il en lui tendant un verre.
– Très clair, Monsieur Cavendash.
– On part là-dessus, alors.
– On part là-dessus, confirma l'inspecteur, l'air contrit, qui n'avait pas vraiment d'autre choix.
Remarquant son expression, Lawrence lui lança :
– Allons, allons, mon brave, vous savez aussi bien que moi que c'est dans l'intérêt de tout le monde.
– Certes, se résigna Jones avant de boire le liquide ambré cul sec, puis se lever, saisir et passer son imper. J'imagine que ce sera tout ?
– Ce sera tout. Bonne nuit, Jones.
– Bonne nuit, Monsieur.
Quand Garrett Jones remonta dans sa voiture sous la nuit noire, les mains crispées et moites malgré le froid ambiant, il se dit que sa négligence à l'égard de cette affaire pouvait sérieusement lui coûter cher... ou lui rapporter gros.

♪

Le choc éveilla Sam sur le coup. En nage, il se redressa et tira sur son tee-shirt pour décoller le tissu de sa peau tant la sensation de la transpiration l'insupportait. Il avait un mal de crâne de tous les diables, ses cheveux s'étaient collés à son front et la douleur dans ses côtes le gênait de nouveau – tel était le résultat de son arrestation musclée. Balayant la pièce dont l'éclairage laissait à désirer tant les lampes clignotaient par intermittence, il déplora d'être tombé du banc en métal et de s'être retrouvé sur le carrelage de sa cellule plutôt qu'entre les eaux tumultueuses de la rivière en crue. Pourtant, il réalisa que ses actions imposaient une bien pire sanction que la mort ; finalement, tout cela n'était à ses yeux qu'un juste retour des choses. Samuel était convaincu de mériter d'être en vie et de subir les barreaux à perpétuité, l'humiliation, le deuil et le manque ad vitam aeternam. Alors que son procès n'était même pas planifié, il se jugeait déjà coupable d'un crime impardonnable.

♪

– Laissez-les seuls.

– Vous êtes sûr, patron ?

– Évidemment que je suis sûr. Fermez cette porte, siffla Jones d'un ton sévère. C'est un ordre. Et coupez les enregistrements.

– Bien patron. Mais... n'est-il pas censé disposer d'un avocat ? s'enquit l'officier d'une voix hésitante.

– Monsieur Cavendash est avocat, bougre d'âne. Dégagez-moi de là et arrêtez de poser des questions, Terry.

On referma la porte et Samuel, menottes aux poignets, assis derrière la petite table, leva ses yeux bleus vers Lawrence, dont l'expression narquoise avait de quoi déstabiliser.

– Kroeger.

– Monsieur Cavendash.

– Alors, on se fait bien à ses nouveaux appartements ?

– Que me vaut le plaisir de votre visite ? fit Sam sur le même ton ironique.

– J'ai une offre à vous faire, répondit Lawrence sans la moindre hésitation.

– Une offre ? Ne devriez-vous pas être en larmes, auprès de votre épouse et de Rosie ? s'enquit Sam.

– Laissez-les donc en dehors de ça. Laissez tout le monde en dehors de ça, Kroeger. Cette discussion n'aura lieu qu'une fois, et c'est votre seule chance de retrouver l'air libre.

Samuel laissa échapper un rire nerveux.

– L'air libre ? C'est une blague ?

– Pas le moins du monde.

– Si vous venez me torturer, je vous rassure, vous pouvez économiser votre salive, j'ai de quoi me flageller jusqu'à la fin des temps.

– Êtes-vous seulement attentif, Kroeger ? siffla Lawrence. Je vous dis que j'ai les moyens de vous faire sortir d'ici.

– Bien sûr que vous en avez les moyens. Vous avez les moyens de faire comme bon vous semble. Je ne sais pas quel plan machiavélique vous mijotez, mais sachez que vous me donnez la nausée. C'est répugnant de vous voir me tournoyer autour tel un vautour qui attend que sa proie suffoque avant de la déchiqueter, quand vous devriez pleurer la mort d'Ophelia. Je pensais qu'en dépit de votre attitude et de ces conneries que vous lui aviez collées dans la tête quant à ce qu'elle devrait faire de sa vie, vous l'aimiez sincèrement, au moins. En fin de compte, vous préférez venir vous délecter de ma chute. Vous ne valez pas mieux que moi.

Lawrence Cavendash ricana et s'appuya sur le dossier de sa chaise, d'un air amusé.

– Vous avez terminé, ça y est, Kroeger ?

– Je n'ai rien de plus à vous dire.

– Tant mieux. C'est moi qui voulais vous parler. Je veux vous voir dehors. Ce n'est pas une négociation.

Sam fronça les sourcils et avança le buste au-dessus de la table, scrutant les petits yeux rieurs de cet homme qui le dégoûtait au plus haut point.

– Vous voulez me faire sortir pour me tuer de vos propres mains, c'est ça ? supposa Sam.

Lawrence ne répondit pas et se contenta de sourire à nouveau.

– Mais oui, c'est forcément ça. Voilà pourquoi vous ne semblez pas même endeuillé. Vous salivez à la seule idée de vous venger. Vous êtes avocat depuis quoi ? Vingt ans ? Plus ? Vous avez déjà la recette du crime parfait, j'imagine. Vous avez soudoyé le flic et personne n'en saura jamais rien. Vous voulez me buter vous-même. Ça se comprend. J'aurais sans doute rêvé à la même chose. C'est rassurant, en fin de compte, ça veut dire que vous l'aimiez, alors.

– Ha ha ! s'exclama Lawrence d'une voix forte. Jane n'avait pas tort quand elle faisait l'éloge de ta créativité, enchaîna-t-il en choisissant de nouveau ce tutoiement aux vertus des plus rabaissantes. De qui donc tiens-tu ça, d'ailleurs ? De ton défunt père ?

Cette phrase, aussi vite eut-elle été évoquée, venait de confirmer le décès de Bob et provoqua un sentiment étrange en Samuel, qui, jusque-là, s'était contenté d'une théorie probable, plutôt que de véritablement faire face aux conséquences de l'incendie.

– Ou bien de ta mère ? continua Law sans prêter attention au regard troublé de Sam. Non, je la connaissais sur le bout des doigts et si elle était douée pour bon nombre de choses, elle n'a jamais manifesté esprit aussi prolixe.

– Je vous interdis de parler de ma mère, siffla Sam.

– Bien. Je manque de temps, de toute façon. Alors, allons droit au but. Peu importent les raisons, je te veux dehors. Et loin. Très loin.

– J'ai bien peur de ne pas vous suivre, Monsieur. Si je sors d'ici, je me fous en l'air, lâcha sincèrement Samuel. Ophelia est morte, je n'ai aucune raison de vivre hors de ces quatre murs.

À son tour, Lawrence Cavendash fronça les sourcils et s'avança au-dessus de la table, son nez se retrouvant tout près de celui de Samuel. Alors, à voix basse, il murmura :

– Ophelia n'est pas morte.

Une violente décharge d'adrénaline se répandit en Samuel, prenant possession de son corps et bousculant comme jamais ses pensées. Pétrifié et tremblant, il balbutia :

– Vous... vous mentez...

– Je ne mens pas, répondit Law très distinctement.

Sam se laissa retomber sur le dossier de sa chaise, désorienté. Les larmes lui montant, il porta ses mains jointes à son visage et souffla :

– Où est-elle ?

– À l'hôpital.

– Elle... Co... Comment va-t-elle ?

– Elle est dans le coma. Elle en a pour quelques jours, peut-être quelques semaines. Mais elle va vivre. Ils ont retiré la balle et son pronostic vital n'est plus en jeu.

– Mais elle... Elle était... Je... Je l'ai vue de... Devant moi, elle...

– Elle n'est pas morte, répéta Lawrence, agacé. Écoute-moi bien, maintenant, petit vaurien. Je ne sais pas ce qu'elle t'a trouvé, je ne sais pas comment tu l'as embobinée, mais je te veux hors de sa vie.

– Où voulez-vous en venir ? demanda Sam d'un ton suppliant tant la nouvelle l'avait bouleversé.

– Je ne sais pas quand elle s'éveillera, mais si je m'en tiens au peu que j'ai vu, la première chose qu'elle va demander quand ce sera le cas, c'est à te voir. Et je la connais assez, je connais son tempérament obstiné, je sais de qui elle le tient et je sais surtout que même si tu dois passer le reste de ta misérable existence en prison, elle n'hésitera pas à venir t'y rendre visite jusqu'à la fin de ses jours. Ou des tiens. Et je confirme, mon garçon : j'aime ma fille. Plus que tu ne sauras jamais l'aimer. Je ne tolérerai pas une seconde supplémentaire que tu ruines sa vie présente et son avenir. Si tu finis derrière les barreaux, tu la condamnes elle aussi, à te vouer son affection et à faire une croix sur une carrière, un mariage avec un homme convenable et un bonheur véritable qu'elle mérite plus que quiconque. Alors, ajouta-t-il d'un ton des plus convaincus, non seulement tu vas sortir d'ici, mais je vais te laisser assez de temps et assez de pognon pour que tu partes vite, loin, définitivement, et que tu ne lui donnes jamais de nouvelles. Tu vas changer de nom, tu auras largement de quoi changer de tête, même. Mais je ne veux jamais te revoir auprès d'elle ni chercher à la contacter par quelque moyen que ce soit. Jamais, tu m'entends ? insista-t-il.

Samuel le regardait les yeux ronds, abasourdi.

– Tu as conscience qu'elle sera bien plus épanouie sans toi, n'est-ce pas ?

– Nous sommes d'accord là-dessus, admit Samuel.

– Alors, nous faisons ça pour son bien.

– Je ferai ça pour son bien.

– Tu sors, et tu disparais à jamais. Ta liberté et ton silence contre son bonheur. Deal ?

– Deal, accepta Samuel.

# 31

Ophelia enroulait et déroulait le bout de corde autour de son annulaire. Sereine, enveloppée par ces bras entre lesquels elle se sentait aussi chérie qu'elle-même, elle savourait sa présence. Le soleil qui descendait à vue d'œil inondait la longue décapotable noire de sa lumière rougeoyante. Il faisait chaud et sec. La route près de laquelle ils s'étaient garés avait tout d'une ligne droite infinie bordée de deux immensités désertiques. Assis à même le sol, dans la poussière, il s'était adossé à la roue de la voiture, elle s'était assise entre ses jambes et ils regardaient tous deux le ciel changer de couleur.

– Où seras-tu quand tout s'assombrira ? lui demanda-t-elle.

– Avec toi.

– Tu ne comptes pas t'en aller ?

– Jamais. Quoi qu'il arrive.

Elle sourit et recommença à jouer avec l'épais fil cuivré.

– Et s'ils nous retrouvent ?

– Je me battrai pour toi.

Elle pencha la tête en arrière et il l'embrassa sur le front.

– Ça fait beaucoup de lumière pour nous deux, constata-t-elle, amusée.

– On a passé assez de temps sous la pluie et sous terre, j'imagine que c'est un juste retour des choses.

Ophelia, qui portait un des tee-shirts noirs de Sam et un short en jean, contempla les Santiags au bout de ses jambes croisées, rêveuse.

– Ces chaussures ont vraiment de la gueule, soupira-t-elle de bonheur.

Il éclata d'un rire franc, retentissant et irrésistible.

– J'aime quand tu te lâches, lui répondit-il. Et ces bottes te font des jambes magnifiques, ajouta-t-il avant de lui donner un baiser aussi brûlant que l'air ambiant.

Détachant lentement ses lèvres des siennes, tandis qu'un vent chaud se levait et venait chahuter quelques-unes de ses boucles rousses, il tendit le bras en arrière, saisit le manche de la guitare sur la banquette et la ramena contre eux. Ophelia posa ses mains sur la caisse, comme à son habitude. Les notes naquirent sous ses doigts à lui et se mirent à vibrer sous ses paumes à elle, harmonieuses, simples et envoûtantes. Elle se laissa ainsi bercer par ce morceau et par l'odeur réconfortante de Samuel, fermant brièvement les paupières de temps à autre tant elle voulait plonger dans sa musique tout en se délectant de ces époustouflants rayons rouges et orangés dans le ciel, manifestement bien pressés de laisser place à la nuit. Il cessa de jouer quand, face à eux, le soleil fut englouti pour de bon par l'horizon.

Alors tout devint froid et tellement silencieux qu'elle put entendre les battements de son propre cœur. Ou était-ce parce qu'il battait trop fort ? Sans qu'elle puisse le contrôler, il se figea un bref instant, elle en eut le souffle coupé. Le vent, plutôt que de la caresser, la secoua de tremblements, un frisson terrifiant la parcourut du bas de son dos jusqu'à remonter furtivement entre ses omoplates, pour mieux redescendre le long de ses bras, glaçant ses doigts jusqu'à l'ongle. Puis, une douleur brusque et fulgurante secoua sa poitrine, la forçant à fermer les paupières, avant de bien vite laisser place à une sensation de lourdeur insoutenable qui, bien qu'elle commençât à respirer de nouveau, se diffusa assez lentement pour lui donner l'impression de suffoquer. Prise d'un élan de panique, elle se raidit.

– Tout va bien, tout va bien, lui murmura-t-il à l'oreille. La tempête va passer. On doit juste tenir le coup. Je suis là. Tu n'es pas seule. Je veille sur toi. Le jour se lèvera à nouveau, je te le promets.

Elle se crispa plus encore.

– Ophelia, ouvre les yeux. Allez, regarde-moi.

Elle obéit, pourtant saisie d'appréhension, et découvrit les murs d'une pièce qu'elle n'avait jamais arpentée mais qui diffusait une aura paradoxalement familière. Face à elle se dressait une longue baie vitrée dont les portes coulissantes ouvertes laissaient s'engouffrer cette nuit d'hiver, jusqu'à soulever les rideaux. Percevant sa confusion, il frotta ses épaules pour la réchauffer avant de l'enlacer. C'est alors qu'Ophelia découvrit les touches noires et blanches sous ses doigts et comprit que les faibles lueurs devant elle étaient le reflet de la lune sur le couvercle du piano à queue dont la brillance ne faisait qu'un avec la nuit.

– Viens par là, lui murmura-t-il à l'oreille tandis qu'il fit glisser sa main dans la nuque d'Ophelia pour l'embrasser à nouveau. Tu vois ? Tout va bien, lui dit Joshua d'une voix douce avant de la gratifier de son sourire aussi éclatant que rassurant.

Assise sur ses genoux, vêtue d'une chemise de nuit fluide à manches longues, elle lui jeta un regard troublé. Figée au beau milieu de cet instant étrange entre le sommeil et le réveil, Ophelia lui murmura :

– Josh... J'ai fait un rêve... Ou... Un cauchemar ? Je ne sais plus... les images s'effacent à chaque fraction de seconde.

– Ce n'est rien. Je suis là. On est à la maison, tout va bien. Ne t'inquiète pas.

Ophelia lui sourit tendrement, caressa ses boucles blondes et passa sa main gauche, parée d'un magnifique diamant, sur sa joue.

– Je t'aime, lui dit-il.

– Je t'aime aussi, répondit-elle en se blottissant contre lui.

♪

– Quelle est votre opinion, aujourd'hui ? demanda à voix basse Caroline qui tenait la main pâle d'Ophelia, debout près du lit, comme tous les matins.

Il était près de neuf heures. Sur le fauteuil de la chambre, Rosie dormait profondément, bien que dans une position des plus inconfortables.

– Ses constantes sont stables, répondit l'infirmière d'un ton rassurant.

– Rien de plus ?

– Je n'ai malheureusement pas de nouveaux éléments à vous communiquer, Madame. Mais le docteur Stone m'a dit qu'elle a prévu de passer vous voir dans la matinée. Elle ne devrait plus tarder.

– Oh ? Vraiment ? Elle a du nouveau, vous pensez ? s'enquit Caroline d'une voix gorgée d'espoir.

– Je ne sais pas, Madame.

– Très bien, merci quand même, répondit-elle, déçue.

Ophelia était hospitalisée dans l'une des cliniques les plus réputées de Londres. Morte d'inquiétude, Caroline Cavendash avait décidé dès son transfert de séjourner à l'hôtel le plus proche pour pouvoir rester à son chevet la majeure partie du temps, guettant le moindre signe d'éveil comme on attend le soleil après un ouragan.

Devenue maman-louve suite aux trois fausses couches qui avaient eu raison de ses sourires avant qu'enfin elle ne donnât naissance à Ophelia, elle avait passé ces dix-neuf dernières années à veiller sur sa précieuse progéniture comme on garde un trésor inestimable. Après son accouchement, l'angoisse de les perdre en cours de grossesse s'était changée en celle de les voir blessées ou meurtries de quelque manière que ce soit. Dès lors, son instinct protecteur s'était mis à flirter non-stop avec une peur panique qu'elles ne s'égratignent ou ne trébuchent. Si cela s'expliquait, Caroline n'en avait pas moins plongé dans un état de stress chronique qui l'avait menée à « couver » ses filles démesurément. Lawrence lui-même, pourtant de nature flegmatique, en avait perdu sa sérénité, désemparé. Motivé par un amour véritable – bien que dépourvu de la passion qu'il avait toujours vouée à Jane —, il avait poussé Caroline à consulter un psychiatre, tant ce besoin de contrôle et de surveillance constante impactait à la fois leur vie et celles de leurs enfants. À la thérapie et un traitement par antidépresseurs s'étaient ajoutées quelques mesures pratiques parmi lesquelles figurait Aslan.

Ce majestueux Clydesdale bai – un cheval de trait d'origine écossaise à la robe d'un marron éclatant et aux crins noirs — était arrivé à Daffodil Meadows alors qu'Ophelia n'était âgée que de cinq ou six ans. Sa mère l'avait observée faire connaissance avec lui dans un émerveillement des plus parfaits, elle la revoyait comme si c'était hier, dans sa petite robe blanche à col Claudine brodée de petites cerises, une longue tresse rousse dans son dos et ses petites mains jointes devant sa bouche tant elle n'en revenait pas. En l'espace de quelques mois à peine, le cheval et la petite fille s'étaient apprivoisés mutuellement, et Caroline s'était apaisée, accordant sa confiance à la fois à cet animal d'une force et d'une intelligence rares, mais aussi à Ophelia, qui se montra aussi agile que prudente. Se félicitant d'avoir trouvé un moyen de « couper le cordon » aussi tardivement qu'en douceur, Lawrence avait saisi la beauté de cette décision lorsque, aux prémices de l'adolescence, les angoisses de Caroline avaient resurgi devant le besoin d'évasion de leur aînée. Les chevauchées d'Ophelia avaient alors pris une place essentielle dans leur quotidien, octroyant à la jeune fille les parenthèses solitaires dont elle avait besoin tout en permettant à sa mère d'assimiler l'idée qu'elle avait le droit de vivre plus loin que sous son regard et que son absence n'était pas forcément synonyme de fatalité.

Pourtant, ces six dernières semaines, tout ce qu'elle avait tant bien que mal réussi à surmonter jadis s'était embrasé de nouveau. Réveillant une terreur incontrôlable de perdre pour de bon cette enfant qu'elle avait chérie avant même de sentir ses premiers mouvements dans son ventre, la disparition soudaine d'Ophelia avait été un traumatisme considérable. Alors, l'avoir retrouvée une balle dans la poitrine après qu'elle eut été séquestrée par un fou au fond d'une cave pendant un mois... Au beau milieu de cette chambre d'hôpital où elle était allongée, inerte, depuis qu'elle avait quitté l'unité de soins intensifs, Caroline Cavendash ne savait plus à quoi se raccrocher.

On frappa à la porte, et une femme en blouse blanche apparut, la cinquantaine, les cheveux châtain relevés en un chignon flou, un stéthoscope autour du cou.

– Bonjour, Madame Cavendash, dit le docteur Stone d'une voix douce en remarquant la présence de Rosie, qui n'avait pas même sourcillé au passage de l'infirmière, quelques minutes plus tôt.

Caroline essuya les larmes qui avaient perlé aux coins de ses yeux tandis qu'elle s'était remémoré tout cela.

– Allons. Relevez la tête, Madame. On va continuer à bien prendre soin d'elle. Monsieur Cavendash a-t-il prévu de passer aujourd'hui ?

– Non, il... il a une affaire urgente à régler, répondit Caroline, convaincue que Lawrence travaillait pour ne pas avoir à faire face à l'état de leur fille, ignorant tout de ses discussions nocturnes avec l'inspecteur ou de son entretien confidentiel avec le ravisseur d'Ophelia. Il ne pourra pas venir avant demain, peut-être même lundi soir.

– Hum... souffla la doctoresse en baissant les yeux sur le dossier qu'elle tenait entre les mains, manifestement mal à l'aise – ce qui n'échappa pas à Caroline.

– Que se passe-t-il ? Vous avez du nouveau ? s'enquit-elle, l'air alarmé.

– Il semblerait, en effet, admit-elle en retirant ses lunettes. Vous êtes certaine que votre époux ne peut pas vous rejoindre ? Nous avons fait de nouvelles analyses et il y a quelque chose dont nous devons discuter.

Préoccupée, Caroline lâcha la main d'Ophelia et avança vers elle, tremblante.

– Mon Dieu, ne me dites pas... ne me dites pas que... que vous... qu'il faudrait... qu'on... qu'elle ne va jamais se réveiller ?

– Non, Madame, ce n'est pas ce que je voulais dire, l'apaisa le docteur d'une voix qu'elle voulut rassurante. Je vous prie de m'excuser.

– Elle va se réveiller bientôt, alors ? C'est ça que vous souhaitez nous annoncer ?

Le docteur Stone reprit le plus posément possible :

– Elle peut se réveiller demain comme dans six mois, les choses sont aléatoires de ce côté-là.

– Mais ça fait déjà plus de deux semaines qu'elle est inconsciente...

– Je sais bien, je compatis à votre peine et croyez bien que nous continuerons à faire tout ce qui est en notre pouvoir pour la maintenir dans les dispositions les plus propices à ce qu'elle se réveille. La première semaine a été très compliquée, c'est vrai, et pourtant elle s'en est sortie. Je ne peux pas vous en dire plus à l'heure actuelle ni vous garantir quoi que ce soit, mais elle se remet très bien de sa blessure et il y a une activité cérébrale évidente, c'est l'essentiel pour le moment.

– Je ne comprends pas. De quoi souhaitez-vous qu'on discute en présence de mon mari, alors ? l'interrogea Caroline, perplexe.

– Maman ? intervint Rosie qui s'éveillait et s'inquiéta instantanément en découvrant le visage de sa mère. Qu'est-ce qui ne va pas ?

♪

Debout devant le bureau du docteur, Caroline tirait nerveusement sur les boutons de son gilet en cachemire bleu marine. Ne pouvant manifestement pas assister à cet entretien, Rosie était restée auprès d'Ophelia.

– Asseyez-vous, je vous en prie, l'invita le médecin.

– Non, merci, ça ira, rétorqua-t-elle. Dites-moi plutôt ce qui se passe.

Le docteur Stone posa ses lunettes avant de lui annoncer :

– Madame Cavendash, Ophelia est enceinte.

# 32

– ENCEINTE, SACREBLEU ! jura Law à l'autre bout du fil. Vous m'entendez ?

– Oui, Monsieur. Je suis au courant depuis ce matin aussi, nous en avons été informés par l'équipe médicale.

– Eh bien ? Que comptez-vous donc faire, Jones ?

– J'ai peur de ne pas vous suivre.

Crispé sur le combiné de son téléphone-fax, Lawrence voyait rouge.

– Vous êtes complètement abruti ou vous le faites exprès ? siffla-t-il en se versant un verre de brandy.

– Que me demandez-vous, exactement ? l'interrogea l'inspecteur avec aplomb.

– Mais de le rattraper, sapristi !

– Et en quel honneur ?

– Mais pour viol, bien sûr ! Cette histoire change tout, enfin !

Garrett Jones, qui venait tout juste de garer sa voiture sur le parking du commissariat, coupa le contact, prit une inspiration et répondit, agacé :

– Monsieur Cavendash, commença-t-il. Au sujet du jeune Kroeger, je suis heureux que nous ayons fait affaire la semaine dernière et que nous ayons pu trouver une solution qui vous convienne et ne fasse perdre de temps à personne.

*Tu m'étonnes,* pensa Lawrence, qui n'avait pas manqué de générosité.

– Cela dit, et au risque de me répéter, nous n'avons pas trouvé de trace d'effraction à votre domicile, il n'a jamais réclamé de rançon, et après examen des preuves et des blessures du jeune Samuel, l'incendie et ses conséquences dramatiques sentent la légitime défense à plein nez. De plus, si on en réfère à l'enquête en elle-même, en dépit des apparences et du lieu pour le moins insolite où nous les avons retrouvés... tout indique que votre fille soit restée auprès de ce garçon de son plein gré. Je vous l'ai déjà dit, ni l'accès secret du kiosque ni la porte intérieure n'étaient verrouillés quand nous l'avons retrouvée. On a même des traces à l'extérieur qui confirment qu'elle était sortie, seule, avant notre intervention.

– Il a dû la droguer ! s'emporta Law. Et ensuite, il s'est jeté sur elle comme un porc, voilà ce qui s'est passé !

– Justement. C'est tout l'inverse.

– Qu'est-ce que vous voulez dire, Jones ?

– Je veux dire qu'on a mené toutes les analyses de rigueur, Monsieur. Entre autres, toxicologie et examen médical, pour rechercher toute trace d'agression sexuelle. C'est le protocole.

Il y eut un silence.

– Eh bien ? grommela Law.

– Il est ressorti sans l'ombre d'un doute que pendant ces quatre semaines-là, elle n'a consommé aucun stupéfiant... Ni n'a été violée. De toute évidence les rapports qu'ils ont eus étaient tout ce qu'il y a de plus consentis, Monsieur.

– Foutaise ! Flics en carton ! Vos hommes lui ont tiré dessus et maintenant vous vous plantez à nouveau ! Vous vous êtes forcément trompé quelque part ! Ma fille n'aurait pas couché avec ce misérable dans un trou à rat ! Retrouvez ce gamin et collez-le-moi derrière les barreaux immédiatement !

Jones leva les yeux au ciel puis, aussi calmement que possible, lui rappela :

– Monsieur Cavendash, vous allez un peu vite en besogne. Je vous rappelle que vous avez sciemment retiré votre plainte contre Samuel Kroeger et que vous avez payé vous-même sa libération sous caution. Je n'ai plus rien contre lui, et c'est entre autres grâce à vous. Cela fait des jours qu'il est sorti. Je présume qu'il est loin. Probablement plus sur le territoire, d'ailleurs, si j'en crois les recommandations pressantes que vous lui avez faites.

♪

– Il faut la faire avorter avant qu'elle ne se réveille, affirma Lawrence de but en blanc tandis que le bipeur du médecin sonnait dans sa poche.

Assise sur la chaise face au bureau, Caroline pleurait à chaudes larmes. Tentant de faire bonne figure malgré les propos catégoriques du père de sa patiente, le docteur Stone, qui venait d'ignorer une notification dénuée d'urgence à en juger par la sonnerie, répondit le plus posément possible :

– Monsieur Cavendash, j'ai bien peur que cela ne soit pas une option.

– Comment ça, « pas une option » ? rétorqua-t-il, acide. Vous avez vu l'état d'Ophelia ? Vous pensez que la petite peut survivre à une grossesse en plus de la balle qu'elle s'est prise ?

– Avec tout mon respect, Monsieur, oui. Elle a beau être encore dans le coma, elle n'est plus en danger de mort et une grossesse n'est pas une maladie.

Dépassé, Lawrence se leva, porta ses mains à ses cheveux et se mit à tourner dans la pièce comme un fauve en cage.

– Mais c'est une plaisanterie ! Je suis entouré d'imbéciles, ma parole !

– Law, dit Caroline entre deux sanglots, assieds-toi, s'il te plaît.

– Monsieur, c'est une situation délicate, très délicate, même, à laquelle je reconnais ne jamais avoir été confrontée. Je n'en suis pas moins tenue à respecter certains codes déontologiques. En l'occurrence, rien n'indique ni qu'Ophelia ait été violée, ni que cette grossesse ne soit pas désirée.

Lawrence se mit à ricaner nerveusement puis, reprenant son souffle et cherchant à calmer la rage qui le consumait de l'intérieur, s'expliqua :

– Elle venait de se fiancer, Docteur. Avec un jeune homme tout ce qu'il y a de plus gentleman, étudiant en médecine, d'ailleurs, à Cambridge, Docteur ! Elle comptait se marier, faire ses études de droit, rejoindre mon cabinet, énuméra-t-il. Avoir un enfant à dix-neuf ans ne faisait pas partie de ses plans, croyez-moi. Le type qui l'a retenue dans cet endroit glauque lui a retourné la tête, voilà ce qui s'est passé.

– Je comprends que ce soit affreusement compliqué. Mais votre fille est majeure, elle est donc seule décisionnaire à ce sujet, et rien ne nous prouve, à nous en tant que médecins, qu'elle souhaiterait avorter. Nous ne pouvons pas prendre cette décision à sa place.

– Et que fera-t-on, si elle reste dans le coma plus longtemps, hum ? reprit-il sous la mine décomposée de son épouse. Quand elle s'éveillera et qu'elle apprendra qu'elle est enceinte ? Vous imaginez un peu, ce que sera sa vie, avec le marmot d'un criminel dans les bras ?

– Monsieur Cavendash, une fois de plus, soyez assuré de mon empathie à l'égard de ces circonstances peu communes. Je ne peux certainement pas me mettre à votre place ni imaginer par quelles difficultés votre famille entière est en train de passer, mais nous avons encore de longues semaines devant nous pour lui poser directement la question. Un avortement est envisageable jusqu'à vingt-quatre semaines, au Royaume-Uni. Compte tenu de son état actuel et des stimulus quotidiens qu'on a mis en place, mes confrères et moi-même avons bon espoir qu'elle s'éveille avant d'atteindre cette limite.

– Donc on attend ? On ne fait rien ? en conclut-il, agacé.

– On attend, Lawrence, souffla Caroline d'un ton étrange, en relevant la tête.

Lawrence s'approcha d'elle, intrigué par sa soudaine prise de parole, elle qui depuis la disparition d'Ophelia, comme toujours, préférait se mettre en retrait et lui laisser le soin de gérer les situations les plus délicates.

– Tu es de leur côté ? lui asséna-t-il, accusateur.

– Tu ne comprends, rien, Lawrence, lâcha-t-elle en essuyant ses yeux rouges. Je ne suis du côté de personne. Nous ne sommes ni sur un champ de bataille, ni au tribunal. C'est de notre fille qu'il s'agit. Tu crois tout savoir, mais il va sans dire que ni toi ni moi ne savons vraiment ce qui s'est passé la nuit où elle a disparu ni les quatre semaines qui ont suivi !

Le docteur Stone, mal à l'aise devant ce qui ressemblait fort aux prémices d'une dispute, remit ses lunettes et jeta un coup d'œil au dossier. La sonnerie spécifique au bureau des infirmières retentit à nouveau dans sa poche et elle passa son bipeur en vibreur.

– Tu es parti d'entrée de jeu en croisade contre ce jeune garçon, enchaîna Caroline, mais ni toi ni moi ne le connaissons personnellement. Quand remonte donc ta dernière conversation à cœur ouvert avec ta fille ? Que sais-tu vraiment d'elle, de ce qu'elle veut ou ne veut pas, Law ? Nous devrions avoir honte, toi et moi.

Immobile, il la regardait, la mine désarçonnée.

– Ce qui s'est passé à la fête est la preuve qu'on ne sait pas tout d'Ophelia, Law. Je ne veux pas prendre de décision à sa place.

– Tu veux qu'elle garde cet enfant ?

– Je veux qu'elle choisisse elle-même. Il va sans dire que son cœur n'est pas tout à fait aussi dévoué à Joshua qu'on l'avait imaginé, tu n'es pas aveugle, tout de même ? T'es-tu seulement penché là-dessus ? N'as-tu pas déduit de cet après-midi-là qu'elle a peut-être accepté sa demande simplement parce qu'on lui a dit pendant des années que ce serait le mieux pour elle ? T'es-tu seulement demandé si c'est vraiment pour Josh que bat son cœur ? demanda-t-elle en se levant à son tour.

Affichant alors une expression qu'il voulut la plus tendre possible, il s'approcha d'elle et la saisit doucement par les bras.

– Allons, Caroline, allons, commença-t-il d'une voix rassurante. Toute cette histoire nous monte à la tête, et il y a de quoi. Je te prie de m'excuser, je ne voulais pas m'emporter.

– Tu n'as pas répondu à ma question. Qui te dit qu'elle n'est pas partie avec ce garçon par amour ? osa-t-elle.

Il ferma les paupières une seconde, interdit.

– Caroline, écoute.

– Non, toi, écoute ! l'interrompit-elle en se dégageant. Nous n'avons pas de prise sur cette grossesse, le docteur Stone vient de te le dire. Et on a pris assez de décisions à sa place ! Au lieu de t'attendre au pire, essaie d'espérer le meilleur, pour une fois. Je ne tiens pas plus que toi à ce que sa vie soit brisée par tout ça. Et je suis d'accord, elle est bien trop jeune pour porter un enfant. Mais je ne tiens pas non plus à ce qu'elle tire un trait sur ses sentiments et qu'elle se contente d'un mariage qui ne l'épanouit pas.

Elle marqua une pause, baissa les yeux, et termina d'un ton tranchant :

– Tu sais de quoi je parle, Law.

À ces mots, une fulgurante bouffée d'adrénaline ébranla Lawrence. Il se mit à suer, le souffle court. Le docteur Stone, qui, malgré elle, n'avait rien manqué de cet échange pour le moins inattendu, ne savait plus où se mettre et en était au stade où elle ouvrait machinalement son agenda pour vérifier l'heure du conseil de classe de sa fille. Faisant glisser le nœud de sa cravate qui semblait l'étouffer à cet instant, Lawrence marmonna quelque chose qui ressemblait à :

– Je... reviens, je... vais à la cafétéria...

Mais à peine eut-il posé la main sur la poignée de la porte qu'elle fut poussée par une infirmière qui le gratifia d'un large sourire sitôt l'eut-elle reconnu.

– Oh ! Monsieur ! Justement, nous vous cherchions ! ajouta-t-elle en entrant dans le bureau. Docteur, navrée de vous déranger, nous avons tenté de vous biper mais... Ophelia s'est réveillée ! s'exclama-t-elle, ne cachant pas sa joie.

# 33

La première chose qu'Ophelia découvrit à son réveil fut le visage parsemé de taches de rousseur de Rosie. Les larmes s'écoulaient non-stop de ses yeux verts, le bout de son nez avait rougi et l'émotion la submergeait tant qu'elle ne parvenait pas à articuler le moindre mot.

– Hey, ça va, je suis là, je suis là, souffla Ophelia d'une voix rauque en serrant faiblement la main de sa petite sœur.

Rosie éclata de rire malgré ses larmes.

– Arr... arrête de... me rassurer, c'est... c'est toi qui es dans un lit d'hôpital, hoqueta-t-elle, totalement engloutie par le soulagement de la voir enfin revenir à elle.

Ophelia caressa la chevelure rousse de Rosie tendrement en refermant les paupières.

– Que s'est-il passé ? murmura-t-elle dans un soupir.

– Eh bien tu étais...

– Une chose à la fois, la coupa gentiment Lawrence, qui venait d'entrer dans la pièce, suivi de sa femme et du docteur Stone. Heureux de te revoir, ma fille, ajouta-t-il en approchant du lit tout en retenant ses propres larmes tant le soulagement de la savoir saine et sauve était considérable.

Caroline, bouleversée de la voir enfin éveillée bien qu'elle soit très amaigrie et plus blafarde que jamais, s'était précipitée vers elle.

– Oh ! mon bébé ! Te revoilà enfin, ajouta-t-elle en frôlant sa joue comme on touche un fragile bibelot de porcelaine.

– Hello, maman, souffla Ophelia en souriant.

– Comment te sens-tu ?

– J'ai l'impression d'avoir été enfermée dans une boîte pendant mille ans. Et j'ai soif.

– C'est tout à fait normal, Mademoiselle Cavendash, commenta le médecin qui venait de vérifier ses constantes. Je suis le docteur Julia Stone, ravie de vous rencontrer enfin.

Ophelia lui sourit et demanda :

– Où est Josh ?

– Josh ? fit Rosie, surprise.

– On va l'appeler, il sera bientôt là, enchaîna promptement Lawrence tout en lançant un regard désapprobateur à Rosie.

Confuse, Ophelia répéta :

– Que s'est-il passé ?

Lawrence et Caroline jetèrent un œil inquiet au docteur, qui lui répondit simplement :

– Ophelia, vous avez eu un grave accident. Vous avez entre autres subi un traumatisme crânien qui vous a plongée dans le coma pendant deux bonnes semaines.

– Je suis censée m'inquiéter ? répondit-elle.

– Non, rien ne semble inquiétant à l'heure actuelle. Nous allons devoir faire quelques examens complémentaires, mais tout semble indiquer que vous vous remettez à merveille, pour l'instant. Pouvez-vous simplement me dire qui vous êtes et quel âge vous avez ?

– Bien sûr. Ophelia Cavendash. J'ai seize ans.

# 34

Caroline, Rosie et Joshua étaient assis sur le divan de l'autre côté du bureau de Lawrence, qui, nerveux, descendit cul sec un verre de scotch avant de s'asseoir face à eux. Une semaine était passée depuis le réveil d'Ophelia. Si les médecins avaient évoqué un excellent pronostic physique, étant donné qu'elle avait repris une alimentation solide sans difficulté et qu'elle était désormais capable de se lever et de faire quelques pas dans les couloirs de la clinique, sa mémoire semblait toujours aussi altérée. Ses derniers souvenirs remontaient à la période où elle avait commencé à éprouver une affection certaine pour Joshua et qu'ils s'étaient mis à sortir ensemble, pour le plus grand bonheur de leurs parents qui voyaient en ce couple bien plus qu'un amour de jeunesse. Tout semblait intact jusque-là, c'était comme si elle s'était assoupie la veille. Sauf que ce sommeil avait avalé trois ans de sa vie. À sa demande, Joshua était passé la voir tous les jours et elle avait manifestement beaucoup apprécié sa présence.

– Il faut qu'on lui dise, commença Rosie en rongeant ses ongles. Rien de tout ça n'est bon. Ni pour elle, ni pour nous.

– Je suis d'accord avec Rosie, approuva Joshua. Une semaine à faire semblant, c'est déjà trop pour moi. Je... je l'aime trop pour lui mentir.

– Si c'est la candeur qui anime Rosie, c'est votre lâcheté qui parle, lui répondit Lawrence d'un ton sec. Remarquez, ça ne devrait plus me surprendre.

– Arrête, Law, fit Caroline. Il souffre. On souffre tous. Ce n'est facile pour personne. Joshua n'est pas plus responsable que toi.

– C'est faux. Je lui ai dit qu'on devait la retrouver avant qu'il ne lui arrive malheur. Il a préféré baisser les bras et s'en retourner à ses études confortables. Regarde un peu où on en est, maintenant.

Josh lui jeta un regard aussi noir que déconcerté puis répliqua :

– *Confortables ?* C'est ça que vous vous imaginez de ma vie depuis qu'elle a disparu ? Comment cela pourrait-il être *confortable*, Lawrence ? J'ai passé chaque journée, chaque nuit, chaque minute même, à me demander comment j'avais pu être aussi aveugle, à croire que son cœur battait pour moi quand en réalité elle était éprise de cet homme. Je n'ai pas cessé une seule seconde de me demander si j'avais bien fait de déposer les armes, de lui laisser la liberté d'être avec qui elle voulait, si cet autre, dont je ne connais rien, n'allait pas abuser un jour de sa confiance. Et je m'en mords les doigts, plus encore depuis que je sais qu'il a mis les voiles. Mais qui aurais-je été si je m'étais autoproclamé son idéal ? Hein ? Qui ? C'est parce que je l'aime que j'ai renoncé à elle.

– Vous m'avez pourtant traité de cinglé quand je vous ai assuré qu'elle était en danger, gronda Law.

– Non, je vous ai dit que vous vous voiliez la face.

– C'est du pareil au même. Vous aviez tort. Ce vaurien lui a retourné la tête. Et ça a mal fini, exactement comme je le craignais. Il n'y a que moi qui me sois inquiété suffisamment, mais personne n'a eu la jugeote d'intervenir avant que tout ne dérape.

– N'est-ce pas un policier qui lui a tiré dessus ? vérifia Josh. N'ont-ils pas dit que ce Kroeger n'avait pas cherché à lui faire de mal ? Qu'elle était même probablement restée là-dedans volontairement ?

– C'est ce qu'ils prétendent. Là n'est pas la question.

– Mais bien sûr que si, là est la question ! s'emporta Josh, pour qui cette discussion devenait intolérable. Je persiste et signe : vous êtes dans le déni, Monsieur ! Tout indique qu'elle l'a suivi, qu'elle l'aimait autant qu'elle en avait l'air quand elle s'est jetée à son cou le jour de la fête. Que vous faut-il de plus, hein ? Ophelia n'est pas aussi lisse que vous l'espériez et ça vous défrise, c'est ça ? osa-t-il.

– Ça suffit ! s'écria Caroline, surprenant encore une fois son mari. Vous pensez vraiment que nous l'aiderons à aller mieux en ressassant le passé et en nous disputant ? Nous avons tous été secoués par ce qui s'est passé, ça ne nous donne pas pour autant le droit de nous déchirer. Ophelia n'est pas morte. Elle est dans une chambre d'hôpital, convaincue d'avoir seize ans, et elle ignore tout de vos griefs et de ce qui lui est véritablement arrivé.

– Sans parler du mensonge au sujet de sa blessure, siffla Rosie, furieuse. Vous devriez avoir honte de lui avoir raconté une chose pareille. Je ne veux pas participer plus longtemps à une telle imposture, c'est écœurant.

– Tu crois, ma fille ? rétorqua Lawrence de but en blanc. Réfléchis bien. Elle pense s'être pris une balle perdue par un chasseur malhabile. C'est simple. Involontaire. La faute à pas de chance. Ça s'arrête là. Dans quel état sera-t-elle, à ton avis, quand on lui dira que cette balle était destinée à un type qui l'a volée à son fiancé, qu'elle a passé un mois de sa vie recluse dans une cave avec lui et que, malgré ça, il a pris la fuite en ne manquant pourtant pas de la mettre enceinte ? Tu crois qu'elle le vivra comment, au juste, Rosie ?

Il y eut un silence de plomb. Joshua, partagé entre courroux et désespoir, se leva et rejoignit la fenêtre. La pluie tombait à verse et le ciel était si chargé de nuages qu'il en faisait sombre.

– Elle est heureuse, admit Caroline malgré elle, d'une voix faible, après un moment.

– Comment ça ? l'interrogea Josh en se tournant vers elle, troublé.

– Elle est heureuse, répéta-t-elle, le regard dans le vide. C'est un fait. Lawrence a raison. Tout ce qu'on vient d'évoquer nous affecte, nous, mais pas elle.

Rosie porta ses mains à sa bouche en comprenant où elle voulait en venir :

– Si on lui raconte ce qui s'est réellement passé, reprit Caroline, si... Si on lui dit qu'il est parti, elle va être dévastée. Si elle retrouve la mémoire à son sujet, elle va se noyer dans le chagrin...

– Elle l'aime, compléta Rosie la gorge nouée sans remarquer l'expression mélancolique de Joshua, dont le cœur s'était serré à ces mots. Elle me l'a dit, cette nuit-là. Elle...

La tristesse submergea la jeune fille avant qu'elle n'ait pu terminer sa phrase. Elle fondit en larmes.

– Dieu du ciel ! gémit Caroline, chamboulée. Quel genre de choix avons-nous ?

– Nous n'avons pas à faire de choix, déclara Josh d'une voix qu'il voulut détachée. Les médecins ont dit que son amnésie est conséquente, mais pas forcément irréversible. Que ça va demander du temps et beaucoup de patience mais qu'avec de la rééducation elle pourra sans doute récupérer une partie de ces trois dernières années. Petit à petit.

– Et en attendant ? s'enquit Rosie entre deux sanglots. On fait quoi ? On ne peut pas la laisser dans l'ignorance.

– Non, confirma Law en se levant, la mine sérieuse, avant de prendre une grande inspiration. Mais on peut lui offrir une autre vérité.

# 35

Rosie, depuis la fenêtre, vit la voiture de Josh arriver sur le parking de l'hôpital pile à l'heure où elle s'y attendait. C'était un samedi, et depuis qu'Ophelia avait été transférée à Londres, il venait lui rendre visite plusieurs fois par semaine quitte à rater certains cours, sans manquer d'y passer presque l'intégralité de ses week-ends, séjournant au même hôtel que Caroline, à deux pas de là. Il était environ neuf heures trente, Ophelia dormait paisiblement. Rosie, comme souvent, était venue la rejoindre très tôt ce matin-là, n'ayant pas trouvé le sommeil et préférant dormir dans ce fauteuil inconfortable plutôt que dans une pièce loin de sa sœur, alors qu'elles avaient littéralement passé toute leur vie à partager la même chambre. L'absence prolongée d'Ophelia avait généré de conséquentes angoisses chez Rosie qui était de nature nerveuse et émotive. Elle en avait perdu le sommeil au profit d'insomnies ponctuées de terribles cauchemars dans lesquels elle courait, à bout de souffle, en direction de sa sœur qui, de dos, s'éloignait toujours plus, éternellement hors d'atteinte. À la demande de leurs parents, aucun d'entre eux ni des médecins n'avait encore donné plus de détails à Ophelia quant aux raisons de ses blessures, ce qui rajoutait un poids supplémentaire sur les épaules de la jeune Rosie, qui n'avait jamais rien caché à son aînée.

Avant même qu'il ne se gare, Rosie sortit précipitamment et descendit le rejoindre. Josh, qui portait un long manteau noir, en remonta le col avant de retirer le gobelet fumant de son socle et de sortir de l'habitacle. Il refermait la portière de sa Jaguar noire quand elle arriva.

– Rosie ? Il fait un froid de canard, rentre vite à l'intérieur, lui dit-il en guise de bonjour, la voyant trembler sous sa fine blouse blanche à col Claudine alors que ses pommettes, tout comme le bout de ses oreilles et de son nez, rougissaient déjà sous les assauts de cette journée d'hiver.

– Non.

– Non ? Mais tu es gelée !

– Je m'en moque, il faut que je te parle. Avant que tu n'entres.

Remarquant son expression troublée, il s'inquiéta.

– Rentre dans la voiture, au moins.

Rosie s'assit sur le siège passager et Joshua lui tendit le café chaud.

– Tiens. Bois ça, tu en as plus besoin que moi, remarqua-t-il alors qu'elle frissonnait encore. Tu veux mon manteau ?

Elle pensa un « *oui* » franc mais se contenta de répondre :

– Non, merci.

Elle but une gorgée et esquissa une grimace qui fit sourire Josh.

– Café noir, désolé.

– J'aurai toujours du mal à comprendre ce qui pousse les gens à boire ça, commenta-t-elle.

– Je ne saurais pas l'expliquer non plus, à ton âge je trouvais ça mauvais aussi, répondit-il en souriant. Il faut croire que le palais se modifie considérablement avec les années.

« *À ton âge* », se répéta-t-elle, mal à l'aise, avant de prendre son courage à deux mains et de laisser l'adrénaline délier ses lèvres :

– Josh, je sais que je n'ai que dix-sept ans et que tu m'as plus ou moins toujours considérée comme une gamine, mais je te demande, juste pour les prochaines minutes, de mettre ça de côté et de m'écouter comme si, pour une fois, on était entre deux adultes.

Saisissant le sérieux de ses propos et un soupçon de colère dans sa voix, il s'excusa :

– Je te demande pardon. Je ne voulais pas te vexer, tu n'as rien d'une ado, je t'assure.

Elle se demanda ce qu'il entendait par là, mais brida ses pensées sur-le-champ, trop effrayée à l'idée de mal interpréter ses paroles. Joshua ignorait tout des sentiments que lui vouait Rosie, depuis plusieurs années. Il ne savait pas non plus combien de fois elle avait été blessée de l'entendre lui parler comme s'ils ne faisaient pas partie du même monde alors qu'elle était en réalité dotée d'une remarquable maturité que personne, Ophelia y compris, ne lui avait jamais vraiment soupçonnée. Malgré cela, elle n'avait pas une seule fois envisagé l'option de lui avouer ce qu'elle éprouvait à son égard. D'abord, parce qu'elle était d'une loyauté sans faille et que sa sœur était pour elle la personne la plus importante au monde. Ensuite, parce que même si Ophelia ne lui avait pas été fiancée, les sept ans d'écart qui la séparaient de Joshua Coventry correspondaient plus ou moins à un siècle. Elle leva les yeux au ciel pour retenir les larmes qui lui montaient déjà, puis déclara :

– Josh. Il faut qu'on fasse quelque chose. Elle pose de plus en plus de questions. Les médecins ont tenté de pousser dans le sens de la mettre au courant, mais mes parents ont insisté pour qu'on attende et tu sais combien mon père est convaincant.

Josh porta une main à son front, mitigé.

– On ne peut pas les laisser lui faire ça, reprit Rosie d'une voix suppliante.

Il resta silencieux. Rosie était motivée par une innocence et une pureté qu'il lui envia.

– Je n'ai aucun pouvoir mais toi, toi tu en as, enchaîna-t-elle. Sans toi, leur plan tombe à l'eau. Tu es le seul à pouvoir les en empêcher avant qu'on ne s'engouffre tous dans ce puits sans fond et qu'on ne puisse plus jamais faire marche arrière, tu comprends ?

Il se laissa retomber contre le dossier du siège, distinguant sans peine où elle voulait en venir.

– Bien sûr que je comprends. Je n'ai pas attendu que tu m'en parles pour y penser. Je l'aime.

Je sais que tu l'aimes. Ce que je me demande, c'est comment tu peux accepter de lui faire ça.

– Je n'ai encore rien fait. Tu sais que je leur ai demandé encore un peu de temps.

– Mais tu es à deux doigts, pas vrai ?

Il ne répondit pas.

– Tu ne te rends pas compte que tu as beau en être la pièce centrale, tu n'es qu'un pion dans un jeu d'échecs trop grand pour nous. Je connais ma sœur, je sais qu'elle ne veut pas de ce qu'on s'apprête tous à lui imposer. Et on n'a pas beaucoup de temps. Maman reviendra juste après la séance de kiné d'Ophelia et papa passera en fin de journée. Elle est seule. C'est maintenant ou jamais.

– Rosie...

– Essaie, au moins ! Tu n'es pas ce type-là, Josh, je le sais. Tu ne veux pas ça non plus dans le fond, n'est-ce pas ?

– Je ne veux que son bonheur.

– Moi aussi. Mais à quel prix ? Tu veux en faire une imbécile heureuse ? Vraiment ?

Ses mots étaient tranchants au possible mais pas moins justes. Il jeta un œil à cette si jeune et pourtant si perspicace Rosie qui, malgré sa fragilité et son allure de poupée de porcelaine, manifestait un zèle admirable.

– Ton intégrité est impressionnante, lui dit-il.

Elle rougit instantanément et tourna la tête côté fenêtre, gênée.

– Merci. J'aime ma sœur, rien de plus normal, souffla-t-elle.

– À quel moment ai-je perdu la mienne ? dit Josh à voix haute, tourmenté.

– Mon père est doué. C'est son job, de rallier les gens à sa cause. Et il... il aime Ophelia autant que nous l'aimons toi et moi, peut-être même plus encore. Simplement, il l'aime... bien au-delà du raisonnable. Il est prêt à tout pour la préserver, même si ça revient à la priver de savoir, à la priver de la vérité. Tu n'es pas comme ça, pas vrai, Josh ?

– Je ne suis pas comme ça, répondit-il, déterminé. On va lui dire, conclut-il en ouvrant de nouveau la portière.

♪

Ophelia terminait son petit-déjeuner quand ils entrèrent dans sa chambre.

– Hello, les salua-t-elle en prenant une gorgée de son thé avant de reposer le mug et de repousser la table roulante. Comment vont les deux amours de ma vie ? ajouta-t-elle, tout sourire.

Elle avait bonne mine, elle rayonnait, même. Son teint avait retrouvé la blancheur de la neige, sa bouche et le haut de ses pommettes leur très subtile teinte rosée. Depuis quelques jours, elle appréciait de nouveau de passer quelques minutes dans la salle de bain à peigner ses cheveux qui lui avaient semblé plus longs que jamais la première fois qu'elle s'était regardée dans le miroir. Elle avait même demandé à leur mère de lui rapporter un de ces crayons khôl noirs avec lesquels elle avait jadis tant aimé se maquiller, vers ses quinze-seize ans, n'ayant pas le moindre souvenir de ce moment où le maquillage et à peu près toute futilité commune aux adolescentes de son âge lui avaient soudainement paru d'une insignifiance absolue. Sa rémission se déroulait sans heurt. Elle avait reçu les meilleurs soins possible et se sentait bien, même si elle était encore affaiblie par les deux semaines de coma et le mois précédent au cours duquel elle ne s'était alimentée que de conserves et n'avait pas pu faire plus de quelques pas chaque jour. Elle avait perdu beaucoup de poids et de muscle, ce qui nécessiterait encore quelques semaines, voire quelques mois, de rééducation, mais elle avait toujours disposé d'une volonté de fer, et la simple idée de retrouver Aslan était sa meilleure motivation.

– Bien, répondit Rosie la voix légèrement étouffée.

Josh approcha, saisit la main d'Ophelia et y déposa un baiser. Il la trouva sublime, malgré les kilos qu'il lui manquait encore et qui avaient creusé ses joues.

– Eh bien ? Mes parents ne sont pas là et Rosie n'est pas un bébé. Embrasse-moi pour de vrai, lui dit-elle, amusée, en l'entraînant vers elle.

Josh obtempéra, un peu malgré lui. Non pas qu'il n'en ait pas eu envie ou qu'il n'appréciât pas la sensation douce de ses lèvres contre les siennes, mais plutôt que depuis qu'elle s'était réveillée amnésique, il avait l'impression de n'être ni plus ni moins qu'un imposteur, d'abuser de sa confiance et de lui voler une affection qui ne lui était pas destinée.

Une infirmière entra, récupéra le plateau sur la tablette, leur indiqua gentiment qu'il restait un peu plus d'une heure avant sa séance avec le kinésithérapeute, puis repartit. Josh et Rosie se jetèrent un regard et s'assirent tous deux de part et d'autre du lit.

– Qu'est-ce qui se trame ? Vous en faites, une tête ! s'exclama Ophelia. Vous me cachez quelque chose, pas vrai ?

Josh baissa les yeux et Rosie prit à son tour la main de sa sœur, ne sachant pas par où commencer.

– Hey, tout va bien, Rosie, la rassura Ophelia qui n'avait pas la moindre idée de ce qu'ils s'apprêtaient à lui dire. Arrête de t'inquiéter pour moi, j'ai de bonnes nouvelles, si tu veux tout savoir. Ils vont me laisser rentrer à la maison, annonça-t-elle, enjouée. Ils ne l'ont pas encore dit à papa et maman, mais le docteur Stone est passé il y a quelques minutes et elle m'a dit que si je continue à si bien me remettre, je pourrai sortir de l'hôpital d'ici quelques jours.

– C'est génial, répondit Rosie en affichant un sourire forcé tant cette nouvelle ajoutait à l'urgence de la situation.

– Josh ? s'enquit Ophelia. Ça n'a pas l'air de te ravir, constata-t-elle, déçue. Qu'est-ce qu'il y a ? Tu n'as pas envie que je rentre ?

– Mais si, évidemment, que je veux que tu rentres. Simplement, il...

Il jeta un œil à Rosie, qui opina.

– Ophelia, il y a quelque chose qu'on doit te dire, lâcha-t-il, l'air grave.

Saisissant le sérieux de sa voix, Ophelia se redressa dans son lit. Rosie jeta un regard nerveux à la porte de la chambre, inquiète à l'idée qu'on puisse les surprendre.

– C'est bon, Rosie. Elle vient de dire que le médecin est déjà passé et l'infirmière vient de repartir. On a une petite heure devant nous, non ?

– Oui, tu as raison, fit Rosie le cœur battant.

– Qu'est-ce qui se passe ? s'inquiéta Ophelia.

– Ophelia, commença Josh, fébrile, quelle est la dernière chose dont tu te souviennes ? Avant l'accident, je veux dire ?

Ophelia prit une grande inspiration, leva les yeux au ciel et répondit :

– Je me suis posé la question cent fois. Et je n'ai pas de réponse ; tout est flou. Je me souviens d'avoir rangé mon violon dans son étui après en avoir joué. Je revois mes mains qui le tiennent, je me revois refermer le couvercle et le verrouiller. Mais je ne sais pas si c'était le matin ou le soir, si j'étais seule ou pas. Et puis, ça ne colle pas avec le chasseur et la balle perdue dans la forêt. Mais ils disent que je suis tombée et que je me suis cogné la tête, que c'est pour ça que mes souvenirs juste avant l'accident sont un peu confus.

Il y eut un silence et Josh remarqua sans peine que Rosie avait tant la gorge nouée que les révélations qu'ils avaient à faire lui imputaient, à lui. Alors à son tour il inspira, serra la main d'Ophelia dans la sienne et déclara :

– Mon amour, tu n'as pas perdu que quelques souvenirs.

Ophelia les toisa.

– Vous me faites marcher.

Mais elle vit les larmes qui emplissaient déjà les yeux de sa petite sœur et n'eut aucun mal à saisir la gravité de la situation. Se recroquevillant sur elle-même, son cœur fut malmené par de subites palpitations.

– Com... Combien de temps ? demanda-t-elle d'une voix craintive.

Rosie se leva et s'éloigna vers le fauteuil, se sentant tout à coup beaucoup moins hardie que quelques instants plus tôt, dans la Jaguar de Josh.

– Trois ans, répondit Joshua sans détour.

Ophelia porta ses mains à sa bouche, estomaquée.

– Trois ans ?

– Oui.

– C'est impossible.

– J'ai bien peur que si.

– Trois ans, répéta-t-elle dans un gémissement, envahie par la terreur tandis que sa tête se mettait à tourner et ses oreilles à bourdonner. Non... Non... murmura-t-elle en resserrant plus encore ses genoux contre sa poitrine, sidérée.

Rosie l'observait, décomposée. Josh approcha plus encore d'Ophelia et la prit dans ses bras pour la réconforter.

– Je suis désolé, Ophelia.

– Mais... mais... tu... tu veux... dire que... que je n'ai pas... que je n'ai pas seize ans, que... que... que tu... se mit-elle à bredouiller, confuse.

– Tu as dix-neuf ans. Rosie en a dix-sept, et moi vingt-quatre.

– Oh ! mon Dieu ! Oh ! mon Dieu... Oh ! mon Dieu, hoqueta-t-elle, soudain secouée par d'incontrôlables sanglots, tandis que les larmes lui montèrent et que sa vision se brouilla. Trois ans... Trois... Tr...

Ophelia semblait totalement déboussolée. Rosie la vit tourner au livide malgré l'étreinte de Josh, pleurant et bredouillant des mots de plus en plus incompréhensibles, tremblant de plus en plus fort. Horrifiée de la voir ainsi agitée, Rosie sentit ses jambes flancher et se laissa tomber sur le fauteuil – elle regrettait déjà.

– Papa avait raison... souffla-t-elle malgré elle.

Josh se tourna dans sa direction, sentant la panique l'envahir malgré sa nature placide. Et s'ils étaient en train d'ajouter un traumatisme supplémentaire à l'esprit déjà affaibli d'Ophelia ?

– Qu'est-ce que tu veux dire ? interrogea-t-il Rosie à voix basse tout en frottant machinalement le dos d'Ophelia qui semblait totalement perdre pied entre ses bras.

– Papa avait raison... On est en train de lui faire du mal, reconnut-elle, dépassée par la culpabilité.

Avant qu'ils n'aient pu analyser la situation plus en détail, Ophelia le repoussa et le dévisagea de ses yeux rougis avant de lâcher d'un ton acide :

– On n'est plus ensemble. C'est ça que tu essaies de me dire, pas vrai ?

Pris de court et ne sachant pas quoi répondre, il se tourna une fois encore vers Rosie mais constata sans peine qu'elle était totalement dépassée par les évènements.

– Réponds ! gronda Ophelia, qui sentait que la réalité lui échappait et qu'on lui cachait manifestement bien des choses. Tu m'as quittée, c'est ça ? Tu m'as quittée et voilà que depuis que je suis sortie du coma tu joues la comédie, hein ? C'est ça, hein ! s'écria-t-elle de plus belle, à tel point qu'une aide-soignante qui passait dans le couloir l'entendit à travers la porte pourtant fermée.

– NON ! répondit Josh tout aussi fort, secoué par ces accusations qui étaient tout sauf véridiques. Je ne t'ai pas quittée !

Deux infirmières entrèrent et se précipitèrent alors vers Ophelia.

– Hé oh ! du calme, ici, lança la première, remarquant l'air désorienté de sa patiente.

L'autre prit son pouls et s'exclama :

– Mais enfin, que s'est-il passé ?

– Joshua, qu'est-ce que tu me caches ? fit Ophelia, qui respirait de plus en plus rapidement et ne semblait même pas avoir remarqué la présence des deux femmes. Qu'est-ce que j'ai manqué, hein, Josh ? Rosie ? Rosie !

– Elle hyperventile, Sarah. Crise d'angoisse, sans doute.

– Sortez d'ici, jeunes gens ! ordonna sa collègue. Je ne sais pas ce que vous lui avez dit, mais dehors !

Tandis que l'infirmière saisissait Rosie et Josh par le bras pour les diriger vers le couloir, Ophelia, le souffle court et les yeux rivés sur eux, insista :

– Qu'est-ce... Qu'est-ce que j'ai manqué ? Josh, je t'en supplie ! Qu'est-ce que j'ai manqué ? se lamenta-t-elle, submergée par l'angoisse. Qu'est-ce que...

Ce fut à cet instant précis que tout bascula. Au fond de son être, Joshua sentit l'amour le déposséder de toute raison. Faisant fi de ses principes tant il était secoué de voir la femme qu'il aimait comme un fou perdre ainsi tout repère, elle qui lui souriait encore paisiblement quelques minutes plus tôt, il lâcha complètement prise et plongea tête baissée dans ce qui s'apprêtait à ébranler définitivement leurs existences à tous. Se retournant dans l'encadrement de la porte, il laissa l'adrénaline prendre possession de lui, fit demi-tour, et se précipita au chevet d'Ophelia qui le fixait, suppliante. Ignorant les infirmières qui le sommaient toujours de sortir, il saisit délicatement mais fermement le visage d'Ophelia entre ses mains et lui répondit :

– Nos fiançailles. Tu as manqué nos fiançailles. Tout va bien. Je suis là.

# 36

– Comment va-t-elle ? s'inquiéta Caroline, à l'autre bout du fil.

– Elle dort, répondit Josh à voix basse.

– Alors, vous nous rejoignez tout de suite, ordonna Lawrence qui avait saisi le combiné.

Josh raccrocha le téléphone et saisit son manteau sur le fauteuil. La chambre était plongée dans l'obscurité, seules les veilleuses au-dessus du lit éclairaient faiblement le visage apaisé d'Ophelia. Elle avait catégoriquement refusé qu'il ne quitte son chevet. L'équipe médicale avait constaté sans peine que la présence de Joshua se révélait plus opportune et bien plus efficace que n'importe quelle injection. Si le docteur Stone avait jugé d'un très mauvais œil la façon dont son amnésie lui avait été révélée, elle qui avait conseillé dès le départ de ne pas tarder à l'en informer, mais dans de bonnes conditions et sous surveillance psychologique étroite, il avait été manifeste que les bras de Josh étaient de loin ce dont Ophelia avait le plus besoin. Elle s'était réfugiée en lui comme on se laisse envelopper par la chaleur d'un rayon de soleil. Une fois la crise de panique passée, elle n'avait que peu parlé, intégrant malgré elle le fait qu'elle avait perdu trois ans de sa vie et qu'elle ne pourrait probablement jamais les rattraper. Elle en avait eu la nausée et n'avait rien pu avaler de la journée. Cependant, la simple idée que ce qui à ses yeux n'était qu'une première et jeune idylle se soit finalement changé en une véritable histoire d'amour l'avait réconfortée et même... enchantée. Elle lui avait demandé de tout lui raconter, déçue de n'en avoir pas la moindre bribe en tête. Il lui avait donc raconté à la fois sa demande, mais aussi la fête de fiançailles, les fleurs et la selle Hermès, faisant toutefois l'impasse sur la façon dont elle s'était précipitamment terminée. Chacune des phrases qu'il avait prononcées lui avait comme arraché un morceau de son âme, tant il était d'ores et déjà consumé par la culpabilité qui était le prix de cette union. Ophelia, quant à elle, l'avait écouté, émerveillée, lui décrire son rêve de petite fille sans se douter de quoi que ce soit. Puis, timidement, elle s'était inquiétée de savoir si leur mariage tenait toujours en dépit de sa perte de mémoire, et il lui avait répondu sincèrement que, si c'était là son désir à elle, rien au monde ne pourrait jamais étouffer l'amour qu'il lui portait. Ce qui était vrai. S'assoupissant à de multiples reprises contre lui, elle s'était alors plongée dans de doux fantasmes de noces fleuries et avait ainsi retrouvé à la fois son sourire et sa sérénité, baignant dans ce rêve éveillé qui avait supplanté le cauchemar.

Ne souhaitant pas risquer un nouvel élan de panique, Joshua s'était bien gardé de lui faire part de sa grossesse. À vrai dire, il ne savait pas lui-même comment l'envisager ni comment la lui annoncer, et à en juger par les sévères remontrances que les Cavendash lui avaient faites quand ils avaient été mis au courant de l'incident, Lawrence devait avoir une idée plutôt précise de la suite des choses. Josh se repassa le fil de ces dernières semaines en priant pour que tout ça n'ait été qu'une illusion, mais force était de constater qu'il était bel et bien là et qu'il était en quelque sorte pris au piège tant il tenait à Ophelia. Tout, absolument tout ce qui se préparait lui semblait immoral, et pourtant indispensable. Il avait conscience qu'il s'apprêtait à embarquer la femme qu'il aimait dans une imposture qui avait toutes les chances de durer indéfiniment. *Enfin, jusqu'à ce que la mort nous sépare*, pensa-t-il. Tôt ce matin-là, Rosie l'avait accusé de vouloir en faire une « imbécile heureuse ». À en juger par le plan évoqué plus tôt par Lawrence, eh bien... elle n'avait pas tort. Était-ce mal pour autant ? Ne valait-il pas mieux vivre dans l'ignorance que de se laisser torturer par le chagrin ? Josh n'était plus sûr de rien, sauf d'une seule chose : il tenait bien trop à elle pour supporter de la perdre ou ne serait-ce que la voir sombrer dans la tristesse. Il était faible, il en avait conscience. Il l'était bien plus qu'il ne l'avait envisagé, d'ailleurs, lui qui n'aspirait qu'à devenir un homme droit au cœur noble. Pourtant, à cet instant précis, debout près de cette femme qui, sans l'ombre d'un doute, s'était emparée de tout son être à ses dépens voilà des années, il était vulnérable et prêt à tout pour lui offrir le bonheur. Même à lui mentir.

♪

Hannah et Martin quittèrent le living-room en refermant les portes après avoir servi le thé. Personne n'avait osé prononcer le moindre mot tant qu'ils étaient encore là. En cette nuageuse et froide après-midi d'hiver, la très vaste baie vitrée offrait une luminosité des plus appréciables. Il était prévu qu'Ophelia sorte de l'hôpital le lendemain.

– Il y a urgence à ce qu'on accorde nos violons, fit Lawrence, debout près de la fenêtre, en buvant une première gorgée du liquide brûlant.

– Que fait-on s'il revient ? commença Josh sans perdre une seconde.

– Il ne reviendra pas, affirma Law, stoïque, en jetant un œil au-dehors.

– Comment pouvez-vous en être aussi sûr ?

– Parce qu'il ne l'aime pas.

Rosie lui jeta un regard incrédule.

– Vraiment ? insista Josh, sceptique.

– Oui.

– Tu n'en sais rien, siffla Rosie.

Law se tourna vers elle.

– J'en sais plus que tu ne l'imagines, rétorqua-t-il d'une voix sévère sans manquer de lui lancer un regard désapprobateur, ce à quoi elle avait toujours autant de mal à s'habituer. Il n'est plus au Royaume-Uni, ajouta-t-il à l'attention de Josh. Il est reparti aux USA. C'est dire si Ophelia lui importe. Il a fui comme un rat.

– Vous l'avez fait surveiller ? réagit Joshua, abasourdi.

– Je garde un œil dessus. Il ne reviendra pas tourner autour d'Ophelia, j'en fais mon affaire, inutile de vous inquiéter plus de cela.

Josh haussa les sourcils, lâcha un petit rire stupéfait et saisit une tasse avant d'y verser un peu de lait.

– Et pour le bébé, alors ? s'enquit Rosie.

– Nous devons le lui annoncer au plus tôt, répondit Lawrence, contraint. La date du mariage en dépend.

– Comment ça ? demanda Josh.

– Si cette grossesse se poursuit et que le mariage tarde, les bavardages iront bon train. Autant que cela se fasse vite et que vous la convainquiez de le faire en petit comité, ça évitera bon nombre de questions. La réputation d'Ophelia est en jeu. La vôtre aussi, d'ailleurs. En aviez-vous parlé ?

– De quoi, Monsieur ?

– De concevoir.

Josh marqua une pause, pris de court.

– Ahem, oui. Enfin, vaguement.

– Eh bien ?

– Eh bien, nous n'avions pas fait de plans précis à ce propos. Mais dans l'idée il me semble qu'elle a toujours envisagé d'avoir des enfants. Plus tard.

– En somme, vous n'en savez rien.

– Je ne sais pas si elle va bien le prendre, non. Comment le pourrais-je ? Comment pourrais-je savoir ce qu'elle aurait choisi, à seize ans ? Ou même à dix-neuf, s'il reste un peu de celle qu'elle était il y a encore un mois ? Nous n'en étions qu'à annoncer nos fiançailles.

– Elle a le droit de le garder, les interrompit Caroline, qui n'avait pas bougé d'un pouce depuis de longues minutes, hébétée à l'idée d'être bel et bien en train de comploter dans le dos de sa fille chérie.

– En effet, admit Lawrence. Elle pourrait tout aussi bien souhaiter s'en débarrasser.

– Nous devons la soutenir, quelle que soit sa décision, dit Rosie d'un ton implacable.

– Et je dois lui faire croire que c'est le mien. C'est bien de ça qu'on parle, n'est-ce pas ? enchaîna Joshua, qui n'en revenait toujours pas.

– Quoi d'autre, Coventry, hum ? Vous avez une meilleure idée, peut-être ? Non, parce que je suis tout ouïe.

– Non, Monsieur.

– Bien. Alors, prenez donc un peu sur vous. Avec un peu de chance, d'ici quelques semaines vous serez marié à la femme que vous prétendez aimer et dans quelques mois, vous serez père.

Le ton ironique de Lawrence mettait tout le monde mal à l'aise. Pourtant, c'était pour mieux dissimuler le raz-de-marée qui faisait rage en lui, qu'il en usait. Lawrence Cavendash avait beau chercher à garder la face à tout prix, il était rongé par une culpabilité qu'aucune autre personne dans cette pièce n'éprouvait ni ne pouvait imaginer. Il avait échoué à la fois dans son mariage en trompant Caroline, qui, peu importe comment ou quand elle l'avait compris, vivait auprès de lui dans l'ombre de Jane, et en souffrait. Il avait aussi échoué dans son rôle de père, c'était un fait ; il n'était parvenu ni à comprendre, ni à protéger Ophelia, et plus les jours passaient, plus il s'attirait les foudres de la pourtant si douce et innocente Rosie. Il ne se le pardonnerait jamais.

Il y eut un moment de flottement au cours duquel on n'entendit plus que le bruit des cuillers qui tournaient dans les tasses en porcelaine fleurie. Puis Caroline sembla secouée par quelque chose et s'inquiéta tout haut :

– Et si elle garde l'enfant et qu'il naît... foncé ?

Rosie ouvrit des yeux ronds.

– « Foncé » ?

– Eh bien, oui, foncé. Enfin, de couleur, disons.

– J'espère mal te suivre, maman.

Caroline poursuivit :

– Mais ce garçon... il était typé.

– Cherokee, précisa Rosie, acide.

– Chéri quoi ?

– Cherokee, reprit Lawrence. C'est une tribu d'Amérindiens. Dont était originaire le mari de... Le père Kroeger, termina-t-il en évitant le regard de Caroline.

– Vous devriez avoir honte de cette conversation, lança Rosie, révoltée. Non seulement au sujet d'Ophelia, mais maintenant de vos propos, aussi. Tu te rends compte qu'ils sont racistes, au moins ?

– Enfin, mais non, voyons ! Tu ne comprends donc pas, Rosie ? se défendit sa mère. La question n'a rien à voir avec ça, mais elle se pose, tout de même !

La jeune fille afficha une expression aussi pantoise que confuse. Tandis qu'elle s'interrogeait encore, Caroline s'expliqua :

– Tu imagines, un peu, si l'enfant est aussi mat de peau et qu'il naît avec les cheveux aussi noirs ? Comment Ophelia pourra-t-elle croire que c'est bien Josh, le père ?

– Caroline n'a pas tort sur ce point, lui concéda Josh. On ne peut pas le savoir avant la naissance et s'il est le portrait de ce Kroeger... je ne pourrai rien faire pour vous.

– Samuel a les yeux bleus, fit alors remarquer Rosie malgré elle. Plus bleus que les tiens, Josh. C'est elle qui me l'a dit. Ça devrait arranger vos salades, j'imagine.

– Oh ? Vraiment ? Voilà au moins une lueur d'espoir. Enfin, si c'est un enfant métis qu'elle couve, notre problème sera simplement différé, déplora Caroline.

Rosie était sans voix. Elle avait beau adorer sa mère, elle venait de découvrir chez elle un travers qu'elle ne lui connaissait pas et qui la dépassait tant c'était exprimé avec naturel.

– On aura ce qu'il reste de ces neuf mois pour envisager un plan B, dit Lawrence. Dans l'intervalle, espérons qu'elle mette un terme à cette grossesse. Ou, si elle refuse, que le hasard fasse bien les choses et confère à cet enfant la carnation de sa mère.

Il y eut un silence, puis :

– Vous devriez avoir honte, siffla Rosie avec dégoût. J'ai honte. C'est écœurant, commenta-t-elle sans se douter que Joshua pensait précisément la même chose.

– Nous n'avons pas le choix, déclara Lawrence.

– On a toujours le choix, murmura Rosie sans que son père l'entende.

♪

Tard ce soir-là, quand Lawrence referma le dossier sur lequel il travaillait et le posa sur la table de chevet, Caroline souffla :

– Tu as conscience de ce dans quoi on s'embarque, Law ? Tu sais qu'il n'est pas trop tard pour simplement l'accueillir et lui dire la vérité, pas vrai ?

Il retira ses lunettes et les posa près de la lampe sans prononcer le moindre mot.

– Dis-moi que tu n'as pas envoyé ce garçon de l'autre côté de la planète pour couvrir ton infidélité, ajouta Caroline.

Mais Lawrence se contenta d'éteindre la lumière.

# 37

Ophelia, nue sous son kimono en soie ivoire, sortit de la salle de bain après avoir pris une douche chaude. Elle se sentait fatiguée et n'avait pas grand appétit, mais l'attention de Joshua était si touchante que, pour la première fois depuis l'accident, elle avait eu envie de renouer avec sa féminité. Elle s'assit et se mit à peigner longuement ses boucles rousses avant de commencer à se maquiller. La petite robe noire fluide qu'elle avait choisie l'attendait sagement sur un cintre. Il était un peu plus de dix-neuf heures et il faisait nuit depuis la fin d'après-midi, comme toujours à cette saison. Alors qu'elle replaçait ses cheveux de côté – ce qu'elle avait fait étant adolescente bien qu'elle ait arboré une raie centrale ces dernières années — une bourrasque se faufila par la fenêtre qu'elle avait oublié de refermer. Ophelia fut parcourue d'un frisson qui, l'espace d'une fraction de seconde, sembla réveiller en elle une peur aussi glaciale que furtive. Elle se précipita vers la large baie vitrée et la fit coulisser pour la refermer avant de s'en retourner à sa coiffeuse. Interdite, elle se dévisagea elle-même, ayant déjà oublié ce sentiment fugace qui, comme plusieurs fois chaque jour, ne lui laissait qu'une impression éphémère de déjà-vu, ce qui se révélait inconfortable, certes, mais pas autant que ce reflet qui la perturbait au plus haut point. Depuis sa sortie de l'hôpital et plus encore depuis qu'elle s'était installée ici, elle avait développé une véritable addiction aux miroirs. Elle avait le sentiment d'y devenir de plus en plus dépendante, d'ailleurs, s'étudiant sous toutes les coutures à la recherche d'un détail qui, peut-être, raviverait quelque chose, examinant les courbes d'un corps qu'elle se découvrait, la cicatrice ronde et violacée entre sa clavicule et son sein gauche, et, surtout, une expression étrange sur son visage qui, sans qu'elle puisse se l'expliquer, n'était plus tout à fait la sienne.

Elle toucha le verre du bout de son doigt, plongeant son regard dans celui de cette femme face à elle qui lui ressemblait trait pour trait mais qui avait finalement tout d'une inconnue. Qui était-elle, désormais ? Qu'aimait-elle lire ? Écouter ? Qui étaient ses amis ? Quelles étaient ses envies ? Où se sentait-elle le mieux ? Ophelia n'était pas idiote, elle se doutait bien qu'entre ses seize et ses dix-neuf ans, il devait y avoir eu pléthore de changements d'avis, de goûts, de projets – après tout, elle était passée de l'adolescence à l'âge adulte en ce qui pour elle s'apparentait plus ou moins à une simple nuit de sommeil. Leurs fiançailles avaient beau être une étape significative dans cette transition, ce n'était pas suffisant. Si elle n'avait aucune idée de ce qu'elle avait pu faire ou penser ces trois dernières années, elle ne souhaitait pas moins le découvrir, cherchant avec une avidité et une persistance certaines la plus petite bribe de souvenir qui pourrait lui laisser remonter le fil et ouvrir la boîte de Pandore.

On frappa doucement à la porte.

– Ophelia ? Tout va bien ? s'enquit Joshua de l'autre côté.

– Oui, tout va bien, répondit-elle assez fort pour qu'il l'entende.

– Tu es toujours partante pour dîner ?

La simple évocation d'un dîner lui déclencha un bref haut-le-cœur qu'elle mit sur le compte de sa convalescence. Mais elle se languissait de passer cette soirée avec lui et cela la fit sourire instantanément. Depuis son réveil, Ophelia appréciait sa compagnie plus que celle de quiconque, pas même de sa sœur, et elle comptait bien sur cette première soirée en tête à tête pour qu'il l'aide, même juste un peu, à faire la lumière sur ces zones d'ombre.

– Bien sûr. Je descends dans quelques minutes, confirma-t-elle.

Une *Piano Sonata de Beethoven* emplissait la pièce de ses notes à la fois mélancoliques et poétiques. Il avait tamisé les lumières et disposé quelques bougies sur la table.

– Qu'en dis-tu ? Tu n'as pas touché aux œufs, déplora Joshua.

– C'est parfait, je t'assure. Mais les œufs Bénédicte ne me tentent pas, admit Ophelia, un brin écœurée.

– C'est pourtant comme ça que tu les préfères, s'étonna Josh, déçu de ne pas avoir trouvé meilleure idée pour lui ouvrir l'appétit, avant de se souvenir que ses nausées de plus en plus fréquentes étaient sans l'ombre d'un doute dues à sa grossesse et que c'était précisément l'objet de ce dîner.

Il se leva et ramena les assiettes dans la cuisine.

– Je suis désolée, lui dit-elle tandis qu'il s'éloignait.

– Non, non, ce n'est rien, la rassura-t-il avant de revenir, quelques instants plus tard, avec un plateau de carpaccio d'oranges qui lui mit l'eau à bouche à peine l'eut-elle aperçu.

– Ah ! Me voilà rassuré, commenta Josh en la voyant se servir.

– C'est délicieux, commenta-t-elle après quelques bouchées.

– Ahem… Eh bien, ce n'est pas moi qui étais aux fourneaux, avoua-t-il, penaud. Je suis toujours aussi mauvais à cet exercice, c'est Hannah qui a tout préparé cet après-midi, elle a fait le déplacement à ma demande, c'est à elle que revient tout le mérite.

Ophelia saisit la serviette blanche sur ses genoux, essuya ses lèvres et gratifia Josh d'un large sourire.

– Je n'en avais aucune idée. Tu aurais pu me faire croire que tu avais réalisé tout ça toi-même ou que des extraterrestres avaient débarqué sur Terre et pris le contrôle du Parlement que je t'aurais cru, plaisanta-t-elle.

– Ça aurait été stupide de te mentir, s'amusa-t-il avant que sa propre phrase ne résonne à ses oreilles et que la culpabilité ne revienne au galop.

– Merci.

– Merci ? répéta-t-il, troublé et anxieux à la simple idée de devoir lui révéler ce à quoi elle s'attendait sans doute le moins.

– D'avoir pensé à ça, de t'être organisé pour me servir mes plats préférés. La musique, les bougies. C'est vraiment attentionné.

– Oh ! De rien. Ça me fait plaisir de te voir manger un peu. Tu as besoin de reprendre des forces.

À son tour il se servit, en apparence serein alors qu'en lui régnait un chaos absolu tant il ne savait ni à quel moment ni avec quels mots lui avouer la nouvelle. Observant la pièce dont elle n'avait aucun souvenir bien qu'elle l'ait déjà arpentée jadis – une vaste salle à manger qui donnait sur un salon tout aussi spacieux —, Ophelia ignorait tout des pensées confuses de Josh, mais n'en était pas plus apaisée. Mille questions lui venaient en tête à chaque étagère, chaque rideau, chaque meuble ou chaque cadre qu'elle découvrait. Elle ne savait ni par où commencer, ni ce qui importait le plus.

– Comment te sens-tu, Ophelia ? lui demanda-t-il, la sortant d'un tourbillon de questionnements intempestifs.

Elle posa sa fourchette, leva les yeux au plafond dont elle examina les moulures blanches, inspira et répondit honnêtement :

– Larguée. Je ne sais ni où je suis ni où j'en suis. Je ne reconnais rien, se lamenta-t-elle.

– Tu es chez toi. Chez nous. Cette maison, c'est... c'est là qu'on avait prévu de s'installer d'ici quelques mois.

– Je sais. Je sais bien...

– Tu as envie de rentrer chez tes parents, c'est ça ?

– Non. Non, je ne crois pas. Je me sens mieux depuis que je suis ici, affirma-t-elle. Même si je ne sais pas pourquoi et que ça doit briser le cœur de Rosie.

– Ne t'inquiète pas pour elle. Elle comprendra. On tient tous à toi, on sait qu'il va te falloir du temps et des ajustements. Il n'est pas question que vous ne puissiez plus vous voir. Elle est ici chez elle. Tu peux lui dire de venir à n'importe quel moment, tu sais.

– Je sais. Et pourtant je...

Josh la connaissait bien et perçut sans peine le malaise dans sa voix.

– Qu'est-ce qu'il y a ?

– Je n'ai pas envie qu'elle me voie. Pas pour l'instant. Je... je n'ai pas envie qu'elle me voie comme ça.

– Qu'elle te voie comment ? Tu es magnifique.

– Merci. Mais... Je ne veux pas être auprès de ma famille, parce qu'à peine revenue de l'hôpital j'ai eu le sentiment qu'ils me regardaient comme un animal échappé du zoo. Prêts à intervenir au moindre de mes gestes, comme si j'allais me faire du mal ou... je ne sais pas. M'échapper dans la nature à la moindre occasion.

– Ils s'inquiètent.

– Bien sûr, et je ne peux pas le leur reprocher.

– Je m'inquiète aussi.

– Oui, mais tu me laisses respirer. Tu me laisses être seule, tu... tu frappes à la porte et tu n'entres pas dans la foulée.

Il lui sourit.

– Là-bas, je m'épuisais à tenter de coller à des habitudes qui ne sont pas... plus ou... pas encore les miennes. Comme si tout le monde attendait avec impatience que je redevienne celle que j'étais je ne sais quand. Ici, c'est neutre, moins oppressant. Bien moins oppressant, répéta-t-elle en fermant les paupières et penchant un peu la tête en arrière, un air soulagé sur son visage tandis qu'elle se concentrait sur la musique.

Comme il la trouvait belle ! Ses cheveux roux glissèrent dans son dos tandis qu'elle soupirait, détendue. Dans cette robe noire en satin nouée sur ses épaules, on devinait à peine sa blessure et Josh s'attarda sur la farandole de taches de rousseur, qui, s'étendant de ses joues jusqu'à sa poitrine, agrémentaient si délicatement sa peau immaculée. Il ne rêvait que de l'embrasser dans le cou et de s'enfermer à double tour auprès d'elle, au son des *Sonate*, jusqu'à la fin des temps.

– Tu dis qu'on est chez nous, mais je ne sais pas qui a choisi la teinte de ce mur bleu, nota-t-elle en rouvrant les yeux. Ni la photo de nous dans ce cadre, ni la disposition du canapé. C'est un comble, tout de même.

– C'est toi, lui répondit-il, amusé.

– Moi ? Vraiment ? s'étonna-t-elle. Ce bleu roi ?

– Pourquoi ? Cela ne te plaît plus ?

– Si. Non. Je n'en sais rien. C'est tellement... Je ne sais pas. Ça te plaît, à toi ?

– Oui, beaucoup. Mais partant du principe que je suis toujours tombé amoureux de tout ce que tu peux dire ou faire, j'imagine que si tu décidais demain de tout repeindre en jaune et d'accrocher des tentures fluorescentes aux murs, je serais encore capable de trouver ça sublime, donc...

Ophelia laissa échapper un petit rire attendri.

– Raconte-moi comment on a trouvé cette maison.

– On en a visité plusieurs. Tu voulais qu'il y ait de la végétation tout autour et des baies vitrées partout. Tu voulais aussi que ce soit entre Cambridge et Daffodil Meadows, parce que tu ne tenais pas à choisir entre nos études et nos familles. Aucune n'a trouvé grâce à tes yeux, jusqu'à ce que tu découvres celle-ci et que, me semble-t-il, tu aies un coup de cœur absolu pour les environs et l'espace à l'arrière où nous pourrions aménager une écurie.

– Aslan, comprit Ophelia, qui se mit à irradier de bonheur à la simple évocation de son cheval.

– Aslan, confirma Joshua.

– Je crois qu'une chose est sûre : c'est sur son dos que je veux arriver à l'autel pour nos noces, se réjouit-elle.

C'était là. Maintenant. Tout de suite. Ça allait briser l'instant, sans doute la briser elle, aussi. Mais plus il attendrait et plus la tâche serait difficile et la réaction d'Ophelia conséquente. Il but une gorgée de vin, essuya sa bouche à son tour et reposa la serviette blanche sur la table.

– Ophelia, lança-t-il d'une voix tremblante.

– Que se passe-t-il ? enchaîna-t-elle immédiatement, préoccupée, n'ayant pas manqué son changement de ton et ses traits soudain crispés.

Il soupira, confus.

– Tu m'as dit à l'hôpital que tu comptais toujours m'épouser, reprit-elle. Tu as changé d'avis, c'est ça ? Tu n'aimes pas autant celle qui est sortie du coma...

– Non ! Non, ça n'a rien à voir avec ça. Il n'y a rien au monde qui me fasse plus rêver que de passer le reste de ma vie avec toi. Je t'aimais déjà il y a trois ans, rien ne pourra jamais changer ce que j'éprouve pour toi.

– Mais maintenant que j'ai seize ans à nouveau, je suis trop jeune. Tu veux qu'on attende, c'est ça que tu essaies de me dire.

– Non. Du calme, je te promets que notre mariage est toujours d'actualité. Ton accident ne change rien à mes intentions.

– Pourtant tu m'as caché quelque chose, déduisit Ophelia de l'attitude agitée de son fiancé.

– Oui.

– Alors, allons-y. Autant en finir de suite et passer à autre chose.

– Je doute qu'on puisse « passer à autre chose » après ça, souffla Josh qui malgré toute sa bonne volonté, ne voyait toujours pas comment lui révéler la nouvelle.

– Josh, lui murmura-t-elle alors en posant une main sur la sienne, comprenant sans peine que ce qu'il avait à lui dire lui coûtait déjà. Tu m'aimes, n'est-ce pas ?

– Infiniment, confirma-t-il d'un ton suppliant.

– Je t'aime aussi. On va y arriver. Dis-moi, et on surmontera ça ensemble.

Alors, Joshua releva les yeux et plongea dans le vert de ceux d'Ophelia.

– Tu es enceinte. Les médecins l'ont découvert pendant ton coma.

Interdite, elle resta muette pendant de longues secondes. Redoutant sa réaction, Joshua la fixait, le souffle court. Soudain, elle porta une main à sa bouche. Ne pouvant retenir ses larmes, elle esquissa un sourire et balbutia, hésitante :

– Tu... Tu veux dire que... que je... qu'on va avoir un bébé ?

Ne saisissant pas ce qui se tramait en elle, il répondit :

– Seulement si tu veux qu'on le garde.

Elle éclata d'un rire cristallin malgré les sanglots.

– ... si je ? Mais... bien sûr qu'on le garde ! affirma-t-elle, submergée par le bonheur et le sentiment formidable d'enfin avoir à sa disposition une certitude, elle qui en était dépourvue depuis son réveil à l'hôpital.

# Quatrième partie

# 38

Un an après le coup de feu

Assise contre sa tête de lit capitonnée, à l'étage, Ophelia regardait l'aurore pointer lentement derrière les arbres qui entouraient la maison, enveloppée dans une robe de chambre douillette. Il n'y avait pas le moindre bruit, tout était calme, elle se sentait bien. Sur la table de nuit trônait un cadre tout en dorures dans lequel était exposée une des photos de leurs noces. Ophelia, parée d'une robe vestale fluide, dissimulant les courbes naissantes de son ventre. Joshua, ému, lui passant un anneau au doigt, vêtu lui-même d'un smoking crème. Loin des rêveries de mariage en grande pompe qu'elle avait caressées jadis, Ophelia avait très vite compris et consenti à une union des plus intimistes qui éviterait tout bavardage. Ce qui n'avait en rien atténué la beauté de cette journée unique qu'elle chérissait de tout son cœur.

S'il faisait froid au-dehors, à en juger par le givre sur le gazon alentour qu'elle pouvait apercevoir par la baie vitrée, il faisait bon dans cette chambre aussi cosy qu'épurée. Nichée contre son sein nu dormait paisiblement la créature la plus incroyable qu'elle ait jamais rencontrée, diffusant à ses narines une odeur aussi exquise qu'indescriptible, savant mélange de petits pains dorés, de vanille, de lait chaud et d'amour. Cette odeur suave, c'était le nirvana ; elle y était devenue addict dès les premières minutes, alors que le petit corps encore humide était à peine sorti de son ventre et que résonnaient les tout premiers gémissements de la vie. Depuis la naissance, la seule angoisse d'Ophelia avait été qu'un jour elle ne puisse plus s'en imprégner comme elle le faisait à l'instant même, en approchant de cette petite tête où couraient quelques cheveux d'un blond cuivré. Son unique obsession consistait à s'en enivrer. Elle déposa un baiser sur son front, puis un second sur le bout de son minuscule nez, baignée d'un sentiment qu'elle n'avait jamais ne serait-ce qu'osé imaginer. Qui eût cru qu'un nouveau-né puisse dégager un parfum si extraordinaire et changer une vie comme si rien d'autre au monde n'avait plus la moindre importance ?

Il était encore très tôt. Mais elle se moquait éperdument de l'heure et des cernes violacés sous ses yeux. Elle était au seul endroit où elle voulait être, plongée dans un cocon de douceur au cœur de l'hiver. Joshua, en pyjama, frappa doucement à la porte et entra sur la pointe des pieds en tenant un plateau garni de pancakes, confitures, sirop d'érable, thé, café et plus ou moins tout ce dont raffolait Ophelia pour le petit-déjeuner.

– Oh ! merci, souffla-t-elle à voix basse en découvrant l'assiette de saumon fumé tandis qu'il déposait le tout sur l'épaisse couette.

Il vint s'asseoir auprès d'elle, puis lui sourit avant de l'embrasser tendrement et de déposer un baiser sur la main du bébé qui se contenta de soupirer.

La fatigue n'avait aucune emprise sur cette aura qui semblait faire flotter Ophelia sur un petit nuage. Plus femme que jamais depuis que Joshua l'avait découverte maman, elle rayonnait d'un bonheur éblouissant, qui l'avait rendu plus amoureux encore. Il avait beau l'avoir jugée parfaite dès qu'il avait fait sa connaissance, c'est-à-dire des années plus tôt, alors qu'ils n'étaient encore que deux préadolescents, il n'avait jamais trouvé Ophelia aussi sublime que depuis la naissance de la petite.

La culpabilité de Josh s'était estompée bien plus vite qu'il ne l'aurait cru. Lui qui un an auparavant se flagellait intérieurement à chaque fois qu'il couvrait un détail pour mieux épargner Ophelia, il l'avait vue se métamorphoser tout au long de ces neuf mois qui, contre toute attente, avaient contribué prodigieusement à lui rendre le sourire. Elle qui ne savait plus qui elle était à son réveil du coma, elle avait décidé avec une détermination admirable de tout mettre en œuvre pour savourer l'instant présent, inconsciente de ce qu'avaient été les trois années précédentes, mais décidée à ne pas manquer la moindre miette de cette grossesse qu'elle considérait comme un pur miracle. Se concentrer sur cet enfant lui avait permis de ne pas se focaliser sur sa mémoire défaillante ; ce bébé allait venir au monde, peu importait l'état de ses souvenirs. Et à la surprise générale, si l'accident l'avait ramenée à ses seize ans, le fait d'être enceinte avait changé Ophelia en une jeune femme à la fois émerveillée et responsable qui ne tenait plus qu'au bien-être de sa progéniture. Faisant preuve d'une volonté et d'un courage que seul Samuel lui avait connus, elle n'avait pas souhaité s'appesantir sur son sort, choisissant délibérément d'aller de l'avant plutôt que de ressasser la détresse d'avoir perdu une partie de sa vie.

En bref : elle était heureuse. Et ce bonheur irradiant avait petit à petit conduit Joshua à penser que, en fin de compte, la coalition créée avec les Cavendash n'était pas aussi immorale qu'il l'avait jugée au départ. Lawrence avait eu raison : elle ne savait pas la vérité, et c'est précisément cela qui lui permettait de savourer une vie qui s'avérait finalement des plus épanouissantes.

Et puis, il se l'était avoué bien vite – probablement dès les premiers mouvements sous ses mains alors qu'elle grandissait encore sous la peau d'Ophelia —, il était tombé amoureux de cette petite fille et du père qu'elle était en train de faire de lui.

Josh s'était toujours imaginé devenir un jour père de famille. Pas de cette façon-là, certes. Mais s'il avait de multiples aspirations de carrière, quand il voyait loin, dix, vingt, trente ans plus tard, il s'imaginait invariablement avec un ou plusieurs bambins sur ses genoux. Cela avait toujours été une évidence à ses yeux. Il s'était attaché à ce bébé comme s'il avait été le sien dès le départ, caressant le ventre d'Ophelia tous les soirs avant de s'endormir et ne manquant pas la moindre occasion de jouer du piano auprès d'elle, ce qui, d'après la future maman, avait toujours suscité d'émouvantes réactions du fœtus.

Joshua, qui ignorait tout des intentions véritables de Samuel et de la manigance de Law à son égard, avait fini par se dire que, de toute façon, le père biologique de cette enfant avait déjà fui toutes ses responsabilités et n'était sans doute pas le plus à même de prendre soin d'elle. Après tout, il n'avait plus donné signe de vie et à en croire Lawrence, il ne comptait pas revenir des USA. Pour Josh, ce Samuel n'était qu'un fou qui avait purement et simplement abusé de la jeunesse d'Ophelia avant de prendre ses jambes à son cou sitôt l'impardonnable commis. Comment un tel homme aurait-il pu assumer le rôle d'un père ?

Alors, quand Ophelia avait été secouée par les premières contractions, tard un samedi soir, Joshua ne s'était pas inquiété une seconde de savoir quelle serait sa couleur de peau. Il avait pris la route en direction de la clinique comme on s'en va au rendez-vous d'une vie. Ne quittant pas son chevet une seule seconde, Ophelia avait supporté le travail, agrippée à son cou et en serrant sa main dans la sienne toute la nuit durant. Et à l'instant extraordinaire où Maxine était née, un dimanche matin, Josh était devenu son papa.

# 39

Deux ans après le coup de feu

– Et vous avez quel âge ? lui demanda Larry, qui depuis le début de l'entretien s'interrogeait face à son allure pour le moins atypique.

– Est-ce que ça importe vraiment ? murmura Samuel d'un ton sombre sans lever le nez.

Larry jeta un œil sceptique à son associé qui lui fit signe de ne pas s'attarder là-dessus.

– Hum, non, j'imagine que non, reprit-il, dubitatif, en examinant une fois encore ces longs cheveux noirs emmêlés et sa barbe aussi clairsemée que négligée. Mais vous... tu es sûr que ça va, au moins, fils ?

– Venez les gars, on se tire, annonça Joey, contrarié. On n'a rien à faire ici.

Il se leva pour quitter la pièce, suivi des trois autres. John gratifia Larry d'un regard outré et pressant, celui qui disait « ne les laisse pas passer le pas de cette porte, tu vas le regretter toute ta vie », à quoi ce dernier abdiqua et lança :

– Attendez ! Attendez, les jeunes. Revenez donc vous asseoir, qu'on discute un peu de ce qu'on pourrait faire.

♪

La musique allait bon train, il était plus de vingt-trois heures. Il faisait chaud dans ce Country bar de Nashville où tout le monde ou presque se connaissait et était un peu, voire très, saoul. Nicolas et Aron devaient en être à leur troisième ou quatrième bière quand Nick approcha de Sam la sienne à la main, commanda un Coca au barman et s'assit sur l'un des tabourets.

– Allez, vieux, relève la tête. C'est pas grand-chose mais c'est un début, non ? lança-t-il gentiment à Samuel.

– C'est un début, confirma Sam sans pour autant manifester une once d'enthousiasme.

– Bon, il aurait pu être plus tendre avec toi, mais un passage chez le coiffeur et on n'en parle plus.

Sam laissa échapper un petit rire et but quelques gorgées de son soda sans pour autant regarder son ami.

– Qu'est-ce qui te tracasse, Sam ? s'inquiéta Nicolas en ajustant le Fédora noir sur ses cheveux longs. On y est. On a un contrat, ça y est ! Alors, non, ça nous garantit pas grand-chose, mais tous les groupes qui cartonnent ont commencé par là, non ? J'comprends pourquoi t'es pas motivé par la bière, mais j'comprends pas pourquoi t'es pas en train de danser avec les autres pour fêter ça. On tient notre chance.

Enfin, Samuel daigna tourner la tête vers son ami, qui comprit aux larmes qui remplissaient ses yeux, que son attitude détachée n'avait aucun rapport avec la démo qui avait séduit le patron du label.

– Ça fait deux ans aujourd'hui, Nick.

Nicolas le fixa quelques secondes, interdit et soudain bien mal à l'aise.

– Merde.

– C'est rien.

– Je suis désolé.

– C'est rien, je te dis.

– Non, non, c'est pas rien. Pourquoi tu m'as rien dit ce matin ?

Sam soupira.

– J'en sais rien. Parce que l'audition, le soleil qui brillait et le trac mêlé d'excitation qui vous animait, j'imagine. Je ne tenais pas à gâcher ça.

– Je suis désolé, répéta Nicolas.

– Arrête de t'excuser, tu n'y es pour rien. Tu es là, c'est déjà énorme.

Samuel pesait ses mots. Nicolas et lui se connaissaient depuis leurs treize ans, c'était dans le garage de son père que jadis ils s'étaient initiés aux bases du rock. Si Harry, Benjamin et Taylor avaient tous trois quitté la ville et dit adieu à la musique par la même occasion, se destinant à d'autres carrières et aspirant à d'autres horizons que ceux du Tennessee, pour Nick, c'était resté une religion. Et s'il n'avait pas entretenu le contact avec Sam quand, plus ou moins du jour au lendemain, il avait déménagé en Angleterre, il n'avait pas pour autant oublié cet ami qui, depuis toujours, lui avait semblé si talentueux. Alors, quand Samuel était réapparu, deux ans auparavant, anéanti par une histoire sordide qui semblait tout droit sortie d'un roman tant c'était improbable, Nicolas lui avait ouvert la porte de son deux-pièces et l'avait présenté au manager du Starbucks où il travaillait à temps partiel. Nicolas avait non seulement accueilli Sam, mais il lui avait aussi tendu la main, l'invitant à saisir sa guitare à chaque fois qu'il sentait poindre le coup de cafard. Ainsi, Samuel s'était réfugié dans la musique et avait noirci des blocs par dizaines, plus inspiré que jamais par cet amour perdu, par la terrible culpabilité qui le rongeait nuit et jour, et par le manque atroce. Il n'avait pas essayé d'oublier Ophelia, il s'en savait incapable. Et Nick, un garçon simple mais bourré de bienveillance, avait compris ça dès le départ, ne cherchant pas à aller contre ce qui manifestement était de l'ordre du fabuleux tant il n'avait jamais vu personne à ce point transi. C'était un spectacle aussi beau que déchirant. Nicolas n'avait vu que la musique comme remède, et il avait eu raison ; cette profonde mélancolie était de loin le meilleur combustible pour le faire exceller dans son art, et Samuel, quand il ne servait pas de café, avait dès lors plongé corps et âme dans les notes et les mots, composant et écrivant inlassablement, sans voir défiler les heures. Et, c'était un fait, bien que doté d'aptitudes des plus exceptionnelles de nature, ce qu'il avait écrit depuis qu'il était revenu aux USA était prodigieux. D'une sensibilité rare et d'une justesse époustouflante.

Peu après, Nick, qui de base était fou de guitare, lui avait présenté Joey, dont la passion pour la batterie n'avait d'égale que les plaintes récurrentes de ses voisins, et Aron, qui se présentait systématiquement en tant que bassiste avant même de donner son prénom. Les trois garçons, tous amoureux de la musique et rêvant d'en faire un jour leur métier, avaient fait la connaissance de Samuel les yeux écarquillés, voyant en lui non seulement un artiste hors du commun, mais surtout leur ticket gagnant pour la gloire.

– Allez, Sam, relève la tête et viens faire la fête avec nous. Ça te changera les idées.

– Je n'ai vraiment pas le cœur à la fête, Nick.

– Je vois bien. Mais tu ne peux pas te morfondre. Pas ce soir. Pense à Joey et Aron.

– Ça fait deux ans aujourd'hui. Je ne peux penser qu'à elle.

– Je sais.

– J'ai tout foutu en l'air, tu comprends ?

– Tu n'es pas parti de ton plein gré.

– Non, mais il a eu raison de m'envoyer loin et de veiller à ce que je ne cherche pas à la revoir. Elle s'est effondrée sous mes yeux, Nicolas. Par ma faute. Elle s'est pris une balle à ma place, tu te rends compte de ça, pas vrai ?

Nicolas resta silencieux. Il ne pouvait pas vraiment imaginer l'horreur de la scène ni à quel point Sam se sentait coupable d'avoir blessé grièvement la femme qu'il aimait, dans tous les sens du terme.

– Je ne pourrai jamais me le pardonner, continua Samuel. Et je vois bien votre entrain, je vois bien comme vous comptez sur moi pour en faire quelque chose, de ce groupe mais...

– Mais ? Ne me dis pas que tu comptes nous lâcher ? s'inquiéta-t-il.

– J'en sais rien, Nick. Dans le fond, si on en est là c'est grâce à elle. Sans elle je n'aurais jamais rien écrit de ce qui a plu à John et Larry. Je me demande à quoi rime tout ça.

Nicolas lui jeta un regard déconfit. Puis il termina sa bière et reposa la bouteille sur le bar énergiquement, contrarié. Il prit une grande inspiration, se mit bien face à Samuel et lui demanda :

– Elle aurait voulu ça, tu crois ?

– Quoi donc ?

– Te voir plonger dans la tristesse au point d'en oublier de fêter ce qui ressemble plus ou moins à la chance de ta vie.

Samuel esquissa un mince sourire.

– J'imagine que non.

– Tu m'as dit qu'elle voulait te voir réussir là-dedans. Qu'elle n'avait pas cessé de t'encourager à te battre pour y arriver. Qu'elle voulait... te... te suivre sur la route 66 avec ta guitare à l'arrière et des Santiags à ses pieds.

Sam sourit de plus belle en repensant à cette conversation et à la candeur d'Ophelia.

– J'ai dit ça, oui.

– Ça fait deux ans aujourd'hui. C'est peut-être pas une coïncidence que ce soit précisément aujourd'hui qu'on a décroché ce contrat, affirma Nicolas en posant une main amicale sur l'épaule de Samuel.

# 40

## Trois ans après le coup de feu

Il neigeotait. Une douce odeur de pain d'épices emplissait tout le rez-de-chaussée, elles avaient passé une bonne partie de l'après-midi à faire de la pâtisserie ensemble. La voiture se gara devant la maison et Maxine, son petit nez collé à la vitre de la salle à manger, regarda Josh en sortir, remonter le col de son manteau avant de saisir sur la banquette arrière sa sacoche et un gigantesque bouquet de pivoines roses et blanches.

– Papa ! s'écria-t-elle, en se précipitant dans le hall d'entrée tandis qu'Ophelia sortait de la cuisine, un tablier noué autour de sa taille.

– Hello princesse ! s'exclama-t-il tandis que la fillette bondit pour se jeter à son cou alors qu'il était encore sur le perron.

– Tu es rentré tôt, constata Ophelia en souriant, saisissant les fleurs avant d'en respirer le parfum avec délectation. Juste à temps pour déguster les biscuits chauds. Encore cinq minutes et ce sera l'heure du thé.

– C'était calme aujourd'hui. Quand on m'a glissé à l'oreille que les premiers flocons commençaient à tomber, j'ai eu envie de rentrer et pour une fois c'était possible, alors je n'ai pas hésité. D'ailleurs, je ne suis pas de garde ce week-end. Espérons que ça tienne et qu'on ait de quoi faire un bonhomme de neige, demain matin, hein ma puce ? précisa Josh en jetant un œil au jardin sous les piaillements enthousiastes de Maxine qui se mit à s'agiter de bonheur.

Se penchant comme il pouvait au-dessus d'elle, il posa un baiser sur les lèvres d'Ophelia.

– A-mour ! commenta Maxine de sa petite voix tout en portant ses mains à ses joues qui avaient commencé à rougir tant l'air était froid.

♪

Le feu crépitait dans l'âtre. Ophelia était montée prendre un bain et Maxine s'était assoupie sur le divan près de Joshua après avoir ingurgité tous les gingerbread men que son petit estomac eut été capable de contenir. Il la regarda et se sentit privilégié parmi les privilégiés. Du haut de ses deux ans, cette petite fille avait tout changé et n'avait de cesse de l'émerveiller, à chaque nouveau mot qu'elle prononçait, à chaque « pourquoi » et chaque « montre-moi » qu'elle lui destinait. À vrai dire, elle avait illuminé son quotidien, elle lui avait appris la patience, l'abnégation et une forme d'amour dont il n'avait pas soupçonné l'existence avant qu'elle ne se mette à le gratifier de ses premiers rires. Il voulait tout lui donner, tout lui apprendre, tout lui transmettre.

Joshua Coventry avait grandi dans un environnement des plus favorisés et il en avait parfaitement conscience. Il avait toujours considéré les moyens de sa famille comme un atout qui était loin de lui inspirer la moindre vergogne, mais qu'il se faisait un devoir de respecter tout en en faisant un usage judicieux. Adolescent déjà, saisissant sans difficulté combien il avait de la chance de pouvoir aspirer à de hautes études, il avait eu à cœur de mettre à profit ses capacités intellectuelles pour, le moment venu et à force de travail, en faire bénéficier d'autres. C'est ainsi qu'il s'était un jour éveillé avec la certitude absolue qu'il voulait devenir chirurgien cardiaque, pour pouvoir plus tard partir en mission humanitaire et venir en aide à des populations défavorisées. De la même manière, Josh avait toujours eu à cœur de partager la moindre bribe de ses connaissances avec ses frères cadets, les accompagnant dans les bois pour leur nommer les arbres, les fleurs et les oiseaux, puisque leur défunt grand-père, amoureux de la nature, n'avait pas eu le temps de faire avec eux comme il avait fait avec lui. Dès son plus jeune âge, Josh s'était impliqué dans toutes sortes de projets qui avaient eu du sens à ses yeux, prenant en charge la rédaction du journal de son lycée, organisant des soirées de bienfaisance avec l'aide de sa mère au bénéfice des enfants orphelins du Kent, allant même jusqu'à apporter sa tirelire à ses parents pour envoyer son argent de poche à une association de protection des baleines, alors qu'il n'avait que cinq ou six ans. Oui, au-delà de son visage tendre, de son physique athlétique et de ses boucles blondes, Joshua Coventry avait été une âme pure dès sa naissance, et il le portait sur son front, ce qui avait toujours fait la fierté de Richard et Linda.

Mais Maxine fronça les sourcils dans son sommeil, et Josh se rappela soudain que Richard et Linda n'avaient aucune idée de ce qu'il avait fait croire à celle qui était devenue sa femme. Il n'avait pas menti qu'à Ophelia, il avait menti à tout le monde. À sa famille entière, à ses petits frères, à ses camarades, à ses professeurs, aux amis de ses parents. Il s'était même menti à lui-même, à vrai dire, allant jusqu'à ignorer les cils noir de jais et la forme très en amande des yeux de cette enfant qui, si elle n'avait pas le teint mat, disposait d'un somptueux regard bleu, certes, mais pas le sien.

Joshua fut alors parcouru de ce sentiment affreux qui ne faisait que rarement surface, qu'il évitait et redoutait plus que tout, tant cela secouait son cœur d'adrénaline et son esprit de culpabilité. Ce froncement, qui avait marqué le visage de Samuel Kroeger à chaque fois qu'il l'avait croisé en voiture aux alentours de Daffodil Meadows, ce froncement, c'était la personnification des trompettes de l'apocalypse, et ça lui glaçait le sang.

♪

– Les gens qui agissent mal ne sont pas tous foncièrement mauvais, répondit Ophelia en terminant son verre de vin avant de saisir la dernière framboise dans la coupelle.

– Tu le penses vraiment ? s'enquit Josh, qui lui avait posé la question comme on se confesse à un prêtre tout en sachant qu'on a déjà commis l'impardonnable.

Elle se leva, saisit le plateau qu'ils avaient posé sur leur lit et alla le déposer sur la desserte avant de revenir s'asseoir près de lui, remonter la couette sur ses jambes et dégager ses cheveux de sa nuque, pensive.

– Tu ne crois pas ?

Il déglutit, mais elle n'en vit rien, trop occupée qu'elle était à réajuster la bretelle de sa nuisette en satin noir. En lui, tout devint trouble et il se sentit soudain si fébrile que quelques gouttes de sueur se mirent à perler sur son front. *« On a toujours le choix »*, avait jadis soufflé Rosie le jour où, plus ou moins de concert, ils avaient scellé leur plan. L'avait-il vraiment eu, le choix ? N'était-ce pas trop tard, désormais ? Que se passerait-il si tout à coup il lui avouait tout ? Comment réagirait Ophelia si soudain elle apprenait que toutes les personnes en qui elle avait confiance avaient monté un véritable complot sans qu'elle en ait la moindre idée, qu'il l'avait épousée tout en sachant qu'elle en aimait un autre, et que cet autre était aussi le père de Maxine ? Non, non, il ne pouvait lui infliger ça. Autant vivre indéfiniment avec ça sur la conscience. Le simple fait d'imaginer le visage d'Ophelia, si elle découvrait le pot aux roses, lui donna la nausée.

Ophelia n'avait pas la moindre idée de ce qui se tramait dans l'esprit de Josh, et contrairement à lui, elle se sentait aussi sereine qu'heureuse. Maxine dormait paisiblement, le week-end se profilait bien. Les flocons au-dehors s'étaient faits plus gros et plus nombreux, ce qui était de bien bon augure pour le lendemain matin. Ils avaient dîné aux chandelles, il lui avait parlé de ces missions humanitaires qui le tentaient toujours autant, elle lui avait dit à quel point elle était fière de ce projet et le soutenait en ce sens, puis ils étaient montés regarder un film dans leur chambre, les framboises en guise de dessert. Il ne s'en était pas rendu compte, mais tandis qu'il tergiversait, le dos collé à la tête de lit et le regard grave, elle l'observait, bien décidée à lui faire l'amour pour conclure cette douce soirée.

– Tu es beau quand tu es à demi nu et à ce point concentré, s'amusa-t-elle après quelques instants. Sur des questions philosophiques, de surcroît. C'est très séduisant, le taquina-t-elle.

Il tourna la tête vers elle, surpris. Elle lui lançait ce regard amoureux qu'il ne méritait pas le moins du monde.

– Je t'aime, lui asséna-t-elle comme le coup de grâce, avant de venir se blottir contre lui et de se mettre à caresser son torse du bout des doigts.

# 41

## Quatre ans après le coup de feu

Ce bruit sourd, lointain et unique secouait le cœur de Sam de fortes décharges d'une adrénaline des plus addictives alors qu'il vérifiait une dernière fois son maquillage dans le miroir. Chicago avait beau n'être que la quatrième date de la tournée, il aurait tout donné pour vivre cela chaque soir jusqu'à la fin des temps. La sensation était grisante, il ne voulait pas s'y habituer, préférant la savourer comme un renouveau total à chaque concert. Il était comme hors de son propre corps, propulsé par une énergie qui transcendait tout son être. Les derniers réglages son au point, sa Fender noire et blanche contre lui, il se mit en marche.

Tandis qu'il arpentait les couloirs le regard et le pas déterminés, ses trois amis derrière lui, comme les fois précédentes il pensa à Ophelia. Ophelia qui l'avait révélé à lui-même, Ophelia qui lui avait donné l'inspiration, Ophelia qui était sa seule raison de vivre, Ophelia qui lui avait dit quelle voie suivre. Le stress et la hâte mêlés de trac, toute cette énergie qu'il contenait des heures durant pour mieux la laisser exploser une fois sur scène, l'assurance qu'une fois face au public, emporté par la musique, il pourrait ouvrir les vannes et transmettre à la fois tout l'amour qu'il avait porté à cette femme et toute la douleur que suscitait son absence... voilà tout ce que cet instant représentait.

Arrivé au bout, il grimpa les quelques marches et rejoignit son micro dans le noir total. Nicolas prit place près de lui, son chapeau noir vissé sur ses cheveux ondulés en bataille et sa guitare à la main,

Joey à la basse un peu derrière. Aron s'installa à la batterie. Tous les quatre avaient le souffle court. Tout était allé si vite qu'ils avaient encore du mal à apprivoiser cette sensation surréaliste – l'effervescence de plusieurs heures, à laquelle succédait soudain un flottement de tension irrésistible tandis qu'ils étaient sur la scène sans que personne parmi les milliers de fans devant eux s'en doute. C'était aussi fou qu'extraordinaire. Ils en avaient tous rêvé, des années durant. Et Samuel, en revenant au pays, avait propulsé leurs fantasmes dans la réalité à travers ses textes d'une profondeur unique et sa sensibilité musicale exceptionnelle. En l'espace de deux années seulement, ils étaient passés des bars et radios locales de Nashville aux premières parties de petits puis de grands groupes, de Soundgarden aux Red Hot Chilli Peppers en passant par les Foo Fighters. Le succès de Philæ-O avait été fulgurant, et le visage peinturluré de leur chanteur, au-delà de sa voix grave et d'une justesse ensorcelante, avait fasciné dès les premiers passages à la télévision et la couverture de Rolling Stone, qu'ils avaient décrochée sans jamais l'avoir espérée, ébahis. Aucun d'entre eux n'avait plus de vingt-cinq ans. Ils avaient fait la fortune du petit label chez qui ils avaient signé au départ, décidés à ne pas manifester d'ingratitude envers John et Larry, ces deux cinquantenaires passionnés qui leur avaient offert leur chance sans se douter une seconde de l'ampleur que tout cela prendrait.

Debout au centre de la scène, Samuel joua les premières notes. Les lumières s'allumèrent une seconde, et le public, reconnaissant sans peine le morceau et son allure si singulière, se mit à hurler, faisant grimper d'un cran sa hâte de plonger dans ces deux heures hors du temps. Puis Aron fit résonner la batterie – deuxième série de lumières et quelques flammèches à l'arrière. À son tour, Joey fit quelques accords à la basse – troisième série de lumières et de plus hautes flammes. Enfin, ce fut le tour de Nicolas et toutes les lumières balayèrent la scène puis la salle tandis que des coups de canon et de très hautes flammes sonnèrent le début d'un concert qui s'annonçait aussi génial que les précédents.

♪

– Sacré concert une fois encore, fit une voix douce un peu plus loin. Félicitations.

Sam, assis sur le goudron, était adossé au mur extérieur de la salle alors que tout le monde au-dedans, Joey, Aron et Nicolas y compris, fêtait la réussite du spectacle à grand renfort de bière, tandis que les techniciens commençaient à tout replier. Il tourna la tête et découvrit dans la pénombre la silhouette d'une femme. Il était près de minuit.

– Merci. On se connaît ?

– Non. Enfin, pas vraiment. Je bosse avec les ingénieurs son. Mon père est responsable de l'équipe. Frank.

– Oh ! oui, je vois. Je suis désolé, on est toujours entouré de beaucoup de monde.

– Pas de souci. Ashley, se présenta-t-elle en approchant et lui tendant la main.

Il la lui serra.

– Philæ, répondit-il.

– Oui, je sais, s'amusa-t-elle. Enchantée, dit-elle en s'asseyant près de lui. Ça t'embête si je... lui demanda-t-elle en sortant une cigarette.

– Non. Non, bien sûr, vas-y.

– Tu en veux une ? lui proposa-t-elle en sortant un briquet de sa poche.

– C'est gentil, mais non.

Elle devait avoir plus ou moins le même âge que lui. Blonde platine, une coupe garçonne, beaucoup de khôl autour des yeux, une paire de Converse montantes, un mini-short en jean et un tee-shirt des Ramones.

– Pas d'alcool, pas de cigarette. Tu es décidément bien différent des artistes que j'ai connus jusqu'à présent. Surtout si je m'en tiens aux plumes et aux peintures noires et blanches, se moqua-t-elle gentiment. Les cheveux sont vrais ?

Il laissa échapper un petit rire.

– Les cheveux sont vrais, oui.

– Pas de cam' non plus ? enchaîna-t-elle.

Il lui jeta un regard sérieux.

– Oh ! je vois, comprit-elle. Clean comme la neige, on dirait. C'est assez surprenant pour quelqu'un qui a percé si vite et si bien dans le show-business. D'habitude, ça implique un bon panel de carburant.

– Les occasions n'ont pas manqué, mais jusque-là ça ne m'a pas tenté.

– Seulement addict à la musique, alors, commenta-t-elle en jetant un coup d'œil à la guitare acoustique entre ses mains.

– Ça, oui.

– Tu joues tout le temps ?

– À chaque fois que...

*Qu'elle me manque*, pensa-t-il après s'être interrompu.

Mais Ashley se moquait bien de savoir la fin de sa phrase. Elle était, comme beaucoup, fascinée par cet homme au total look noir, à la très longue chevelure corbeau parsemée de plumes, et qui, s'il était rasé de près, avait arboré dès ses premières apparitions publiques un style inspiré d'une œuvre de Kirby Sattler. Son visage, couvert de maquillage blanc, agrémenté de deux larges lignes noires qui partaient de la racine de ses cheveux jusqu'à sa mandibule et couvraient également ses paupières, le rendait totalement méconnaissable. Si les raisons qui avaient poussé Samuel Kroeger à choisir un pseudonyme et camoufler ses traits au public étaient des plus personnelles, cela avait énormément contribué à leur popularité.

Attirée comme un aimant par ce personnage énigmatique, Ashley écrasa sa cigarette, puis posa sa main sur celle de Sam, qui tenait encore le manche de sa guitare, et la repoussa doucement jusqu'à ce qu'il pose l'instrument sur le sol. Après quoi, elle fit glisser son doigt du haut du front jusqu'au menton de Sam, en prenant soin de s'attarder sur ses lèvres, démaquillant en partie sa peau. Puis, sans crier gare, elle vint plaquer sa bouche sur la sienne. Surpris mais troublé, il se laissa aller à l'embrasser pendant quelques secondes, enivré par cette sensation charnelle qu'il avait jusque-là tâché d'oublier, pour ne pas souffrir plus encore. C'était la première fois en quatre ans qu'il laissait une femme l'approcher. Mais au moment où elle porta sa main à ses joues pour lui voler un autre baiser, il saisit fermement le poignet d'Ashley et la repoussa.

– Je ne peux pas, lui souffla-t-il, déjà dévoré par les regrets.
– Bien sûr que tu peux, rétorqua la jeune femme qui n'avait pas la plus petite idée de ce qui s'était soudain éveillé en lui.
– Non, je ne peux pas, répéta-t-il en saisissant sa guitare avant de se relever.
– Pourquoi ? l'interrogea-t-elle, contrariée.
– Parce que je suis marié, répondit-il avant de tourner les talons.

# 42

Cinq ans après le coup de feu

*Maxine*
*The wind took you so far away*
Le vent t'a emportée si loin d'ici

*You were too young, but so was I, you know*
Tu étais bien trop jeune, mais je l'étais aussi, tu sais

*Maxine*
*What about those memories we will never make?*
Qu'en est-il de ces souvenirs que nous ne créerons jamais ?

*What about my pain, for heaven's sake?*
Qu'en est-il de ma peine, pour l'amour du ciel ?

*Maxine*
*Oh, all these years without you*
Oh, toutes ces années sans toi

*Oh, Maxine, I miss you*
Oh, Maxine, tu me manques

*« April showers bring May flowers »*
Après la pluie vient le beau temps

*Yeah, that's what they say*
Oui, voilà ce qu'ils disent

*But my sky is still dark*
Mais mon ciel est toujours sombre

*No flowers on the way*
Pas de fleurs à l'horizon

*Maxine*
*The wind took you so far away*
Le vent t'a emportée si loin d'ici

*You were too young, but so was I, you know*
Tu étais bien trop jeune, mais je l'étais aussi, tu sais

*Maxine*
*What about this girl you'll never meet?*
Qu'en est-il de cette fille que tu ne rencontreras jamais ?

*What about this love you'll never seek?*
Qu'en est-il de cet amour, auquel tu ne pourras jamais aspirer ?

*« April showers bring May flowers »*
Après la pluie vient le beau temps

*Yeah, that's what they say*
Oui, voilà ce qu'ils disent

*But my sky is still black*
Mais mon ciel est toujours sombre

*No flowers on the way*
Pas de fleurs à l'horizon

*Maxine,*
*Tomorrow will never be May*
Le beau temps ne viendra jamais demain

*Your absence is on me*
Tu es absente par ma faute

*What's left is this wind*

Ce qui reste, c'est ce vent

*This wind that took you away*
Ce vent qui t'a emportée

*Maxine,*
*I cherish the clouds and torments*
Je chéris les nuages et les tourments

*They haunt me, it's true*
Ils me hantent, c'est vrai

*But once the pain is down on paper*
Mais une fois que la peine est couchée sur le papier

*They remind me, it's true*
Ils me rappellent, c'est vrai

*The lovely sound of your laughter*
Le doux son de tes rires

Rosie, pétrifiée face à l'écran de télévision, la main crispée sur la télécommande, était secouée par un violent élan de panique. Son cœur battait fort et vite, elle avait chaud et ses oreilles bourdonnaient. C'était la deuxième fois que ce prénom résonnait ainsi à ses oreilles. La dernière en date ayant été le jour où elle avait rendu visite à sa sœur à la clinique après la naissance de sa nièce, et qu'Ophelia, fatiguée mais les bras chargés de bonheur, lui avait appris elle-même quel était le prénom de son bébé. Tout comme ce matin-là, son sang n'avait fait qu'un tour. Parce que, tout comme ce matin-là, elle venait de comprendre une vérité qui risquait de tout ravager sur son passage.

Rosie était la seule à savoir, depuis plus de quatre ans, que quelque chose au tréfonds de la mémoire de sa sœur avait subsisté ; bien qu'Ophelia elle-même en semblât parfaitement inconsciente, ayant raconté à tout le monde, Joshua le premier, que dès le premier regard, c'était « Maxine » qui s'était imposé comme une évidence.

Rosie était la seule à qui Ophelia avait jadis, au beau milieu de la nuit, raconté l'histoire de Samuel Kroeger et du drame qui avait bouleversé son adolescence – Jane ayant délibérément choisi de ne pas le faire auprès de Lawrence malgré leurs retrouvailles en catimini. Rosie était la seule à redouter le moment où, peut-être, son aînée ouvrirait de nouveau les yeux sur ces trois années qu'on lui avait volées.

Rosie était la seule à porter ça sur ses épaules.

Philæ-O.

Voilà quelques années déjà que ce groupe de rock américain cartonnait, raflant prix sur prix et faisant les couvertures des plus grands magazines bien qu'ils n'aient jamais accordé d'interview télévisée, manifestement très discrets. Rosie n'avait jamais tellement prêté attention à leur carrière, peu sensible à ce style musical, mais, comme tous les jeunes de son âge, elle avait déjà remarqué leur chanteur, qui arborait une sorte de coiffe et de maquillage dans l'esprit amérindien. Cependant, ce matin-là, seule dans le living-room de ses parents, l'évidence s'afficha devant elle de façon frappante et affreusement déstabilisante. Les yeux en amande. Les cheveux raides et noirs qui lui tombaient jusqu'au torse. Les plumes.

*« C'était le dernier single de Philæ-O ! »* fit la voix off du programme musical avant d'enchaîner sur le dernier tube des Spice Girls.

Philæ-O.

Ophelia.

– Du calme, ma fille, fit Lawrence d'un ton posé.

Rosie sursauta et se tourna vers son père, qui venait d'entrer dans la pièce et refermait déjà la porte derrière lui. Le souffle court, les larmes au bord des yeux, elle le regarda d'un air suppliant et il approcha d'elle avant de la prendre dans ses bras et de la serrer contre lui.

– Papa... gémit-elle tandis que les sanglots s'emparaient d'elle comme d'une enfant, malgré ses vingt-deux ans.

– Tout va bien, Rosie, tout va bien.

Elle leva le menton vers lui et vit sur son visage qu'il n'était en rien surpris. Il avait même l'air particulièrement serein.

– Papa ?

Sans lui répondre, il ramena la mèche rousse de Rosie derrière son oreille.

– Papa, tu savais ?

– Je vous avais promis de garder un œil sur lui.

Elle déglutit, comprenant sans peine que son père craignait manifestement ce Kroeger bien plus qu'elle ne l'avait imaginé, même après tout ce temps. Après tout, cela faisait des années qu'elle aussi lui vouait une haine secrète, convaincue que cet homme avait abusé de l'affection et de la jeunesse de sa sœur, cherchant à en faire sa prisonnière pour finalement se dérober à la première occasion. Cela faisait cinq ans qu'elle se répétait à quel point Ophelia avait eu tort de le choisir au détriment de Joshua, alors que, ça ne faisait aucun doute, Josh avait bien plus d'égards pour elle que ce Samuel n'en aurait jamais.

Pourtant... songea Rosie, pourtant quelque chose ne collait pas. Toujours blottie dans les bras de son père, qui avait retrouvé et gardé son calme d'antan sitôt Ophelia mariée, elle se repassa en boucle le peu qu'elle connaissait de ce groupe et de ce chanteur, puis souffla :

– Mais, papa...

– Quoi ma puce ?

– Le nom de ce... son groupe... c'est... c'est une anagramme, papa.

– Ça ne veut rien dire. C'est un artiste. Il puise dans son passé pour amuser la galerie comme un clown puise dans les vieux films muets.

Peu convaincue, Rosie reprit le fil de ses pensées :

– Oui, mais... commença-t-elle avant de s'interrompre, soudain saisie d'un doute.

Son père était-il vraiment convaincu de ce qu'il venait d'invoquer comme explication ? Ou bien savait-il quelque chose qu'il n'avait pas jugé utile de partager avec les autres ? Elle crevait d'envie de lui demander s'il avait entendu le titre de la chanson qui venait de passer mais se ravisa, tout à coup affolée par l'idée que, peut-être, ce

Samuel n'ait pas été le malappris qu'on lui avait toujours dépeint. Et si Ophelia avait eu raison, en fin de compte ? Et s'il l'avait vraiment aimée, au point de lui dédier sa carrière ? Et si le nom de ce groupe était un appel désespéré pour la ramener à lui ?

– Mais quoi, Rosie ? s'enquit Lawrence après un instant.

– J'ai peur, papa.

– Je sais, ma puce. Mais je te l'ai dit : je garde un œil sur lui. Ophelia ne l'a pas reconnu, et elle n'a aucune raison de le reconnaître. Je ne le laisserai pas revenir bousculer l'équilibre et le bonheur de cette famille. Sois tranquille.

♪

Au même moment ce samedi-là, Ophelia chargeait les dernières affaires dans la voiture avant d'aller rejoindre ses parents et sa sœur, le temps que Joshua rentre de voyage. Martin était passé une heure plus tôt charger Aslan dans son van de transport et était déjà en route pour le Kent. C'était le mois d'avril, il faisait beau et frais, les fleurs commençaient à éclore tout autour, les magnolias s'étaient garnis de leur éphémère robe blanche et rose, et en l'absence de Josh, qui était parti en mission humanitaire en Afrique quelques jours auparavant, elle ressentait le besoin de retrouver Daffodil Meadows et sa famille jusqu'à son retour, prévu un mois plus tard. Elle savait combien ce projet lui tenait à cœur.

Maxine, ses longs cheveux cuivrés voletant au gré de ses bonds, jouait avec sa *nanny* un peu plus loin, dans le jardin. Cette météo clémente et la douceur des rayons du soleil annonçaient de belles balades à cheval en perspective, et Ophelia se réjouissait déjà de passer un peu de temps dans la maison qui l'avait vue grandir. Tandis qu'elle refermait le coffre après y avoir glissé la valisette de sa fille, une voiture de police, sirènes et gyrophare éteints, passa le virage et entra dans la cour avant de se garer près de celle d'Ophelia. Deux officiers en sortirent, le regard grave.

– Messieurs ? s'enquit-elle en les voyant approcher. En quoi puis-je vous aider ?

– Bonjour, Madame.
– Bonjour.
– Vous êtes madame Coventry ? Ophelia Coventry, n'est-ce pas ?
Elle leur jeta un regard inquiet et croisa les bras sous sa poitrine, les sourcils froncés.
– Oui. Que se passe-t-il ?
– C'est votre fille, là-bas ? fit l'un des deux.
– Oui. Que se passe-t-il ? répéta Ophelia d'un ton plus insistant.
– Pouvons-nous vous parler en privé, Madame ? reprit le premier.
– Eh bien, je suis sur le départ. Et il n'y a personne. Voulez-vous bien me dire ce qui se passe, Messieurs ? s'impatienta-t-elle.
Les deux hommes se regardèrent l'un l'autre, puis répondirent :
– Il y a eu un accident, Madame.
– Je ne comprends pas. De qui s'agit-il ? demanda-t-elle.
– De votre époux, Madame. Le... l'hélicoptère dans lequel il voyageait entre l'aéroport et le camp de réfugiés où il était attendu s'est crashé.

# 43

Six ans après le coup de feu

Samuel entra dans la suite un trophée pyramidal à la main. Il le posa sur la desserte tout en retirant sa coiffe à plumes et son blazer noir, sans prendre la peine de toucher à l'interrupteur. Il était tard, la cérémonie des AMAs s'était conclue quelques heures plus tôt et une soirée très arrosée battait son plein depuis. Aussi peu à l'aise avec les mondanités qu'avec l'alcool qui coulait à flots, il avait, comme à son habitude, préféré quitter les lieux, laissant à ses trois compères le soin de savourer la gloire, la fierté et l'ivresse qui accompagnaient les pas moins de quatre prix qu'ils avaient remportés – sans compter les nominations. Malgré l'insistance de leur maison de disques, Sam avait une fois encore esquivé les nombreuses demandes d'interview, préférant laisser à ses amis le soin de se faire leur voix quand lui préférait prêter la sienne uniquement à la scène et aux studios d'enregistrement. Cela dit, il avait bien remarqué à quel point ce mutisme tendait de plus en plus ses relations avec les équipes chargées de leur communication. Si sa réticence à s'exprimer en public était directement liée à son deal d'antan avec un certain Lawrence Cavendash, son attitude en apparence désinvolte agaçait de plus en plus. Mais, n'en déplaise aux requins du milieu qui lui tournaient autour et voyaient en lui la poule aux œufs d'or, Sam se moquait du business et ne vivait que pour la musique. Enfin, pour la musique, et pour Ophelia.

Ophelia qui n'avait jamais quitté ses pensées.

Ophelia qui inspirait toujours la majorité de ses textes.

Ophelia de qui il n'avait pas eu de nouvelles depuis le coup de feu. Six ans. Cela faisait plus de six ans déjà qu'elle s'était effondrée à ses pieds, nue dans ce cardigan aussi pâle que sa peau, son sang ne faisant plus qu'un avec la moquette pourpre de cet endroit où il l'avait entraînée malgré elle, où ils s'étaient aimés à l'abri des regards. Depuis six ans, Samuel plongeait dans ses souvenirs pour écrire chaque bribe de ces moments passés avec elle, et les rendre éternels en noircissant carnet sur carnet avant de tout mettre en musique et de ravir des millions de fans qui n'avaient pas la moindre idée de tout ça. Car aussi secret qu'il fût, Samuel Kroeger était connu du monde entier comme « Philæ », leader du groupe Philæ-O. Mais personne parmi les foules qui se précipitaient à leurs concerts ne se doutait qu'il s'agissait là du prénom de la seule femme qu'il ait jamais aimée. Personne ne savait non plus que cela lui avait semblé être le pseudonyme idéal, Philæ étant cette île égyptienne engloutie environ trente ans plus tôt suite à la construction des barrages d'Assouan. L'allégorie était parfaite ; Samuel avait été englouti par les eaux tumultueuses de ses erreurs et, s'il existait encore, il ne parvenait pas à refaire surface.

Oui, Samuel Kroeger était malheureux. Perpétuellement aspiré par le trou noir qui avait remplacé son cœur tant elle lui manquait, submergé par la culpabilité qui ne faiblissait pas malgré les années. Le succès n'avait en rien allégé sa peine, même si les concerts lui offraient quelques instants de répit durant lesquels l'adrénaline remplaçait sa mélancolie.

Assis sur le sol, le dos contre le pied du lit, il caressa la moquette épaisse du bout des doigts et se sentit flancher tant les flashbacks de ses dernières secondes auprès d'Ophelia l'obsédaient. La pièce n'était éclairée que par les lumières de la ville au-dehors, mais il distinguait sans peine le minibar face à lui et, pour la première fois depuis l'incendie, Sam eut envie de se servir un verre. Poussé par sa peine, il l'ouvrit, saisit une petite bouteille de *Whiskey* et la but cul sec en faisant la grimace avant de tendre la main pour en saisir une seconde, malgré le sentiment de honte et de dégoût qui s'était déjà emparé de lui.

*Tu ne vaux pas mieux que ton père*, se dit-il, bien décidé à se saouler pour la première fois de sa vie, ne supportant plus la douleur qui coulait dans ses veines comme un poison acide. Mais à l'instant où il approcha la deuxième dose de ses lèvres, il fut secoué par un tel haut-le-cœur qu'il la lâcha. Le manque était atroce, mais la saveur infecte de l'alcool n'apaisait en rien sa détresse. Il se précipita à la salle de bain et vomit instantanément ce qu'il venait d'avaler. Appuyé sur les bords du lavabo, il se répéta combien il aurait voulu mourir. C'était là le seul moyen de mettre un terme à cette torture. Il rinça sa bouche et passa de l'eau sur son visage tout en se demandant comment il pouvait encore respirer alors qu'elle n'était plus auprès de lui.

Oui mais voilà, elle lui avait fait jurer.

Sa voix résonnait encore dans sa mémoire.

*Promets-moi que tu n'envisageras pas, jamais plus, de te tuer.*

Alors Sam se redressa et alla poser son front humide peint de blanc et noir contre la baie vitrée de sa suite. Il poussa un cri de désespoir en frappant la fenêtre du poing.

Il avait, une seule et unique fois, bravé les interdits établis par le père d'Ophelia. Un peu plus de cinq ans plus tôt, rongé par l'angoisse, il avait passé un coup de fil à Gary, son ancien patron, depuis une cabine téléphonique. Samuel avait vite compris, au ton qu'avait employé Mr. Davies, que Lawrence avait l'œil et les oreilles à l'affût sur plus ou moins toutes les personnes qu'il avait pu fréquenter. Sam avait insisté, et Gary lui avait simplement confirmé que oui, elle était en vie, avant de raccrocher. Depuis, Sam avait essayé, tant bien que mal, de se contenter de cela. Mais ce soir, malgré les quatre Awards et la passion du public, il avait besoin de plus.

Jetant un regard à cette bouteille au sol qui le répugnait, il saisit son téléphone et appela Andy, son assistant et garde du corps, en qui il avait toute confiance. Il ne pouvait pas supporter cela plus longtemps. Il avait besoin de savoir si elle était heureuse, au moins. Rien ne lui importait plus que cela.

♪

Dix jours plus tard, Andy frappa à la porte de sa maison de Los Angeles pour lui apporter l'épaisse enveloppe en main propre. Samuel la saisit, le remercia d'un signe de tête, et se dirigea vers la terrasse, le cœur battant. Le détective privé n'avait pas traîné à mener son enquête, et, Andy le lui avait confirmé, les informations qu'il avait souhaité obtenir étaient bel et bien sur les photos.

Rongé par l'anxiété, Samuel se répéta encore une fois les phrases qui allaient et venaient dans son esprit depuis son coup de fil le soir des AMAs.

*Si elle est heureuse, laisse-la en paix.*
*Si elle est malheureuse, prends le risque.*

Il décacheta le pli en papier kraft, les mains tremblantes.

*Si elle est heureuse, laisse-la en paix.*
*Si elle est malheureuse, prends le risque.*

Saisissant les photos, il les tira et osa enfin jeter un œil à la première.

Une maison moderne parée de grandes baies vitrées.

Un vaste jardin entouré d'arbres couverts de feuilles d'automne.

Une bicyclette rouge rutilante couchée dans le gazon.

Une petite fille aux longues boucles rousses, de dos, vêtue d'une robe bleue.

Et devant elle, les bras tendus, Ophelia, un large sourire illuminant son visage reconnaissable entre mille, bien qu'elle arbore une frange droite et les cheveux plus courts que jadis.

L'enveloppe glissa des mains de Samuel et il tomba à genoux, ravagé par l'émotion, avant même qu'il n'ait trouvé la force de consulter les autres clichés.

Il venait de renoncer à elle.

# 44

Sept ans après le coup de feu

– Qu'est-ce que tu en dis ? Tu es partante ? Tu me suis ? s'enquit Ophelia après un moment, ne sachant pas comment interpréter l'expression étrange qu'affichait sa cadette.

– Tu es sûre de toi ? demanda Rosie en buvant une gorgée de vin blanc.

– Comment ça ?

– Eh bien, je ne sais pas, peut-être que... peut-être qu'il te faut encore un peu de temps avant de te lancer dans un tel projet, non ? tenta-t-elle, un brin hésitante, en ajustant les plis de sa robe.

Le soleil brillait haut dans le ciel bleu. Depuis la terrasse à l'étage, elles devisaient tout en observant Maxine, une capeline en paille sur la tête, qui brossait Aslan sous le regard bienveillant de Lawrence. Un papillon jaune se posa sur la table.

– Un peu de temps pour quoi, Rosie ? siffla Ophelia d'une voix agacée, se doutant de ce que sa sœur sous-entendait.

Rosie baissa les yeux et soupira :

– Ça fera deux ans dans quinze jours, Ophelia.

– Je suis au courant, merci. Et je ne compte toujours pas fêter cet anniversaire sordide.

– Il te manque.

– Bien sûr qu'il me manque ! s'exclama-t-elle. Comment pourrait-il en être autrement ?

– Tu penses que ça va te changer les idées, d'entreprendre ce genre de chose ?

– Je ne pense pas que ça allégera ma peine ni que ça rendra son absence plus supportable, si c'est ce que tu veux dire. Mais...

La voix d'Ophelia se cassa.

– ... mais je suis encore en vie, moi.

Rosie se leva de sa chaise pour la prendre dans ses bras, mais Ophelia se déroba.

– Non ! Laisse-moi ! Laisse-moi pleurer et, aussi, laisse-moi ouvrir un nouveau chapitre. Ou... ou essayer, au moins !

– Ophelia, je suis désolée...

– Arrête ! Arrête d'être désolée et soutiens-moi autrement qu'en remettant sa mort sur le tapis sans arrêt, s'il te plaît. Pense à Maxine. Pense à elle, aussi. Elle n'a que six ans ! Tu crois qu'elle a besoin qu'on passe le reste de notre existence à se morfondre ? Tu crois qu'il aurait voulu ça, d'ailleurs, lui ? Ce n'est pas parce que tu t'étais entichée de lui que tu le connais aussi bien que moi.

Elle avait dit ça d'un ton glacial.

– Pardon, enchaîna-t-elle, déjà envahie de remords. C'était méchant. Pardon.

Au rez-de-chaussée, Caroline sortit de la maison vêtue d'une longue robe blanche, deux grands verres de limonade dans les mains, et rejoignit sa petite-fille et son mari en leur parlant d'une voix enjouée.

– Non, non, c'est ma faute Ophelia. Tu as raison. Josh est mort, mais il n'aurait pas souhaité qu'on s'arrête de vivre pour autant. Tu fais un pas considérable en envisageant autre chose.

– Je ne peux pas l'oublier, Joshua vit dans chacune de ces pièces, entre chacun de ces murs. Mais... je suis épuisée de passer mes journées à la maison à pleurer, jardiner, monter à cheval et faire la cuisine. Et je ne peux pas déménager, elle est trop bien ici, elle aime trop la maison, elle a besoin de ses repères et des souvenirs de son père. Cela dit, il est temps pour moi de reprendre ma vie en main, d'entreprendre, de me tourner vers l'avenir.

– J'imagine que tu n'en as pas encore parlé à papa et maman ?

– Non, ça me semblait logique de commencer par te faire ma proposition d'abord. Enfin depuis le temps, je doute que papa espère encore que je reprenne mes études et rejoigne son cabinet, de toute manière, commenta-t-elle d'un petit rire tout en essuyant les larmes aux coins de ses yeux.

Du bout des doigts, Rosie caressa la couverture de l'épais classeur ivoire avant de le tirer vers elle. Elle l'ouvrit et en tourna les pages avec précaution, consciente qu'elle tenait entre ses mains un trésor qui avait plus ou moins une vingtaine d'années. Il était lourd et plein à craquer de fleurs séchées, de photos découpées dans les magazines, de chutes de tissu et de dentelle. D'inspiration. C'était le vestige de leur passion d'enfance commune, de bonheurs passés qui pouvaient tout aussi bien se transformer en mille bonheurs à venir. C'était aussi les prémices d'une aventure qui, aussi folle soit-elle, avait toutes ses chances tant à elles deux elles pouvaient tout faire ou presque, pensa Rosie. Lorsqu'elle eut consulté la dernière page, elle referma le tout avec délicatesse et afficha un sourire malicieux avant de répondre à sa sœur :

– Je te suis.

♪

Quatre mois plus tard voyait le jour *« WHEN DREAMS COME TRUE - WEDDING-PLANNING BY O. & R. CAVENDASH »*.

# 45

## Huit ans après le coup de feu

Une horde de fans suivit celle des photographes avant qu'ils n'atteignent le Hummer blindé aux vitres fumées. Nicolas, Joey et Aron savouraient ce qui n'était ni plus ni moins que la manifestation de la gloire à laquelle ils avaient longtemps rêvé, signant des autographes et saluant la foule à la moindre occasion, à leur habitude. Tout le monde adorait ces trois types attachants qui, s'ils avaient malheureusement usé et abusé de l'alcool et des stupéfiants à leurs débuts, plongeant dans le milieu du show-business à corps perdu, s'étaient assez vite rendu compte de leurs dérives et avaient préféré laisser ça à d'autres. Nicolas, Joey et Aron avaient finalement gardé la tête sur les épaules et les pieds sur terre. C'est vrai, leur jeune âge les avait étourdis un instant, mais ils n'avaient pas pour autant oublié leurs racines et, tout attachés qu'ils étaient à leurs familles et à la Country qui les avait bercés, ils avaient préféré troquer leurs désillusions de rock-stars contre une vie simplement dédiée à la musique. Joey, qui à leur ascension avait multiplié les conquêtes, groupies y compris, était finalement tombé raide amoureux de leur attachée de presse, Jennifer, de dix ans son aînée, qu'il avait épousée au grand désespoir de milliers de fans. Nicolas, de loin le plus posé et sage des quatre, avait quant à lui récemment emménagé avec Elise, son amour de jeunesse qui jadis avait partagé sa paillasse en cours de sciences, ce qui faisait le bonheur des magazines. Enfin, Aron s'était attiré les regards attendris en offrant à ses parents le ranch dont ils avaient toujours rêvé, devenant ainsi *La personnification du mot « adorable »*, selon les tabloïds.

Bref, les Philæ-O attiraient toujours autant l'attention et transformaient en or plus ou moins tout ce qu'ils touchaient, pas exclusivement via leur musique – dont la qualité n'avait en rien flétri malgré les années —, mais aussi de par le caractère sympathique de ces trois garçons et le visage peint de leur leader.

Pourtant, plus le temps passait, plus Sam suffoquait sous la pression de cette vie qui, c'était un fait, n'était pas celle à laquelle il aspirait. Il avait eu beau en rêver étant jeune homme, l'effervescence qui accompagnait chacun de ses pas d'artiste mondialement reconnu n'était en rien délicieuse. La réussite de son groupe avait un goût de plus en plus fade comparée aux yeux brillants avec lesquels Ophelia l'avait regardé lorsqu'elle avait baissé le casque du Walkman, des années plus tôt. Ce souvenir, bien loin de quitter son esprit, se faisait plus présent et plus marqué encore chaque jour qui passait – il hantait littéralement Samuel. Pas un cri de fan, pas un seul refrain chanté simultanément par le public n'avait jamais égalé l'intensité du regard d'Ophelia et les frissons sur sa peau blanche. Tout cela était au contraire devenu aussi bruyant qu'oppressant.

Car, si personne ne s'en doutait, Samuel supportait depuis huit ans le poids d'une épée de Damoclès au-dessus de sa tête : il ne pouvait se risquer à dévoiler son identité. Quand tout le monde le pensait ténébreux, la vérité, c'est qu'il faisait profil bas, déterminé à ne pas faire de vague, pour ne pas briser sa promesse et ainsi perturber la vie paisible d'Ophelia.

Ophelia qui était devenue mère.

Ophelia qui était heureuse et riait aux éclats sous sa frange rousse.

Sam s'était petit à petit et malgré lui fondu puis perdu dans le personnage énigmatique qu'il présentait au public ; une sorte de chimère dont la voix ne se dévoilait qu'avec la magie qui opère sur scène. Le mystère qui l'entourait avait toujours fasciné, mais il avait épaissi au fil des triomphes de Philæ-O, tant et si bien que la presse, frustrée de n'avoir pas une bribe d'information à son sujet, s'était lentement mais sûrement mise à tourner son image en celle d'un homme antipathique et dénué d'émotion. Les journalistes avaient parfois même été jusqu'à remettre en question son rôle d'auteur-compositeur-interprète, tant son attitude mutine et désinvolte dénotait avec la profondeur et la sensibilité de leurs titres. Si Sam n'en avait rien à faire et que ses trois camarades le défendaient bec et ongles, le grabuge que cela générait commençait sérieusement à déranger leur maison de disques. Leur producteur, las de ces rumeurs et effrayé à l'idée qu'elles finissent par avoir un impact sur son chiffre, faisait toujours plus pression sur eux pour que Samuel daigne enfin accorder une interview en direct et prouve une bonne fois pour toutes qu'il n'était pas le malappris que la presse dépeignait de plus en plus souvent. Pourtant, bien loin de l'irrévérence, Samuel n'était animé que par l'amour et… le manque.

La tournée venait de se terminer en beauté sous les acclamations d'un public transi, là, chez eux, à Nashville, la vingt-septième et dernière date. Il y avait chanté la dernière chanson, vêtu d'un manteau de velours noir aux extrémités brodées qui lui tombait jusqu'aux pieds, et était surmonté d'une cape épaisse qui s'étendait telle une traîne derrière lui. Cette tenue lui conférait des airs de prince gothique, accentuant avec élégance sa carnation et sa chevelure ténébreuses. Samuel ne le sortait que pour les grandes occasions. Lorsqu'il l'avait sur le dos, il pouvait en percevoir le poids tant le vêtement était de belle fabrication. Ça avait été le clou du spectacle. Le titre *« Maxine »* arrachant les larmes au public autant qu'à Sam.

Il était une heure du matin quand il passa la porte de chez lui. Ignorant son téléphone qui n'en finissait pas de sonner malgré l'heure tardive, il le posa sur la table de la salle à manger et traversa la maison d'un pas lent. Il régnait un tel silence qu'il pouvait percevoir le son régulier des battements de son propre cœur. Samuel, comme à son habitude, n'alluma pas les lumières ; à moins qu'il ne soit sur scène et qu'elle n'apparaisse progressivement, la lumière le dérangeait, elle lui rappelait le traumatisme des policiers qui avaient débarqué sans crier gare, qui l'avaient ébloui, qui avaient mené à ce bruit assourdissant et à la vision d'horreur qui avait suivi. La lumière l'angoissait au plus haut point.

Seul dans l'obscurité, il descendit les trois marches qui séparaient la salle à manger du salon tout en décrochant sa coiffe à plumes avant de la laisser tomber sur le parquet derrière lui. Puis il se délesta de son blazer noir, avança jusqu'aux portes de la vaste baie vitrée tout en retirant son tee-shirt, avec lequel il se mit à essuyer le maquillage sur son visage, et le laissa aussi tomber sur le sol. Tandis qu'il sortit sur la grande terrasse qui n'était éclairée que par les spots de la piscine face à lui, il piocha plusieurs comprimés au fond de la poche de son jean, les avala, déboucla sa ceinture et termina de se déshabiller. Il approcha du bord, leva les yeux au ciel, puis se jeta dans l'eau chaude, nu. Les paupières closes, il resta ainsi allongé à la surface tandis que les images, les sons et les souvenirs se mirent à tournoyer dans son esprit.

Samuel était prisonnier. De son passé, de son succès, de ses blessures. Il avait beau approcher de la trentaine et vivre de sa passion depuis des années désormais, il ne se faisait pas au paradoxe de son quotidien et plongeait plus profondément chaque année dans une poétique mélancolie qui n'était ni plus ni moins qu'une dépression. Le rythme effréné de sa vie d'artiste contrastait férocement avec l'abîme de sa vie privée. Depuis un an qu'ils étaient en tournée, ses journées étaient un savant mélange de l'ébullition des backstages, de l'adrénaline des concerts et de la fièvre d'un public toujours plus large. Autour et aux côtés de Samuel, il y avait du monde, beaucoup de monde, sur, devant et derrière la scène. Au son des camions qui déchargeaient le matériel succédait celui des répétitions, puis de leurs morceaux joués en live devant des milliers de personnes dans les plus grands stades et salles. Et quand la dernière chanson s'achevait, il fallait saluer, vite replier et sortir, rarement par la petite porte, souvent sous les hurlements de fans qui avaient attendu ne serait-ce que de les apercevoir ou de frôler le bout de leurs doigts.

Puis, juste après, il y avait le néant. Ce néant qui remplaçait soudain l'effervescence et les cris. Dès que la porte de la voiture avait claqué, la vision de Samuel se troublait et ses oreilles se mettaient à siffler : il prenait de plein fouet un brusque manque de mouvement, d'échos. Et quand enfin il rejoignait le calme de sa chambre d'hôtel ou bien, comme ce soir, de son chez-lui, il n'y avait plus rien. Plus une main qui cherche la sienne, plus la moindre voix pour le réconforter. Rien ni personne.

Samuel était sans cesse ballotté par son succès et assourdi par la foule.

Et quand tout s'arrêtait, Samuel se retrouvait invariablement face à face avec le gouffre de sa solitude, duquel ne s'échappait qu'un silence assourdissant.

Son existence en demi-teinte était aussi enviable que cruelle.

Alors qu'il prenait conscience de tout cela, les larmes s'étaient mises à s'échapper de ses yeux et coulaient lentement jusque dans l'eau de la piscine éclairée. Il avait beau s'être délesté de ses habits et flotter à la surface, le poids de sa tristesse le tirait toujours vers le fond. Désespéré et refusant d'obéir une seconde de plus à la voix d'Ophelia, Samuel y plongea alors la tête, bien décidé à en finir pour ne plus avoir à souffrir.

# 46

Neuf ans après le coup de feu

– Oh ! maman ! J'adore ! s'exclama Maxine en s'élançant dans la pièce les bras levés, sa robe mauve voletant avec elle.

– Wow, murmura Rosie, soufflée face à cette vision digne d'un film. On y est. Je n'en reviens pas. Je n'en reviens vraiment pas...

– Les filles, bienvenue chez nous, se contenta de répondre Ophelia d'une voix malicieuse.

Situé en plein cœur de Londres, le loft, perché au quatrième étage d'un bâtiment classé, était composé de cinq pièces incroyablement spacieuses et lumineuses. Parquet en chêne massif, papier peint flambant neuf, fauteuils et sofas capitonnés, toiles dans les tons roses et écrus aux murs, la décoration épurée dans l'esprit boudoir donnait de suite le ton.

– Et on a chacune notre bureau, précisa Ophelia en faisant un clin d'œil à Rosie.

C'était aussi magnifique qu'exaltant. Soutenu aussi bien par les Cavendash que par les Coventry, ainsi que bon nombre de leurs contacts et connaissances, *When dreams come true* avait connu un démarrage aisé, leur premier mariage ayant été celui d'une de leurs cousines germaines, Louise. Le wedding-planning était sans conteste réservé à une certaine élite, et les deux sœurs en ayant par chance toujours fait partie, elles avaient assisté les yeux brillants aux premiers rendez-vous confirmés sur leur agenda puis accueilli leurs premiers couples avec autant d'enthousiasme que de sérieux. Rosie et Ophelia s'étaient dès le départ spécialisées dans le luxe et l'exception, bien décidées à changer leurs rêves de petites filles en réalités des temps modernes.

– C'est comme dans *La Belle & La Bête* ! s'extasia Maxine quand elle découvrit le majestueux lustre en cristal de la pièce centrale, faisant sans le savoir écho aux pensées de sa mère.

En cette fin de matinée, Ophelia était aux anges. Le mariage de Louise et Charles, environ un an plus tôt, avait été une telle réussite, et ce jusque dans les moindres détails, que le bouche à oreille avait fait son chemin avant, mais surtout après la cérémonie. Les semaines suivantes leur avaient apporté plusieurs touches qui étaient devenues des contrats sérieux avec des acomptes conséquents, et ainsi, tout s'était concrétisé : Rosie et Ophelia passaient depuis toutes leurs journées à penser et respirer réceptions, petits fours, dentelle, orchestres et autres compositions florales. Oh ! certes, c'était tout autant de logistique et de coups de fil que de poésie et d'amour, mais voir ces mariages se préciser, répondre aux demandes les plus exigeantes comme les plus extravagantes de ces fiancés qui leur accordaient toute confiance, c'était aussi formidable qu'elles l'avaient imaginé. Sans compter que la petite Maxine, huit ans et des pâquerettes, nageait elle aussi en plein conte de fées, suivant sa mère et sa tante « au travail » à la première occasion, allant même jusqu'à accompagner les futures mariées à leurs essayages, ébahie devant celles qui à ses yeux n'étaient ni plus ni moins que des princesses.

Ophelia et Rosie menaient tout cela de main de maître et avec une telle passion que, petit à petit, et avec un coup de pouce non négligeable de leur père, elles avaient fini par disposer de suffisamment de fonds pour investir dans ce vaste appartement londonien – dont le coût était des plus exorbitants. Si Caroline avait su dès le départ que ses filles étaient faites pour cela, allant même jusqu'à quelque peu les envier tant elle-même raffolait de ce genre de chose, Lawrence, lui, avait été aussi surpris que ravi de les voir ainsi prospérer dans un domaine qu'elles avaient toujours affectionné. Les deux jeunes femmes venaient donc de faire l'acquisition de ce vaste espace, dans le quartier de Westminster, qui leur servirait désormais à la fois de bureaux et de showroom, où elles pouvaient recevoir clients comme prestataires.

Tandis qu'elle observait Rosie toucher du bout des doigts le large cabriolet capitonné devant elle et sa petite fille courir d'une pièce à l'autre, ses grands yeux bleus émerveillés illuminant son visage angélique, Ophelia soupira de satisfaction, puis jeta un coup d'œil par la fenêtre. C'est alors qu'elle vit quelques pétales de magnolias voleter de l'autre côté de la vitre. Un petit courant d'air vint chatouiller ses narines, la replongeant sans crier gare dans le souvenir d'une matinée semblable qui avait fait basculer sa vie tout entière. En une fraction de seconde, sa gorge se noua.

On était en avril.

Ophelia avait eu beau s'affairer corps et âme à penser et monter ce projet qui lui ressemblait bien plus que le métier d'avocate, l'odeur du printemps et le goût amer qui allait avec prirent subitement le dessus. Tout à coup, les clefs qu'elle tenait pour la première fois dans sa main, le mobilier flambant neuf face à elle et les hauts plafonds perdirent tout intérêt et elle ne put plus se concentrer que sur le ciel bleu parsemé de petits cumulus duveteux. Quand tout le monde considérait cette saison comme celle du renouveau, ces journées fraîches et fleuries couplées aux pépiements des oiseaux n'étaient pour Ophelia que synonyme de mort. Josh lui manquait atrocement.

Deux ans auparavant, Ophelia avait sciemment choisi de se lancer dans cette entreprise pour ne pas sombrer, pour mieux réapprendre à vivre sans lui, mais maintenant que tout s'était bien enclenché et que la pression retombait... eh bien, c'était comme si la place que tout cela avait prise dans sa tête jusque-là venait soudain d'être libérée et que le deuil s'y était précipité à toutes jambes.

Debout sur le seuil, elle tourna la tête en direction de sa fille, à qui Josh manquait tout autant, bien que différemment, et qui, ignorant tout de ses pensées tristes, continuait de courir avec entrain dans ce qui était à peu de chose près le temple du mariage. Et Ophelia repensa à ses propres noces avec nostalgie sans se douter qu'au même instant, à sept mille kilomètres de là, l'autre homme de sa vie oscillait pour la deuxième fois entre la vie et la mort.

# 47

Dix ans après le coup de feu

La lumière aveuglait Samuel. Un sifflement d'une insupportable intensité le torturait de l'intérieur. Il porta son avant-bras à ses yeux, comme il l'avait fait jadis un jour d'hiver, dix ans plus tôt. Petit à petit, le son strident se changea en un bruit tout aussi fort, mais régulier, qui semblait maintenant provenir de l'extérieur. On frappait à la porte. Avec de plus en plus d'insistance. Acculé par ce tapage qui n'en finissait pas, il avança, baissa la main et tourna la poignée. Le fracas s'arrêta sitôt la porte ouverte, dans un éclat plus éblouissant encore. Sam essaya tant bien que mal, ses sourcils noirs plus froncés que jamais, de distinguer la personne face à lui. Lentement, l'insoutenable aura se diffusa et la silhouette se dessina de plus en plus nettement. L'homme, qui se tenait droit, portait un jean et une chemise à carreaux grise. Quand Samuel releva le regard au niveau des mains de son visiteur, il reconnut aussitôt les contours de ses doigts gonflés et murmura, pétrifié :

– Bob ?

Le stress monta instantanément et lui donna de violentes palpitations.

– Je t'ai déjà dit de m'appeler « Papa », fils.

Au son de cette voix qu'il ne connaissait que trop bien, Samuel fit un pas en arrière, tétanisé. Certes, il n'avait pas enterré son père, mais il ne s'était jamais imaginé que Bob aurait pu survivre à l'incendie qui avait ravagé le cottage. Pourtant il était bien là, face à lui dans l'entrebâillement de sa porte d'entrée, le soleil éclatant derrière contrastant avec sa silhouette et son stetson sur la tête, à tel point qu'on ne pouvait pas distinguer ses traits.

– Allons, allons, on croirait que tu as vu un fantôme, s'amusa Bob.

C'était le cas. Comment avait-il pu survivre sans que Samuel ne le sache ? Le reconnaître malgré le maquillage et le pseudonyme ? Dégotter son adresse ? Arriver jusqu'ici sans que la caméra de surveillance se mette à sonner, ni que le vigile au portail l'arrête ? Si Bob avait ainsi retrouvé sa trace, alors Lawrence Cavendash savait aussi qui il était, il le savait forcément...

– Va-t'en, dit Samuel d'une voix tremblante en s'évertuant à chasser l'infinité de questions qui se bousculaient dans son esprit.

– Mais je viens à peine d'arriver, rétorqua son père, toujours caché sous son grand chapeau, en pénétrant nonchalamment dans le vestibule avant de passer devant Sam, qui ne put faire le moindre mouvement tant il était sidéré.

Bob porta ses poings à son ceinturon, regarda tout autour et siffla de stupéfaction.

– Eh bah dis donc, on s'refuse rien, mon gars, commenta-t-il, de dos, en découvrant la vaste pièce à vivre. C'est le grand luxe, ici. Ça a l'air de bien payer, finalement, ta musique.

– Sors de chez moi, insista Samuel d'un ton assuré, qui, au-dedans, se décomposait en sa présence infernale.

– C'est comme ça que tu accueilles ton vieux père ? s'indigna Bob. Ça fait quoi ? Neuf ? Dix ans ?

– Dix ans. Précisément. Depuis quelques jours.

– Ah, eh bien en voilà une jolie coïncidence ! On va fêter ça, Samuel ! s'exclama-t-il d'une voix tonitruante. Et je vois que tu as remplacé cette vieille guitare... par d'autres qui ont bien de la gueule ! nota Bob en désignant du menton les cinq Fender de collection qui, rutilantes, trônaient au-dessus du long canapé en cuir.

Sam frissonnait. Non seulement parce que la porte, restée ouverte, laissait pénétrer la bise qui soufflait sur cette matinée hivernale, mais surtout parce qu'il était dans la confusion la plus totale.

– Eh bien, Sam ? Tu n'as rien à me dire ? Hum ?

– Co... comment... comment t'en es-tu sorti ?

– Ah ! Tu aimerais bien le savoir, hein ? répondit-il sans prendre la peine de se retourner, toujours occupé à scruter chaque recoin de la luxueuse maison de son rejeton. Tu aimerais bien savoir comment je peux me tenir là devant toi, dans cette baraque à dix ou vingt millions, alors que tu croyais dur comme fer qu'on ne se reverrait jamais, pas vrai ? Pas même après le passage de la grande faucheuse. Je mettrais ma main à couper que tu te vois déjà au paradis et moi en enfer. Hein, Sam ? Hein ? J'ai raison ?

Samuel en avait la chair de poule. Bob était toujours dos à lui, planté au beau milieu de son salon et la tête penchant d'un côté puis de l'autre, apparemment fort intéressé par tout ce qu'il découvrait, des meubles en bois massif aux trophées et autres disques de platine accrochés aux murs. Sam, lui, avait l'impression de se liquéfier de l'intérieur, comme on fait fondre un ridicule marshmallow sur un feu de camp.

– Que me veux-tu ? osa-t-il après un moment, cherchant à surpasser l'effroi qu'il ressentait.

– Te tuer, répondit simplement Bob.

Le sang de Sam se glaça et il fit un pas en arrière, près de l'entrée, déterminé à rester au plus près du compartiment secret à l'arrière du portemanteau, dans lequel il gardait un revolver, sur les conseils d'Andy qui avait souvent dit « au cas où ». Il y eut quelques instants de flottement durant lesquels il observa son père arpenter la pièce en direction de la baie vitrée qui donnait sur la piscine, s'esclaffant, marmonnant, mais sans jamais lui jeter le moindre regard. Puis, portant une main à sa bouche, Bob étouffa un rire avant de se mettre à ricaner à gorge déployée. Tout à coup, il fit volte-face et se précipita vers Samuel d'un pas vif et décidé, jusqu'à ce que le bout de son chapeau en feutre frôle le nez de son fils, avant de lui confier :

– Mais non, mon pauvre garçon. Je te fais marcher, je ne suis pas venu pour te tuer...

Samuel était sur le qui-vive, dos à la porte, une goutte de sueur ruisselant le long de sa colonne vertébrale, la main crispée sur la poignée derrière laquelle était dissimulé le pistolet.

– ... je suis venu pour te demander pardon.

Le mot résonna aux oreilles de Samuel comme la détonation d'un coup de canon.

– P... « pardon » ? répéta Sam, hébété.

– Eh oui. Pardon.

– Pardon pour quoi, papa ?

– De t'avoir toujours préféré Maxine. Tu ne le méritais pas. C'était pas ta faute. C'était celle de ta mère. De ta mère qui te préférait à moi.

C'est alors que Robert Kroeger porta la main à son couvre-chef, retira le stetson de sa tête et la releva vers Sam, qui découvrit avec horreur son visage totalement défiguré par les cicatrices de brûlures, laissant à peine entrevoir ses iris entre ses paupières trop lisses et trop tendues. Puis Bob porta ses grosses mains difformes au cou de Sam qui, sans qu'il puisse se l'expliquer, ne put bouger d'un pouce, le laissant lentement serrer sa gorge, l'étouffant sans la moindre résistance.

♪

– Sam ? SAAAAM !

– Appelle vite les secours, souffla Joey à Aron qui se précipitait déjà sur le téléphone.

– OH ! SAM ! Non ! Non, pas encore ! NOOOON ! SAAAAM ! répétait Nick d'un ton désemparé, des larmes d'effroi se mêlant aux mèches qui lui tombaient sur le visage.

– Sam, ne nous lâche pas, vieux, dit Joey tandis qu'il le mettait en position latérale de sécurité.

– Il ne respire plus ! Il ne respire plus ! se lamentait Nicolas, épouvanté.

– Ils arrivent, commenta Aron, le téléphone à l'oreille.

– Pourquoi t'as fait ça, Sam ? Pourquoi t'as recommencé ? déplora Joey à voix basse en constatant qu'il ne reprenait pas conscience, avant de se mettre à alterner bouche-à-bouche et compressions thoraciques.

– On devait le surveiller, pleurait Nick, à côté, secoué par le choc. Ne jamais le laisser seul ! On devait l'en empêcher, ça n'aurait pas dû se reproduire... on fait quoi si cette fois il ne s'en sort pas ? On fait quoi ?

# 48

Onze ans après le coup de feu

– Ça va, bébé ? s'inquiéta Henry en découvrant Rosie, en pyjama, assise sur le bord du canapé, qui rongeait les ongles d'une de ses mains tout en tenant fermement la télécommande de l'autre.

– Ça commence bientôt, répondit-elle sans lâcher l'écran des yeux.

– Je ne savais pas que tu étais fan de ces types à ce point, s'amusa-t-il. Tu veux un peu de crème glacée ?

Mais elle avait le regard rivé sur la télévision et ne lui répondit pas. Elle ne bougea pas non plus quand Bart, le Maine Coon qu'ils avaient adopté six mois plus tôt, rentra par la fenêtre et vint se frotter contre son dos. Henry, laissa échapper un petit rire et retourna dans la cuisine depuis laquelle lui parvint, tandis qu'il ouvrait le congélateur, le générique des *MTV Exclusive Interviews*. Il saisit deux pots de Ben & Jerry's et la rejoignit dans le salon. Rosie lâcha la télécommande, retira le couvercle et plongea machinalement sa cuiller dedans, tandis qu'Eddie Miller, l'animateur vedette à l'impudence et au franc-parler légendaires, introduisait cette émission qu'il décrivit dès les premières secondes comme tout à fait exceptionnelle.

– Mesdames et Messieurs : Philæ !

L'homme, le regard légèrement fuyant, entra sous un tonnerre d'applaudissements et salua les spectateurs de la main. Il arborait comme à son habitude un maquillage noir et blanc sur l'intégralité de son visage et une coiffe indienne par-dessus ses très longs cheveux raides. Puis, il s'assit dans le fauteuil réservé aux invités, appuyant ses avant-bras sur ses genoux, comme s'il avait peur de s'y adosser ou qu'il avait prévu de repartir sans tarder. S'il semblait fort tendu, le public, au contraire, mit plus de temps que d'ordinaire à contenir son enthousiasme, redoublant d'applaudissements et de hurlements enflammés.

– Eh bien, eh bien ! s'exclama Eddie Miller d'une voix enjouée, derrière son bureau verni, typique des talk-shows américains. Bienvenue ! Vous nous avez tous fait languir !

Et l'audience repartit de plus belle avant qu'il n'ait prononcé le moindre mot.

– Je commence à comprendre pourquoi on ne vous a jamais entendu répondre à un journaliste, ha ha ! lança Eddie. On dirait que votre seule présence suffit à susciter les cris les plus stridents, vous ne devez pas avoir beaucoup d'occasions d'en placer une, se moqua-t-il en jetant un œil en direction des caméras face à lui.

Les gens, habitués aux sarcasmes propres à ce mélomane insolent, lâchèrent de petits rires avant de se remettre à acclamer l'artiste de plus belle – du jamais vu pour la chaîne. Philæ, quant à lui, avait porté une main à l'une des plumes blanches près de son oreille et regarda le bout de ses bottines à lacets, manifestement gêné. Quand les cris se furent enfin changés en silence, Eddie lança d'une voix tonitruante :

– Eh bien ! Qu'est-ce que ça va être quand vous allez parler !

Philæ se contenta de sourire timidement. De l'autre côté de l'écran, sa cuiller à la main, Rosie plissait les yeux pour chercher à reconnaître des traits familiers sous ces larges lignes noires et blanches. Si cet homme était celui qu'elle pensait, alors elle ne l'avait que rarement aperçu de près à l'époque où il vivait encore en face de chez ses parents, ce n'était donc pas chose facile. Mais cette interview serait sûrement sa seule et unique chance de pouvoir y voir plus clair dans cette histoire, et, peut-être, de chasser quelques doutes qui la tourmentaient depuis des années – des doutes au sujet de son père et des véritables intentions de ce garçon qui avait fui précipitamment après le drame.

– Je pense que c'est un fait, tout le monde ici est absolument enchanté de vous voir enfin vous prêter au jeu des questions-réponses.

Pour ceux et celles qui ne le sauraient pas déjà, notre interview d'aujourd'hui est particulièrement inédite, puisque c'est la toute première fois que notre invité s'exprime en direct et de vive voix. Pourtant vous et vos amis avez déjà vendu plus de cinquante millions d'albums, c'est fou non ? Votre premier single remonte à quoi ? Six ? Sept ans ?

– Huit ans, souffla Philæ, qui fixait toujours ses Dr Martens.

– Huit ans ! répliqua de suite Eddie Miller. Et en huit années, bien que vous soyez le leader du groupe, vous avez toujours laissé vos camarades se charger de répondre aux journalistes...

– On dirait bien.

– Comment expliquez-vous cela ? s'enquit-il, entrant directement dans le vif du sujet, comme il aimait tant le faire.

Philæ resta interdit, n'osant toujours pas regarder son interlocuteur, qui ne se laissa pas pour autant déstabiliser par son silence.

– Je veux dire, c'est quand même curieux qu'en plus de huit ans de succès, vous n'ayez jamais accordé le moindre entretien à la presse, alors que, si je ne m'abuse, vous avez une voix. Et quelle voix, Mesdames et Messieurs, hein !

Les cris reprirent de plus belle.

– Alors, dites-moi, qu'est-ce qui vous retient tant de vous exprimer, hum ? insista Eddie, à qui la production avait donné quartier libre et qui comptait bien faire de cet épisode le paroxysme de leurs chiffres annuels en termes d'audimat.

– J'imagine que mes camarades sont juste plus à l'aise avec ce genre de chose, répondit Philæ de sa voix aussi ténébreuse qu'envoûtante.

– Oh ! vraiment ? De la simple timidité, alors ?

– Sans doute.

– Vous n'avez rien à cacher ?

Rosie se sentit mal pour lui. Eddie Miller lui avait toujours semblé des plus méprisables et était tristement parmi les animateurs les plus populaires d'Amérique – ce qui, pensa-t-elle, traduisait bien la décadence de ce monde. Sûrement parce qu'il fascinait de par son côté rentre-dedans et ses questions personnelles souvent dénuées de respect, en dépit de sa véritable passion pour la musique. Philæ ajusta son blazer et les trois chaînes en argent qu'il portait autour du cou, puis répondit :

– Je ne suis pas des plus bavards, c'est vrai, mais je n'ai jamais rien caché à mes fans. Tout est dit dans mes chansons. Si on les écoute attentivement... Je veux dire, on en sait bien plus sur moi à travers ce que j'écris et compose qu'en écoutant une simple interview, précisa-t-il d'une voix douce mais d'un ton légèrement insolent.

Eddie fronça les sourcils, faussement surpris, et répliqua de suite :

– Justement, puisque vous en parlez, cela fait bien deux ou trois ans déjà que les rumeurs selon lesquelles vous ne seriez pas véritablement l'auteur de vos tubes vont bon train. Vous n'avez jamais été tenté d'y répondre ?

Philæ se laissa enfin tomber contre le dossier de son fauteuil et s'amusa :

– Ma mère m'a toujours conseillé de ne pas m'abaisser à répondre aux bavardages. Ni aux inconnus.

L'assistance se mit à rire et Rosie ne put s'empêcher d'esquisser un sourire elle aussi. Henry, affalé auprès d'elle, le chat allongé sur son ventre, commenta :

– Bien répondu, tiens. Il me plaît, ce type. En vrai, quelle importance qu'il cause aux médias ou pas ? Il fait de la musique et il le fait bien, qu'est-ce qu'ils ont, toujours, les gens, à chercher la petite bête ? Personne ne devrait avoir à se justifier devant le monde entier. Pis je les ai déjà vus en live, il y a trois ou quatre ans. Et je vais te dire : ça crève les yeux que le mec est doué. Pourquoi lui casser les pieds à ce point, franchement ?

Rosie lui lança un regard tendre alors qu'il atteignait déjà la deuxième moitié de son pot de crème glacée au beurre de cacahuète. Henry avait toujours été très terre à terre et d'une spontanéité qu'elle appréciait tout particulièrement.

– Philæ, dites-moi, poursuivit Miller. Pourquoi avez-vous accepté de venir ici ? Pourquoi maintenant et pas une seule fois ces huit dernières années ? Vous n'avez pourtant ni album sur le point de sortir, ni single à présenter. Alors, qu'est-ce qui vous a fait changer d'avis ?

– Je suis là pour rassurer mon public, annonça-t-il avec sérieux, comme s'il avait répété sa phrase. Pour lui prouver que je vais mieux. Que je veux continuer d'aller mieux.

– Ça vous semble assez important, ça ? Rassurer votre public ?

– Ça me semble essentiel, oui. Ce sont nos fans qui nous ont menés là où on est. Je sais qu'ils se sont fait un sang d'encre. J'ai vu les lettres, les fleurs, les bougies, les pancartes. J'en suis désolé.

– Désolé de quoi ?

– De leur avoir fait peur à ce point, avoua-t-il la gorge nouée, en levant soudain ses yeux bleus en amande vers la caméra, ce que Rosie ne manqua pas de noter, le souffle coupé, puisque c'étaient là précisément les mêmes que ceux de sa nièce.

Il régna alors dans le studio un silence de plomb. Eddie Miller s'enfonça quelque peu dans son siège, faisant du regard des allers-retours entre le chanteur, le public et la caméra principale, qui ne manqua pas de zoomer en alternance sur leurs visages. Puis il lui demanda de but en blanc :

– C'est à votre troisième tentative de suicide, il y a quelques mois, que vous faites référence, n'est-ce pas ?

Le leader des Philæ-O le regarda d'un air digne et confirma sans esquiver :

– Oui.

On entendit des « oh ! » fuser à voix basse de tous les côtés.

– Je leur demande pardon, enchaîna-t-il en baissant la tête, ses longs cheveux noirs lui tombant de nouveau sur le visage. J'ai beau être quelqu'un de réservé, ceux qui m'ont déjà vu sur scène savent que j'ai un lien privilégié avec nos fans, et je m'en veux de leur avoir fait une telle frayeur.

– Vous êtes venu ici pour leur demander pardon ?

– Oui.

– Vraiment ?

– Vraiment.

– À vos fans.

– ... et à mes amis Nick, Aron et Joey, murmura Philæ, manifestement déchiré. Ils... ils ne méritaient pas ça.

Certaines personnes présentes se mirent à pleurer tant l'émotion était palpable. Un homme lança même un « On t'aime, Philæ ! » que reprirent plusieurs autres en chœur dans la foulée. Eddie Miller leur jeta un œil, prit une grande inspiration puis, d'un air des plus dramatiques et relevant un sourcil, lui posa la question qui brûlait toutes les lèvres :

– Pourquoi, Philæ ? Pourquoi avoir cherché à mettre fin à vos jours ?

Philæ lissa de la paume de ses mains le dessus de son jean noir délavé, soupira puis, un faible et triste sourire aux lèvres, confessa dans la plus grande candeur :

– Parce que j'ai le cœur brisé ?

L'audience laissa échapper de nouveaux soupirs attristés, quelques sifflements d'encouragement, et quelqu'un lança une rose à ses pieds. Eddie patienta quelques instants avant de déclarer :

– Il y a une femme, pas vrai ?

Le jeune homme se contenta de lâcher un petit rire ironique.

– Il y a toujours une femme, on dirait.

– Quel est son nom ? tenta Eddie.

Mais il ne répondit pas.

– À quand remonte cette rupture, Philæ ?

– Ce n'était pas une rupture. Et... c'était il y a onze ans.

Le cœur de Rosie était secoué par l'adrénaline quand le téléphone sonna. Henry n'avait pas remarqué l'état de panique qui la submergeait intérieurement. Il décrocha, marmonna quelques mots avant de lui annoncer :

– C'est pour toi. Ta sœur.

Elle lui jeta un regard épouvanté, mais il lui avait déjà donné le combiné et retourna à la cuisine se chercher un soda.

– Allô ? fit Rosie, tétanisée, toujours face à l'écran sur lequel elle voyait cet homme à l'allure singulière, qui semblait bouleversé.

– Rosie ?

– Ophelia ?

– Rosie, tu connais ce groupe de rock, là, tu sais... heu... comment c'est déjà ? Le chanteur doit donner une interview je ne sais quand, là, tout le monde en parle, tu sais ?

– Philæ-O.
– C'est ça ! Tu connais ?
– Plus ou moins, souffla Rosie, pétrifiée.
– Ah, cool ! Tu aurais un contact ?
– Un... un contact ? répéta-t-elle, affolée.
– Oui, un contact. Je ne sais pas, la prod, leur manager... un contact, quoi !
– Pour... pourquoi, Ophelia ?
– Tu te souviens de Kate ? Kate McKellen ?
– L'actrice ?
– C'est ça ! confirma Ophelia d'une voix enjouée. Je t'avais dit que j'avais une touche, tu te souviens ?
– Vaguement, lui dit Rosie d'une voix détachée, sans détourner le regard de la télévision, plus certaine que jamais que ce chanteur était bel et bien le Samuel de Daffodil Meadows et que c'était précisément de sa sœur, qu'il venait de parler.
– Elle rêve de les avoir pour leur soirée et son fiancé m'a appelée il y a une demi-heure pour savoir si ce serait jouable de lui offrir ça en cadeau de mariage. Non, mais tu imagines ? C'est adorable, quoi ! Si tu savais combien il est prêt à payer pour un concert privé... c'est complètement dingue et ça ferait tellement parler de nous ! Tu imagines, un peu ? répéta-t-elle, gonflée d'entrain.
– Heu... oui, oui.
– Alors ? Tu as quelqu'un dans tes contacts pour qu'on puisse tenter ça ?
Rosie, qui jusque-là aurait étouffé l'idée de sa sœur dans l'œuf pour éviter à tout prix de faire resurgir la moindre bribe de souvenir et donc réduire à néant leurs efforts à tous pour préserver son bonheur, sentit son cœur se serrer à la simple idée qu'elle se soit trompée sur le compte de ce Samuel Kroeger, qui, au demeurant, était surtout le vrai père de Maxine. Alors, plutôt que de refuser quoi que ce soit à Ophelia, elle marqua une pause puis souffla :
– Oui. Oui, je... je pense que... je pense que oui. Je vais te trouver ça.

# 49

Douze ans après le coup de feu

– Londres ? vérifia Sam.
– Oui, répondit Harvey.
– Non, non.
– Comment ça, « non, non » ?
– Il faut annuler.
– Ah, mais ce n'est pas jouable, ça.
– Dis-leur qu'on ne peut plus, qu'on a des impératifs. Demande à Andy. Andy ? Tu as une idée ?
– Pas tellement non, Sam, répondit Andy depuis le canapé où il lisait un magazine automobile.
– Samuel, je pense que tu ne me comprends pas bien, reprit Harvey. Tu m'avais dit que c'était OK. Il n'est pas question d'annuler, il est déjà trop tard. Ce n'est pas le mariage de n'importe qui, c'est Kate McKellen et Jimmy Johnson, bon sang !

Samuel connaissait bien Jimmy. Le chanteur de Country avait une quinzaine d'années de plus que lui et Sam l'avait écouté en boucle quand il était encore préadolescent et vivait à Nashville avec ses parents et sa petite sœur. Il en avait été fan lui-même et avait eu l'occasion de le croiser quelques fois ces dernières années sur certains festivals, où d'autres, comme Tim McGraw, Keith Urban ou Billy Ray Cyrus faisaient le bonheur des foules. Un chic type. Peu familier du monde du cinéma, Sam n'avait en revanche jamais entendu parler de sa fiancée.

– Kate McKellen ? fit Sam en tournant de nouveau la tête vers Andy, qui, remarquant son ton interrogateur, lui répondit sans même lever le nez de la page consacrée à la nouvelle Lamborghini.

– La petite-fille de Tony McKellen et fille de Victor McKellen. Huit oscars à eux deux, quelques nominations pour elle. Famille d'acteurs, de génération en génération. Anglais.

Harvey joignit ses mains et se pencha dans la direction d'Andy en un geste de remerciement, soulagé de voir qu'il y avait dans la pièce au moins une autre personne qui saisisse l'ampleur de la situation.

– Kate rêve de vous avoir en live pendant la fête. Et autant te dire que Jimmy a déjà été franchement généreux pour lui faire ce cadeau. Mais compte tenu des circonstances, c'est surtout l'opportunité de redorer ton image auprès du public, Sam. Pense à Nicolas, Aron et Joey, aussi. Tu sais ce que leur a coûté ta descente aux enfers, conclut Harvey.

Il venait d'appuyer là où ça faisait mal. Samuel ne voyait aucun inconvénient à chanter lors d'une soirée privée, évidemment. La vérité, c'est qu'il l'aurait même fait sans demander la moindre rémunération tant il appréciait Jimmy Johnson. Non, ce qui lui posait un problème conséquent, c'était cette Kate. Enfin, bien sûr, il n'avait rien de personnel contre elle, si ce n'est qu'elle était anglaise et que cela, combiné aux lieux de ce mariage, était des plus risqué. Que se passerait-il si, par malheur, l'un des invités se révéla être de la famille Cavendash ? Sam n'était pas naïf, il savait combien ces gens-là fréquentaient « le gratin » de la société, c'était un bien petit monde. Que se passerait-il, s'il se retrouvait nez à nez avec Lawrence ? Samuel était tétanisé à l'idée de se produire dans un tel contexte. Il avait d'ailleurs toujours été saisi d'une appréhension particulière quand ils avaient donné des concerts au Royaume-Uni, mais s'était à chaque fois raisonné en se disant qu'il n'y avait dans la salle qu'un public venu pour les écouter, qu'il restait aussi anonyme que possible sous son maquillage et qu'il n'était pas question de s'attarder. Sauf qu'une réception de mariage n'avait rien d'un concert et que les occasions de devoir échanger avec certains invités ou le personnel ne manqueraient pas. Pourtant, il lui fallait se rendre à l'évidence : quand on le lui avait proposé, quelques semaines plus tôt, même s'il n'avait pas pensé à poser plus de questions, il avait accepté. Et son groupe comptait dessus, tout comme leur producteur. Sans compter le grabuge qu'ils risquaient tous s'ils venaient à subitement revenir sur leur parole...

Se sentant tout à coup pieds et poings liés, il jeta un regard noir à Harvey avant d'exploser :

– Vous ne m'avez jamais dit que ce serait à Londres !

– Quel est le problème, Sam ? Que je puisse voir ce que je peux faire.

– Mais il n'y a rien à faire, le problème c'est que je ne veux pas aller à Londres, un point c'est tout !

– Pourquoi ça ? s'enquit Harvey, qui commençait à perdre patience. Ça ne t'a jamais posé problème d'y jouer en concert, pourtant.

– C'est... c'est différent. Je... je préfère éviter tout ce qui n'est pas lié à la scène, justement. Je n'ai pas vraiment de bons souvenirs là-bas.

À ces mots, Andy referma le magazine d'un coup sec et gratifia Sam d'un regard désolé tant il s'en voulait déjà. S'il était loin de connaître l'histoire dans son intégralité, son statut d'assistant et de garde du corps l'avait amené à quelques reprises à avoir vent de certains détails douloureux du passé de Samuel – jusqu'à ces fameuses photos qui étaient arrivées sous pli plusieurs années auparavant. Mais, trop distrait, il venait seulement de faire le rapprochement avec cette inconnue qui, depuis le Kent, était à la fois la muse et la malédiction de Samuel Kroeger.

# Cinquième partie

# 50

Rosie n'avait jamais été aussi nerveuse, et pourtant, Dieu sait combien elle avait été soumise au stress et aux tensions ces dernières années. Debout et droite face au grand miroir, elle lissa sa chemise en soie écrue pour la troisième fois, en vérifia les boutons de manchette en perle, passa sa paume sur son chignon déjà parfaitement plaqué et prit une grande inspiration avant de regarder sa montre. Il était dix-sept heures quarante-cinq. Dans quelques minutes, le cortège arriverait au domaine et...

Son téléphone sonna. L'écran indiquait « Olivia ». Une jeune femme dynamique, particulièrement organisée et sur qui les sœurs Cavendash pouvaient compter – elle occupait depuis un an le poste d'assistante, véritable atout de l'agence *When dreams comme true*, qui, au demeurant, prospérait comme jamais.

– On est en place, annonça-t-elle.

– Bien, répondit Rosie, feignant la voix la plus posée possible. Le... le groupe n'est pas arrivé ?

– Pas encore, non. Mais monsieur Graham a téléphoné il y a une heure pour prévenir de leur léger retard. Sachant que le bal ne sera ouvert qu'à vingt heures trente, nous sommes large, non ?

– Oui, oui. Pas de souci. Préviens-moi dès qu'ils arrivent si je ne suis pas là pour les accueillir moi-même. Il est impératif qu'ils se garent à l'arrière et qu'on leur laisse le temps de s'installer au sous-sol, comme prévu.

– Aucun problème, priorité à la surprise ! s'enthousiasma Olivia.

♪

La limousine démarra.

– Alors ? s'enquit Ophelia d'une voix curieuse.

– Kate est magnifique, répondit Maxine, émerveillée. J'adore sa coiffure !

– Je trouve aussi.

– Et puis la dentelle qui descend jusqu'à ses mains, c'est tellement beau !

– C'est bien vrai.

– Les photos vont être incroyables.

– Absolument. Alan est formidable, je suis sûre que les clichés seront à la hauteur de leur couple.

– Oh ! j'aimerais tant qu'il fasse les photos à mon mariage...

– À ton mariage ? releva Ophelia, amusée.

– Oui, confirma la petite fille en fermant les paupières comme pour se projeter dans son rêve. Je voudrais une robe comme ça, avec de la dentelle sur les bras, mais pas jusqu'à la jupe. Je préférerais un vrai bustier, une robe en deux pièces. Un jupon bouffant en bas, mais bien cintré à la taille, avec de l'organza légèrement doré par-dessus un satin écru. Et ahem... des feuilles brodées. De petites feuilles, comme du lierre doré, qu'on verrait en transparence sous l'organza.

Ophelia arborait un large sourire, fascinée tant sa fille lui rappelait celle qu'elle avait été au même âge. Maxine ouvrit les yeux tandis que la voiture traversait une zone boisée.

– Tu te moques ? lança-t-elle d'un ton indigné tandis qu'elle fronçait les sourcils.

– Pas du tout, ma puce. Je fonds.

– Mamaaaan, soupira Maxine. Je ne suis plus un bébé.

– Tu as raison. Même si tu seras toujours mon bébé.

– Je vais me marier, un jour, tu sais.

– Si tu le souhaites, je n'en doute pas. Il faudra juste que tu fasses attention à toi. Que tu veilles à ce que l'élu de ton cœur soit bien la bonne personne. C'est la plus belle des parures, tu sais.

– Comme papa.

– Comme papa.

– Je ne me souviens plus trop de sa voix, mais il me manque, dit Maxine en posant sa tête sur l'épaule de sa mère.

– À moi aussi. Tous les jours.

♪

Samuel regardait défiler les paysages verdoyants par la fenêtre fumée du van. C'était le mois de mai, il faisait un temps magnifique, l'air était doux et subtilement humide. Les lieux du mariage étaient en périphérie de Londres ; un petit domaine privé au beau milieu d'une clairière. Il se sentait plus serein qu'il l'aurait imaginé. Sans doute parce qu'Andy, par culpabilité, avait remué ciel et terre pour obtenir la liste pourtant confidentielle des invités et s'était assuré qu'aucun Cavendash n'y apparaissait. Ayant toute confiance en ce garde du corps aussi barbu que musclé qui était devenu son ami puis son assistant, Sam avait passé les semaines précédentes à se répéter que ce n'était qu'un concert dînatoire, qu'il ne venait que pour jouer, que ce serait l'affaire de quelques heures seulement et que le lendemain, il pourrait remonter dans leur jet privé et rentrer chez lui, à Nashville. Loin des fantômes de son passé. Ou peut-être passerait-il jeter un œil à l'avancée des travaux ? Non, non, chassa-t-il sa pensée d'un geste.

– « Non » quoi ? répéta Nicolas, qui lui jetait un regard inquiet.

– Rien.

– Ce « rien » était si insignifiant que tu as parlé à voix haute.

– Laisse.

– Mais oui, laisse, Nick, se moqua Joey, à l'arrière. Sam a juste les jetons d'oublier encore le nom de la mariée !

– Ha, ha ! Ouais, c'est comment déjà, son nom, hein, Sam ? surenchérit Aron en buvant une gorgée de bière. Elizabeth ? Comme la reine ? Ou Victoria ?

Sam se laissa aller à sourire et Andy, depuis le siège passager, se tourna et les pointa du doigt d'un air faussement sévère :

– Tâchez de vous tenir, un peu, les enfants ! On n'va pas au mariage de n'importe qui. Vous avez intérêt d'assurer comme vous savez le faire. Et c'est la dernière bière, hein. On va éviter de débarquer saouls, si vous voulez bien.

– Oui, Monsieur Grahaaaam ! répondirent Aron et Joey en chœur depuis le fond du van avant d'éclater de rire.

Nick posa une main bienveillante sur l'épaule de Samuel et lui souffla :

– T'inquiète. Ça va aller. On y va, on joue, on rentre. Sois tranquille.

Sam le remercia d'un signe de tête.

– Hey, Sam, fit Andy d'un ton sérieux et un brin inquiet.

– Andy ?

– Juste comme ça... c'est quoi le prénom de la mariée ?

Samuel lui jeta un regard moqueur et répondit :

– Elizabeth ?

# 51

– Monsieur Graham, bienvenue aux Seven Swans. Je suis Olivia, enchantée.

– Enchanté, Olivia, répondit Andy en baissant la tête. Charmé, même, précisa-t-il spontanément, happé par l'accent anglais et les traits fins de cette jolie blonde au carré court parfaitement coiffé.

Elle rougit et jeta un bref regard au van, curieuse de découvrir ces rock-stars dont elle était fan. La présence de Philæ-O était un évènement si exceptionnel que, si elle était déjà amoureuse de son poste, ce mariage en particulier relevait littéralement du fabuleux. Mais les vitres étaient fumées et le timing minuté. Toute professionnelle qu'elle était, elle indiqua alors à Andy l'emplacement réservé au van et aux véhicules transportant le matériel du groupe, à l'arrière du domaine. Les quatre garçons en sortirent, chapeaux sur la tête, lunettes noires sur le nez, les cols de leurs vestes relevés, réflexe habituel pris avec les années pour éviter autant que possible les paparazzis. On les laissa s'installer dans le vaste et moderne loft qui occupait le sous-sol de ce petit château du XVI^e^ parfaitement entretenu. Pas la moindre fenêtre. Du calme. L'idéal pour leur laisser l'intimité dont ils avaient besoin avant une représentation, mais aussi pour garder leur présence secrète jusqu'au début du concert, à savoir le cadeau de Jimmy à Kate et sans nul doute le clou de la soirée.

Depuis leur cachette, installés à même le sol sur les épais tapis anthracite devant un splendide salon en cuir, Nicolas, Joey et Aron avaient sorti leurs guitares et fanfaronnaient en jouant quelques accords. Samuel s'installa face au miroir de la coiffeuse à leds devant laquelle, comme d'habitude, on avait déposé la petite mallette qui contenait son nécessaire à maquillage et sa coiffe à plumes. Il peigna d'abord ses cheveux noirs qui lui tombaient jusqu'à la ceinture et les attacha fermement en une queue de cheval pour dégager son visage. Plongeant un pinceau dans le blanc, il se mit à peindre religieusement sa peau en de lents gestes, depuis la racine de sa chevelure jusqu'au-dessous de sa mâchoire. Quand il eut terminé, il prit un autre pinceau et passa au noir, s'appliquant à couvrir chaque millimètre, y compris ses paupières et les ailes de son nez. Au fil des années, c'était devenu son rituel, une façon de se déconnecter de la réalité le temps de quelques minutes. Il avait toujours tenu à le faire lui-même, aucun maquilleur ne l'avait jamais touché. Il aimait se concentrer sur la texture des matières dans lesquelles il plongeait ses pinceaux, puis sur le contact des poils gorgés de fard qui glissaient sur son front, son nez, ses joues et qui le changeaient en cette anonyme superstar, en cet artiste connu de tous, mais compris de personne, qui lui permettait de s'exprimer sans être tétanisé par la peur d'être Samuel Kroeger. Les trois autres, conscients des blessures profondes de leur ami, comprenaient et respectaient cela. Andy savait tout autant combien il avait besoin de ce moment d'isolement, de silence. Il s'était toujours évertué à le préserver de toute interruption ; la session maquillage de Sam, c'était sa méditation. À ce même instant donc, il campait devant la porte du loft, en bas des escaliers, assis sur une chaise, le nez plongé dans un article comparatif entre la Ferrari 456 et l'Audi R8 Type 42. Une porte s'ouvrit à l'étage, laissant fuiter une seconde le bruit du remue-ménage qui allait bon train, brouhaha et verres qui s'entrechoquaient. L'apéritif arrivait à sa fin et le dîner étant sur le point d'être servi, les invités avaient désormais tous rejoint les lieux des festivités.

– Tout va bien ? lança Olivia en apparaissant en haut des marches, un large sourire sur son visage angélique.

– T... Tout va... b... bien, oui, bégaya Andy en refermant son magazine auto, soufflé par l'allure séduisante de la jeune femme à la robe fuseau noire, qui épousait parfaitement ses courbes.

– Les garçons sont bien installés ?

– Ou ... oui, oui, répondit-il en se levant.

Elle avait beau être minuscule comparée à son mètre quatre-vingt-quinze et ses plus de cent kilos, il se sentait le plus humble de tous les hommes face à elle, ce qu'elle n'eut aucun mal à percevoir. Contrairement à Sam, Andy Graham n'avait jamais été très bon pour le camouflage. Si elle attendait impatiemment de voir Philæ-O de ses propres yeux, elle se surprit à scruter un instant les yeux noisette de cet homme un brin bourru, qui, sous sa dense barbe noire, cachait manifestement un cœur en marshmallow.

Son bipeur sonna. Elle y jeta un œil puis vérifia l'heure à sa montre.

– Dans trente minutes, on lance les premiers toasts, annonça-t-elle.

– Oh ! Ahem. Vous... ahem... vous avez besoin qu'on se tienne prêts pour quelle heure ? Je... je veux dire, heu... combien de... dans combien de... de temps est-ce que...

Elle lui offrit un large sourire de ses lèvres rouge vif et il fondit plus encore.

– Deux heures. Il vous reste un peu plus de deux heures.

– Deux heures et on entre en scène. Bien. Bien. Enfin, ils, ils rentrent en scène, bien sûr, balbutia-t-il, totalement troublé. Je... je ne suis que le... l'assistant.

– Moi aussi.

– Vous... vous aussi ?

– Moi aussi, je ne suis que l'assistante. Mais que feraient-ils sans nous, n'est-ce pas ? lança-t-elle avec un clin d'œil. Je suis sûre que vous leur êtes indispensable.

Il laissa échapper un rire mi-nerveux, mi-idiot, qu'elle trouva plutôt irrésistible.

– Bien, je dois remonter, mais on viendra vous chercher pour vous accompagner à l'arrière de la scène avant de lancer le concert.

– OK.

– Vous avez mon numéro, vous m'appelez si vous avez besoin de quoi que ce soit.

– OK, répéta Andy, légèrement hébété.

Elle sourit encore et tourna les talons, laissant derrière elle ce grand bonhomme figé comme jamais il ne l'avait été.

♪

Ophelia était absolument ravie. La journée s'était déroulée à la perfection et la soirée avait démarré sous les meilleurs auspices. Le temps était parfait, et si la température s'était légèrement rafraîchie désormais, il faisait encore assez chaud pour qu'on laisse les cardigans sur les dos des chaises. Tout avait été féérique et sans le moindre imprévu, des préparatifs de la mariée le matin même à l'arrivée des mariés aux Seven Swans. Les lieux avaient aussi bien ébloui les soixante-douze convives que Maxine, qui avait ouvert des yeux émerveillés sur le décor le plus extraordinaire qu'elle ait jamais observé. Le petit château en lui-même disposait d'une architecture des plus romantiques, avec deux tourelles rondes à créneaux et une entrée principale située sous une arche. Devant s'étendait un double escalier de marbre paré de rubans écarlates, de discrètes lumières scintillantes et de roses charnues. On y avait réalisé de belles photos de famille et de groupe à l'arrivée du cortège. On avait illuminé le haut mur de pierre pâle qui entourait la propriété et installé pour l'occasion à son pied de splendides compositions florales dans les tons rouge et blanc. La cour offrait à la fois un vaste espace et une intimité idéale à la fête. Une douzaine de grandes tables rondes se tenaient en éventail autour d'un large kiosque en fer forgé blanc intégralement recouvert de guirlandes scintillantes, des mêmes rubans et roses rouges, sur le parquet duquel jouait depuis le début du cocktail un talentueux groupe de Jazz de la Nouvelle-Orléans. Au centre des nappes en épais satin pourpre se dressaient de majestueux chandeliers blancs. La lumière tamisée des bougies se reflétait sur l'argenterie et les assiettes en porcelaine anglaise. C'était aussi sublime que simple.

Depuis le perron, contemplative de la scène qui frôlait la perfection aussi bien esthétiquement que de par la joie ambiante, Maxine s'adossa à sa mère et Ophelia posa les mains sur ses épaules avant de l'enlacer, satisfaite.

– Bien joué, maman.

– Merci, ma puce.

Ce « bien joué », aussi sincère qu'énoncé avec aplomb, c'était les deux petits mots pour lesquels Ophelia aimait tant innover. Si elle adorait son métier pour mille raisons, rien n'était plus doux à ses oreilles que d'entendre sa fille les prononcer, tant la rigueur et l'exigence de Maxine dépassaient de loin les attentes des mariés les plus pointilleux. Du haut de ses onze ans, son intelligence n'était pas commune. Elle fascinait tout le monde de par son élocution et ses manières irréprochables, son goût pour l'esthétisme, son talent pour la musique et son aisance à cheval. Tout en elle inspirait l'admiration tant il était rare de voir en une si jeune fille de telles aptitudes... qu'elle maîtrisait cependant avec une certaine irrévérence qui avait souvent donné du fil à retordre à Ophelia. Maxine était précoce et elle avait ce piquant, cette hardiesse que lui enviaient sa mère et sa tante, elles qui avaient grandi dans un milieu aussi fermé que sévère, bien que privilégié.

Ophelia embrassa sa fille sur la joue et lui souffla un « Je t'aime » avant que Maxine, pareille à un renard, ne s'échappe, descende les escaliers et se faufile parmi les tables, sa chevelure rousse voletant dans son dos, bien décidée à aller complimenter la mariée.

– Sacrée chipie, commenta Rosie qui venait de rejoindre sa sœur après avoir géré quantité de détails en cuisine, sans que rien ni personne ne s'en aperçoive.

– Elle va faire tourner les têtes. Elle fait déjà tourner la mienne, ajouta Ophelia en souriant, attendrie en voyant Maxine faire une brève révérence à tous les convives qui la complimentaient sur sa jolie robe.

Ophelia ne remarqua pas les gouttes de sueur qui avaient perlé sur le front de sa sœur. Pas plus qu'elle ne remarqua les coups d'œil nerveux qu'elle jetait à sa montre, voyant l'horaire du concert approcher.

– Rien à signaler ?

– Non. Je viens de passer une demi-heure à refaire le point sur les menus végétariens puisque le chef avait apparemment récupéré la liste qui n'était pas à jour, mais c'est réglé et tout le monde mange à sa faim, tous régimes alimentaires confondus. Le saxophoniste s'est coupé le doigt en essayant d'ouvrir une des malles de transport, mais on a pu gérer le bobo rapidement et même s'il a mal, il a assuré pouvoir jouer.

Ophelia plissa les yeux et remarqua le bandage blanc sur la main noire du saxophoniste qui jouait effectivement avec brio malgré sa blessure.

– On est bon sur le déroulé, souffla-t-elle, satisfaite. On a bien bossé, toi et moi. Olivia a l'air d'avoir bien géré aussi.

– Oui, Jimmy et Kate ont l'air de profiter à fond, c'est génial.

– Ça donne quoi en backstage ? lui demanda Ophelia d'un ton qui ne dissimulait pas son excitation.

Rosie fut parcourue d'une sueur froide et s'agrippa à la balustrade.

– Rosie ? Ça va ?

– Oui, oui. Ne t'en fais pas. Je... je suis debout depuis des heures.

– Assieds-toi, donc, ordonna Ophelia en l'aidant à s'installer sur la première marche.

– Je vais boire un peu d'eau et ça ira, ne t'en fais pas.

Un serveur sortit pile à cet instant, un plateau garni de verres aux couleurs acidulées.

– Hey, t'es pas raisonnable, dis, déplora Ophelia en saisissant un cocktail sans alcool pour le tendre à sa sœur. Tu sais bien qu'on ne peut prendre soin des autres si on oublie de prendre soin de soi.

– Je sais bien, admit Rosie en le buvant d'une traite.

– C'est sucré au possible, ça devrait te requinquer.

– Ça va déjà mieux, merci.

– Bon, et alors ?

– Et alors quoi ?

– Eh bien, le groupe ! reprit-elle d'une voix aussi basse que malicieuse. Ça donne quoi en backstage ? Tu ne m'as pas dit. Tu les as vus ?

– N... Non. C'est... c'est Olivia qui les a accueillis. On a essayé de limiter les allées et venues à l'arrière pour ne pas soulever trop de curiosité. Ils sont au sous-sol, comme prévu.

– Parfait. J'ai hâte. J'ai écouté quelques-uns de leurs morceaux phares, histoire de ne pas arriver en totale inculte, et je dois dire que j'aime beaucoup ! Je ne m'attendais pas à ça mais en dépit de leur côté dark, leurs textes sont d'une profondeur...

Rosie faisait un effort surhumain pour ne pas perdre la face et garder son naturel, bien qu'à cet instant précis, elle se demandât surtout si Ophelia était tombée sur la chanson *Maxine* et s'apprêtât à lui dire combien c'était fou comme coïncidence. Mais elle n'en fit rien et se releva, lissa sa robe, repassa brièvement les doigts dans sa frange pour la recoiffer et annonça :

– Bon, en attendant la surprise, j'ai encore du pain sur la planche, moi ! Je te laisse garder un œil sur Maxine, je vais m'assurer qu'on est dans les clous pour l'arrivée du gâteau, et il faut que je ramène une épingle à nourrice à Mrs Ludlow, la fermeture de sa robe a lâché apparemment, constata Ophelia en consultant son bipeur. Je file !

Et Rosie la regarda se précipiter à l'intérieur, morte d'angoisse, sachant que le moment fatidique n'avait jamais été aussi proche. Encore quelques dizaines de minutes et ce serait peut-être tout leur monde qui basculerait.

# 52

La nuit était tombée. Ophelia, Maxine et Rosie étaient installées à l'une des tables sur le côté. Kate avait insisté pour qu'elles puissent profiter au maximum du dîner et de la fête. Le mariage désormais bien avancé, Olivia assurait leurs arrières et elles s'octroyaient une pause bien méritée, du moins, c'est ce que pensait Ophelia, ignorant tout du tumulte qui faisait rage dans l'esprit de sa sœur.

Une coupe de champagne à la main, Jimmy avança parmi les tablées silencieuses en direction du kiosque et en monta les trois petites marches tandis qu'on en éteignit toutes les lumières alentour et que seule une poursuite ne l'éclaire. Rosie sentit une vive décharge d'adrénaline la parcourir et se mit à trembler comme une feuille, ce que sa sœur et sa nièce ne distinguèrent pas, à la seule lueur des bougies. Les yeux rivés sur Ophelia, elle inspira un grand coup pour se donner le courage d'affronter ce qui l'attendait. Il était bien trop tard pour faire machine arrière, et elle devait en avoir le cœur net. Jimmy saisit le micro au centre de la scène tandis que des fumigènes se répartissaient furtivement en une brume blanche et opaque à ses pieds.

– Bonsoir, commença-t-il d'une voix aguicheuse en lançant un regard charmeur à Kate, qui laissa échapper un éclat de rire. Ce n'est pas la première fois que je monte sur scène, et pourtant même si elle est bien plus étroite que celles que j'arpente d'ordinaire, je reconnais que j'ai rarement eu autant le trac, dit-il sous le regard amusé de ses convives. Sauf peut-être en primaire, le soir où mon plan consistait à arriver totalement nu au spectacle de fin d'année – pardon maman, pardon papa.

Tout le monde rit. Puis, il s'éclaircit la voix.

– Quand... quand j'ai croisé le chemin de Kate, ton... *ton* chemin, je m'suis dit « Wow, je veux que cette fille-là me regarde. » Et, ahem... et quand pour la première fois elle... quand pour la première fois tu... tu m'as regardé... eh bien je...

Il s'interrompit et baissa les yeux, ému.

– Je me suis rendu compte que tu ne faisais pas que me regarder. Tu voyais à travers moi. Tu me voyais et tu me vois toujours, tel que je suis, avec plus de perspicacité encore aujourd'hui. Tu vois tout ce qu'il y a de beau en moi, comme tu vois tout ce qui sera sûrement toujours un peu cabossé. Et tu... tu es restée malgré tout. Et ces quatre dernières années... ces quatre incroyables années passées à ton bras, eh bien...

De nouveau, il marqua une pause et frotta ses paupières tant les larmes lui montaient.

– Bon Dieu, je savais que ce s'rait pas simple, mais je m'attendais pas à peiner aussi vite ! avoua-t-il en souriant sous les rires discrets des convives. Ces quatre incroyables années passées à ton bras ont été les plus belles de ma vie, et je n'aurais jamais imaginé mériter une femme telle que toi, je n'aurais jamais imaginé que quelqu'un puisse un jour à la fois discerner aussi précisément qui je suis tout en tirant le meilleur de moi.

Ophelia jeta un œil à Kate. La mariée, ses yeux humides rivés sur Jimmy, avait la main gauche posée sur son cœur, son alliance scintillant vivement au-dessous de sa bague de fiançailles.

– Tu n'es pas seulement ma meilleure amie, tu es aussi et surtout la personne la plus intelligente, la plus forte, la plus sensible, la plus talentueuse et la plus bienveillante que je connaisse. Et tu es... tu es aussi ma femme, désormais. Et je... et je n'en reviens pas de pouvoir prononcer ces mots, je n'en reviens pas de savoir que ce qui m'attend maintenant... c'est de passer le restant de mes jours à tes côtés.

Il pleurait pour de bon, tout comme Kate, dont les larmes roulaient sans tarir sur ses pommettes saillantes. *Ces deux-là s'aiment vraiment*, pensa Ophelia qui, malgré les années et les dizaines de mariages qu'elle avait organisés, s'émerveillait toujours autant face à certains couples à l'amour et la complicité des plus authentiques.

– Et ahem... Je savais que tu allais pleurer, se moqua-t-il gentiment en essuyant ses propres larmes d'un revers de main. Alors bon, comme mon unique objectif à partir de maintenant, c'est de faire de toi la femme la plus heureuse et la plus souriante du monde, je m'suis dit qu'il y avait sans doute un bon moyen de te le coller ce sourire aux lèvres pour le restant de la soirée et peut-être même les prochaines années.

Kate, un mouchoir blanc encore à la main, lui jeta un œil intrigué avant de tourner la tête en direction de ses témoins qui, d'un signe de tête, lui firent comprendre qu'elles n'étaient pas dans la confidence.

Ophelia ne les lâchait pas du regard, plus impatiente que jamais de découvrir la réaction de la mariée face à l'incroyable cadeau qui l'attendait.

Rosie, elle, était tétanisée par la peur.

– Mrs Johnson, me feriez-vous l'honneur de m'accorder cette danse ? lui demanda-t-il en tendant vers elle sa main.

Jimmy descendit les marches, Kate se leva, ajusta sa splendide robe vaporeuse et le rejoignit au centre de la piste couverte de brume, comme un ange flotte sur un nuage. Tandis que naissaient les premières notes de la chanson *I'll always long for you*, ils s'enlacèrent et il l'embrassa avec fougue avant d'ouvrir le bal sous l'éclat de la poursuite et les regards attendris de tous. Alors, il se pencha à son oreille avec un sourire aussi malicieux que satisfait et lui murmura :

– J'ai bien peur que tu aies envie de repartir avec eux plutôt qu'avec moi mais...

De hautes flammes jaillirent soudain sur toute la tranche du mur de pierre et un jeu de lumière balaya simultanément la scène. Kate, éblouie, perçut d'abord le son de la batterie suivi des hurlements stridents des invités, avant d'ouvrir les yeux sur Philæ et de porter ses mains à sa bouche, stupéfaite, au moment où sa voix grave iconique se mit à résonner au micro.

– *Happy wedding day*, susurra Jim à son épouse en déposant un baiser dans le creux de son cou.

♪

Elle avait beau scruter la moindre expression sur le visage de sa sœur, Rosie ne distingua rien de plus qu'une joie sincère de voir « sa mariée » aux anges et les convives déborder d'enthousiasme. Quand le morceau s'acheva sur leur première danse et que les cris des presque soixante-dix invités retentirent de nouveau, Jimmy et Kate leur firent signe et nombreux furent ceux qui se levèrent pour rejoindre la piste, plus curieux les uns que les autres d'approcher Philæ-O, le bal s'étant bien vite changé en concert. Maxine, portée par l'effervescence ambiante, s'échappa à nouveau et s'y précipita sous le regard complice d'Ophelia, qui la suivit. Prise de court, Rosie s'élança à leur suite. Elle tenait à être face à Philæ au moment précis où il poserait les yeux sur son aînée et savait depuis le départ que cet instant précis serait aussi fugace qu'imprévisible. Elle tenait à décoder son regard à lui aussi, s'il était bel et bien le Samuel Kroeger de Daffodil Meadows.

Sam, sa Duesenberg noire et chromée entre les mains, jouait et chantait comme il l'avait toujours fait – c'est-à-dire corps et âme, dans une justesse parfaite. Quand le second refrain laissa place au solo de Nick, il jeta un œil au public enflammé et crut entrevoir comme une petite flamme parmi la foule. Nicolas termina et il se remit au micro pour enchaîner avec le refrain suivant. Avide de comprendre ce qui avait retenu son attention, il leva une fois encore les yeux et distingua un mouvement, une aura orangée qui disparut vite entre les visages de ces inconnus et les spots en mouvement. Joey, Aron et Nick s'interrompirent pour laisser le soin à Samuel de chanter les quatre lignes a cappella de cette chanson emblématique du groupe. Il lâcha le manche de sa guitare pour attraper le micro à deux mains, paupières closes, et tout le monde, pendu à ses lèvres, se délecta du son de sa voix envoûtante, profonde et brûlante d'une intensité rare. Quand Aron relâcha à nouveau son énergie sur la batterie et que Sam ouvrit les yeux, il distingua la chevelure rousse d'Ophelia, puis, juste sous sa frange, son regard d'un vert unique. Tout alla très vite.

Son cœur s'emballa.

Un tremblement.

Une sueur froide.

Comme frappé par la foudre, il s'effondra.

# 53

– Mon Dieu, mon Dieu, répétait Kate, qui hyperventilait.

Ophelia lui tendit un sac en papier en l'invitant à s'asseoir sur le fauteuil couvert de velours bleu roi. Elle se mit à y inspirer et expirer aussi fort que possible avant de baisser les bras et de jeter un regard suppliant à Jimmy, qui attrapa sa main.

– Notre mariage a tué Philæ, on a tué... on a...

– Mais non, mon amour.

– Je suis sûre qu'il va bien, enchaîna Ophelia en jetant un coup d'œil à son bipeur qui venait de sonner. C'est Rosie. Je confirme : il est en vie. Sans doute juste un étourdissement. Ils ont fait un long chemin et d'après ce qu'on m'a dit, ce sont des acharnés de travail.

– Le type est solide, chérie, ne t'en fais pas. C'est toi qui m'inquiètes le plus, là. Respire, s'il te plaît.

La porte du petit salon s'ouvrit sur le visage jovial d'un médecin, la quarantaine, les cheveux argent.

– Bonsoir, bonsoir, annonça-t-il d'une voix enthousiaste en la refermant. Alors, alors, dites-moi, que vous vaut l'honneur de ma présence ? plaisanta-t-il en s'approchant de Kate avant de déposer sa mallette sur le parquet en bois vernis.

– Est-ce qu'il répète vraiment tout en double ou est-ce que c'est moi qui débloque ? demanda Kate à Jimmy.

Il regarda le docteur d'un œil embarrassé.

– Mes excuses, Docteur, elle est un peu désorientée.

– Ça va, ça va, répondit-il en sortant le tensiomètre.

♪

– Sam ? Sam ? répéta Nick, qui avait posé son Fedora noir sur le tapis anthracite où on avait étendu Samuel.

Samuel ouvrit lentement les paupières, comme on se réveille d'un sommeil agité.

– Wow... souffla-t-il en essayant de se redresser.

– Hop, hop, hop, lui interdit une voix inconnue en le maintenant gentiment au sol. Une chose à la fois.

Il sentit la froideur du stéthoscope se déplacer sur son torse.

– Qu'est-ce que... murmura Sam d'une voix faiblarde.

– Tu t'es pris une belle gamelle, expliqua Joey, derrière lui.

– Tu as perdu connaissance en plein pendant qu'on jouait, précisa Aron.

Le visage d'Ophelia parmi le public réapparut soudain à Samuel. Il se redressa d'un coup.

– Une chose à la fois, j'ai dit, le réprimanda le médecin urgentiste. On va attendre quelques minutes avant de se mettre debout, mon brave.

– Sam, s'enquit Nick à voix basse, dis-moi que t'as pas déconné. Dis-moi que t'as pas essayé à nouveau de...

– Non. Ça n'a rien à voir, murmura Samuel.

– Comment ça, « ça n'a rien à voir » ? C'est autre chose ?

– J'ai ahem.... J'ai cru voir...

– Il va s'en remettre ? s'inquiéta Olivia.

Sam porta une main à ses sourcils froncés puis se leva en dépit des recommandations. Sa coiffe à plumes tomba par terre.

– Eh bien, apparemment, commenta le docteur en se levant à son tour tout en gratifiant son patient d'un regard désapprobateur.

Olivia tendit une bouteille d'eau à Samuel qui en but la moitié d'une traite.

– Vos constantes sont normales, je ne vois aucune raison de se tracasser outre mesure. Vous avez eu de la chance de ne rien heurter en tombant. Vous dites avoir vu quelque chose ?

– Rien, éluda Sam.
– Il serait bien de vous reposer quelques minutes, indiqua le médecin en désignant le canapé en cuir.
– Non, non, on va retourner jouer.
– Vraiment ? fit Olivia d'une voix gorgée d'espoir, partagée entre sa raison et son souhait de sauver la fin de soirée pour que ce mariage ne vire pas au désastre.
– Sam, t'es sûr de toi, là ? demanda Aron.
– Je n'suis pas convaincu que ce soit bien raisonnable, confirma Andy, soucieux.
– Ça va aller, j'vous dis, siffla Sam, agacé. J'ai cru voir...
C'est alors qu'il la vit. Adossée à la porte du sous-sol, les bras croisés, les traits crispés, le regard rivé sur lui.
– R... Rosie ? devina Sam, qui de nouveau fut secoué par de vives palpitations.
Elle baissa les yeux, manifestement très mal à l'aise. Les garçons se jetèrent un œil les uns aux autres, confus.
– Comment ça, « Rosie » ? répéta Olivia, incrédule. Vous vous connaissez ? demanda-t-elle à son employeuse.
– ANDY ! hurla soudain Sam sans lâcher Rosie du regard.
– Oui ? répondit l'homme à l'allure d'ours, d'une voix penaude.
– Je t'avais dit de vérifier la liste des invités, pas vrai ?
– Heu, oui... oui.
– Et tu es sûr de toi ? Tu es *vraiment* sûr de toi ?
– Eh bien, heu... oui... balbutia-t-il en saisissant son téléphone dans sa poche et le faisant tomber tant il se décomposait sur place. Enfin je... oui, heu... non, je... je n'sais pas ce qui... je suis désolé, je...
– Inutile de vous confondre en excuses, je ne suis pas sur la liste des invités, expliqua Rosie sans relever le nez. Elle... elle n'y est pas non plus, lança-t-elle à l'attention de Sam.
Réalisant qu'elle venait de lui confirmer la présence d'Ophelia, Samuel sentit de nouveau ses jambes se dérober sous son poids et s'assit précipitamment.
– Laissez-nous, annonça-t-il d'un ton sans appel.
– Sam... tenta Nicolas.

– Laissez-nous.
– Il vaudrait mieux que vous ne... commença l'urgentiste.
– LAISSEZ-NOUS ! gronda Samuel de toutes ses forces.
Rosie s'écarta de l'entrée et ils s'exécutèrent, les uns après les autres, s'interrogeant à voix basse, aucun d'entre eux ne comprenant véritablement ce qui se passait. Il y eut ensuite quelques secondes d'un silence de plomb, puis :
– Alors, elle est bien là, commença Samuel.
– Oui.
– Où ? Où est-elle ?
– Avec les mariés, répondit Rosie d'un ton le plus détaché possible en tripatouillant nerveusement ses boutons de manchette en perle.
– Qu'est-ce que... vous... vous ne... vous ne deviez pas être ici, je... Andy avait...
– Je te l'ai dit, on ne fait pas partie des invités.
– Mais alors pourquoi est-ce que...
Rosie releva des yeux humides vers lui et vint s'asseoir à l'autre bout du sofa.
– Nous sommes associées. Dans le wedding-planning. C'est nous qui avons organisé ce mariage.
Tout prenait sens. Il sourit, ému et touché de constater qu'elle avait réalisé son rêve. Le cœur de Samuel battait si fort qu'il le crut prêt à bondir hors de sa poitrine. Il n'était intérieurement plus qu'un paradoxe géant, divisé entre le besoin viscéral de se précipiter à l'étage pour serrer dans ses bras celle qui n'avait pas une seule seconde quitté ses pensées ces douze dernières années, et celui de fuir à l'autre bout de la planète pour ne pas risquer de la blesser une fois encore.
– Alors, c'est bien toi. Le Samuel Kroeger de Daffodil Meadows, affirma-t-elle en remarquant les larmes qui dévalaient les pentes de ses joues peintes en noir et blanc.
– Est-elle...
Bouleversé, Sam porta les mains à sa tête et s'appuya un instant sur ses genoux, ses longs cheveux raides lui tombant sur le visage.
– Est-elle heureuse ? parvint-il enfin à prononcer.

Face à son expression dévastée et au bleu de ses yeux en amande qui étaient purement et simplement identiques à ceux de sa nièce, Rosie sentit sa gorge se nouer.

– Je... Je ne sais pas, avoua-t-elle en sentant les larmes lui monter. Elle... elle se sent seule, je crois.

Il y eut un long moment de flottement pendant lequel tous deux cherchèrent à organiser leurs pensées ravagées par l'émotion. Rosie était rongée par la culpabilité tant il était évident que cet homme avait aimé et aimait toujours aussi intensément sa sœur, en dépit du temps et de ce dont on avait cherché à la convaincre. Samuel, lui, ne supportait pas l'idée de savoir Ophelia autrement que parfaitement épanouie, et combattait intérieurement la pulsion de se précipiter à sa rencontre. La savoir aussi près de lui sans pouvoir la serrer dans ses bras était insupportable.

Rosie prit alors son courage à deux mains :

– Il faut que je te demande quelque chose.

Sam se contenta de relever vers elle son regard rougi.

– Est-ce que... est-ce que tu as fui ? osa enfin Rosie.

La peur envahit Samuel et il se contenta de répondre, la voix cassée :

– Je n'ai pas eu le choix.

Ses doutes confirmés, Rosie baissa les yeux. La ressemblance de Rosie avec Ophelia était si frappante ! En Sam, le désir de la revoir se fit aussi violent que celui qu'éprouve un junkie en manque.

– Je dois la retrouver, annonça-t-il d'un ton déterminé en se levant.

Il rejoignit la porte d'un pas décidé, mais Rosie se mit en travers de son chemin.

– Attends ! s'exclama-t-elle, secouée par la panique. Attends ! Je t'en prie ! Il y a quelque chose que tu dois savoir.

– Tout ça a assez duré, répliqua Sam en cherchant à l'éviter. Peu m'importent les menaces, je dois lui parler.

– Elle ne te reconnaîtra pas ! s'écria Rosie.

Il s'arrêta net.

– Comment ça ?

– Elle ne...

– Quoi ?

– Elle... elle ne se souvient pas de toi.

Il fit un pas en arrière et lui jeta un regard médusé.

– Ophelia est amnésique. Elle... elle a perdu la mémoire juste après... eh bien... juste après... tu sais.

En une fraction de seconde, la vision d'horreur s'afficha dans l'esprit de Samuel.

Le pourpre.

Le liquide pourpre et luisant dévalant le corps d'albâtre d'Ophelia.

Pour se fondre à la moquette cramoisie.

# 54

Le bipeur de Rosie s'arrêta de sonner pour la dixième fois quand on frappa vigoureusement à la porte. Essuyant les larmes sur ses joues d'un revers de main, elle sortit un miroir de poche et un mouchoir de son sac avant de retirer avec précaution les coulées de mascara sous ses cils.

– Rosie ? résonna la voix anxieuse d'Olivia dans le couloir. Rosie !

– Que se passe-t-il ? s'enquit Rosie en se levant et tendant l'oreille de l'autre côté de la porte.

– Il y a une urgence, hem... personnelle. On te demande. Quelqu'un... quelqu'un pour toi, ajouta Olivia, embarrassée.

Consciente que la situation devait être particulière pour qu'Olivia en vienne à ainsi insister, Rosie déclara à contrecœur :

– Il faut que j'y aille. Je... je reviens ? tenta-t-elle d'une voix indécise, ne sachant tout bonnement pas quoi faire à ce stade. Olivia va rester. N'hésite pas à lui demander, si tu as besoin de quoi que ce soit.

Tandis que sa main toucha la poignée de la porte, elle jeta un dernier regard à Samuel. La tête et l'avant-bras appuyés contre le mur derrière le divan, ses longues mèches couleur nuit frôlant le haut de son jean, il était dans un état second, complètement étourdi par ce qu'elle venait de lui révéler.

Ça changeait tout, absolument tout, et c'était si inattendu qu'il avait du mal à assimiler l'information et les conséquences que cela pouvait avoir. Mille souvenirs lui remontaient, fugaces, désordonnés et volatiles. Sa tête sur ses genoux, la photo d'elle qu'il avait sortie de l'enveloppe, la blancheur de son sein nu qu'il avait découvert d'une caresse, Aslan qui broutait devant les vieilles pierres du palais en ruine, le brin de corde à leurs annulaires, son corps chaud allongé dans son dos sur le vieux matelas dans le sas, la douceur de leur première nuit d'amour... Tout ça avait donc cessé d'exister dans son esprit à elle ? Qui était-elle, désormais ? Et qui était-il, lui, si rien de tout ça n'avait plus la moindre substance ailleurs que dans sa propre mémoire ?

Samuel était embarqué dans un tourbillon de sensations aussi pénibles que chéries, des réminiscences de ce qui avait été à la fois la plus belle et la pire période de sa vie. Il en eut des bourdonnements, déchiré, étourdi, ne sachant plus s'il avait fait les bons choix, s'il n'aurait pas dû braver les interdits et...

– Je suis désolée, lui dit Rosie en sortant, déjà rongée par la culpabilité.

La porte close, Rosie, tendue, notifia Olivia d'un ton sec et d'une voix la plus basse possible :

– Tu restes ici. Tu ne bouges pas.

– Compris, fit Olivia qui, loin de s'offenser, n'avait pas manqué de remarquer les yeux rougis de Rosie.

– Qu'est-ce qui presse autant ?

– Quelqu'un te demande, répéta Olivia, étrangement mal à l'aise.

– Qui ? Qui me demande ?

– Eh bien, je ne sais pas.

– Tu ne sais pas ?

– Il n'a pas voulu me dire son nom, mais il connaissait le tien et savait que tu étais ici. Il... il attend devant le portail.

– Dieu merci, tu n'as pas laissé entrer un inconnu, souffla Rosie en levant les yeux au ciel avant de tourner les talons.

Je doute qu'il soit un inconnu, chuchota Olivia en s'asseyant sur la chaise Louis XVI qu'Andy avait laissée devant la porte du loft.

– Olivia ? lança Rosie depuis le haut de l'escalier.

– Oui ?

– N'oublie pas la clause de confidentialité que tu t'es engagée à respecter.

♪

Le médecin reparti, Ophelia aida Kate à se relever. Maxine apporta la grande trousse rose poudrée dans laquelle sa mère gardait précieusement tout un attirail de secours en cas de petits et gros imprévus. Elle en ouvrit la fermeture éclair, en sortit un nécessaire à maquillage, une petite éponge et se mit à corriger le teint de la mariée avec précision et délicatesse avant de la repoudrer.

– Tu as le coup de main, la complimenta Kate.

– Merci. Sans doute pas autant que les maquilleuses sur les sets que tu arpentes d'ordinaire mais...

– Maman fait la modeste, contesta la petite fille. Elle a tellement d'expérience maintenant, qu'elle doit bien avoir le niveau d'Hollywood.

Kate lâcha un petit rire pendant qu'Ophelia terminait avec une touche de blush d'un joli ton corail.

– Voilà. Avec ça, tout le monde ne devrait y voir que du feu.

– Tu te sens vraiment mieux ? s'enquit Jimmy.

– Si vous êtes sûrs et certains que Philæ est encore de ce monde, disons que ça va.

– Le médecin est formel. Sans doute un coup de fatigue ou de trac. Peut-être le décalage horaire ? Je n'ai pas fait le compte. Enfin, Rosie dit qu'il a juste besoin d'un moment pour reprendre ses esprits, confirma Ophelia en jetant un nouveau coup d'œil à son bipeur. Exactement comme toi.

Ophelia remonta le zip de sa robe, le médecin ayant ausculté Kate jusque dans le dos, puis elle lui apporta ses souliers et l'aida à les passer, son jupon tout en volume rendant la tâche presque impossible sans assistance. Après quoi, elle recoiffa avec précaution les cheveux blonds et ondulés de Kate, qu'elle portait lâchés, en prenant soin de remettre à leur place les deux mèches qui habillaient son front et venaient se glisser entre les branches d'un fin et discret diadème à l'allure des plus romantiques. Jim lui tendit le bras pour qu'elle se relève.

– Merci d'être restée avec moi aussi longtemps, dit-elle d'une voix apaisée à Ophelia.

– C'est normal.

– Mais non. Il y a Philæ dans ce château, et toi tu restes avec moi !

Ophelia lui sourit :

– C'est toi la plus VIP de mes VIP, ce soir, Kate. Personne, pas même une rock-star, ne passe avant toi. Et je t'assure que Rosie et Olivia sont parfaitement qualifiées pour prendre soin de nos prestataires, ajouta-t-elle avec un clin d'œil.

– Des prestataires ! La belle affaire ! s'exclama Kate en buvant cul sec une coupe de champagne pour se redonner du courage.

Jimmy la regarda et éclata de rire.

– Je t'aime, lui lança-t-il, attendri.

– Et moi donc. Je ne te remercierai jamais assez pour ce cadeau incroyable.

– Tu me remercieras s'il remonte sur scène. On est loin du concert que je rêvais de t'offrir, ironisa-t-il.

– L'attention est dingue. Je t'aime aussi, dit-elle avant de lui donner un baiser.

– Vous avez vraiment tout d'un prince et d'une princesse, déclara Maxine, ses yeux bleus scintillant d'enchantement.

Les mariés sortirent du petit salon pour rejoindre enfin leurs invités. On entendit bien vite la musique provenir du jardin. Le groupe de jazz avait repris sa place initiale pour pallier l'absence qu'on espérait provisoire de Philæ-O. Ophelia n'eut aucun mal à reconnaître, non sans une certaine émotion, la chanson *Have a little faith in me* de John Hiatt, qui avait été la première danse de son propre mariage, entre les bras tendres de Josh.

– Ça va, maman ?

– Oui.

– Tu avais les yeux fermés.

– Je...

– Tu pensais à papa, pas vrai ? comprit la petite fille qui avait dû regarder la vidéo du mariage de ses parents une centaine de fois.

Ophelia s'agenouilla pour mieux la regarder et lui répondit :

– Je t'aime tellement, ma puce.

– Moi aussi, maman. Tu sais que je suis là.

– C'est à moi d'être là pour toi, Maxine. Tu n'as pas à remplacer papa, tu le sais ça, hein ?

– Je sais. J'aimerais juste pouvoir suffire à remplir le trou qu'il a laissé dans ton cœur quand il est parti.

Les yeux d'Ophelia se remplirent de larmes et elle serra sa fille dans ses bras, ébranlée par ces mots d'une maturité aussi juste qu'en totale inadéquation avec son âge.

– Oh ! mon bébé... ne grandis pas si vite, je t'en prie, la supplia-t-elle en caressant ses cheveux roux. Tu es la plus belle chose qui me soit jamais arrivée, ne crois jamais, jamais que tu ne suffis pas à remplir mon cœur.

– Et toi, n'oublie pas que je ne suis pas la seule à pouvoir le faire. Tu as le droit de vivre et d'aimer quelqu'un d'autre que moi. Ou papa.

Ophelia se détacha d'elle et la regarda avec un sourire en coin, saisissant parfaitement ce que Maxine venait de lui suggérer. Mais le slow prit fin et les premières notes de *Wake me up before you go-go* lui succédèrent.

– Oh ! J'adore cette chanson ! s'exclama la fillette. Je peux y aller ?

Ophelia rit et eut à peine le temps de hocher la tête que Maxine s'était déjà élancée en direction de la piste de danse. Elle ne pouvait rivaliser avec George Michael. L'enfance venait soudain de reprendre ses droits sur les épreuves de la vie et elle en fut soulagée, encore déstabilisée par les mots de sa fille. Elle sortit de la pièce, s'appuya sur la balustrade en marbre blanc et aperçut Maxine qui se déhanchait déjà, main dans la main avec Kate. Ayant toute confiance en sa fille et en la sécurité des lieux, Ophelia soupira et entreprit de s'octroyer quelques minutes pour se rafraîchir. Elle n'eut pourtant pas le temps de rejoindre les cabinets que son téléphone sonna.

– Olivia ?

– Désolée Ophelia, je sais bien qu'on évite le téléphone sauf urgence, mais là...

Un fracas assourdissant l'interrompit.

– Où es-tu ? s'inquiéta Ophelia.

– Devant la porte du loft.

– Tu vas bien ? Que se passe-t-il ?

– Je vais bien mais, heu... Je ne peux pas en dire autant de Philæ.

De nouveau, il y eut à l'autre bout du fil un bruit violent et Olivia reprit d'une voix paniquée.

– Je... je crois qu'il vient littéralement de jeter une guitare sur la porte. Il est seul. Je suis seule aussi, Rosie est partie il y a dix minutes. Je fais quoi ? gémit-elle, en proie à la panique.

– J'arrive.

# 55

Il devait être près de vingt-deux heures. Rosie frissonna en traversant la cour arrière ; une brise s'était levée et ce côté n'était pas à l'abri de la bâtisse. Le gravier craqua sous ses pieds tandis qu'elle frottait les manches de son chemisier ivoire, regrettant d'avoir laissé son trench à l'intérieur. Le très haut portail en fer forgé apparut au bout de la longue allée bordée de magnifiques réverbères, ce qui offrait aux lieux une intimité des plus appréciables. Elle n'était plus qu'à une vingtaine de mètres quand elle distingua, juste derrière, une voiture qu'elle reconnut tout de suite. Phares allumés, portière ouverte, le conducteur se tenait droit derrière les barreaux noirs aux extrémités dorées, une main dans sa poche et l'autre sur le capot de la longue berline. Elle s'arrêta net.

– Papa ?

Elle le fixa, interdite.

– Ouvre-moi, Rosie, ordonna-t-il d'une voix forte et assurée.

Contrariée, elle avança de nouveau, jusqu'à atteindre le portail à son tour.

– Que fais-tu ici ?

– Où est Ophelia ?

– Qu'est-ce que ça peut te faire ? répondit-elle, acide, se surprenant elle-même.

– Ouvre-moi.

– Tu n'es pas sur la liste des invités. Je n'en ai pas la permission, c'est une soirée très privée, ajouta-t-elle en croisant les bras.

– Laisse-moi entrer.

– Non.

– Il est ici, n'est-ce pas ? siffla-t-il en levant le nez comme un prédateur flaire l'odeur de sa proie.

Rosie sentit une colère irrépressible l'envahir, telle qu'elle n'en avait jamais éprouvée auparavant.

– Qui ça ? Le vrai père de Maxine ? Ce pauvre homme que tu as fait passer pour un salaud et un lâche ces douze dernières années ? explosa-t-elle.

Lawrence pinça les lèvres.

– Tu ne sais pas ce que tu dis, Rosie.

– Tu crois ?

– Tu ne sais rien.

– Vraiment ? Eh bien, dis-moi, alors, le somma-t-elle, revêche. Je suis tout ouïe.

Il avança jusqu'à saisir les barreaux.

– Tu ne pourrais pas comprendre, lui murmura-t-il.

– Ah non ? Et pourquoi donc ? Parce que je suis quoi ? Trop jeune ? Trop crédule ? Parce que je suis *la-gentille-petite-Rosie-qui-ne-hausse-jamais-la-voix-ni-ne-pose-jamais-de-question* ? répliqua-t-elle d'une traite si bien qu'elle en fut essoufflée.

Il resta muet.

– Tu sais quoi, papa ? Tu as manqué l'information, apparemment, mais j'ai douze ans de plus, moi aussi. Et il est hors de question que je fasse ouvrir ces portes.

– Il est ici, se contenta de dire Law en la regardant droit dans les yeux.

– Il est ici. Tu arrives trop tard. J'ai déjà vu la vérité. Je l'ai vue de mes propres yeux et elle est insoutenable.

Ses traits se crispèrent et il serra si fort les barreaux de fer que ses articulations tendues virèrent au blanc et le bout de ses doigts au rouge vif.

– Je n'en reviens pas que tu l'aies fait surveiller toutes ces années, déclara Rosie en lui tournant le dos, déconcertée. Je n'en reviens pas que tu sois ici. Ça va me prendre combien de temps, au juste, de remonter le fil pour comprendre par quels stratagèmes plus machiavéliques les uns que les autres tu as cherché à l'éloigner d'elle ?

– Tu dois l'empêcher de lui parler, gronda Law.

Elle rit.

– Sérieusement ? Tu en es à ce stade de terreur qu'une simple conversation entre eux te semble dangereuse ? Tu as peur de quoi, au juste ? Qu'elle tombe amoureuse de lui une deuxième fois ? Quel est le risque, pourtant, s'il est aussi mauvais garçon que tu l'as toujours prétendu ? Hein ? Que sais-tu donc, papa ?

Là encore, il resta silencieux. Rosie avança alors si près de la grille qu'elle l'en surprit, et elle plongea son regard dans le sien comme pour chercher à y lire un soupçon de remords. Mais elle n'y trouva rien.

– Mon Dieu... souffla-t-elle, désabusée, en faisant un pas en arrière. Tu as toujours su. Tu as toujours su qu'il l'aimait comme un fou et certainement pas comme un vaurien. Tu l'as éloigné d'elle malgré ça ! s'exclama-t-elle en portant les mains à son front, ravagée par un accès de fureur et d'indignation. Mon Dieu ! Tout ça parce qu'il n'était pas de notre... rang ?

– Rosie...

– NON ! Ne cherche pas à me manipuler encore !

– Tu ne comprends pas.

– Au contraire, je comprends très bien ! Tu as menti ! À moi, à maman, à Ophelia. Et tu nous as tous obligés à lui mentir à notre tour ! Joshua y compris ! Et tu veux quoi, là ? Tu viens faire quoi, ici, ce soir ? Arrêter le massacre ou faire en sorte que rien ne risque de changer ?

– Rosie.

– Comment ai-je pu... comment ai-je pu... ?

– Ouvre-moi, insista Lawrence.

Les yeux débordants de larmes et de rage, elle lui jeta un regard noir et, avant de tourner les talons, lâcha d'un ton sombre :

– Il est trop tard, je te dis. Va au diable, papa.

♪

Ophelia descendit les marches sous le regard désespéré d'Olivia.
– Où sont ses amis ? Son équipe ?
– Je crois qu'ils sont montés boire un verre le temps que...
On entendit quelque chose éclater contre un mur à l'intérieur. Une bouteille de bière sans doute. Ou peut-être un verre.
– Je vois, constata Ophelia sans perdre son sang-froid.
– Et Rosie ?
– Elle... elle est sortie, quelqu'un la demandait, ça semblait urgent.
– Heureusement que nous sommes trois.
Ophelia frappa à la porte du loft. Sûre d'elle et déterminée à tout faire pour sauver la soirée de ses mariés, elle ne laissa pas les états d'âme de ce chanteur entamer une seconde sa témérité.
– Monsieur...
Hésitante, elle jeta un œil interrogateur à Olivia qui répondit :
– Philæ ?
– C'est vraiment son nom ?
– Je ne suis pas sûre, chuchota Olivia. Je crois que les autres l'ont appelé « Sam » tout à l'heure, mais j'ai un doute.
– Ok.
De nouveau, Ophelia frappa à la porte, avec plus d'insistance.
– Allez-vous-en ! résonna la voix grave de Samuel depuis l'intérieur.
– C'est verrouillé ? demanda Ophelia à son assistante.
– Je ne crois pas. Mais il n'a pas l'air d'avoir envie de sortir et je ne suis pas tentée d'entrer.
Ophelia fronça les sourcils et avança sa main sur la poignée quand quelqu'un l'interpella d'un ton ferme :
– J'éviterais, à votre place.
Andy descendait les escaliers, le visage fermé.
– Nous n'avons pas été présentés, nota Ophelia.
– Monsieur Graham est le garde du corps de Philæ, expliqua Olivia.
– Je suis aussi son assistant et... son ami.

– Oh ? répondit-elle, toujours à voix basse, mais sans masquer son enthousiasme. Est-ce que vous aimeriez...

On entendit de nouveau quelque chose tomber au sol puis ce qui ressemblait à un murmure, ou peut-être un sanglot étouffé.

– Sam, tenta Andy d'une voix la plus bienveillante possible en se collant à la porte. Allons, Sam. Dis-moi ce que je peux faire.

Aucune réponse. Andy releva les yeux vers Ophelia, dont le visage lui était vaguement familier. Lui souriant gentiment, elle lui dit :

– Permettriez-vous que j'entre, Monsieur Graham ?

– Et pour quoi faire, Mademoiselle ?

– Pour essayer de sauver la fête, j'imagine, répondit Ophelia avec autant de respect que de transparence. Ce n'est pas la première fois que je dois gérer une situation semblable. Les mariages suscitent bien des sautes d'humeur. Faites-moi confiance, j'ai l'habitude.

– Qui êtes-vous, donc ?

– La wedding-planner, Monsieur. Ophelia. Cavendash.

À ces mots, le sang d'Andy ne fit qu'un tour et il se figea, ses yeux noisette rivés sur elle. L'enveloppe. Les photos. C'était elle. Sans le moindre doute.

– Tout va bien, Monsieur Graham ? s'inquiéta Olivia, qui n'était pas insensible au charme de cet Américain des plus charpentés.

En guise de réponse, il se laissa tomber sur le fauteuil, jeta un œil à la porte, puis à Ophelia, soupira et lui dit simplement :

– Je vous en prie. Allez-y.

# 56

Sa guitare posée à même le sol, il était allongé sur le large et épais tapis anthracite qui couvrait généreusement l'intégralité du salon. Les paupières closes et crispées, vêtu d'un jean délavé et d'un fin tee-shirt noir à col V, son torse imberbe était secoué par une respiration saccadée. Les mains sous la tête, il semblait complètement déboussolé.

– Par pitié, dehors, déclara-t-il, à bout de souffle, en l'entendant entrer et refermer la porte derrière elle.

Du haut des trois petites marches, tirée à quatre épingles, elle l'observait, fascinée, se demandant ce qui pouvait bien se bousculer dans son esprit. Elle avait beau espérer parvenir à l'apaiser voire à le convaincre de remonter sur scène, en le découvrant ainsi étendu, son cœur fut pris de pitié et elle comprit que ce qui se tramait là était manifestement plus sérieux qu'un simple coup de sang dû au jet-lag. Alors, elle lui dit d'une voix douce :

– Hey.

Surpris, il se redressa et tourna la tête dans sa direction.

À l'instant même où il découvrit Ophelia, il fut comme foudroyé à nouveau ; une vive douleur jaillit dans sa poitrine, rapidement suivie d'une sensation de pesanteur écrasante. Elle était éblouissante. Ses cheveux roux tressés sur le côté, une épaisse frange sur le front, elle portait une robe émeraude qui tranchait avec sa peau blanche et lui rappela la couleur du lierre dont était couvert le vieux palais de ses souvenirs. Il émanait d'elle une aura si singulière qu'elle lui sembla sortie d'un roman de Tolkien. Samuel sentit son cœur se serrer à cette idée, se souvenant sans peine que c'était précisément ce qu'il lui était arrivé de songer voilà bien longtemps, quand elle apparaissait sur son Clydesdale enveloppé de brume.

– Hey, répondit-il en retour, sans toutefois être certain que le son de sa voix avait réussi à s'échapper de sa gorge nouée.

Ophelia avança vers lui d'un pas lent, comme on le fait pour ne pas effrayer un animal farouche. Il resta immobile tandis qu'elle retira ses talons hauts avant de venir s'allonger auprès de lui sur le tapis avant de fermer sereinement les yeux. D'abord interloqué, Samuel fit de même. Elle se mit à inspirer et expirer lentement. Il perçut alors la chaleur de son corps étendu près du sien, et, au-delà du parfum qu'elle portait, son odeur. Celle qui se dégageait de sa peau, sa peau parsemée de taches de rousseur, sa peau qu'il observa, troublé, tandis que sa poitrine se soulevait à intervalles réguliers. Qu'était-il en train de se passer, au juste ? Y avait-il la moindre chance pour qu'elle sache encore qui il était ?

– Ce n'est pas la première fois que je me retrouve dans cette situation, avoua-t-elle, immobile, le coupant dans ses interrogations. J'aime descendre au sous-sol, là où il fait toujours plus froid, là où il y a toujours ce silence réconfortant et feutré.

De nouveau, Samuel crut prendre une décharge électrique. Se pouvait-il qu'elle se souvienne ? Il aurait rêvé de savoir quels mots employer pour le découvrir, mais les phrases et les idées se bousculaient trop vite pour qu'il sache comment s'y prendre. La présence d'Ophelia anéantissait toute sagacité. Les yeux rivés sur elle, qui semblait en pleine méditation, le visage lisse et calme, il l'entendit développer :

– J'adore l'effervescence, j'adore... quand il y a du monde, des cris de joie, des applaudissements, des embrassades, quelques larmes d'émotion aussi. J'adore être témoin de tout ça, j'adore les mariages, énonça-t-elle en esquissant un sourire doux.

Samuel nota qu'elle ne s'était pas présentée. S'en était-elle abstenue parce qu'elle savait combien cela était inutile ? Il ne pouvait pas se résoudre à ce qu'elle l'ait oublié. Elle jouait avec lui. Elle jouait forcément. Par timidité. Par pudeur. Parce que trop de temps s'était écoulé. Oui, c'était forcément ça, la raison. Il ne voulait pas qu'il en soit autrement. C'était impossible. Elle était trop belle. Trop parfaite. Trop près.

– Mais... je ne sais pas pourquoi, je... je ne saurais l'expliquer, il... il y a toujours un moment, quand la fête bat son plein, quand tout le monde est heureux, quand tout le monde danse, où... je suis attirée comme un aimant par les marches qui descendent. Par la froideur de la pierre. Par la sensation du sol frais sous mon dos. J'en ai besoin, pour me détendre, pour mieux reprendre mon souffle. Comme si c'était là que je devais être, comme si c'était le seul endroit où je me sente en paix. Moi-même.

Elle s'interrompit, tourna la tête dans sa direction et ajouta dans un rire :

– C'est stupide, hein ?

Leurs regards se croisèrent enfin pour de bon. Ophelia découvrit alors le sien, perdu au beau milieu de son visage couvert de maquillage et bordé de mèches noires.

En amande.

D'un bleu sublime.

Elle y plongea.

Sans qu'elle parvienne à le décoder, elle s'en délecta, submergée par une soudaine mélancolie qu'elle ne s'expliqua pas. L'intensité fervente de ce moment le transcendait corps et âme, et son esprit s'emplit tout à coup de notes, comme si la musique s'embrasait à l'essence de leurs liens d'antan.

– C'est... c'est tout sauf stupide, murmura-t-il sans la lâcher des yeux.

Il fronça les sourcils, troublé, et elle reconnut quelque chose de si furtif que, là encore, elle n'eut pas le temps de l'identifier. Transi et camé à l'espoir, il avança sa main près de son visage couleur neige, et caressa doucement la joue d'Ophelia du bout des doigts. Troublée par cette sensation étrangement familière et sentant les larmes lui monter, elle ferma les paupières pour mieux les retenir. Tout à coup secouée par un frisson, elle ouvrit des yeux ronds et lui dit, confuse :

– Dieu que je suis impolie ! Ophelia. Cavendash, précisa-t-elle en lui tendant la main pour la lui serrer, faisant voler en éclats l'espoir qu'avaient contenu ces quelques secondes de flottement.

– Phila...

Mais il s'interrompit avant de reprendre :

– Sam.

– Enchantée, Sam.

# 57

– Où est-elle ? demanda Rosie en arrivant en haut des escaliers.

– Dedans, répondit Olivia.

– Depuis quand ?

– Un peu plus de dix minutes, constata Andy en jetant un coup d'œil à sa montre.

– Oh ! mon Dieu... commença Rosie, horrifiée, se précipitant vers la porte avant qu'Andy ne l'arrête d'un geste.

– Ttt, ttt, fit-il en refusant du doigt. Navré, mais non.

– Il a raison, laisse-la. Elle gère, appuya Olivia.

– Comment ça, « elle gère » ? répéta Rosie, envahie de stress. Je t'avais pourtant dit de ne laisser entrer personne !

– Mais... il s'est calmé dès qu'elle est entrée.

– « Calmé » ? Comment ça, « calmé » ?

– Il a, ahem... toussota Andy, mal à l'aise.

– Il a eu un moment d'égarement, termina Olivia en posant une main bienveillante sur la sienne.

Andy rougit, mais il était si grand et si barbu que personne n'en vit rien. Cette fois, Rosie paniqua pour de bon, mais Aron, Joey et Nick apparurent à l'étage et descendirent les marches à leur tour.

– Comment va-t-il ? s'enquit Aron.

– Ça commence à faire longtemps qu'il est là-dedans, fit Joey.

– La dernière fois que... la dernière fois qu'on l'a laissé seul, il...

Nick s'interrompit, assailli par le souvenir de Sam inconscient sur le sol, entre la vie et la mort.

– Chuuut, gronda doucement la voix rassurante d'Andy. Elle est là.

Les garçons se regardèrent les uns les autres, confus.

– Qui ? Qui, bon Dieu ? s'énerva de plus belle Nicolas, qui n'était pas plus tranquille que Joey.

De nouveau, Andy leur annonça, solennel :

– *Elle* est là.

♪

La guitare contre son ventre, adossé au divan, il jouait. Assise à sa gauche, elle l'observait attentivement. Ses doigts fins sur le manche. Une ligne, peut-être le dessin d'une corde de guitare, tatouée à son annulaire, et, à l'intérieur de son poignet, les mots *« Hold on »*, inscrits dans une police rappelant celle des vieilles machines à écrire – le détail allait jusqu'à une légère bavure sur le « H » majuscule et quelques petites taches d'encre autour des autres lettres. Les petites rides aux coins de ses yeux peinturlurés. Les longues mèches de cheveux noir de jais derrière son oreille. Les traînées de maquillage un peu effacées sur ses joues lisses et son nez droit. Le regard concentré. Son arc de cupidon qui frôlait la perfection tant il était symétrique. La commissure de ses lèvres charnues qui semblaient frémir d'impatience par moments, comme s'il voulait parler, mais que ses pensées se déversaient plus vite encore dans le lit de la musique. Ophelia détailla le grain de sa peau mate et sombre, les coups de pinceau qui glissaient le long de son cou et se fondaient à son torse lisse. Il respirait. Lentement.

Porté par les notes qui lui étaient venues quelques instants plus tôt, Samuel avait retrouvé son calme et avait calé son souffle sur le rythme de ce morceau qui naissait en lui avec une fluidité addictive. Il s'écoula plusieurs minutes qui, aussi bien pour l'un que pour l'autre, avaient un goût hors du temps. Quand il s'interrompit, il ferma les yeux et prit une grande inspiration avant de basculer légèrement la tête en arrière.

– Ça va mieux, constata-t-elle d'une voix douce.

Il les rouvrit lentement.

– Oui. La musique... la musique m'apaise.

– Je vois ça, sourit Ophelia. C'est la première fois que j'assiste à la naissance d'une chanson.

Le cœur de Samuel se serra tant elle avait tort, mais il réprima la colossale vague de tristesse qui ne cherchait qu'à tout ravager sur son passage. Il voulait savourer sa présence. S'en enivrer aussi longtemps que cela puisse durer, c'est-à-dire trop peu.

– Je... je n'y connais vraiment pas grand-chose, mais... ce que je viens d'entendre est magnifique, Phila... Sam.

Elle n'en vit rien mais, à l'entendre prononcer son prénom, la main de Sam se crispa sur le manche de la guitare. Elle allait lui échapper à nouveau. Il aurait tout donné pour la retenir, mais elle ne lui appartenait pas plus ce soir-là que celui où, trop jeune, trop transi et trop idéaliste, il l'avait enlevée. Le temps lui avait appris à survivre à son absence, et, si sa sœur avait émis des doutes quant au bonheur d'Ophelia... eh bien, son amnésie était une bien pire conséquence de ce drame. Samuel ne pourrait jamais se le pardonner. Face à elle, envers et contre le désir insoutenable de la prendre dans ses bras et de mêler ses lèvres aux siennes, il entendit l'écho de sa propre voix le rappeler à l'ordre et le sommer de ne pas la blesser à nouveau. Il en avait déjà fait bien assez.

– Merci, se contenta-t-il de répondre, bien que mille mots se soient bousculés en lui.

Ophelia ressentait une émotion étrange. Ce n'était ni agréable, ni pénible. C'était plutôt trouble et troublant, comme une brume opaque sur une prairie. Comme une sensation de déjà-vu, qui, volatile, lui échappait un peu plus tandis qu'elle essayait de la saisir. Elle avait déjà aperçu Philæ à de multiples reprises, sur les couvertures des magazines ou dans les rayons des disquaires de Camden, où elle aimait parfois flâner tant elle aimait ces ruelles atypiques qui n'étaient ni plus ni moins que l'exact opposé des lieux qu'elle fréquentait d'ordinaire. Mais cet homme, face à elle, cet homme de chair et d'os, ce Sam, n'avait rien des couvertures sur papier glacé. En dépit des bouteilles brisées au pied des murs et de ce qui semblait être une basse échouée derrière la porte, il n'avait rien du cliché de la rock-star qu'elle s'était imaginée. Il dégageait une douceur inattendue, il y avait une aura aussi authentique que rayonnante qui émanait de lui. De la chaleur. De la poésie. Et si elle n'avait jamais remis en cause son talent, ce qui venait de se passer juste là, sous ses yeux, relevait pour elle d'un certain mystère, la laissant rêveuse.

– Ça n'a rien d'un simple jet-lag, pas vrai ? souffla-t-elle sans réfléchir.

Il laissa échapper un petit rire et gratifia Ophelia d'un sourire tendre.

– Pas vraiment, non.

– Je suis désolée.

Sa phrase remua le couteau dans la plaie béante de son cœur.

– Non, non. C'est moi. C'est moi qui suis désolé. Je... j'ai tout gâché.

Ne saisissant pas le sens profond de ses paroles, elle posa une main réconfortante sur son épaule et le rassura :

– Mais non, mais non. Tout n'est pas gâché. Enfin, j'espère que non, osa-t-elle en relevant vers lui son regard aussi vert que mal à l'aise.

– Y a-t-il quoi que ce soit que je puisse faire ? répondit Sam, dévasté.

Ophelia se releva, réajusta le bustier de sa robe émeraude et passa une main gênée dans sa frange rousse.

– Je... je voudrais vous demander quelque chose.

Il posa sa guitare sur le tapis et se leva à son tour.

– Tout ce que vous voudrez, promit-il, rongé par la culpabilité.

– Eh bien... À vrai dire, je... je suis venue vous convaincre de remonter sur scène. Je suis sûre que... que mes mariés seraient enchantés si le concert avait lieu. Si... si vous vous sentez, évidemment.

Il baissa les yeux, ramassa sa coiffe à plumes et la regarda intensément, cherchant à s'imprégner de chaque mouvement de ses cils, de chaque tache de rousseur sur son nez et de la fraîcheur de ses pommettes rosées, conscient qu'il s'agissait là probablement des derniers instants qu'il passerait seul à seul avec Ophelia. Puis il lui sourit tendrement et répondit simplement :

– Bien sûr. Le temps de me remaquiller.

Elle afficha un sourire aussi soulagé que satisfait et il se sentit un peu plus léger de l'avoir au moins délestée d'un poids, même si ce n'était rien comparé aux dégâts qu'il avait causés douze ans auparavant.

– Merci, Ophelia, lui dit Samuel.

– Je vous en prie, c'est moi qui vous remercie. Tout le monde a le droit de flancher de temps à autre. Prenez votre temps, on se tiendra prêt quand vous le serez.

Elle remonta les trois petites marches, mais au moment où elle posa la main sur la poignée, Ophelia fut parcourue d'une sensation furtive et indescriptible qui lui déclencha quelques palpitations. Elle s'immobilisa, se tourna dans sa direction et lui jeta un regard incisif. Aussi figé qu'on puisse l'être, Samuel la fixa, espérant un miracle.

– Je... commença-t-elle.

Mais son cœur s'était déjà calmé, et une fois encore, l'évidence s'évanouit, insaisissable. Elle baissa les yeux.

– J'ai été ravie de faire votre connaissance, dit-elle, presque déçue, avant de sortir.

# 58

La limousine passa le portail sous les applaudissements et les au revoir enthousiastes des derniers invités. Kate posa la tête sur l'épaule de Jimmy, un large sourire illuminant son visage.

– C'était extraordinaire.

– Je confirme.

– Mon Dieu, quelle journée...

– Tu es heureuse ?

– Comblée.

Il l'embrassa langoureusement, glissant une main derrière sa nuque et l'autre à sa taille, brûlant d'amour.

– Merci, lui souffla-t-elle, tout aussi fiévreuse.

– Merci à toi. D'avoir fait de moi ton mari.

– Je parlais du concert.

Il rit.

– Je vois. Je me disais, aussi.

– Oui, mais c'est à ton bras que je suis repartie.

– C'est déjà ça.

Elle laissa échapper un rire à son tour.

– C'était dingue, en vrai, chuchota-t-elle en se laissant retomber contre le siège en cuir, encore sur un petit nuage.

– De rien.

– Philæ-O, quoi !

– Je t'avais dit que je ferais tout pour toi.

– Je t'avais dit que tu étais l'homme de ma vie.

De nouveau, ils échangèrent un tendre baiser, tandis que la voiture, au beau milieu de la nuit, les conduisait à l'aéroport où leur jet privé les attendait, prêt à s'envoler vers Bora-Bora.

♪

Maxine dormait paisiblement sur le sofa en velours du petit salon, l'étole de sa mère en guise de couverture. Il était près de deux heures du matin. On avait éteint les guirlandes et allumé les grands spots sur le vaste jardin, le personnel s'affairait déjà à débarrasser les tables tandis que les techniciens terminaient de remballer le matériel du groupe.

Ophelia, Olivia et Rosie s'assirent les unes auprès des autres, une coupe de champagne à la main, comme elles en avaient l'habitude en fin de mariage. Un moment de satisfaction partagé, qu'elles savouraient avec le pétillant de l'alcool dont elles s'interdisaient la consommation tant que les festivités allaient bon train. Une récompense, en somme.

– Bien joué, les filles, déclara Ophelia d'un ton satisfait. Kate est ravie, affirma-t-elle en leur montrant le SMS que la mariée venait tout juste de leur envoyer.

– Officiellement le mariage le plus conséquent de notre carrière, commenta Olivia.

– Mais pas le plus simple, souffla Rosie, qui peinait à cacher son désarroi.

– C'est vrai que le twist de début de soirée a failli flinguer l'ambiance pour de bon, admit Ophelia.

*Tu n'as pas idée*, songea sa sœur, qui ne savait toujours pas comment analyser tout ce dont elle venait d'être témoin, y compris la visite impromptue de son père.

– Mais tu as résolu ça de main de maître, la complimenta Olivia. Je n'en reviens pas que tu aies réussi à le calmer et à le faire remonter sur scène avec autant de facilité. Quel talent !

Les yeux dans le vide, Ophelia se remémora un instant le profil de Sam, les traces noires et blanches sur les pores de sa peau, le tatouage à son doigt, celui à l'intérieur de son poignet, et le son de sa guitare.

– Vous croyez que c'est *too much*, si je donne mon numéro perso à Andy Graham ? la sortit Olivia de ses pensées.

Elle rit, se tourna vers elle et lui dit :

– Je doute que tu aies besoin de le faire. Je ne serais pas surprise qu'il vienne en personne te le demander lui-même.

– Tu crois ?

– Tu as vu comme il te regardait ?

Elle rougit.

– On aurait dit un ours devant un pot de miel, surenchérit Rosie.

Olivia sortit son rouge à lèvres de sa pochette et entreprit de retoucher sa bouche avant de chercher à remettre un peu d'ordre dans ses cheveux blonds.

– Mon brushing parfait n'aura pas survécu à ce concert ! C'est irrécupérable.

– Je dois dire que c'était vraiment cool. Je n'ai jamais vu Maxine sautiller autant, s'amusa Ophelia.

– Je t'avais dit que ce groupe était dingue. Le « petit » incident mis à part, ils ont tellement assuré. Je n'en reviens pas de les avoir vus jouer d'aussi près, s'émerveilla Olivia. J'adore mon job ! J'adore vraiment mon job !

– Je vais sans doute me pencher un peu plus sur leur musique. Je comprends mieux pourquoi tout le monde...

Elle ne termina pas sa phrase, se contentant de boire ce qui lui restait de champagne. Rosie jeta un regard préoccupé à sa sœur, qui semblait de nouveau ailleurs.

– Hey, tu te moques de moi, mais je mettrais ma main à couper que tu n'as pas été insensible au charme du grand indien aux yeux bleus, la taquina Olivia.

Les pommettes d'Ophelia s'empourprèrent.

– Aaaaah, je me disais, aussi ! se félicita Olivia sous le regard pétrifié de Rosie.

Le cœur de Rosie battait si fort qu'elle eut peur qu'on ne l'entende. Elle se laissa tomber contre le dossier et but sa coupe cul sec.

– C'est assez étrange comme sensation, avoua Ophelia.
– Normal. C'est Philæ. On parle pas du premier venu.
– Pourquoi ce maquillage ? Et ces plumes ? se demanda Ophelia à haute voix.
– Truc de rock-star. Ça entretient le mystère. Un peu comme Bowie.
*Ou bien il se cache de papa*, gémit Rosie en silence.
On entendit des pas sur le plancher et Andy entra dans la pièce.
– Mesdames, les salua-t-il d'une voix la plus douce possible en découvrant la petite fille endormie un peu plus loin.
Elles se relevèrent sur-le-champ.
– Monsieur Graham. Est-ce que tout va bien ? s'enquit Ophelia.
– Très bien, oui. Nous serons bientôt prêts à reprendre la route. Les garçons terminent de replier leur attirail, ils ne vont plus tarder.
– Avez-vous besoin de quelque chose ?
– Eh bien, non. Juste qu'on nous ouvre le portail, j'imagine.
– Bien sûr. Olivia va vous accompagner, dit Ophelia en se tournant vers elle avant de lui faire un clin d'œil. N'est-ce pas, Olivia ?
Olivia opina, rougit de plus belle, et passa nerveusement ses doigts dans ses cheveux blonds.
– Mon Dieu, j'ai un peu trop profité du concert, on dirait, commenta-t-elle, embarrassée. Je suis complètement décoiffée !
– Non, non, lâcha Andy sans réfléchir. Vous... ahem... vous êtes très, très belle comme ça.
Elle ne put retenir un large sourire et lui fit signe de la suivre. Il remercia les sœurs Cavendash d'un signe de tête et obéit de bon gré.
– Ha, ha ! Y a de l'amour dans l'air, se réjouit Ophelia en posant sa coupe vide sur la petite table ronde.
– Comment tu te sens ? s'inquiéta Rosie.
Ophelia fronça les sourcils, surprise par le ton sérieux de sa cadette.
– Très bien, pourquoi ?
– Tu... tu, ahem...
– Je quoi ?
Elle n'eut pas l'opportunité de lui répondre ; Aron, Joey, Nick et Samuel les rejoignirent, leurs guitares dans leurs étuis, leurs blousons

en cuir sur le dos et leurs lunettes de soleil sur la tête. Samuel s'était délesté de sa coiffe mais ne s'était pas démaquillé.

– Messieurs, les accueillit Ophelia en souriant.

– Nous voilà sur le départ, annonça Nick.

– Oui, monsieur Graham est sur le parking, Olivia est sortie avec lui pour qu'on vous ouvre.

Joey et Aron se donnèrent un coup de coude et Joey sortit un billet de dix dollars qu'Aron fit mine de brandir avant de le glisser dans sa poche.

– Parfait.

– Avez-vous passé un bon moment ? leur demanda Ophelia.

– Oui, répondit Nicolas.

– Mis à part les étourdissements de monsieur, c'était cool, se moqua Aron en jetant un regard narquois à Sam, qui porta une main gênée à ses cheveux pour mieux les passer en arrière. À croire qu'il n'attire déjà pas assez l'attention.

Samuel sourit timidement. Si Aron et Joey avaient eu vent d'une partie de son passé, par la force de choses tant ses chansons y puisaient toute leur essence, seuls Nicolas et Andy savaient précisément ce qu'il en était. D'où le regard réprobateur que Nick leur lança.

– Tout va bien ? demanda Ophelia à Samuel en remarquant son air étrange et son regard fuyant.

– Tout va bien, oui, merci, lui répondit-il d'une voix faussement assurée en relevant le menton.

– J'espère que... que vous... vous remettrez bien, balbutia-t-elle, désireuse de le retenir, mais ne sachant pas quoi lui dire de plus.

Depuis le départ définitif de Joshua, elle n'avait jamais ne serait-ce que partagé un verre avec un autre homme, préférant de loin se concentrer sur son entreprise et sur l'éducation de sa fille, qui était son trésor absolu. Pourtant, il y avait en ce musicien quelque chose de magnétique qu'elle ne voulait pas se résoudre à quitter.

– Bien, lança Rosie, dont le regard fébrile jonglait entre sa sœur et Philæ. Nous ne voudrions pas vous retenir plus longuement, il est déjà très tard, j'imagine que vous avez bien mérité de vous reposer.

Joey bâilla, suivi d'Aron, puis de Nicolas.

– Bah, les gars, on n'a plus vingt ans, ha, ha ! s'exclama-t-il avant que ses compères ne s'y mettent aussi, suivis par Ophelia.

Ophelia se tourna vers sa sœur. Surprise par l'expression sidérée de Rosie, elle s'apprêta à lui parler quand elle entendit une petite voix derrière elle :

– Monsieur Philæ ? Je pourrais avoir un autographe, s'il vous plaît ?

Confuse, Ophelia se précipita vers sa fille, qui tenait le pan du perfecto de Samuel.

– Allons, Maxine, il est tard, ils sont fatigués, ma puce. D'ailleurs, tu ne dormais pas, toi ?

# 59

Il ne saurait jamais tout à fait expliquer le phénomène, dire avec certitude si cela avait été dû à des acouphènes, un sifflement de fièvre ou un bourdonnement de stress. Mais Samuel n'entendait plus ; tout autour semblait lointain, incompréhensible, flou, brouillé. Tout sauf ce prénom, cet écho qui allait et venait de l'une à l'autre de ses oreilles sans interruption et le visage de cette enfant face à lui dont le regard si parfaitement identique au sien le pénétrait jusqu'à l'âme.

*Max...*
*Maxine.*
*Maxine ?*

– Maxine... souffla Samuel si bas que personne ne l'entendit.

– Maxine, ma puce, laisse le monsieur, résonna la voix d'Ophelia. Il est fatigué, répéta-t-elle à sa fille en la saisissant gentiment par les épaules.

Si Joey et Aron s'amusaient déjà de la situation, la trouvant mignonne et intrépide, Nicolas et Rosie, de part et d'autre, arboraient plus ou moins la même expression de stupeur. L'un, parce qu'il venait de comprendre aussi distinctement que Sam qui était cette petite fille. L'autre, parce qu'elle attendait de voir si sa sœur ferait le même rapprochement.

Mais il n'en fut rien.

Peut-être parce qu'il n'y avait pas la moindre raison pour qu'Ophelia questionne la paternité de Joshua.

Peut-être parce qu'elle ne pouvait voir en Samuel quelqu'un d'autre qu'une star internationale.

Peut-être parce qu'il était bien trop maquillé.

Peut-être parce que l'évidence n'en était pas une pour son cerveau amnésique.

Samuel s'était agenouillé devant Maxine, totalement absorbé. Mille et une questions, mille et une déductions s'entrechoquaient dans son esprit pourtant déjà mis à mal par ses retrouvailles inattendues avec Ophelia. Il ne savait pas si le temps qui passa se comptait en fractions de seconde ou en de longues minutes. Tout ce qu'il savait, c'est que cette enfant arborait le même grain de peau que sa mère, d'une blancheur si pure, le même visage aux pommettes rondes saupoudrées de ces innombrables taches de rousseur, qui rappelaient la couleur de ses longs cheveux ondulés. Mais aussi, que son regard, azur et en amande, était trait pour trait le sien et celui de sa défunte petite sœur... dont elle portait le prénom.

Il eut bien peur que son cœur ne s'arrête, ou n'explose dans sa poitrine. Sans doute était-ce ça, en fin de compte, la raison de son audition nébuleuse.

– Quel... quel âge as-tu ? lui demanda-t-il enfin.

– Onze ans.

Lentement, il porta une main à ses sourcils froncés, bouleversé. Rosie, quant à elle, couvrit sa bouche et se tourna, ne supportant pas cette scène qui oscillait entre lyrisme et tragédie. Face à l'absence de réaction d'Ophelia, elle fut envahie d'empathie et se mit un instant à la place de cet homme qui avait subi les coups et le deuil avant de découvrir l'amour auprès de sa sœur et d'être chassé tel un malfrat par son père. Rosie venait de constater de ses propres yeux que Samuel Kroeger n'était pas le moins du monde le type sauvage, abusif et lâche qu'elle avait imaginé. Tout indiquait même le contraire, comme elle l'avait suspecté à contrecœur en découvrant le titre *Maxine*, puis cette effroyable interview à la télévision Elle venait tout juste de le voir s'effondrer face à Ophelia, qui n'avait incontestablement jamais quitté ses pensées, et s'incliner devant sa propre enfant, dont il avait été privé.

Rosie, qui n'avait jamais vraiment été en paix avec sa décision, la haïssait plus encore à cet instant précis, convaincue qu'elle avait fait la plus grosse erreur du monde douze ans plus tôt, se rendant complice d'un crime bien plus immoral que celui dont on avait accusé cet homme.

– Sam ? fit Nick en posant une main inquiète sur l'épaule de son ami.

Mais Sam, toujours un genou sur le plancher rutilant, resta interdit face à la petite Maxine qui se moquait bien du tumulte sévissant à travers le silence. Parfaitement à l'aise, elle lui tendit un petit carnet de notes et un stylo bille et insista :

– S'il vous plaît ? Juste un autographe.

Puis elle jeta un regard complice à Ophelia et ajouta :

– Promis, après je les laisse aller se coucher, maman.

Ophelia esquissa un sourire mi-gêné, mi-attendri, puis lança, à l'attention de Sam :

– Je suis désolée, je ne peux pas lui reprocher sa détermination, je crois bien qu'elle la tient de moi.

Il releva la tête vers elle et elle ajouta :

– Vous... vous voulez bien ? Promis, après je vous laisse vous échapper, dit-elle en imitant le ton de sa fille.

– Bien sûr. Avec plaisir, répondit-il en souriant à la fillette avant d'écrire sur la petite page :

*Maxine,*
*J'ai été enchanté de faire ta connaissance.*
*Prends bien soin de toi et de ta maman.*
*Philæ*

♪

Aron, Joey, Nicolas et Sam montèrent les marches du jet privé, suivis d'Andy. Ses amis s'installèrent, exténués, chacun sur une couchette. Andy se laissa tomber dans l'un des larges et confortables fauteuils et soupira de soulagement sitôt qu'il l'eut passé en position allongée. On montait leurs sacs et leurs guitares quand Nick, son chapeau encore sur la tête, aperçut Samuel se diriger vers la porte de l'appareil et en ressortir.

– Sam ? lui lança-t-il depuis le haut des marches en distinguant sa silhouette, apparemment en discussion avec l'un des chauffeurs qui opina avant de lui tendre quelque chose.

Sam l'ignora. Le steward indiqua qu'ils étaient prêts à décoller et Nick lui ordonna d'attendre, avant de se précipiter sur le tarmac et de rejoindre Samuel qui ouvrait déjà la portière du conducteur du van.

– Oh ! tu m'fais quoi, là, Sam ?

– Remonte dans le jet, Nick.

– Sûrement pas, non.

– Remonte, je te dis.

– Non. Tu ne te débarrasseras pas de moi si facilement. Tu viens de te prendre une claque, mais tout n'est pas fini.

– Qu'est-ce que tu en sais ? siffla Sam, acide.

– Le prénom. Tu sais qu'il y a peut-être quelque chose qui a subsisté.

– Si c'est le cas, ce n'est pas suffisant, c'est un fait. Elle ne m'a pas reconnu, Nick. Elle ne m'a pas reconnu !

Nicolas marqua une pause, conscient du supplice et de l'impuissance terribles qui s'étaient abattus ce soir-là sur Samuel.

– Il lui faudrait peut-être du temps.

– Ça fait douze ans.

– Où est-ce que tu comptes aller, au juste ?

– Là-bas.

– Seul ?

– Oh ! que oui, seul.

– Et quoi ? Te foutre en l'air pour de bon ?

– On verra bien.

– Arrête de déconner, vieux. Viens, on rentre. Laisse la pression retomber. Il faut que tu te reposes, t'as pas les idées claires.

Samuel repoussa brutalement son ami et monta dans le van.

– Sam ? Nick ? s'inquiéta Andy d'une voix forte depuis le haut des petites marches.

– On arrive, répondit Nicolas.

Mais Sam inséra la clef et mit le contact.

– Sam, arrête, lâcha Nick la gorge nouée en retenant la portière malgré la force de Samuel. Si tu vas là-bas, tu meurs. Je le sais. Et je ne le supporterai pas, lui ouvrit-il son cœur. Je... je sais que c'est dingue, ce qui t'est arrivé. Je sais que cette soirée t'a étripé, que tu l'aimes à en crever, que t'es ravagé.

Sam laissa tomber son front sur le volant et fut soudain complètement submergé par la douleur, sanglotant et hoquetant comme jamais. Nicolas perçut toute la profondeur de sa peine malgré l'obscurité.

– Mais, je t'en supplie, n'y va pas. J'ai déjà cru te perdre et crois-moi, ça a été le pire moment de ma vie. De loin. Je sais... je sais bien que tu tiens à elle, mais toi, sais-tu... sais-tu combien je tiens à toi ? gémit-il, la voix cassée par les larmes qui lui étaient montées à son tour tant il était terrifié.

– Nicolas ? fit de nouveau la grosse voix d'Andy depuis l'avion.

Il se passa de trop longues secondes pendant lesquelles aucun des deux hommes ne fut capable de prononcer le moindre mot. Puis, lentement, Samuel releva la tête et les yeux vers celui qui, les années passant, s'était changé en un frère.

– Et je fais quoi, Nick ? l'implora-t-il.

– Tu arrêtes de laisser le monde te voler ta vie. Tu t'en prends aux responsables plutôt qu'à toi-même. Tu vas leur casser la gueule.

Sam le fixa puis conclut :

– OK. Monte, lâcha-t-il sans se douter que la route, cette nuit-là, serait assassine.

# 60

Déterminé à avaler les kilomètres pour mieux cracher sa contrariété, Lawrence ignora une fois encore le téléphone qui sonnait. Il était près de quatre heures du matin, et il avait bu, plus que nécessaire, plus que d'ordinaire. Il avait beau vouer une dévotion au brandy et à l'armagnac, ce soir-là, en quittant le domaine The Seven Swans, il avait roulé jusqu'au premier pub, où l'on ne servait pas si nobles breuvages. Entre bière, gin et *Whiskey,* il pencha pour le second, sec. Il demanda qu'on laisse la bouteille sur le bar, pour ne le quitter que quelques heures plus tard, ne laissant derrière lui que quelques billets plutôt que les sentiments dont il avait tenté de se délester.

L'alcool n'avait pas suffi à lui faire oublier.

Ni le visage courroucé de Rosie.

Ni ses mots aussi durs que justes.

Elle avait raison. « Le salaud et le lâche », dans cette histoire, n'était pas le rejeton de Jane. Non, ces douze dernières années, celui qui avait monté et forcé tout le monde à participer à cette ignoble mascarade, c'était lui. Le regard déçu et gorgé de détresse d'une Rosie, qu'il n'avait pas tout à fait vue se changer en adulte, venait juste de faire tomber les œillères qu'il avait bien volontiers portées depuis son dernier entretien avec le jeune homme. Et ce haut portail tout de noir et de dorures paré l'avait mis devant le fait accompli : il avait lui-même dressé un mensonge si haut et si solide entre eux qu'il n'avait plus la moindre chance de pouvoir repasser de l'autre côté. Car oui, Lawrence Cavendash avait pour ainsi dire envoyé en exil le père de sa petite-fille. Pour se débarrasser du seul témoin de sa liaison et ne pas risquer de perdre en un claquement de doigts l'affection que lui portaient ses filles. Ses filles qu'il aimait plus que tout au monde. Ses filles qui avaient toujours vu en lui un homme respectable et honorable, attaché à la justice et à l'institution sacrée de la famille.

Une épaisse brume s'était levée sur cette route entre Londres et les collines du Kent, tout comme sur l'esprit de Lawrence. Les souvenirs, la culpabilité et la honte se bousculaient en lui à une vitesse vertigineuse, il en roulait d'ailleurs bien au-dessus de la limitation. Tout lui apparut paradoxalement avec autant de clarté que de désordre. Maxine, dans ses bras pour la première fois. Caroline en train de tirer son pic à chignon avant d'aller dormir. Aslan dans le pré, Ophelia l'enlaçant tendrement. Jane, son odeur enivrante, et l'écorce de l'arbre sur lequel il s'était appuyé pour mieux l'embrasser. Puis, de nouveau, Rosie, de l'autre côté de ces grilles infranchissables, du côté de ce Samuel qui n'avait pas mérité de vivre si longtemps et si loin de son enfant. Lawrence Cavendash réalisa enfin qu'il avait condamné cet homme à la pire des sentences : celle d'être privé de sa fille.

Pantelant, il approcha une main tremblante de l'autoradio. Destin ou coïncidence, ce fut *Highway to hell* qui emplit alors sa voiture.

*Va au diable, papa*, lui avait-elle dit.

Il ne s'en était pas rendu compte, mais des larmes coulaient sur ses joues quand le cerf bondit devant son capot.

♪

Le téléphone de Rosie sonna une première fois depuis la poche de son trench, sortant Bart de son sacro-saint repos. Le chat ouvrit un œil, releva la tête de ses pattes en bâillant, puis, constatant qu'aucun de ses maîtres n'avait frémi, reprit exactement la même position. La sonnerie retentit une fois encore, mais il était tôt, trop tôt ; Rosie était rentrée si tard et avait mis tant de temps à trouver le sommeil après les évènements de la soirée, qu'elle dormait trop profondément pour l'entendre. Quant à Henry, eh bien... nul ne savait si un jour quoi que ce soit parviendrait à le réveiller, excepté cet affreux radioréveil au son strident.

À l'autre bout du fil, Olivia, rongée par le stress et les yeux injectés d'épuisement, rappela Andy, qui, plus inquiet encore, la supplia d'insister jusqu'à obtenir une réponse. Elle avait beau ne rêver que de pouvoir rejoindre son lit, elle s'exécuta, bien trop alarmée par le ton de cet homme à qui il semblait en falloir beaucoup pour paniquer.

– Allô ? fit enfin la voix éraillée de Rosie après que le cinquième appel d'Olivia eut tant contrarié son chat qu'il en avait grimpé sur son dos.

– Dieu merci, Rosie, c'est Olivia.

– Olivia ?

– Oui, je... je suis désolée, je ne voudrais pas aller au-delà de mes attributions mais... heu...

Encore étourdie et les paupières gonflées, Rosie se redressa sur son lit.

– Qu'est-ce qui se passe ?

– C'est ahem... c'est monsieur Graham qui m'a demandé de t'appeler. Philæ... Il... Il n'a pas voulu reprendre l'avion, il a pris la route sur un coup de tête, si j'ai bien compris.

Rosie porta une main à ses cheveux emmêlés, se leva, assommée, et sortit de la chambre, suivie de Bart.

– Il... reprit Olivia, je ne voudrais pas me mêler de ce qui ne me regarde pas et je ne saisis pas tellement quel est le rapport avec toi, mais il a dit que tu saurais.

– Que je saurais quoi ? répéta Rosie en frottant ses yeux.

– Où il est parti.

Le téléphone glissa des mains de Rosie jusque sur le plancher.

– Mon Dieu. Papa.

♪

L'aurore pointait mais Samuel n'avait pas sommeil. Contrairement à ce que d'autres avaient présumé, le décalage horaire, couplé à l'adrénaline, lui avait permis de rouler sans ressentir le moindre signe de fatigue. Il s'était d'ailleurs surpris lui-même de la facilité avec laquelle il roulait à gauche. Comme si ces douze années n'avaient finalement pas effacé ses réflexes, pas plus que ses souvenirs. Non, si ceux d'Ophelia avaient disparu, les siens étaient désespérément intacts. Il aurait tant voulu, pourtant, que sa peine ne lui monte plus au cœur, que tout ça soit effacé. Ça aurait été tellement plus simple, de ne pas avoir connu la douceur de sa présence, l'intensité de la passion qu'ils avaient vécue six pieds sous terre, mais plus vivants que jamais. Les mains stables sur le volant et le regard droit sur la route, il était alerte malgré la brume.

– Sam ? fit la voix de Nicolas après de très longues minutes d'un silence de plomb.

– Oui.

– Tu as déjà pensé à être père ?

Sam serra les dents.

– Je préférerais qu'on s'en tienne au silence.

– Moi, oui, déclara Nick, ignorant sa réponse.

Il marqua une pause et reprit :

– Tu sais depuis quand je connais Elise, pas vrai ?

– Le lycée.

– C'est ça. On avait seize ans, la première fois qu'on s'est croisé. Et...

Nick ferma les paupières un instant.

– Et un an plus, tard, au bal de promo, elle m'a annoncé qu'elle était enceinte.

Surpris par cette confession, Samuel lui jeta un rapide coup d'œil. Bien qu'ils aient partagé beaucoup ensemble, c'était la toute première fois que son ami lui racontait cette histoire.

– Et... eh bien... On... on avait dix-sept ans, tu vois ? Et, ahem... on a été sonné, ça a bien duré quelques jours. Et puis, je sais pas, un soir, un samedi je crois, elle s'est retrouvée sur le pas de ma porte, elle avait les yeux rouges et elle m'a dit que ses parents avaient décidé pour nous, que c'était mieux comme ça.

Ses doigts se crispèrent autour du Fedora noir posé sur ses genoux, ce que Sam remarqua.

– Tu... tu veux dire que...

– Je veux dire qu'on nous a pas laissé le choix, que c'était déjà trop tard, Sam. Elise, elle... elle voulait pas ça, au fond. Et moi non plus, en fait. Elle en est encore traumatisée. Et si... si j'pouvais remonter le temps, je donnerais tout pour revenir à cette soirée, dans le gymnase bourré de guirlandes, quand j'portais ce smoking trop grand pour moi et elle sa robe rouge, et qu'on a capté en même temps qu'on avait fait un enfant. Un enfant, pas une bêtise. Je donnerais tout pour la prendre par la main, qu'on bourre quelques fringues dans un sac et qu'on se tire loin, qu'on se tire pour s'occuper de ce gosse qu'on avait pas fait exprès, mais qu'on aurait aimé comme des dingues quand même, tu vois ?

– Je... je suis désolé, Nick.

– Moi aussi, moi aussi. Et tu sais ce que je me demande tous les jours, depuis ?

– Non.

– Je me demande à qui il aurait ressemblé. Comment on l'aurait appelé. De quelle couleur aurait été son vélo. S'il aurait aimé le baseball, s'il aurait aimé que je lui apprenne à jouer de la guitare. J'me demande... j'me demande qui ce môme aurait été.

Comprenant où son ami voulait en venir, Samuel passa une main dans ses longs cheveux, tourmenté.

– Tout n'est pas foutu, Sam. T'as le choix. Il est tard, mais tu en sais plus sur elle que je n'en saurai jamais sur ce bébé qu'on nous aura même pas laissé le droit de garder.

Sam mordit ses lèvres.

– Je sais bien que ton cœur n'a battu que pour Ophelia ces douze dernières années. Mais cette gamine, c'est la tienne, ça n'fait aucun doute. Elle a ton regard.

Samuel prit une grande inspiration, s'agrippa au volant, et lâcha :

– Elle... elle ressemble tellement à ma sœur !

– C'est ta fille, Sam. Ta fille. Et elle a le droit de connaître son père. Et tu as le droit de la connaître, toi aussi. Peu importe le monceau de mensonges qu'ils lui ont collé dans le crâne, peu importe ce connard qui a volé ta place auprès d'elle. Bats-toi, bon sang ! Contre lui et contre ce Lawrence, contre eux. Pas contre toi. Les laisse pas te voler aussi ce temps qu'il te reste avec elle. Les laisse pas t'effacer de sa vie une seconde de plus. T'as peut-être perdu Ophelia, mais t'as pas perdu Maxine.

Il avait eu beau les retenir, au son du prénom « Maxine », de grosses larmes jaillirent des yeux bleus de Samuel. Nicolas posa la main sur son épaule et lui répéta :

– Bats-toi, j'te dis.

Samuel essuya ses joues et opina, déterminé. Puis, apercevant quelques gyrophares dans le brouillard, il freina avec précaution. Des officiers de police veillaient à sécuriser la zone tandis qu'on refermait les portes d'une ambulance. Sur le bas-côté, il y avait une longue berline noire. Capot complètement enfoncé, pare-brise brisé, roue gauche arrachée. Tout attestait de la violence du choc.

# 61

Ce dimanche-là, elle s'éveilla aux alentours de huit heures. Les oiseaux chantaient depuis les arbres alentour et la lumière blanchâtre qui filtrait à travers les rideaux indiquait que l'épais brouillard devait encore baigner les environs. Habituée aux nuits courtes des mariages, et bien que Maxine soit profondément endormie auprès d'elle dans le grand lit, Ophelia n'avait jamais tout à fait été férue de grasses matinées. Suffisamment reposée, elle se glissa hors des draps, saisit son kimono et descendit à la cuisine. Pensive, debout face à la grande baie vitrée du living-room, elle observait Aslan dans le pré devant la maison, une tasse de café au lait entre les mains. Ses pieds touffus perdus dans la brume épaisse qui recouvrait le sol, il broutait paisiblement auprès d'Agape, la jument arabe de son père, à la splendide robe noire. Seule face aux deux majestueux animaux qui appréciaient sans conteste la compagnie l'un de l'autre tant ils ne se quittaient pas quand ils étaient ensemble, Ophelia se remémora les mots énoncés si naturellement par sa fille, la veille au soir.

Cela faisait sept ans que cette voiture de police s'était garée devant cette maison qu'elle n'avait pu se résoudre à quitter tant elle abritait de doux souvenirs avec Josh. Elle avait à peine plus de la trentaine et était toujours aussi belle, ce qui lui avait valu plus d'une occasion d'être courtisée, souvent au détour d'un mariage qu'elle avait organisé. Mais la disparition de Joshua avait laissé un vide si grand qu'elle avait systématiquement écarté toute tentative à son égard. Elle avait tenu à faire passer le bien-être de Maxine en priorité, et la fillette n'étant âgée que de quatre ans au moment du drame, Ophelia avait été hermétique à la seule idée de boire un verre avec un potentiel prétendant. Les années suivantes, elle avait préféré concentrer son énergie sur l'émergence de *When dreams come true*. Et puis, le temps passant, eh bien... elle en avait oublié qu'elle était encore jeune et qu'être veuve n'était pas une finalité en soi. Jusqu'à cette petite phrase prononcée par Maxine elle-même. *Tu as le droit de vivre et d'aimer quelqu'un d'autre que moi. Ou papa*, lui avait-elle dit aussi spontanément que franchement.

Était-ce la raison pour laquelle elle avait ressenti pareille fascination pour ce « Sam », quand, quelques minutes plus tard, elle l'avait rejoint au sous-sol ? Avait-elle, tout ce temps, attendu le feu vert de sa fille pour se laisser porter par la magie d'un instant et la présence d'un autre homme ? Ou bien cela était-il seulement lié, comme Olivia le lui avait si bien fait remarquer, au fait que cet inconnu était surtout un artiste à la renommée internationale ? Ou encore, peut-être, à son allure atypique et au maquillage sur son visage ténébreux ?

Ophelia sourit, amusée par le cheminement de ses pensées. Évidemment que ce type n'était pas n'importe qui. Évidemment que sa guitare et son expression étrange avaient retenu son attention. Et évidemment que les paroles de Maxine avaient eu un impact sur sa perception des choses. Cette soirée avait été unique. Elle avait peut-être même été le point de départ d'une nouvelle phase de sa vie de femme, qui sait ? Ce dont elle était certaine, c'est que de nouvelles possibilités semblaient s'offrir à elle. Loin de réfréner ses sentiments, Ophelia porta de nouveau la tasse de café fumant à sa bouche en savourant le goût libérateur de cette journée qui, assurément, et bien qu'elle ne le sache pas encore avec certitude, marquerait un tournant qu'elle ne risquerait pas d'oublier.

♪

Le moteur était éteint depuis un certain temps déjà, quand Nicolas commenta :

– Ça a tant changé que ça ?

– C'est le moins qu'on puisse dire, confirma Samuel.

Éberlué, il continua d'observer les fleurs parfaitement entretenues dans les jardinières sur les rebords des fenêtres. La porte arborait une jolie couleur d'un vert pastel et une couronne de fleurs séchées. Devant, on avait remplacé le gravier par un gazon bien entretenu, à en juger par la tonte dont il semblait avoir fraîchement bénéficié. Autour se dressait une petite barrière en bois blanc qui soulignait avec bon goût le caractère *countryside* des colombages. La façade du cottage, d'un blanc immaculé, ne portait plus le moindre stigmate de l'incendie.

– Je n'en reviens pas, ça en vendrait presque du rêve, souffla Sam en peinant à intégrer l'idée que c'était bel et bien de cette maisonnette qu'il s'était traîné, toussotant, pour échapper aux flammes qui léchaient le corps de son ignoble père.

La porte s'ouvrit et l'espace d'une fraction de seconde, Samuel espéra y découvrir sa mère, Jane. Mais ce fut un petit garçon en short et polo bleus qui en sortit, suivi d'un petit Beagle qui se mit à japper joyeusement après la balle qu'il lui lança.

– Après la pluie vient le beau temps, murmura Nicolas.

– Ou bien personne ne leur a dit ce qui s'est passé dans cette baraque.

– Est-ce que ça importe vraiment ?

– Je sais plus. Mais c'est surréaliste. Je m'étais convaincu que rien n'avait survécu. Je m'attendais à un terrain vague. J'aurais préféré un terrain vague, je crois, maugréa Sam, la mâchoire contractée.

Remarquant le van garé à deux pas, le petit garçon ramassa la balle dans l'herbe et jeta un regard curieux aux fenêtres fumées. Samuel prit une grande inspiration et osa jeter un œil à l'imposante bâtisse qui surplombait Daffodil Meadows. À l'exception du goudron qui recouvrait désormais la route et de quelques aménagements paysagers, la luxueuse demeure, elle, n'avait pas bougé. Comme en cette fin d'après-midi d'août, il y a bien longtemps, il leva les yeux vers l'une des nombreuses fenêtres, celle depuis laquelle il avait vu Ophelia pour la toute première fois.

– Concentre-toi sur l'avenir, Sam, lui conseilla Nick. Tu ne peux pas remonter le temps, mais tu peux te saisir de celui qu'il te reste.

– Tu as raison. Ça a bien assez duré.

Samuel remit le contact, appuya sèchement sur l'accélérateur et les pneus crissèrent sur le bitume avant de parcourir les quelques dizaines de mètres qui le séparaient encore de l'antre Cavendash.

♪

Rosie, nerveuse, entendit le bruit aigu des roues en contrebas et comprit aussitôt qu'il était tout près. Les bras croisés sous la poitrine, se tenant aussi droite que possible malgré les palpitations, elle l'attendait devant le portail clos. Le van déboula au détour du virage et pila devant elle. Gonflé d'adrénaline, Sam en sortit, claqua la porte, approcha d'elle et lança :

– Où est-il ?

– Je ne peux pas te laisser entrer.

Il remarqua ses yeux gonflés et son teint blême.

– Je n'ai rien contre toi, Rosie, j'imagine que tu t'es fait berner, exactement comme elle.

– Tu te trompes. Je... j'ai plus qu'une part de responsabilité.

Sam laissa échapper un petit rictus.

– Il a réussi à te retourner la tête à toi aussi, hein ? C'était quoi, le plan initial ? Au-delà de m'envoyer de l'autre côté de la planète, j'entends ?

Rosie mordit sa lèvre supérieure, consciente qu'elle s'apprêtait à lui faire plus de mal encore, mais résolue à ne plus participer, de près ou de loin, à l'imposture géante montée par son père.

– Elle...

– Elle, quoi ? s'impatienta Sam.

– Elle s'est mariée. Quelques mois après le...

Il leva les yeux au ciel et déduisit :

– Joshua.

– Oui... murmura Rosie, honteuse.

– Bien sûr, qui d'autre ? fit Samuel d'un ton ironique.

Nicolas avança vers elle et balbutia :

– Attendez, là... vous... tu... tu veux dire que... qu'il y a un type qui...

– ... qui s'est fait passer pour le père de la petite, oui, lui confirma Sam, faussement calme.

Nick porta ses mains à sa tête, retira son chapeau et frotta ses cheveux longs d'un geste convulsif, puis s'exclama d'une voix forte, à l'attention de Rosie :

– Bordel, mais vous êtes de grands malades, hein ! DES MALADES ! Qui fait ça, en vrai ? QUI ?

– Lawrence Cavendash, répondit Samuel, solennel. Son propre père, et accessoirement le grand-père de Maxine. De ma fille, précisa-t-il, les dents serrées, en jetant un regard noir à Rosie.

– Il est trop tard, gémit-elle. Elle a tout oublié et... trop de temps a passé.

– Lawrence n'a certainement pas oublié. Où est-il ?

– Je t'en prie, va-t'en.

– OÙ EST-IL ? s'écria Sam, dont la colère s'était embrasée. QUE JE LUI FASSE PAYER DE MES MAINS !

– Ce ne sera pas nécessaire, fit soudain une voix qu'il ne reconnut pas.

Rosie se retourna, surprise. Caroline, les yeux rouges, se tenait derrière le portail, un châle ocre sur les épaules. Le visage grave, elle ajouta :

– Il est mort.

# 62

Environ un mois plus tard

– Tu tiens le coup ?
– Ça va.
– Tu fais quoi, Sam ? s'enquit Nick, à l'autre bout du combiné.
– Je compose. J'écris.
– Tant que tu ne te jettes pas du haut de la falaise.
– C'est pas au programme.
– J'espère bien.
Sam reconnut la voix d'Andy qui semblait bougonner bien qu'il ne puisse l'entendre distinctement.
– Andy demande si tu comptes rentrer.
– Pas pour l'instant, non.
– Il a dit « pas pour l'instant », répéta Nick en tournant la tête, avant qu'Andy ne grommelle de plus belle.
– Il dit qu'il va venir te chercher par la peau des fesses ou que tu vas finir en scone.
Sam esquissa un sourire, avança vers la haute fenêtre, le téléphone à la main, et regarda les feuilles des arbres voleter au-dessus des ouvriers et des jardiniers.
– Dis-leur qu'au moins, je suis inspiré.
– Je passerai le message.
– Merci.
– Sam ?
– Oui.
– Pourquoi t'as appelé ?

– Parce que je vais y aller. Je devais te le dire. J'ai promis.

Il y eut un blanc et Samuel jeta un œil à la serviette en papier sur laquelle Rosie avait inscrit l'adresse.

– Quand ? l'interrogea Nicolas.

– Aujourd'hui.

♪

Assise dans l'herbe grasse, trempée jusqu'aux os, Ophelia observait le soleil jouer à cache-cache entre les nuages. On avait beau être en été, le climat doux et humide de la région parait les champs d'une couleur verdoyante, dont Bonnie, la jument derrière elle, se rassasiait allègrement. Ça lui avait pris sur un coup de tête, comme souvent les semaines précédentes. Elle était partie, à cru et au grand galop, dans la campagne environnante.

L'accident et le décès soudain de son père les avaient profondément choquées, et si elle avait passé quelques jours à Daffodil Meadows avant et après les obsèques, pour ne pas laisser leur mère seule, Ophelia avait été prise d'un besoin irrépressible de rentrer chez elle et de s'isoler. Maxine avait accepté l'invitation d'une de ses camarades de classe ; elle était partie pour deux semaines en Cornouailles, ce qui lui ferait le plus grand bien. Ophelia avait donc décidé de prendre ces mêmes deux semaines en congé. Ça avait d'ailleurs été l'idée de Rosie, qui lui avait assuré préférer se plonger dans le travail que de se reposer. Alors Ophelia avait accepté, de bon cœur, pour mieux atterrir, pour reprendre son souffle.

Mais la vérité, c'est que, le choc passé, elle était entrée dans une phase de colère intense qui l'avait tant submergée qu'elle avait bien cru perdre pied. Si elle avait déjà expérimenté l'atrocité du deuil, cette fois-ci n'était en rien semblable à ce qu'elle avait traversé sept ans plus tôt. Car le matin où elle avait appris la nouvelle avait aussi été celui où, sans vraiment se l'expliquer, elle avait pris conscience d'avoir encore droit au bonheur.

La mort de Lawrence avait étouffé les esquisses de projets qu'elle avait caressés timidement. Elle qui, après le mariage de Kate et Jimmy, s'était enfin autorisée à la rêverie, avait vu tous ses espoirs de liberté réduits à néant. Bien vite, tout s'était mis à tourner à nouveau autour de Maxine, dont il fallait préserver autant que possible l'innocence et le bien-être. De Caroline, leur mère, qui s'était retrouvée seule du jour au lendemain. Et de Rosie, qui, sans doute de par sa complicité de toujours avec leur père, avait bien vite sombré dans la dépression.

La pluie avait cessé pendant sa chevauchée, mais elle avait été si battante que les gouttes ruisselaient encore de ses cheveux jusque sur ses joues, se mêlant aux larmes de tristesse et de rage qu'elle ne pouvait contenir. Pourquoi avait-il fallu qu'un nouveau drame s'abatte sur sa famille, quand enfin elle avait trouvé l'envie de se remettre à vivre pour de bon et pour elle-même ? Pourquoi son père s'était-il retrouvé sur cette route au beau milieu de la nuit ? Pourquoi n'avait-elle pas le droit d'être quelqu'un d'autre qu'une mère, une sœur, une fille, une cheffe d'entreprise ? Ophelia essuya son visage du revers de sa manche. Elle songea une fois de plus à cette vie en apparence parfaite qu'elle avait toujours menée, à ses proches aussi présents que dévoués, à cet homme idéal qui était resté auprès d'elle en dépit de son amnésie, à sa fille si intelligente. Et elle se trouva ingrate et pitoyable. Pourtant, au tréfonds de son âme, elle ne pouvait se résoudre à laisser ainsi sa vie lui glisser entre les doigts. Elle voulait vibrer. Elle voulait être elle-même, loin des responsabilités qui lui incombaient et auxquelles elle était devenue addict plus ou moins malgré elle. Elle avait envie de frissonner, de tenter de nouvelles expériences, d'envoyer valser les codes, les non-dits et cette pudeur qui ne lui avait jamais tout à fait ressemblé. Peu importe que son père se soit planté dans un cerf avec trois grammes dans le sang.

Elle avait tant pleuré sa colère que, comme par enchantement, sa fougue prit le relais, la poussant à se redresser et à grimper agilement sur le dos de Bonnie – ce qui, à cru et vu sa taille, relevait d'une certaine performance. La jument, une Clydesdale, comme Aslan, s'élança à travers champ avec autant de vigueur que l'esprit requinqué d'Ophelia, qui venait purement et simplement de décider qu'une fois rentrée, elle chercherait à contacter ce Sam... Philæ. C'était fou, et peut-être bien que ça ne la mènerait nulle part. Mais l'empreinte de sa musique et la beauté de sa voix grave n'avaient pas quitté ses pensées depuis ce soir-là.

Elle n'avait plus rien à perdre.

♪

Quand l'homme arriva devant la maison, il découvrit une magnifique jument, à quelques dizaines de mètres, en train de boire à grandes lampées... ou plutôt à grandes lapées, pensa-t-il. Mais tout près, juste derrière la barrière en bois, c'est un animal bien familier qui le fixait et qu'il n'eut aucun mal à reconnaître.

– Hello, Alsan. *Long time no see*, comme on dit par ici. T'as l'air en forme. T'as pas pris une ride. Juste un peu blanchi.

Le cheval releva le nez et avança vers lui. Approchant son imposante tête de sa main tendue, il vint caler son large nez contre sa paume avant de souffler allègrement par les naseaux.

– Ha ha ! Moi aussi, tu m'as manqué, lui dit-il d'une voix douce avant de jeter un œil à la maison aux larges baies vitrées. Elle est là, pas vrai ? Elle revient d'une balade, hein ?

En guise de réponse, l'animal s'écarta et se contenta de se laisser tomber au sol avant de s'y rouler de plaisir, ce qui lui donnait des airs de chien géant et relevait d'une pitrerie sans égale.

♪

Ophelia venait tout juste de retirer ses bottes dans le vestibule qui donnait sur la petite écurie, à l'arrière de la maison. Délestée des sentiments lourds qui l'avaient poussée à faire cette escapade malgré la météo changeante, c'est soulagée qu'elle avait attrapé une serviette. Elle épongeait ses boucles rousses quand on frappa. Elle n'attendait pourtant personne. Intriguée, elle se dirigea vers l'entrée et ouvrit la porte.

– Bonsoir, Ophelia, la salua-t-il poliment.

Frappée de stupeur, elle répondit :

– Josh ?

# 63

La serviette éponge encore dans sa main crispée, Ophelia avait reculé de quelques mètres, les yeux écarquillés.

– Ophelia ? Je sais bien que c'est... inattendu, mais c'est moi, tout va bien, la rassura Josh en faisant un pas.

Mais elle tendit le bras d'un geste brusque pour qu'il n'avance pas plus.

– Ne. Bouge. Pas, siffla-t-elle agressivement.

Remarquant sans peine son visage horrifié, il obtempéra volontiers et recula jusqu'à la première marche de l'entrée.

– Tu... tu es... Mm... Mort. J... je... Il... il y a...

– Ophelia, laisse-moi t'expliquer.

Mais, toujours les yeux rivés sur lui, elle fit « non » de l'index et reprit :

– Il... il y a eu d... des... des obsèques.

– Ophelia...

– ... une p... une... p... pierre tombale. D... des... des f... fleurs et... d... des...

– Ophelia, écoute...

– NE PRONONCE PAS MON NOM ! hurla-t-elle. Tu... tu es MORT ! Tu n'es pas là. TU NE PEUX PAS ÊTRE LÀ !

Joshua avait eu beau se douter que sa réaction serait conséquente, il n'avait pu se résoudre à envisager celle-ci comme la plus probable. Pourtant, il fallait se rendre à l'évidence et la ménager autant que possible. Il descendit deux marches de plus et, se baissant légèrement pour ne pas l'effrayer davantage, prit la voix la plus calme et douce possible :

– Tu te souviens de ce coffee shop où on est allé ensemble, la première fois qu'on est sorti avec Maxine ? Je suis passé devant, tout à l'heure. Il est encore ouvert. Prends le temps qu'il faudra, prends tout ton temps, et, si tu te sens, rejoins-moi. Je t'y attendrai.

La voyant toujours pétrifiée, il ajouta :

– Ce soir, jusqu'à la fermeture. Et si tu ne viens pas, j'y serai demain. Et les jours suivants. Prends ton temps, répéta-t-il en saisissant lentement la poignée avant de refermer la porte et de s'en aller, le cœur lourd.

♪

Allongée dans l'eau chaude, couverte de mousse jusqu'au cou, Ophelia fixait le robinet en laiton doré depuis de longues minutes, au son d'un morceau de Nat King Cole, dont la voix tendre avait le don de la réconforter. Elle ne se souvenait pas tout à fait à quand remontait cette habitude, mais il y avait fort à parier que ça datait de son enfance, tant elle avait l'impression que c'était son réflexe premier en cas de stress conséquent. Elle se félicita d'avoir accepté le séjour de Maxine en Cornouailles. Elle avait beau avoir onze ans, c'était la première fois que sa fille partait si loin et si longtemps, mais cela aurait relevé du désastre si elle avait été là ce jour-là.

Que se passait-il, au juste ? Une perte de repères due à la mort de son père ? À la fatigue, peut-être ? Cela faisait des semaines qu'elle se sentait comme plongée dans le brouillard, partagée entre mille émotions et autant de responsabilités. *Pas étonnant que je débloque*, pensa-t-elle. Elle s'était sans le moindre doute monté le retour de Josh de toutes pièces. Si ça se trouve, elle n'était même pas sortie en promenade avec Bonnie. Mais alors, où s'arrêtait la réalité ? Était-elle vraiment dans sa baignoire, d'ailleurs, là, tout de suite ? Après tout, son cerveau avait déjà été tant malmené après l'accident de chasse dont elle avait été victime, qu'elle en avait oublié jusqu'à ses fiançailles. Comment savoir ce qui est tangible quand on n'ose plus se fier à soi-même et qu'on est seul ?

Elle se contenta de saisir la petite télécommande et de monter le son de la chaîne hi-fi au maximum avant de plonger la tête dans l'eau pour mieux faire taire les trop nombreuses pensées qui l'accablaient.

Voilà pourquoi elle n'entendit pas Rosie frapper à sa porte.

♪

Ce devait bien être la troisième fois qu'elle remettait de l'eau brûlante dans son bain. Elle referma le robinet du bout de son pied puis, sur un coup de tête et déterminée à faire la lumière malgré le peu qu'elle maîtrisait, elle saisit son téléphone portable sur le petit meuble derrière elle et composa le numéro qu'elle connaissait par cœur :

– Ophelia ?

– Hello, Olivia.

– Tout va bien ?

– Ça peut aller. Et toi ?

– Très bien, oui. Le mariage Jones & Meyer s'est parfaitement déroulé, si c'est pour ça que tu appelles.

Ophelia sourit.

– Formidable, la félicita-t-elle. Mais ce n'est pas pour ça que j'appelle.

– Oh ?

– Je... J'ai quelque chose d'un peu personnel à te demander. Surtout... surtout si ça te met mal à l'aise, ne te sens pas obligée de me répondre.

– Hum, OK. Dis-moi.

– Es-tu en contact avec... avec ce monsieur Graham ?

Olivia laissa échapper un petit rire.

– Eh bien... oui.

Ophelia se redressa.

– Oh ! Ahem... bien. Bien.

Il y eut un bref silence pendant lequel Olivia ne put retenir un sourire.

– Je... je ne voudrais pas te déranger ni...

– Tu voudrais bien le numéro de Philæ, pas vrai ?

Olivia n'en vit rien, bien sûr, mais les pommettes d'Ophelia rougirent sous ses taches de rousseur.

– Il était temps ! s'amusa Olivia. Je ne te garantis rien, mais je vais voir ce que je peux faire, enchaîna-t-elle d'une voix malicieuse.

– Merci.

– Ophelia ?

– Oui ?

– Tu mérites de passer à autre chose, tu sais. Tu le mérites vraiment.

– C'est gentil.

– C'est sincère.

– Tiens-moi au courant.

– Bien sûr, tu peux compter sur moi.

Quand elle eut raccroché, Ophelia, toujours assise dans sa baignoire, fixa longuement le mobile entre ses mains, hésitante. Elle avait beau avoir passé des semaines dans le tourbillon tumultueux des évènements récents, elle avait beau manquer d'air et de repos, elle n'était pas du genre à abandonner aussi vite. Maintenant qu'elle avait fait le premier pas vers sa spontanéité, il restait à faire la lumière sur tout autre chose. Juste... juste pour en avoir le cœur net. De nouveau, ses doigts glissèrent sur les touches, avec une rapidité qui traduisait sans équivoque le nombre de coups de fil qu'elle avait passés à son correspondant ces dernières années. Elle entendit la tonalité se répéter à sept ou huit reprises, puis raccrocha, déçue. Mais, saisie d'une opiniâtreté considérable, ne supportant pas le doute, aussi mince soit-il, elle recommença. Elle pourrait bien y passer la soirée, la nuit, s'il le fallait, elle devait leur parler.

– Allô ? fit enfin cette voix qu'elle connaissait bien.

– Bonsoir, Linda.

– Ophelia ?

– Désolée, je sais que j'ai insisté mais je...

– Richard ! se hâta d'appeler Mrs Coventry en mettant le haut-parleur. Richard ! C'est Ophelia !

– Qu'est-ce que...

– Ophelia ? fit la voix de son beau-père.

– Bonsoir, Richard, le salua-t-elle, les sourcils froncés, ne saisissant pas très bien la raison de leur précipitation.

– Tout va bien ? s'enquit Linda d'un ton des plus soucieux.

– Je... oui, je...

– Il va bien, au moins ? la coupa précipitamment Richard avant que son épouse ne lui donne un coup de coude réprobateur.

Ophelia raccrocha sur-le-champ, lâcha le téléphone sur le sol et se rallongea dans la baignoire. La sonnerie retentit presque immédiatement, mais, partagée entre choc, émotion et colère, elle n'avait plus une once de courage pour leur parler – il lui fallait déjà intégrer l'information qu'ils venaient de lui confirmer, plus ou moins malgré eux. D'ailleurs, elle leur en voulait déjà bien trop de lui avoir caché pareille nouvelle.

L'heure avait beau tourner, elle remonta à fond le son de la musique, ferma les yeux, plongea une fois encore la tête dans l'eau le plus longtemps possible, avant d'en remonter et de saisir la bouteille de shampoing.

Elle avait un rendez-vous à honorer.

# 64

Elle n'eut pas à le chercher : il occupait la table juste en face de l'entrée du petit établissement, celle-là même à laquelle, environ onze années plus tôt, ils s'étaient installés avec la toute petite Maxine, endormie dans son landau. L'endroit, un petit coffee shop de style victorien aux larges fenêtres en arcade et à la devanture rose tendre, était aussi charmant qu'accueillant. Josh en avait guetté la porte inlassablement depuis trois bonnes heures, saisi d'une adrénaline comme il n'en avait jamais connue, à chaque fois que le petit carillon tintait. La voyant entrer et poser son parapluie trempé, il se leva, la salua d'un digne signe de tête, mais n'osa pas bouger, de peur de l'effrayer à nouveau. Ophelia fit quelques pas, puis, immobile et d'un calme qui la surprenait elle-même, prit le temps de le regarder.

Il était rasé de près. Ses boucles blondes étaient beaucoup plus courtes que dans ses souvenirs, mais elle n'eut aucun mal à reconnaître ses yeux bleus à la douceur unique, sous ses sourcils clairs. Ses joues étaient plus creuses, ses épaules plus larges. Bien que ce soit subtil et peu prononcé, lui qui avait autrefois mis un tel point d'honneur à toujours se tenir bien droit, adoptait une posture légèrement voûtée. C'était lui. En chair et en os, avec sept ans de plus et une expression sur son visage qu'elle ne sut pas très bien comment interpréter. Elle avança enfin jusqu'à lui, et, tout gentleman qu'il était, il lui proposa d'un signe de l'aider à retirer sa veste. Elle accepta volontiers, se retrouvant déjà enrobée de cette sérénité qu'il avait toujours eu le don de lui transmettre.

Josh, tout au contraire, naviguait intérieurement entre l'angoisse qu'elle lui échappe et le désir ardent de la prendre dans ses bras. Son odeur, la proximité de son corps, la courbe de ses épaules qu'il frôla en retirant son trench, et cette... cette chaleur dont elle irradiait, qui contrastait avec la carnation de sa peau et dont il avait atrocement manqué.

– Tu n'es pas un fantôme, lui dit-elle en s'asseyant face à lui.

Il rit et elle remarqua des rides aux coins de ses yeux ainsi qu'une cicatrice à son arcade sourcilière qu'elle ne lui connaissait pas. Il en avait une autre, assez large, au niveau du menton.

– Non, pas vraiment. Même si ça se discute, j'imagine, répondit-il en repoussant lentement la tasse de thé devant lui.

Une serveuse les rejoignit et, s'adressant à Ophelia, lui demanda :

– Un thé au lait et un macaron à la framboise, comme d'habitude ?

– Oui, merci.

– De suite.

Ophelia, mal à l'aise, l'observa s'en retourner à l'arrière et ne remarqua pas le regard ému de Josh, qui peinait indubitablement à garder ses distances tant il la trouvait belle.

– Alors tu viens encore ici, constata-t-il.

– Oui. J'aime bien y venir avec Maxine. Je...

Elle s'interrompit, troublée.

– Comment va-t-elle ? s'enquit-il.

– Bien. Bien, je crois. Elle... elle est chez une amie pour les vacances. En... en Cornouailles.

– Oui, je... Ma mère m'a dit.

Ils restèrent silencieux quelques instants, ne sachant ni l'un ni l'autre comment s'y prendre. On apporta sa commande à Ophelia et, tandis qu'elle versa le sucre dans sa tasse, il déplora :

– J'ai imaginé nos retrouvailles un million de fois, et pourtant voilà que je ne sais ni par où commencer, ni quels mots employer.

Elle releva les yeux dans sa direction et lui lança un regard incisif avant de lui demander sans détour :

– Explique-moi, Josh.

Il secoua la tête un instant.

– Eh bien... notre hélico a été pris pour cible par un groupe rebelle. Ils savaient qu'on était médecins. Ils avaient des blessés graves, dont un de leurs chefs, qui avaient besoin de chirurgie. On a été pris en embuscade. On s'est crashé. Et quand j'ai cru que tout était terminé, eh bien... je me suis aperçu que non seulement je n'étais pas mort, mais qu'on était leurs prisonniers, Alan et moi. On... on a passé les sept années suivantes à opérer leurs hommes sous leur commandement, dans une zone rocheuse et truffée de grottes où il était quasiment impossible de nous localiser. Jusqu'à ce que l'armée y parvienne.

Interdite, Ophelia le fixait. Elle avait parfaitement entendu ce qu'il venait de lui raconter, mais elle ne parvenait pas à réaliser tout ce que cela impliquait, ni à lire entre les lignes de son récit mêlé aux cicatrices qu'elle venait de remarquer sur ses doigts.

– C'était la version courte. J'imagine que ce sera suffisant pour ce soir, conclut-il.

– La version édulcorée, aussi, si j'en crois ces marques.

Il esquissa un mince sourire qui confirma les suspicions d'Ophelia. De la violence, à n'en pas douter.

– Je te demande pardon, souffla-t-elle.

– Pardon ?

– D'avoir si mal réagi tout à l'heure.

– Mais non, Ophelia, il n'y a rien à pardonner. C'est ma faute. Je... je ne sais pas ce qui m'a pris de... de me convaincre que je pourrais rentrer à la maison, comme ça, sans prévenir. Je crois que je...

– Quoi donc ?

– Que j'ai tant rêvé de repasser le palier de notre maison que je ne pouvais me résoudre à te retrouver autrement. Maintenant que j'y repense, je me dis que j'aurais dû songer plus sérieusement à la trouille que ça pourrait te coller.

– J'ai cru que j'étais en pleine hallucination, admit Ophelia, d'abord très sérieuse, avant de laisser échapper un rire libérateur.

Heureux que l'ambiance se détende un peu, il se mit à son tour à rire de bon cœur.

– Je reconnais que j'aurais préféré que tu me sautes dans les bras, commenta-t-il tandis qu'elle riait encore.

Mais elle s'interrompit subitement, une question lui brûlant soudain les lèvres :

– Depuis quand es-tu rentré, Josh ?

Penaud, il ne répondit pas de suite.

– Depuis *quand* ? insista-t-elle.

– Bientôt un mois.

D'une main, elle couvrit sa bouche.

– Ophelia, je sais bien... je sais bien que j'aurais dû...

– Un mois ? répéta-t-elle, décontenancée. Tu m'as caché ça pendant tout un mois ?

– Je...

– Je ne compte pas assez pour être la première avertie ? lâcha-t-elle, révoltée.

– Si. Si ! s'exclama Joshua si fort que quelques personnes se tournèrent dans sa direction.

Il prit une grande inspiration, puis s'expliqua d'un ton aussi posé qu'il le put :

– C'est justement parce que tu comptes que j'ai préféré attendre.

– J'ai du mal à te suivre, Josh.

– Quand... quand on a été rapatrié, on nous a soignés, on nous a fait passer quelques examens, histoire de voir dans quel état on était et...

– Et ?

– Et je me suis retrouvé devant une glace pour la première fois en sept ans, et crois-moi, je n'ai pas tellement apprécié ce que j'y ai découvert.

Joshua faisait référence à ses côtes affreusement saillantes, à ses cheveux et sa barbe trop longs, à quelques plaies infectées qu'on lui avait interdit de panser sur le camp, et... à l'énorme œil au beurre noir dont un des soldats rebelles lui avait fait hériter quelques jours plus tôt.

– Quand ils nous ont demandé qui je voulais joindre en premier, je n'ai pas pu me résoudre à ce que tu me voies dans cet état.

Ophelia cherchait à retenir ses larmes. Elle le connaissait bien, il était évident qu'il avait plus ou moins traversé le brasier de l'enfer pendant ces sept années. Sept ! Pendant qu'elle pleurait son absence et déplorait son statut de veuve, pendant qu'elle se plaignait de la difficulté d'éduquer sa fille sans la présence d'un père… lui était enfermé et probablement torturé. Elle se sentit soudain bien ingrate, elle qui, certes, avait perdu un époux, mais qui n'avait jamais manqué ni d'un toit, ni de vivres.

– Alors, j'ai appelé mes parents. Ils sont venus et à cet effroi que j'ai lu dans les yeux de ma mère, puis dans ceux de mon père, j'ai compris que, vraiment, je ne pouvais pas t'infliger ça. Ils ont insisté pour qu'on te prévienne, mais je le leur ai interdit. C'est seulement après qu'ils m'ont appris le très récent décès de ton père et…

Ophelia le regardait, les yeux humides. Elle était secouée par la pudeur qu'il manifestait, et cette dignité qui lui était propre et ne l'avait en rien quitté malgré les épreuves atroces qu'il avait traversées.

– Quand ils m'ont appris que Maxine allait s'absenter quelques jours, je me suis dit qu'il serait plus judicieux d'attendre jusque-là. Pour te laisser le temps d'encaisser les obsèques de Lawrence et… et que je… que j'aie assez de temps moi aussi pour me remettre un peu et avoir plus fière allure… avant qu'on ne se retrouve enfin.

Elle le toisait, muette. Il lui laissa la douceur du silence pendant quelques minutes où elle porta consciencieusement sa tasse à ses lèvres, laissant pourtant de côté le macaron rose, finalement peu tentée d'y goûter. Elle était partagée. Entre l'envie de fermer les yeux sur tout ça et de plonger la tête la première dans le futur et l'inconnu, de retrouver ce musicien avec qui elle n'avait partagé que quelques instants, qui s'étaient pourtant gravés en elle au point de générer un certain manque. Et entre sa conscience qui lui rappelait combien elle était chanceuse d'avoir retrouvé celui qu'elle avait épousé jadis, qui était le père dont sa fille avait tant manqué, qui avait pris sur lui pour la ménager et qui ne rêvait que de reprendre leur vie là où elle s'était arrêtée.

– Qu'attends-tu de moi, Josh ? souffla-t-elle en reposant la cuiller sur la sous-tasse.

Lentement, mais avec tendresse, il avança sa main et saisit doucement la sienne, puis répondit :

– Rentrer avec toi. Rentrer à la maison. Il n'y a rien que je souhaite plus que ça, mon amour.

Ces deux derniers mots, bien qu'il les ait prononcés avec toute la sincérité du monde, sonnèrent comme intolérables aux oreilles d'Ophelia. Elle avait passé ces sept mêmes années à les arracher de sa mémoire, ne supportant pas l'idée qu'il ne fasse plus partie de ce monde et que plus personne entre ses murs ne les lui murmure. Et voilà que précisément au moment où elle semblait en avoir enfin fait le deuil, ils résonnaient de nouveau à ses oreilles ? Elle devait lui dire. Elle devait lui avouer ce qui, à coup sûr, lui ferait l'effet d'une dague dans le cœur, mais qui était la pure vérité.

– Josh. Il faut que je te dise quelque chose.

– Bien sûr. Dis-moi.

Elle retira sa main droite de la sienne et découvrit de sa manche la gauche, qu'elle avait jusque-là cachée. L'observant, il ne manqua pas de remarquer qu'elle ne portait pas son alliance.

– Tu as officiellement été déclaré mort.

– Je sais. Je sais bien. Mais je suis là, maintenant. Et ce n'est pas un cauchemar, je te le promets. Je ne compte plus m'en aller. Nulle part.

– Non... je... ce n'est pas ce que je veux dire. Il... il y a eu des recherches, un rapport militaire, et... quand l'État a déclaré que vous étiez très certainement morts dans le crash de l'hélicoptère, il y a eu des obsèques. Je... Le cercueil était vide, c'est vrai, mais... mais on t'a enterré, Josh. Maxine a jeté une rose dans la tombe. On portait du noir. On t'a dit au revoir.

– Ophelia... je sais...

– Non, Josh ! Tu ne sais pas ! Tu ne comprends pas !

– Alors, éclaire-moi.

Elle prit une grande inspiration, ferma les paupières, incapable d'affronter son visage, et déclara :

– On était uni jusqu'à ce que la mort nous sépare.

– Je ne suis pas sûr de te suivre.

– La... la mort nous a déjà séparés, Josh. On n'est plus marié.

Incrédule, il se laissa tomber contre le dossier de son fauteuil, puis, souriant tout à coup, lui répondit :

– Ce n'est rien, ça ! Ce n'est qu'un bout de papier ! S'ils ont besoin qu'on s'unisse de nouveau officiellement, quel est le problème ? Au contraire, ça ne ferait de mal à personne de célébrer quelque chose, après cette déferlante de drames qui s'est abattue sur nos familles. Qu'en dis-tu ? Je pourrais... je pourrais même refaire ma demande. Après tout, tu ne te souviens pas de la première, ce serait l'occasion de se créer de nouveaux souvenirs, enchaîna-t-il les yeux brillants, sous le regard impuissant d'Ophelia.

Ce fut plus fort qu'elle : sonnée par l'enthousiasme qu'il manifestait et qu'elle ne partageait étrangement pas, elle se leva d'un bond, saisit son trench, et se dirigea vers la porte. Pris de court, il se leva à son tour, mais elle se retourna.

– Je suis désolée, Josh. Je... je ne peux pas, murmura-t-elle avant de se hâter pour sortir sous la pluie battante.

Il resta interdit quelques secondes, puis, ne supportant pas l'idée de la voir disparaître, se précipita à sa suite et la rattrapa sur le pavé ruisselant. Saisissant son avant-bras, il lui lança :

– Attends ! Attends, je t'en prie.

Elle se retourna vers lui et leurs visages se frôlèrent. Elle plongea enfin son regard droit dans celui de Josh.

– Tu ne peux pas espérer que je sois la même aujourd'hui qu'il y a sept ans, Josh.

Caressant la joue d'Ophelia d'une main tremblante, il supposa :

– Tu as refait ta vie, c'est ça ?

Elle se délecta du contact de ses doigts contre sa peau et elle répondit :

– Je n'ai rien refait du tout, non. J'ai survécu, précisa-t-elle tandis qu'il approcha ses lèvres brûlantes des siennes.

Alors, il l'embrassa, comme on embrasse la chaleur d'un feu de bois après avoir traversé une tempête de neige.

# 65

Il avait roulé plus d'une heure sous une pluie battante – exactement comme son cœur, malmené par le stress et l'appréhension. Il avait beau l'aimer de toute son âme, Samuel n'espérait pas raviver la mémoire d'Ophelia. Elle était et resterait sans le moindre doute la femme de sa vie, jusqu'à son dernier souffle, mais leur histoire appartenait à un passé inaccessible auquel il devait renoncer une fois encore, et pour de bon. C'était un fardeau d'un poids insupportable, qu'il était pourtant prêt à porter, car il était responsable de son amnésie, et donc de son propre sort. La petite Maxine, en revanche... la petite Maxine changeait tout.

Lawrence était mort, emportant avec lui ses menaces et son chantage. L'horizon s'était donc quelque peu éclairci. Sam avait longuement réfléchi, retourné les choses dans un sens, puis dans l'autre. Il avait attendu quelques semaines que les obsèques soient passées, par respect pour Ophelia et sa famille endeuillée. Mais il était temps. De lui raconter la vérité, de lui expliquer combien, malgré tous les regrets avec lesquels il vivait depuis douze ans, il était résolu à faire la connaissance de cette enfant dont on lui avait caché l'existence, mais qui faisait désormais partie de son univers et sur laquelle il ne pouvait fermer les yeux.

Néanmoins, Sam était terrifié. De revoir Ophelia pour lui annoncer pareille nouvelle. De lui faire tant de mal, encore. Il savait déjà que son monde s'écroulerait, qu'elle serait probablement incrédule, d'abord, puis, sans doute, anéantie face à ce monceau de mensonges dans lesquels elle avait évolué sans se douter de rien. Pourtant, aussi terrible cela s'avérerait-il, il aurait été bien pire d'attendre plus longtemps. Et contrairement aux Cavendash, Samuel Kroeger n'était pas le moins du monde disposé à participer à la perpétuation de cet abominable subterfuge. Le plus tôt serait donc le mieux, même si cela impliquait forcément de la confronter à une réalité intolérable. Voilà pourquoi il s'était longuement entretenu avec Rosie, quelques jours plus tôt, autour d'un café. Ils étaient tombés d'accord sur l'aspect indispensable de sa présence à elle, qui, bien que rien ne puisse suffire à compenser le fléau de la situation, permettrait au moins à Ophelia de disposer d'un peu de soutien, et d'appuyer les dires de Samuel.

Ce dont il n'avait toutefois pas conscience, c'était que les mobiles de Rosie, que la culpabilité rongeait depuis douze longues années, s'apparentaient surtout à la nécessité de se confesser.

L'adresse, plus ou moins à mi-chemin entre Daffodil Meadows et l'université de Cambridge, n'était plus très loin. Sans doute Rosie y était-elle déjà, d'ailleurs ; elle avait prévu d'y rejoindre sa sœur suffisamment à l'avance pour mieux tenter de la ménager. En atteignant le village précédent, Sam ralentit. Il passa un virage et approcha de la grand-rue pavée. C'est alors que son regard fut attiré par la devanture rose pastel d'un coffee shop. Et, juste un peu plus loin, par une longue chevelure aux boucles rousses.

Ophelia.

Ophelia, dans les bras et les lèvres mêlées à celles de ce qui avait tout l'air d'être Joshua Coventry.

♪

Ses yeux verts scrutèrent attentivement le rôti dans le four. Elle tenait à l'en sortir juste à temps pour qu'il soit juteux et savoureux, mais il manquait quelques minutes de cuisson encore. Elle s'en retourna alors à sa casserole de *gravy*, dont raffolaient aussi bien sa fille que Joshua, qui était sorti acheter une bouteille de vin le temps qu'elle fignole le dîner. Il était tard, la nuit était tombée et la maison était emplie de douces odeurs réconfortantes. Il régnait en Ophelia une tendre nostalgie qui la ramena à ces mêmes soirées d'été où elle s'affairait en cuisine tandis qu'il jouait avec Maxine dans le living-room.

Maxine.

Quand leurs lèvres s'étaient lentement détachées les unes des autres, quelques heures plus tôt, ce fut le visage de leur fille qui lui était apparu comme l'évidence la plus pure. Ophelia s'en était même voulu d'avoir, l'espace de quelques heures, envisagé de refuser à Joshua l'entrée de cette maison qui était aussi la sienne. Elle avait eu beau s'être laissée à rêvasser à une autre vie, à d'autres tonalités, Ophelia aimait sa fille plus que tout au monde, et Josh était son père. Il n'y avait pas de question existentielle à se poser. Il était de retour, c'était aussi miraculeux qu'inespéré. Oui, bientôt Maxine retrouverait son papa, ce serait extraordinaire, et elle se devait de le célébrer.

♪

– Non, Samuel ! s'exclama Rosie, désemparée, à l'autre bout du fil. Tu ne peux pas repartir. Pas maintenant. On doit lui dire la vérité. Il faut mettre un terme à tout ça, tu l'as dit toi-même. Je t'en supplie ! Pense à Maxine.

– Mais justement, je pense à Maxine. Que va-t-elle penser de moi, à ton avis, si je débarque dans sa vie précisément au moment où son papa-chéri revient d'entre les morts ?

– Je... non... ce... ce n'est pas... Tu pourrais...

Il avait raison et elle le savait. Seulement, elle ne supportait pas l'idée de laisser Ophelia adopter à nouveau cet écœurant statut d'imbécile heureuse. D'autant plus que beaucoup d'eau avait coulé sous les ponts et que rien ne garantissait qu'elle retrouve le bonheur auprès de Joshua.

– Peu importe comment je m'y prends, je serai toujours le méchant de l'histoire, lâcha-t-il. Je tiens à elles. Je donnerais tout, je te jure que je serais prêt à tout pour m'assurer qu'elles soient heureuses... Mais pas à dévaster leur existence. Pas à ruiner ce qui pourrait précisément leur redonner le sourire. Je ne tiens pas à flinguer leurs retrouvailles avec Joshua.

– Samuel...

– J'en ai déjà fait assez, la coupa-t-il. Il vaut mieux que je disparaisse à nouveau. Pour de bon. Lawrence avait raison, si je reste, je ruine sa vie présente et son avenir.

– Il avait tort ! Mon père a eu tort depuis le début !

– Elles méritent mieux que ça. Elles méritent mieux que moi.

– Tu n'as pas le droit de dire ça ! Pas plus que mon père, pas plus que moi ! C'est à Ophelia d'en décider ! On a toujours tout choisi à l'avance à sa place, on lui a toujours imposé un bonheur qui n'était pas tout à fait celui dont elle rêvait. Elle te l'a dit, Samuel ! Elle te l'a dit, n'est-ce pas, il y a douze ans ?

Il avait beau se souvenir, il se contenta d'un silence. C'était bien trop douloureux.

– Elle me l'a dit aussi, à l'époque, tu sais. Elle a essayé, du moins. Je l'ai entendu, mais je n'ai rien voulu comprendre, parce que... parce que je l'enviais, parce que je ne comprenais pas sa fougue, parce que j'aurais aimé être à sa place...

– Rosie, écoute...

– Non ! Toi, écoute ! s'emporta-t-elle. Elle ne sait pas ce qu'elle veut ! Elle ne l'a jamais su parce qu'elle n'en a pas eu l'opportunité, pas une seule fois ! Elle a toujours cherché le bien de tout le monde en oubliant le sien. Je... je ne peux pas rester les bras croisés la regarder faire deux fois la même erreur. Tu dois m'aider ! Elle... elle t'aime. Elle l'a juste oublié, mais je... je sais que c'est encore là. Je le sais... je le sais depuis qu'elle m'a annoncé le prénom de sa fille. De *ta* fille, Sam.

– C'était il y a douze ans. Si quelque chose avait subsisté, cette flamme a été soufflée il y a bien longtemps.

– Elle pourrait t'aimer à nouveau.

Il soupira. Il avait envie d'y croire, bien sûr, mais il avait déjà bien assez mal comme ça.

– Je ne peux pas rivaliser contre Monsieur Parfait, non. C'est lui qu'elle aime, ça crève les yeux. Je les ai vus.

– Samuel... je t'en prie. Il y a forcément quelque chose à faire, je...

– Bonsoir, Rosie, lui dit-il avant de raccrocher.

Elle resta ainsi figée quelques secondes au beau milieu de l'ancien bureau de Josh, dans lequel elle s'était réfugiée. Puis, secouée, mais comprenant les arguments de Samuel, elle se résigna à les rejoindre au rez-de-chaussée. Arrivée en bas de l'escalier, elle entendit la sonnerie du téléphone fixe, avant qu'Ophelia ne passe rapidement devant elle, un plat brûlant entre deux maniques chaudes.

– Tu peux répondre, s'il te plaît ? J'ai encore le *garlic bread* à sortir du four. Il en a rêvé chaque jour ces sept dernières années, apparemment ! s'amusa-t-elle d'un ton enjoué en rejoignant Josh dans la salle à manger.

Le regard vide, Rosie se dirigea vers le téléphone au mur dans le corridor qui menait à l'entrée, puis décrocha.

– Allô ?

– Salut, Ophelia, c'est Olivia.

– Olivia ? C'est Rosie.

– Oh ? Vous avez presque la même voix, je ne m'y ferai jamais ! De vraies jumelles !

– Ophelia est en cuisine. Tout va bien ? s'inquiéta-t-elle en remarquant l'heure tardive à l'horloge.

– Oui, oui, ne t'en fais pas. Je rappelais juste Ophelia pour lui transmettre le numéro qu'elle m'a demandé de lui trouver. Tu as de quoi noter ?

– Oh ! d'accord. Oui, pas de souci.

– Elle saura de quoi il s'agit.

– OK.

Elle saisit le calepin et le stylo bille sur la console et Olivia le lui dicta.

– C'est bon, confirma Rosie.

– Bien ! Je ne vous dérange pas plus longtemps, alors ! Passez une bonne soirée. On se voit lundi.

– Merci. À lundi.

Elle n'avait pas encore reposé le combiné qu'elle reconnut les chiffres qu'elle avait notés, puisque c'étaient ceux-là mêmes qu'elle avait composés quelques minutes plus tôt. Rosie le prit comme un signe ; c'était peut-être la preuve que la connexion n'était pas aussi interrompue que Samuel l'imaginait. Pendue à cet espoir, elle détacha la note du carnet à spirale et rejoignit la salle à manger.

– Ça va ? s'enquit Joshua, en la voyant s'asseoir, alors qu'il versait du vin dans les grands verres ballon.

– Oui, oui.

– Tu as l'air ailleurs.

– Ça a été, ton coup de fil ? demanda à son tour Ophelia en revenant dans la pièce, un saladier entre les mains.

– Plus ou moins. Tiens, enchaîna-t-elle en tendant le morceau de papier à sa sœur, les yeux rivés sur elle pour mieux examiner sa réaction. Ton appel, c'était Olivia. Elle m'a demandé de te donner ça.

Ophelia saisit la note, y jeta un œil, puis un autre à Josh qui salivait déjà devant le *roast beef*, et, d'un geste rapide, se contenta de le chiffonner.

– Je n'en ai plus besoin, commenta-t-elle en glissant la petite boule de papier dans la poche de son tablier, avant de s'asseoir face à Josh et de déplier sa serviette sur ses genoux. Bien ! Le dîner est servi, on dirait, ajouta-t-elle sous le regard décontenancé de sa cadette.

# 66

On frappa à la porte de la vaste chambre.

– C'est ouvert, lança Sam tandis qu'il refermait le zip de son sac week-end en cuir noir.

– Monsieur, un visiteur pour vous.

– Vous savez bien que je ne reçois personne, Vincent.

– Je sais bien, Monsieur. Mais cette dame a insisté. Elle, ahem... elle n'a pas seulement demandé à parler au propriétaire, elle connaît votre nom.

– Quelle dame ? fit Sam en jetant un regard circonspect à son responsable de la sécurité.

– Une madame Cavendash. *Caroline*, m'a-t-elle conseillé de vous préciser.

– Caroline ? Répondez-lui simplement que je m'en vais, que je n'ai plus rien à voir avec les Cavendash, ajouta-t-il en rangeant sa guitare dans l'étui.

– Elle a dit que vous diriez ça... et que si c'était bel et bien le cas, vous...

Vincent s'était interrompu. Samuel se tourna vers lui et, découvrant sa mine embarrassée, l'interrogea :

– *Je* quoi ?

– Vous... vous feriez « la plus grosse erreur de votre existence ». C'est ce qu'elle a dit.

Sam soupira :

– Bien. Faites-la entrer. Elle et elle seule. Personne d'autre ne passe les grilles.

– Bien sûr, Monsieur.

♪

Samuel chargeait son sac en cuir et sa guitare dans le van quand il la vit arriver. Grande. Mince. Ses cheveux bouclés d'un châtain doux attachés en une queue de cheval impeccable. Une chemise en flanelle à l'imprimé tartan et un pantalon beige rentré dans ses bottes d'équitation. Élégante. Athlétique. Ce n'était certes pas la première fois qu'il l'apercevait. Mais maintenant qu'il était face à cette femme qui, depuis le gravier du vieux cottage, avait eu des airs de marâtre à la façon des contes de fées, de près, il se surprit à découvrir un visage bien plus avenant que dans ses souvenirs, paré de rides aux coins de ses yeux rieurs, et une grâce qui lui rappela immédiatement Ophelia.

– Caroline, prononça-t-il d'un signe de tête, en guise de salutation.

– C'est magnifique. Ce que vous avez fait ici. Vraiment. Dommage que plus personne ne puisse en savourer la beauté depuis des années, ajouta-t-elle avant de s'éloigner.

– Merci.

– « Philæ », hein ? s'amusa-t-elle. Comme l'île engloutie. Jolie métaphore.

Il sourit tout en détournant le regard pour mieux caler ce qu'il avait déjà descendu.

– Une anagramme en son nom. Des textes signés de votre plume, qui sans conteste lui sont dédiés. Nous avons manifestement bien trop sous-estimé l'amour que vous lui portiez. Je n'ai eu vent de votre carrière internationale que récemment, mais force est de constater que vous avez du talent et qu'elle a toujours occupé vos pensées, *Samuel Kroeger.*

– J'imagine que je peux compter sur votre discrétion, lui lança-t-il, taquin.

– En effet, affirma-t-elle d'un ton ferme. Je garderai votre secret aussi bien que vous avez gardé celui de mon époux.

La main de Samuel se figea puis il se tourna vers elle, surpris.

– Vous... vous...

– Je n'ai jamais eu l'occasion de vous remercier.
– Vous ne me devez pas de remerciement.
– Pas moi directement. Mais ma famille au complet, si.
– Je ne vous suis pas.
– Vous n'avez jamais vendu la mèche. Au sujet de Lawrence et de votre mère.

Elle tentait de rester stoïque, mais il remarqua que ses yeux souriaient.

– Vous saviez ? lâcha-t-il en s'asseyant sur le rebord du van dont la porte coulissante était toujours ouverte.
– J'ai toujours su, je crois. Exactement comme vous, n'est-ce pas ? Difficile de cacher pareille liaison aux personnes qui nous connaissent le plus au monde.

Il la toisait, soufflé par la perspicacité de cette femme avec qui il n'avait pourtant jamais devisé.

– Vous faites erreur, Caroline.
– Éclairez-moi.
– Je lui ai dit. À Ophelia. Quand... quand on était ensemble dans le... Je lui ai dit.

Cette fois, elle avança vers lui et posa une main bienveillante sur son épaule.

– Mon petit, je ne faisais pas référence à Ophelia. Mais plutôt à ces douze années que vous avez passées loin de nous et au cours desquelles vous n'avez, semble-t-il, pas tenté de faire éclater la vérité au grand jour. Vous en aviez pourtant les moyens. Vous auriez pu chercher à laver votre nom, à le faire chanter à votre tour. Mais vous êtes un homme d'honneur. Un bras de fer avec Lawrence ou des révélations publiques auraient forcément fait du mal à mes filles. Aussi, je suis certaine que ça ne vous est pas même passé par la tête. Même si, après votre ascension, vous auriez pu être tenté de le faire. Vous avez préféré coucher votre peine dans la musique. Pour cela, faites-moi confiance, je vous dois des remerciements.

Samuel l'observa quelques secondes.

– Vous n'êtes pas venue pour me remercier, Caroline, comprit-il.
– Non.

– Quel est le but véritable de votre visite ?

– Je sais que vous vous considérez comme un fléau pour Ophelia. Mais j'ai parlé avec Rosie. Elle m'a tout dit. Tout... tout ce qu'elle savait déjà, et tout ce que vous lui avez expliqué. Des doutes de ma fille quant à ses fiançailles à son idée saugrenue lancée sans réfléchir, en passant par ces semaines passées avec vous sous terre, votre petite sœur, tout.

– C'est pour me dire que je suis un dingue et que je dois disparaître à nouveau que vous êtes venue.

– Bien au contraire.

Il laissa échapper un rire ironique.

– Alors, vous aussi, vous cherchez à me retenir ? Je reconnais que ce retournement de situation est cocasse. Ne devriez-vous pas être là-bas, à célébrer le retour du héros, plutôt qu'ici avec moi ? Je l'ai déjà dit à Rosie, je serai toujours le méchant de l'histoire. Ophelia est heureuse avec lui et ils vivront heureux tous les deux jusqu'à la fin des temps. N'est-ce pas là le conte de fées dont vous avez toujours rêvé pour elle ?

À ces mots, Caroline avança tout près de Samuel et prononça d'un ton amer :

– Écoutez-moi bien, Samuel. J'ai aimé mon époux de tout mon être et il m'a donné deux incroyables filles, et pourtant je ne souhaite pas ça à Ophelia. Je ne lui souhaite pas de finir comme lui, enfermé dans un mariage qui n'est pas celui auquel il aspirait. Je ne lui souhaite pas de vivre une existence paisible si elle a envie de frisson. Lawrence s'est aigri parce qu'il a été privé de la femme qu'il aimait vraiment. Et cette femme, c'était votre mère. Par... par convention, par respect pour sa famille, et parce que Jane était partie, il m'a épousée. Et il m'a aimée, j'en suis certaine. Différemment. Mais c'est avec elle qu'il était véritablement épanoui. C'est avec elle qu'il se sentait libre, lui-même. Et si... s'il avait eu le choix, s'il avait vraiment pris des décisions en accord avec son cœur, il aurait sans doute été moins malheureux.

– Eh bien. Ne vous inquiétez pas. J'ai vu de quelle manière elle rendait son baiser à Joshua, hier, et vous pouvez dormir tranquille, elle était ravie. Elle y mettait du cœur.

– Bien sûr, puisqu'elle n'a pas le choix ! Elle n'a pas conscience de ce qu'elle veut ou ne veut pas, elle cherche avant tout à contenter tout le monde ! Je veux qu'elle ait le choix, Samuel. Je veux que ma fille prenne sa décision en toute connaissance de cause. Qu'elle recouvre la mémoire ou pas, là n'est pas la question. Mais si elle s'est jetée à corps perdu dans les bras de Joshua, c'est parce que nous le lui avons toujours présenté comme sa seule option ! C'est parce que désormais, elle veut le bien de Maxine, dont elle est convaincue qu'il est le père ! Et c'est aussi parce qu'elle n'a plus conscience des sentiments qu'elle vous a portés et vous porte peut-être encore, dans un minuscule recoin de son cœur verrouillé à double tour...

Essoufflée par l'émotion, elle marqua une pause, puis compléta d'un ton pondéré :

– Mon mari a fait bien assez de dégâts. Je ne tiens pas à perpétuer ses manigances. Je ne veux plus être complice, et Rosie non plus. Il faut qu'on lui apprenne la vérité. Sur elle. Sur nous. Sur la véritable identité du père de Maxine. Elle doit avoir le choix ! Elle doit savoir, vous comprenez ?

– Qu'attendez-vous de moi, Caroline ?

# 67

Ils avaient devisé toute la fin de soirée, en oubliant l'heure avancée. Rosie les avait quittés peu avant minuit, exténuée, alors qu'ils terminaient seulement le dessert. Joshua, discret quant aux récits de ses sept années perdues en Afrique, avait manifesté un intérêt sans fin pour Maxine. Il voulait tout savoir d'elle, questionnant tantôt Ophelia, tantôt Rosie, qui, toutes deux, avaient mille et une anecdotes joyeuses à lui conter, depuis ses premiers mètres à vélo aux mariages somptueux au cours desquels elle ne manquait jamais de partager une danse avec la mariée. Il les avait écoutées avec attention lui détailler les albums photo un large sourire aux lèvres, émerveillé et impatient de retrouver sa petite fille qui n'était d'ailleurs plus si petite. Quand Rosie était partie, ils avaient débarrassé la table ensemble, comme ils l'eurent fait jadis, puis elle était montée se changer et ils s'étaient installés dans le salon pour un dernier verre de vin. Alors, Ophelia lui avait posé les questions auxquelles il aurait préféré ne pas répondre. Elle lui avait dit combien cela comptait pour elle de pouvoir retracer ses sept années à lui, de comprendre d'où venaient ces cicatrices, comment il avait tenu le coup, s'il avait eu des occasions de s'échapper. Joshua s'était alors résigné à lui raconter la vérité aussi sincèrement que possible, tout en évitant de s'attarder sur les détails les plus violents ou choquants – et ils étaient nombreux. Elle ne les avait pas moins déduits de ses phrases qui parfois étaient restées en suspens. En dépit de ses souvenirs pénibles et des sévices qu'il avait subis, il se surprit lui-même à se sentir soulagé de les lui partager. Cette soirée avait été une façon pour eux de renouer l'un avec l'autre et de « rattraper le temps perdu », aussi chimérique cela puisse-t-il être. À près de deux heures du matin, Ophelia s'était assoupie au beau milieu d'une phrase, tandis qu'ils réfléchissaient encore à la meilleure façon d'annoncer son retour à Maxine.

Ce fut le chant d'un rossignol qui tira Ophelia de son sommeil. Ouvrant les paupières, elle avait d'abord jeté un bref coup d'œil à son réveil sur la table de chevet ; il était neuf heures trente. Elle s'étonna d'avoir dormi si tard, se souvint soudain de la veille, et remarqua enfin que Joshua dormait paisiblement auprès d'elle. Déstabilisée, elle s'extirpa des draps sur la pointe des pieds, passa son kimono par-dessus sa nuisette et prit quelques instants pour observer Josh, sans s'apercevoir qu'elle tremblait légèrement. C'était tout sauf la sérénité à laquelle elle s'était attendue, qui l'animait. Troublée, elle laissa sa main glisser de son cou à son ventre. Avaient-ils couché ensemble ? *Non, non*, se dit-elle d'une voix intérieure qui se voulait rassurante. En dépit du vin, elle était certaine que ce n'était pas le cas. *Mais pourquoi est-ce que ça t'inquiète autant ? C'est ton mari, après tout.* L'était-il, vraiment ? *Plus légalement, en tout cas.* Submergée par le stress, elle détourna le regard de cet homme endormi qui, malgré les cicatrices qui n'habillaient pas sa peau la dernière fois qu'il s'était étendu dans ce lit, n'en restait pas moins séduisant. Se réfugiant près de la fenêtre, elle tira légèrement le rideau et préféra laisser son regard se perdre sur l'étendue d'herbe verte devant la maison et la présence réconfortante d'Alsan, qui y broutait paisiblement avec Bonnie, ayant passé cette nuit d'été au-dehors. *Non, nous ne sommes plus mariés.*

Cette certitude la rassura.

Le fait qu'elle la rassure l'inquiéta.

*Tu débloques.* Pourtant, il n'en était rien. Ophelia était troublée, elle ne parvenait pas à assimiler le fait que Joshua soit là, dans sa chambre, dans son lit. À elle. Elle passa une main dans ses boucles rousses pour chasser cette pensée. *Tu devrais te réjouir de ce miracle et tu angoisses ? Vraiment ?*

Elle n'eut pas l'opportunité de tergiverser plus longuement.

– Good morning, lui susurra la voix douce de Josh, derrière elle, tandis qu'il passa tendrement la main à sa taille.

Les paupières closes de plaisir, il se délecta du parfum de sa nuque tout en se laissant emporter par la fièvre de ses mains sur le corps d'Ophelia. Elle lui avait manqué plus que tout. Mais elle était effroyablement déboussolée, et ses yeux à elle étaient grands ouverts. Ignorant tout de sa lutte silencieuse, il lui confia :

– C'est ça qui m'a permis de tenir, mon amour. C'est de caresser l'espoir de m'éveiller à nouveau dans la même pièce que toi. De retrouver un jour la douceur de ta présence, de ton contact. De te dire combien je t'aime et combien le temps n'a rien changé à cela.

*Et si ça avait changé quelque chose, pour moi ?* Il l'enlaça plus passionnément encore, dégageant ses longs cheveux de la main droite et l'embrassant avec ardeur dans le cou, tandis que la gauche glissa jusqu'à son sein. Elle resta figée pendant une ou deux secondes qui lui semblèrent un siècle, puis s'écarta brusquement, se réfugia contre le mur et ramena ses bras contre elle, effarouchée. Désarçonné, Joshua fit un pas en arrière et chercha à l'apaiser d'un signe.

– Hey, hey... tout doux.

Mais elle respirait si vite qu'il s'en voulut immédiatement. Prenant ses distances, il s'assit sur le lit.

– Ophelia, je suis désolé. Vraiment. Je ne voulais pas... je pensais que tu...

Elle posa la paume sur son cœur. Elle pouvait en percevoir chaque palpitation. Revenant à elle, elle se redressa légèrement, ferma les yeux quelques instants, se concentra sur sa respiration et se détendit enfin.

– Ça va ? s'inquiéta Josh, alarmé.

– Ça va, fit-elle d'un ton plat.

– Tu as besoin de quelque chose ? Je... je ne sais pas, un... un verre d'eau ? Tu veux t'asseoir ?

– Non.

– Ophelia, vraiment, je te demande pardon.

– Non, ce n'est pas... ce n'est pas toi, affirma-t-elle en osant enfin croiser son regard.

– Bien sûr que c'est moi. Une fois encore, je suis trop impatient et je peine à contenir ma hâte de te retrouver comme avant.

*Mais plus rien n'est comme avant.*

– Ce n'est pas toi, Josh.

– Qu'est-ce que c'est, alors ?

– C'est... moi.

Ophelia passa ses cheveux derrière son oreille en baissant les yeux.

– Hey, tu n'as pas à t'en vouloir. J'ose à peine imaginer ce que ça a été pour toi. De faire face à mon absence, au deuil. De gérer et éduquer Maxine sans moi. Tu es une héroïne d'avoir supporté tout ça et d'avoir même monté une entreprise florissante. Tu t'en es sortie avec brio, mais ça ne veut pas dire que c'est simple.

– Il me faut sans doute juste du temps.

– Évidemment qu'il te faut du temps. Et je m'en veux d'avoir précipité les choses. Ces sept années loin de la civilisation m'ont fait perdre mes repères et mes bonnes manières. Pardonne-moi, je t'en prie.

Apaisée par ses paroles pleines de bienveillance, elle releva le menton et remarqua son visage confus. Alors, Ophelia avança vers lui, l'invita à se lever, et ils s'étreignirent l'un l'autre.

– Je vais nous préparer des œufs et des toasts. Prends ton temps, ne descends que quand tu te sentiras. Promis, à partir de maintenant, je serai le plus patient de tous les hommes, annonça-t-il avant de déposer un baiser sur son front.

Il saisit sa chemise et son jean sur la chaise, sortit et referma doucement la porte derrière lui. Ophelia resta interdite un moment, ne sachant plus comment interpréter ses propres pensées et gestes. Il allait sans dire que beaucoup de choses avaient bousculé son existence ces dernières semaines. *Peut-être n'ai-je tout simplement pas encore réussi à intégrer qu'il est vraiment là*, songea-t-elle en ouvrant le robinet de la douche. *Peut-être qu'il faudrait qu'il dorme dans la chambre d'amis quelques semaines, le temps que je me fasse à l'idée.* Elle pencha la tête en arrière et laissa l'eau chaude couler sur sa chevelure. *Non, non. Maxine revient dans quelques jours, je ne peux pas lui dire que son père est en vie et la laisser penser qu'on ne s'aime plus. Elle serait dévastée.*

♪

Ses cheveux avaient beau être encore humides, il la trouva si belle, ainsi au naturel, dans sa sortie de bain en éponge, qu'il peina à réaliser qu'il était bel et bien là.

– C'était absolument délicieux, le félicita-t-elle en terminant le toast à l'avocat et au saumon fumé qu'il lui avait préparé.

– Ravi de te voir sourire, souffla-t-il, soulagé. Désolé. Pour tout à l'heure. Je suis vraiment, vraiment désolé.

– Ce n'est rien, dit-elle en se levant pour saisir leurs assiettes. On va retrouver nos marques. Tôt ou tard, compléta Ophelia en y déposant les couverts avant de se diriger vers la cuisine.

Il saisit à son tour la carafe de jus d'orange et la corbeille à pain puis la rejoignit.

– Je vais m'habiller, déclara-t-elle.

Elle monta à l'étage et Josh retourna chercher son sac dans l'entrée avant de le déposer sur le carrelage de la salle de bain du rez-de-chaussée, celle qui était intégrée à la vaste chambre d'amis. Il en sortit un nécessaire de rasage, mouilla et plongea le blaireau dans le savon puis poussa un soupir avant de fixer son reflet dans le miroir. Cette situation était bien plus complexe qu'il ne l'avait imaginé. Comment avait-il pu être si naïf ? La réponse était simple ; tout là-bas avait été si rude et il avait tant manqué de la présence de sa femme, qu'il avait totalement idéalisé leurs retrouvailles. Pourtant, en sept ans, Ophelia avait appris à vivre sans lui, et il ne pouvait attendre d'elle plus qu'elle ne pouvait lui donner. Il se sentit honteux et se reprocha son attitude. Il l'aimait trop pour supporter de lui faire du mal.

Son téléphone sonna alors qu'il entreprenait de badigeonner ses joues de mousse. Le saisissant, il vit que l'appel provenait de la maison Cavendash.

– Allô ?

– Joshua, c'est Caroline.

– Bonjour Caroline. Tout va bien ?

– C’est moi qui devrais vous poser cette question. Comment va-t-elle ?

Il jeta à nouveau un regard à son reflet, puis répondit :

– Je pense qu’elle n’a pas tout à fait atterri.

– Le choc de vous retrouver est comparable à celui de vous avoir perdu.

– Vous avez sans doute raison.

– Joshua, l’aimez-vous ?

Presque offusqué par sa question, il fronça les sourcils et répondit :

– Plus que tout.

– Feriez-vous tout pour son bonheur, même au détriment du vôtre ?

– Bien sûr, répondit-il sincèrement.

– Bien.

– J’ai peur de ne pas vous suivre.

– Une voiture va se garer d’ici peu, devant la maison. Pour Ophelia.

– Une voiture ?

– Écoutez-moi, Josh. Si vous l’aimez vraiment, ne la retenez pas. Elle ne le sait pas encore, mais elle a besoin d’y monter.

# 68

La porte s'ouvrit sur un homme, la cinquantaine, chevelure et moustache blanches, costume et chaussures vernies.

– Mademoiselle, la salua-t-il en baissant dignement la tête. Je suis Howard.

– Bonjour, répondit-elle, intriguée, en découvrant la limousine noire garée derrière lui.

– Vous êtes bien mademoiselle Ophelia Cavendash ?

– Oui.

– On m'a demandé de vous remettre ceci, Mademoiselle, dit-il en lui tendant une petite enveloppe en papier noble qu'on avait cachetée à la cire noire.

La saisissant du bout des doigts, elle s'inquiéta :

– Dois-je m'attendre à une mauvaise nouvelle ?

– Je ne crois pas, Mademoiselle.

Ophelia se tourna vers Joshua, qui l'observait à distance, dans le couloir face à l'entrée. D'un geste, il l'encouragea à ouvrir le pli. Ce qu'elle fit.

*Ophelia,*
*J'espère que ma démarche ne vous paraîtra pas trop triviale. Je reconnais que je n'ai jamais été doué pour ce qui est des conventions. J'aurais, pour être honnête, un millier de choses à vous dire, et puisqu'une image vaut mille mots, j'ai pensé que, peut-être, il serait plus approprié encore de vous montrer.*

*Si vous acceptez de monter, mon chauffeur vous mènera dans un lieu unique. J'ai bien conscience du caractère peu orthodoxe de ceci, aussi, je comprendrais sans peine que vous refusiez. Je n'en espère pas moins que vous me rejoindrez ici pour quelques heures.*
*Bien à vous,*
*Sam.*

Josh n'avait pas la moindre idée de ce qu'elle venait de lire, mais il n'eut aucun mal à remarquer le large sourire qui avait illuminé son visage dès les premières lignes, et plus encore sur la fin, quand, ça ne faisait aucun doute, elle avait eu confirmation de l'expéditeur. Caroline ne lui avait pas donné de détail quant à ce qui se préparait, mais il était perspicace ; il avait perçu dans le ton et la fermeté de sa voix que c'était loin d'être anodin et que, peut-être, cela était lié au lourd secret qu'il portait lui aussi. Mais il l'aimait autant qu'il l'avait dit, c'est-à-dire assez pour faire passer le bonheur d'Ophelia avant le sien. Alors il prit sur lui et demanda gentiment :

– Qu'est-ce qui te ravit autant ?

Elle rougit et il comprit quel risque il prenait à la laisser partir.

– Rien, je... C'est... c'est bête mais c'est un... un prestataire. Qu'on a engagé il y a quelques semaines, pour un mariage. Il... me demande de monter dans la voiture. Ça ressemble à une sorte de... de remerciement. De surprise. Je ne sais pas. C'est très flou, ajouta-t-elle en regardant encore la feuille de papier, sans parvenir à cacher son enthousiasme.

Le cœur de Josh se serra en remarquant combien ses yeux brillaient, or, cela n'avait pas été le cas depuis leurs retrouvailles.

– Tu as l'air heureuse, constata-t-il.

– Oui, je... Non, c'est juste que ça me fait plaisir.

– Vas-y.

Elle releva le nez et lui jeta un regard surpris :

– Non, non. C'est très gentil de sa part, mais on vient à peine de se retrouver, je ne vais pas sauter dans une limousine pour aller je ne sais où.

– Mais si.

Il avança et dégagea délicatement son visage de la mèche qui y tombait.

– Josh...

– Tu sais que je t'aime, n'est-ce pas ?

– Je sais.

– Je ne veux pas risquer de te faire manquer une occasion de sourire. Tu es trop belle, quand tu souris.

– Mais enfin, Josh, ça ne fait pas deux jours que tu es là, je ne peux pas m'en aller comme ça.

– Si, tu peux.

– Tu es sûr ?

– Certain.

– Je vais me débrouiller pour être là en début de soirée.

– Ne t'inquiète pas pour l'heure, ni pour moi. Tu as envie d'y aller ?

– Oui.

– Alors, vas-y, répéta-t-il en l'embrassant doucement sur la joue, les paupières closes tant il avait l'impression de lui dire adieu.

♪

Si elle ne prêta pas spécialement attention à l'itinéraire de la limousine pendant la première demi-heure, elle s'étonna en remarquant que le trajet était le même que celui pour rejoindre Daffodil Meadows.

– Excusez-moi, Monsieur, mais pouvez-vous me dire où l'on va ?

– Navrée, Mademoiselle, j'ai la ferme instruction de ne rien vous en dire, déplora le chauffeur.

Un peu moins d'une heure plus tard, c'est abasourdie que, derrière les vitres teintées, elle le vit tourner au même virage que celui qu'elle prenait pour rejoindre la maison de son enfance. Pourtant, il ne s'en approcha pas et poursuivit son chemin une dizaine de minutes encore, avant d'emprunter une large route en gravillon blanc qu'elle ne se souvenait pas avoir déjà remarquée. Quelques centaines de mètres plus loin, à l'orée des bois, se dressait un haut portail entre deux colonnes de pierre de taille. En dépit du style victorien, tout semblait plutôt récent. Quelques années, tout au plus. L'un des deux vigiles plantés au-devant du portail approcha de la portière du conducteur, le chauffeur baissa la fenêtre, ils échangèrent quelques mots à voix basse, puis on leur ouvrit et la voiture s'engagea à l'intérieur.

La voie était bien assez large et accessible pour que la limousine y roule sans la moindre difficulté. Pourtant, ils étaient au beau milieu des bois. Si Ophelia était habituée à la folie des grandeurs de bon nombre de ses clients, c'était la première fois qu'elle découvrait la propriété privée d'un artiste aussi connu. Ce Philæ avait assurément un goût prononcé pour la nature, car, des arbres aux écureuils et même au chevreuil qu'elle aperçut, tout était brut et sauvage. Quand enfin la voiture ralentit, Ophelia découvrit un nouveau portail en parfait état, hissé entre deux hauts murs bien plus anciens que les précédents. Rénovés avec finesse, mais d'époque, à n'en pas douter, à en juger par leur allure. *XVI^e^, peut-être plus, même*, déduisit-elle. Du lierre courait sur la vieille pierre. Les imposantes portes en fer forgé, agrémentées de splendides arabesques, étaient ouvertes sur un sentier qui courait entre deux rangées de chênes parfaitement entretenus avant de doucement tourner, à une cinquantaine de mètres plus loin. Le chauffeur coupa le contact et vint lui ouvrir la porte.

– Si vous voulez bien, l'invita-t-il à sortir.

Elle s'exécuta, lissa les manches et le bandeau en crochet à la taille de sa robe ivoire, puis, découvrant enfin les environs sans le filtre des fenêtres fumées, constata :

– Nous sommes dans les bois où j'ai passé mon enfance et mon adolescence. Je... je ne suis pas venue ici depuis des années, ça... c'était en travaux, c'était fermé au public, je...

Howard, muet, se contenta d'un petit sourire.

– Attendez, vous voulez dire que c'est Philæ qui a racheté tout le domaine ?

– Mademoiselle, loin de moi l'idée d'être impoli, mais mes instructions sont claires : je ne peux rien vous dire.

À son tour, Ophelia esquissa un sourire. Elle ne saisissait pas par quel hasard cet artiste fortuné avait jeté son dévolu sur les ruines dans lesquelles elle s'était tant perdue plus jeune, ni même si c'était bel et bien lui qui les possédait, mais elle était enchantée que ce mystérieux investisseur soit lié de près ou de loin à ce « Sam ». Il faisait bon. C'était un doux après-midi estival. Le pépiement des oiseaux allait bon train dans les branchages environnants. Comme dans ses souvenirs, la forêt alentour avait gardé cette odeur boisée légèrement humide et apaisante. Elle se revit s'y promener sur le dos d'Aslan. Ça sentait la liberté. Tandis qu'elle s'émerveillait encore de retrouver ces lieux à la fois connus et oubliés tant personne n'avait pu s'en approcher depuis qu'on les avait condamnés, Howard ouvrit le coffre et en sortit une petite trousse en cuir noir.

– Mademoiselle Ophelia ? s'enquit-il en approchant d'elle avant de faire glisser la fermeture éclair de la pochette.

– Oui ?

– C'est ici que je vous abandonne.

– Oh ?

– Oui, vous... vous n'avez qu'à suivre le sentier. Ne vous inquiétez pas, vous trouverez votre chemin.

Elle n'était pas inquiète. Bien au contraire, elle trépignait d'impatience.

– Il y a juste une dernière chose que je dois vous donner, Mademoiselle.

Il sortit alors un petit appareil, qu'après quelques secondes, elle identifia comme un Walkman. Vintage, à n'en pas douter, il devait avoir dix ou vingt ans. Le lui tendant avec un casque, il lui indiqua :

– On m'a demandé de vous inviter à le mettre sur vos oreilles et d'appuyer sur « lecture » quand vous aurez passé les grilles.

– Je vois, dit-elle en souriant de nouveau.

– Je reste ici. Si pour une raison ou pour une autre, vous souhaitez faire marche arrière, je vous attendrai. Ne vous sentez obligée de rien, surtout.

Un brin déstabilisée, elle porta le casque à ses oreilles, et lui répondit :
– À mon tour, alors.
Aussi curieuse que fascinée par cette mise en scène qui, sans la moindre hésitation, était tout à fait à son goût, elle avança jusqu'au portail ouvert, pressa le bouton *play*, et se mit en marche sur le sentier sinueux qui se présentait à elle.

# 69

La guitare acoustique, maîtrisée avec talent, emplit ses oreilles tandis qu'elle s'engageait sur le sentier. Ophelia ne reconnut pas les quelques accords qui faisaient office d'intro, mais elle les trouva fort bien assortis à l'ambiance paisible des lieux. La voix de Philæ s'y ajouta lorsqu'elle s'engagea dans le petit virage après les chênes.

*You make my pain evaporate*
Tu fais s'évaporer ma peine

*You change my tears into hopes*
Tu changes mes larmes en espoirs

Ophelia n'avait pas été attentive aux premiers mots de la chanson. Elle était bien trop époustouflée par l'incroyable décor qui venait d'apparaître devant elle. Le sentier s'élargissait en une vaste allée de gravillon blanc, bordée de rosiers aux fleurs blanches, presque infinie tant elle était longue – deux cents, trois cents mètres, peut-être.

*Your words subjugate my fate*
Tes mots assujettissent mon destin

*Your presence is pure gold*
Ta présence est d'or pur

Au bout, elle découvrit ce qui, sans conteste, était le vieux palais de son enfance, intégralement restauré. Deux douzaines de fenêtres rien que sur la façade principale, une fontaine au pied du double escalier. Tout autour n'était qu'une immensité de gazon aussi verdoyant que tondu en de longues et régulières lignes droites. Et à droite, à une cinquantaine de mètres devant la maison, se dressait un majestueux kiosque à colonnes de style antique qu'elle avait toujours trouvé splendide et sur lequel le lierre courait encore, ce qui lui octroyait un côté féérique. C'était d'une beauté éblouissante.

*Grab my hand, my heart and my soul*
Prends ma main, mon cœur et mon âme

*I'll follow you, there will be no remorse*
Je te suivrai, il n'y aura aucun regret

Ophelia s'était arrêtée sans s'en rendre compte, subjuguée par la vue et apaisée devant le temps, la minutie et le goût qu'on avait mis à l'œuvre pour ramener l'endroit à sa splendeur d'antan. Puis, il y eut dans la musique quelque chose, un infime détail, qu'elle ne parvint pas à identifier mais qui la plongea une fraction de seconde dans une sensation de déjà-vu. C'est à cet instant-là qu'elle fut saisie d'un frisson.

*You're nothing but contrasts, it's beautiful to die for*
Tu n'es que contrastes, c'est beau à en mourir

*I'll follow you, for better and for worse*
Je te suivrai, pour le meilleur et pour le pire

Elle se remit en marche en écoutant plus attentivement le son de la voix de Philæ. Qu'avait-il donc en tête, avec ce vieux Walkman et ce qui ressemblait plus à une démo qu'à un morceau studio ?

*You're nothing but contrasts, it's beautiful to die for*
Tu n'es que contrastes, c'est beau à en mourir

*I'll follow you, for better and for worse*
Je te suivrai, pour le meilleur et pour le pire

Peu importait la qualité de l'enregistrement.
Ténébreuse, puissante et grave, un timbre juste et maîtrisé.

Bouleversante.
Telle était sa voix.

*« Life is a sleep, love is its dream »*
« La vie est un sommeil, l'amour en est le rêve »

*That's what Musset used to say, and I was sleepin'*
Voilà ce que disait Musset, et moi je dormais

Au début du refrain, alors qu'elle était presque à mi-chemin, elle aperçut une silhouette familière en haut du majestueux escalier. Grand. Bien bâti. De longues mèches noires qui lui tombaient jusqu'à la taille. C'était lui, sans le moindre doute.

*And my home is in your eyes*
Et mon chez-moi est dans tes yeux

*And we will have lived, 'cause our love will rise*
Et on aura vécu, car notre amour s'élèvera

Ces deux petites phrases déclenchèrent comme un éclair d'images dans sa tête. C'était furtif et volatil, mais il lui sembla voir, de plus haut, quelqu'un assis contre un vieux mur, une guitare contre lui. Et tout s'évanouit déjà.

*I had lost my faith, nothing left to achieve*
J'avais perdu ma foi, je n'avais plus rien à atteindre

*I was on edge, but buried in the deep*
J'étais à bout, mais enseveli dans les profondeurs

De nouveau, la foudre. Brève, fugace, et violente aussi, cette fois. Un sol froid, plongé dans l'obscurité. Une vitre entre deux pièces. Un carton rempli de petits carnets noirs. Une coupure nette à l'arcade. Une chemise à carreaux trop grande.

*In your arms I discover who I am, I believe*
Entre tes bras je découvre qui je suis, je crois

*You are my compass, since I am the ship*
Tu es mon compas, car je suis le navire

Des ratures sur une page. Une clef dans sa main. Une couverture blanche.

*« Life is a sleep, love is its dream »*
« La vie est un sommeil, l'amour en est le rêve »

*That's what Musset used to say, and I was sleepin'*
Voilà ce que disait Musset, et moi je dormais

Un cardigan en tricot écru. Une moquette en velours pourpre. Un baiser fiévreux, la caresse sur son épaule, sa main sombre contre la pâleur de sa peau nue.

*And my home is in your eyes*
Et mon chez-moi est dans tes yeux

*And we will have lived, 'cause our love will rise*
Et on aura vécu, car notre amour s'élèvera

Deux petits brins de guitare noués en anneaux.
*Se…*
*Sequoyah…*

*That's what Musset used to say, and I was sleepin'*
Voilà ce que disait Musset, et moi je dormais

*That's what Musset used to say, and you woke me up*
Voilà ce que disait Musset, et tu m'as réveillé

Ophelia n'était plus qu'à quelques mètres, mais elle s'était arrêtée net en bas du double escalier, incapable d'avancer tant les sanglots s'étaient emparés d'elle. Il la vit ainsi faire glisser le casque à sa nuque puis porter ses deux mains à sa bouche tant elle était bouleversée, ses grands yeux émeraude rivés sur lui. Il se fit violence quelques secondes encore pour ne pas bouger, de peur de mal interpréter la scène, de peur d'être en train de rêver. Mais elle se mit à hoqueter, agrippée au Walkman, le visage déchiré, et il ne put se résoudre à la laisser ainsi s'effondrer. Samuel descendit ces marches sur lesquelles, jadis, ils avaient tant devisé, et se précipita vers elle pour mieux l'enlacer. Elle pleura plus encore entre ses bras, envahie par les souvenirs qui se bousculaient dans son esprit, tels une tempête s'engouffrant dans les corridors qui liaient son passé et son présent. C'était rapide, trop rapide, fulgurant. Des bribes, puis de véritables images, des sons, des mouvements, des phrases, des couleurs, des notes, des sensations. Il la sentit trembler de tous ses membres et la serra fort contre lui. Tout ce qui avait été oublié s'échappa simultanément de la boîte de Pandore pour mieux la submerger d'émotion. Secouée, elle en peina presque à respirer, et il se demanda un instant si elle pourrait tenir le choc. Elle lui sembla tout à coup si frêle ! C'était si brutal que lui-même avait du mal à rester debout ; il luttait pour ne pas laisser ses jambes se dérober sous le poids de ce maelström. Il se mit à caresser lentement le dos d'Ophelia, puis sa tête, déterminé à chasser sa détresse et n'en revenant pas de la tenir enfin contre lui après tout ce temps passé dans le manque, ce manque qui l'avait dévasté à en mourir.

Petit à petit, elle parvint plus ou moins à reprendre son souffle. Alors, poussée par ce qui était un savant mélange de soulagement, d'espoir et de fièvre, Ophelia releva le menton vers lui et plongea son regard dans celui de Samuel. Il saisit son visage avec une délicatesse inouïe, et à son tour elle posa ses deux mains d'albâtre sur sa peau mate, puis souffla :

– Sam. Oh ! mon Dieu, Sam.

Il n'eut pas besoin qu'elle en dise plus. Ses yeux verts parlaient pour elle.

Enfin. Elle savait.

Délesté de ses doutes et englouti d'amour, il tomba à genoux et fondit en larmes à son tour.

– Oh ! Sam... prononça-t-elle tandis qu'elle laissa ses doigts se perdre dans sa chevelure noire.

Il passa ses bras autour d'elle, s'agrippant à ses jambes comme on s'agrippe à une bouée de sauvetage.

– Je suis désolé, gémit-il, je ne savais pas... je ne savais pas que tu avais oublié. Si j'avais su... si j'avais su, je me serais battu pour toi, je te le jure. Pardonne-moi.

À ces mots, Ophelia posa un genou au sol et vint appuyer son front contre celui de Samuel. Leurs lèvres se frôlèrent alors avec dévotion.

– Pardonne-moi... répéta-t-il.

– Ce n'est pas ta faute, lui murmura-t-elle tandis que, d'un geste tendre, elle invita Sam à la regarder.

Les larmes coulaient sur ses joues à n'en plus finir quand il ouvrit les paupières. Ce fut à ce moment précis que, contemplant ses yeux en amande d'un bleu unique et ses sourcils froncés par le déchirement, elle comprit.

– Ma... Maxine.

# 70

Les rayons de la lune se reflétaient sur le parquet verni de l'immense pièce tant les fenêtres étaient hautes et nombreuses. Toutes les lumières étaient éteintes. Étendus à même le sol, l'un face à l'autre, ils n'avaient pas prononcé un mot depuis un moment.

– Comment te sens-tu ? s'enquit Samuel après qu'elle eut poussé un grand soupir. Tu atterris ?

– Bien. Incroyablement bien, même, répondit-elle en dégageant la mèche noire qui lui glissait sur la joue.

– Vraiment ? Après tout ça ?

Il faisait référence à ces longues heures qu'ils avaient passées à remonter le temps, au cours desquelles il lui avait dit tout ce qu'il savait.

– J'ai l'impression d'être passée sous un rouleau compresseur, admit-elle dans un petit rire. Mais tout fait sens, désormais. Ce que tu viens de me raconter... Il y a... il y a toujours eu quelque chose qui me dérangeait, une sorte de voile qui filtrait mes actions, mes désirs, mes pensées. Une sorte de sens aigu du devoir couplé de responsabilités. Comme si je devais me calquer sur les attentes des autres quitte à ne plus savoir quelles étaient les miennes. Je... je ne sais pas très bien comment exprimer ça, parce que je ne me suis jamais sentie fausse pour autant. J'ai toujours agi de bon cœur, je crois. Seulement, c'est comme si je n'avais été que l'ombre de moi-même, tout ce temps. Comme si je me regardais depuis un ailleurs insaisissable et incompréhensible auquel pourtant j'appartenais.

Il effleura sa joue du revers de ses doigts.

– Au contraire, je trouve que c'est bourré de sens.

– J'ai enfin l'impression d'être là où je dois être. Même si ça veut dire être allongée tout habillée au beau milieu d'un salon datant du XVIIe siècle, précisa Ophelia, amusée.

– Tu as une telle force. Tu m'impressionnais déjà il y a douze ans, mais ce que tu viens d'accomplir, et la sérénité que tu dégages là, maintenant, alors que tu viens de faire le puzzle de ta vie, c'est une prouesse à laquelle je n'aurais sans doute pas survécu moi-même.

Elle ferma les yeux pour mieux se délecter de sa caresse.

– Je ne serai peut-être pas sereine indéfiniment, murmura-t-elle dans un souffle.

Il fit glisser sa main jusque dans le cou d'Ophelia, si bien qu'elle s'interrompit un instant, puis reprit :

– Mais là, tout de suite, je n'ai pas envie... je n'ai pas envie d'être en colère, je n'ai pas envie de leur demander des comptes. J'ai envie de profiter de toi, j'ai trop peur de te perdre encore.

– Tu ne me perdras plus.

– Promets-moi, Sam. Promets-moi qu'on ne laissera plus personne se mettre entre nous.

– Je te le promets. Je ne le supporterai pas deux fois, de toute manière. Je ne suis qu'un fantôme, sans toi, Ophelia.

– Chuuuut, fit-elle doucement en posant son index sur sa bouche. Tu n'es pas un fantôme. Avec ou sans moi, tu es une personne si pure, si intègre, si douée. Tu es exceptionnel, Sam. Comment ai-je pu passer douze années entières aussi loin de toi, alors que tu étais sur cette même Terre ?

– Je me suis posé la même question chaque jour de ces douze années, tu sais. À tel point que plus d'une fois j'ai bien cru y succomber.

– Mais je suis là, maintenant.

– Tu es là.

Il la tira doucement à lui. Ophelia ferma les yeux de bonheur, il posa ses lèvres contre les siennes, et ils échangèrent un baiser aussi brûlant que gorgé de tendresse.

– Tu crois qu'on aura toujours besoin de dormir par terre ? demanda-t-elle tandis qu'un frisson de désir la parcourait.

– Je dormirai mieux par terre près de toi que seul dans la chambre d'hôtel la plus luxueuse au monde. Crois-en mon expérience.

– Oh ! mais c'est vrai, tu n'as pas seulement racheté le château de mes rêves, tu es aussi devenu une rock-star.

– Je ne suis pas un prince pour autant.

– Tu es bien mieux que ça. Tu m'as rappelé qui je suis.

Ils se redressèrent et il l'embrassa de nouveau, plus envoûté encore. Il fit glisser la bretelle de sa robe ivoire, avant de caresser son épaule du dos de la main, puis, peinant toujours à réaliser qu'elle était bel et bien là, lui chuchota à l'oreille, du plus profond de son cœur :

– Si tu savais comme tu m'as manqué. Si tu savais comme je t'aime.

S'écartant légèrement, Ophelia saisit la main gauche de Samuel et la déplaça de quelques centimètres pour que la lumière de la Lune l'en baigne. Du bout de son doigt, elle repassa sur la petite ligne tatouée à son annulaire, puis se blottit contre lui et lui dit :

– Épouse-moi.

# 71

– Rosie ! s'exclama Henry en sortant en trombe de sa voiture tout juste garée sur le gravier devant la grande bâtisse des Cavendash.

Elle était en larmes, la tête et les bras appuyés sur ses genoux, assise sur les marches de la maison qui l'avait vue grandir, et qui venait aussi d'abriter la conversation la plus orageuse et la plus dramatique de toute leur vie. Il approcha et s'assit auprès d'elle, soucieux au possible, et la prit dans ses bras.

– Allons, allons. Ça va aller. Je suis là.

– Tu n'aurais pas dû venir, sanglota-t-elle.

– Tu rigoles ? Je sais quand tu cherches à me rassurer. Je le sais parce que... parce que ça m'inquiète.

– Tu ne peux rien faire. Tu aurais dû rentrer à la maison.

– Mais si, la rassura-t-il d'une voix réconfortante en la serrant un peu plus contre lui. Je peux faire ça, déjà. Et aller t'acheter de la crème glacée en rentrant à la maison.

Touchée par ce pragmatisme à toute épreuve qu'elle aimait tant chez lui, elle releva ses yeux rougis vers Henry et il essuya ses larmes.

– Je t'aime, tu sais. Vraiment, déclara-t-elle.

– Moi aussi, je t'aime, Rosie.

– J'ai peur.

– Peur ? Mais de quoi ?

– De ne pas te mériter.

– Arrête tes bêtises, donc. Tu es toute chamboulée parce que ton beau-frère, pour qui de surcroît tu avais le béguin étant gamine, a ressuscité. Mais tu me préfères, c'est un fait. Je me fais pas de mouron.

Elle se laissa aller à rire une seconde, puis, d'un ton grave, avoua :
– Je t'ai caché quelque chose et je… j'ai… j'ai peur qu'en l'apprenant tu n'aies plus tout à fait envie de partager ta vie avec moi. Parce que ça… ça va changer l'image que tu as de la gentille Rosie.
Il la gratifia d'un regard sceptique.
– Je te connais trop bien pour imaginer que tu m'aies trompé.
Elle sourit timidement.
– Ça n'a rien de ça, non. Mais j'ai fait du mal. Beaucoup trop de mal. À ma sœur, à ma nièce et à… à quelqu'un qui ne méritait pas le traitement qu'il a reçu. Il y a des… des non-dits, des mensonges aussi, qui ont rongé cette famille pendant bien trop longtemps.
Face aux déclarations pour le moins sérieuses qu'elle venait de lui faire, Henry en perdit son humour et lui jeta un regard préoccupé. C'est à cet instant précis que Caroline sortit de la maison, bouleversée et en larmes elle aussi. Elle descendit précipitamment les escaliers devant eux sans leur jeter un regard et se précipita vers l'écurie.
– Bon Dieu, mais qu'est-ce qui se passe, bébé ? Et où sont les autres, d'ailleurs ? s'enquit-il en jetant un coup d'œil à la voiture de Josh garée un peu plus loin.
– En haut. Dans le bureau de papa.

♪

– Et Maxine ? Tu te rends compte ! Comment on va lui annoncer ça, hein ? Elle ne sait même pas que tu es en vie ! s'écria-t-elle après quelques secondes d'un silence insoutenable.
Ça sentait le cuir, le bois et le papier dans cette pièce où son père avait passé tant de temps qu'il en avait comme imprégné chaque mur, chaque étagère et chaque livre. Ophelia était à bout de souffle et à bout de forces, exténuée par les discussions consécutives avec sa sœur, puis sa mère. Elle avait voulu connaître chaque version, comprendre la moindre de leurs motivations, se faire une idée aussi précise et juste que possible de l'influence de son père dans ce qui avait été le théâtre de la tragédie de sa vie. C'est avec autant de lucidité que de déception qu'elle les avait écoutées, puis renvoyées, ne

supportant pas encore le poids de leurs révélations, qui ne faisaient que confirmer ce que lui avait raconté Samuel. Mais c'était bien pire dans leurs bouches à elles, et bon nombre de détails l'avaient laissée décontenancée. Elle avait demandé à Joshua de la rejoindre en dernier, consciente que ce serait plus douloureux encore avec lui. Voilà près d'une heure déjà qu'ils étaient enfermés dans le bureau de Lawrence.

Poussée par une colère qu'elle n'avait probablement jamais éprouvée auparavant, elle se dirigea vers la fenêtre, l'entrouvrit, s'appuya sur le rebord pour essayer de retrouver son calme, puis, se tournant de nouveau face à lui, le fustigea d'un ton glacial :

– *Have a little faith in me* ?

Joshua comprit de suite qu'elle faisait référence à la chanson de John Hyatt sur laquelle ils avaient ouvert le bal. Immobile, il attendait le coup de grâce.

– *Have a little faith in me*, Josh ? Vraiment ?

– C'était ton idée, finit-il par répondre, affreusement mal à l'aise.

– *Mon idée ?* s'exclama-t-elle tandis que le rouge montait à son cou et ses pommettes. De la confiance ? De l'amour sans fin ? Un soutien indéfectible ? Bien sûr que c'était mon idée ! C'est précisément l'idée que je me faisais du mariage, oui. Avoir foi l'un en l'autre.

– Ophelia...

– Je doute que ce soit tout à fait ce que j'ai expérimenté avec toi, en fin de compte, siffla-t-elle. Avec le recul, je me dis que c'est le comble de l'ironie qu'on ait précisément passé cette chanson pour nos noces. C'est à pleurer. C'est même à vomir.

Elle le toisait depuis l'autre bout de la pièce, d'un regard inquisiteur, agrippée au dossier d'un fauteuil en cuir. Il eut l'impression d'étouffer tant il ne supportait pas de la voir ainsi courroucée, tant il n'y avait rien à dire pour justifier l'ignominie à laquelle il avait participé.

– Comment... comment as-tu pu vivre tout ce temps près de moi et me mentir ainsi chaque jour ? gémit-elle.

*Voilà. On y est*, pensa-t-il. *Plus que quelques phrases et elle disparaîtra de ma vie pour de bon.* Josh prit une grande inspiration, recula lentement jusqu'à s'appuyer contre le bureau verni tant il avait peur de chanceler, au propre et au figuré. Il était secoué d'adrénaline, terrifié corps et âme à l'idée d'assassiner lui-même le semblant d'amour qui les avait liés et qu'en dépit de sa culpabilité, il avait savouré comme rien au monde.

– Au début, j'en ai eu la nausée, tous les jours.

Ophelia eut le sentiment qu'on venait d'arracher un morceau de son cœur. Dévastée par cette phrase, qu'à n'en pas douter, il avait exprimée avec autant de honte que de franchise, elle porta une main à sa poitrine et chercha à retenir les larmes qui montaient en elle.

– Et puis, je ne sais pas... Le... le temps a passé, je t'ai vue heureuse. M... Maxine est née et... tu irradiais, Ophelia !

La colère en elle s'envola, subitement chassée par l'émotion qui allait de pair avec le prénom de leur fille et les souvenirs de sa naissance.

– Et je... je me suis dit que c'était pour le mieux. Que de toute manière tu aurais souffert auprès de lui. Qu'il ne serait jamais un père pour elle ni le mari que tu méritais d'avoir. Je... Je pensais qu'il t'avait abandonnée. Qu'il était fou. Dangereux.

Cette fois, Ophelia pleurait pour de bon. Parce qu'il venait de faire preuve d'une honnêteté qui lui avait coûté, et parce qu'il s'était complètement fourvoyé au sujet de Samuel, qui n'avait jamais mérité pareils qualificatifs. La découvrant ainsi anéantie, il se décomposa à son tour et porta ses mains à son front. Ophelia ne put réfréner le besoin de réconforter cet homme qui n'était certes pas tout blanc dans ce qui avait plus ou moins consisté à lui voler une partie de sa vie, mais qui n'en avait pas pour autant été l'instigateur. Elle avança vers lui lentement, les larmes coulant sur ses joues et sur celles de Josh, et vint saisir ses mains avant de lui souffler :

– Et mon père a toujours été très convaincant.

Il n'osa pas la regarder et se contenta de répondre, la voix cassée :

– Qui étais-je pour choisir à ta place ?

– Tu étais jeune. Tu m'aimais. Tu as pris la place d'un père alors que tu n'avais rien demandé. Tu as accepté et aimé Maxine comme ta propre fille tout en sachant qu'elle était celle d'un autre. Le tout pour sauver la réputation de mon père tout en pensant me protéger. Tu n'es pas moins victime que moi, Josh. Il vous a menti à tous.

– Je ne te demande pas de me pardonner. Je ne me le pardonnerais jamais, moi, alors...

Elle pleura de plus belle, secouée par ses mots.

– Tu étais le mari rêvé, tu sais. Mais ces rêves n'étaient pas les miens. Ce n'étaient pas les tiens non plus, à vrai dire. Qui rêverait de vivre ainsi dans le mensonge ? Tu as toujours eu envie d'être papa, mais certainement pas de cette façon. Tu mérites bien mieux.

– Tu te trompes. Je t'aime.

– Je sais, Josh. Je t'ai aimé aussi, je te le promets.

– Mais c'est auprès de lui que tu dois être, n'est-ce pas ?

Ophelia serra fort ses mains entre les siennes.

– C'est lui, Josh. C'était lui depuis le début.

– Je comprends. Je ne me choisirais pas non plus.

– Non, ne dis pas ça. Personne n'est parfait. Ça n'a rien à voir avec toi, à vrai dire. Il... Samuel...

Elle leva les yeux au ciel pour mieux contenir le flot de larmes qui s'y engouffraient sans relâche, et, cherchant sa respiration, déclara simplement :

– Samuel me connaît mieux que quiconque et je... je l'aime. Je l'aime comme je n'aimerai jamais personne d'autre. Il était mon choix quand j'ai perdu connaissance il y a douze ans. Il est mon choix aujourd'hui et il... il est aussi le père de Maxine.

Joshua hoqueta, et terrifié, la supplia, tremblant :

– Je t'en prie... Je t'en prie ne me l'enlève pas. Laisse-moi la retrouver, je t'en supplie.

Ophelia l'enlaça, puis lui murmura à l'oreille :

– Jamais je ne te l'enlèverai. Elle t'aime. Elle a besoin de toi. Elle a besoin de te retrouver. Mais... mais toi et moi, c'est fini, Josh.

Elle l'embrassa doucement sur la joue et sortit de la pièce, encore bouleversée, mais convaincue de s'être saisie enfin de son avenir. Elle referma la porte derrière elle et descendit l'escalier. Lentement. Dans un silence apaisant. En se concentrant sur chaque mouvement de sa poitrine tandis qu'elle reprenait enfin son souffle. C'était comme si chaque marche la délestait d'un poids, comme si, en s'éloignant de l'ancien bureau de Lawrence, elle avançait vers ce qu'elle convoitait vraiment, et qui ne prenait aucunement racine dans cette maison. C'est en paix qu'elle sortit sur le perron et découvrit sa mère qui, les yeux rouges, l'attendait près de sa jument. Aucune ne prononça le moindre mot – il n'y avait plus rien à dire. Caroline avança et tendit les rênes à Ophelia.

♪

Depuis la fenêtre à l'étage, Josh observa Ophelia s'élancer à travers champ au grand galop. Quand sa silhouette disparut à l'orée des bois, il saisit la carafe de brandy qui n'avait pas quitté le comptoir depuis le décès de Law, s'en versa un verre, le but d'une traite et le reposa violemment. Partagé entre haine, honte et chagrin, regardant sa vie tout entière lui échapper, il reprit la carafe en Crystal et la lança de toute sa force sur le mur d'en face avant qu'elle ne s'y brise.

# 72

Le temps était nuageux mais il faisait bon. Assis en haut de la falaise, les jambes dans le vide, sa guitare contre lui, l'esquisse d'un morceau naissait sous ses doigts et entre les cordes. Samuel ne pouvait encore dire si la chanson serait sombre ou allègre ; sans doute cela dépendrait d'Ophelia et de ce qui était en train de se tramer à Daffodil Meadows. Il s'interrompit, jeta un œil en contrebas, et observa un instant la rivière qui coulait paisiblement. Celle-là même dont il avait jadis été tenté de rejoindre le lit, d'un saut. Son cœur se mit à battre trop vite et trop fort, comme à ces moments où il avait flirté de très près avec la mort. Il se remit à jouer. Depuis combien de temps était-elle partie ? Trois ou quatre heures, au moins. Était-ce bon signe ? Et s'ils la faisaient changer d'avis ? Après tout, ils maîtrisaient cet art mieux que quiconque. Et peut-être qu'auprès de celui qui avait été son mari, elle le choisirait lui, le prince charmant qui, de surcroît, avait survécu à la guerre et élevé l'enfant d'un vaurien. *Ne vaut-il pas mieux que je saute, en fin de compte ? Ne serait-elle pas plus heureuse, débarrassée de moi ?*

Saisissant son crayon et noircissant les pages d'un petit carnet posé sur l'herbe, il déversa ses angoisses et ses états d'âme entre les notes, tant il avait peur qu'elle ne revienne pas, qu'elle ouvre les yeux et s'aperçoive que c'était lui, le responsable du coup de feu qui avait tout anéanti.

Samuel s'était laissé porter par la conviction de Caroline. Il l'avait écoutée lui dire combien elle, Rosie et même Joshua s'étaient pliés à la volonté de Lawrence. Il l'avait entendue lui assurer qu'Ophelia avait besoin de retrouver, si ce n'était pas la mémoire, sa liberté, et que cela devait passer par des révélations sans lesquelles elle ne pourrait jamais se saisir de son destin. Mais... maintenant qu'elle était repartie, maintenant qu'il la savait là-bas, auprès de cet autre qu'elle avait aimé jusqu'à l'épouser, la mélancolie chronique dont il souffrait s'emparait de tout son être.

*Et qu'adviendra-t-il de la petite, quand on lui apprendra que son père est revenu d'entre les morts mais qu'en fin de compte, il n'est pas véritablement son père ? Cela ne sera-t-il pas plus traumatisant encore ?*

Non, finalement, plus il examinait ses pensées, et plus la musique prenait des tonalités désenchantées. Il avait beau s'être passé douze ans depuis que le cottage avait flambé, Samuel, au fond, était toujours cet adolescent amoché par la vie – et par le Jack Daniel's de son père.

La vérité, c'est qu'elle avait eu beau lui dire qu'elle reviendrait, les heures défilant, il ne pouvait en être moins sûr.

La vérité, c'est que personne ne s'en était aperçu, mais qu'il était seul. Seul depuis cette vision de Bob. Et que seul, Samuel succombait systématiquement aux sirènes de ses balafres.

Pas un ouvrier, pas un jardinier, ni Vincent, ni Andy, ni Nicolas. Dépourvu d'une présence, il se sentait comme un arbre desséché. Il n'avait plus cette force d'autrefois qui l'avait poussé à dire ses quatre vérités à Ophelia, à lui expliquer combien elle se trompait en se fiançant à Joshua. Il n'avait plus le zèle de ses jeunes années, celui-là même qui l'avait poussé à dépasser ses limites pour grimper à sa fenêtre malgré ses côtes cassées, pour l'enlever. Les dommages collatéraux que ses décisions passées avaient générés n'avaient rien d'un mirage. Pourrait-il seulement supporter la culpabilité qui le rongeait sans cesse ? L'amour suffisait-il ? Il s'imagina une seconde faire glisser les bretelles en crochet de la robe d'Ophelia, avide de s'enivrer de sa peau, et découvrir l'effroyable cicatrice qui devait orner son cœur. Elle porterait à jamais la marque de ce jour infâme dont il se désignait pour unique responsable. *Comment pourrais-je lui faire l'amour si je ne peux faire face à ça ?* se flagella-t-il tandis que ses sourcils se fronçaient de douleur et que les mots comme les notes se bousculaient sous ses doigts. *Comment pourrais-je l'aimer comme elle le mérite quand par ma faute elle a frôlé la mort ?*

Au propre et au figuré, Samuel Kroeger avait été bien trop esquinté par la vie, le temps, et les autres ; la sombreur de son cœur prenait toute la place dès lors qu'il n'y avait plus personne alentour. Il ne savait plus ni ce qu'il valait, ni ce qui était bien ou mal. Il était rongé, depuis douze longues années, par la culpabilité, le chagrin, la peur, et une profonde haine de lui-même et de l'injustice qui ne trouvait son échappatoire que sur scène. Son penchant pour le néant s'était éveillé pour la première fois quand Maxine, sa sœur, avait trouvé la mort. Ses pulsions suicidaires ne l'avaient plus jamais quitté, elles s'étaient contentées de s'effacer, de rester dormantes, tantôt couvertes par la présence de Nick, par le groupe dont il était le pilier principal, par leurs fans qui lui renvoyaient une énergie folle, par les tournées qui le maintenaient dans l'effervescence, par les longues sessions d'enregistrement qui lui demandaient une concentration phénoménale.

Samuel ne survivait pas à la solitude, car Samuel était le pire ennemi de Samuel.

*Car il est bien plus aisé de se laisser glisser dans les méandres de la désolation que de lutter pour le bonheur, n'est-ce pas ?*

Il cessa de jouer et jeta un œil à la phrase qu'il venait tout juste d'écrire. Seule. Seule sur une page blanche. Exactement comme lui. Du haut du précipice, il jeta un œil à sa montre et s'interrogea encore quant à ce qui se passait là-bas pour qu'elle ne soit pas encore revenue. Et lentement, ses idées se troublèrent, à tel point qu'il se demanda s'il n'avait pas fantasmé le retour d'Ophelia sur les lieux qui avaient vu naître leur idylle. Si les heures qu'ils avaient passées ensemble à remonter le temps n'avaient pas été le fruit de son imagination. Et s'il était là par désespoir ? *Et si j'étais condamné à errer entre les arbres de cette forêt jusqu'à en perdre la raison ? Et si je l'avais déjà perdue ? Et si je n'étais qu'un spectre maudit ?*

Il porta une main à la plus large cicatrice à son sourcil, et se souvint des mots de son père. *« Ces gens-là se foutent bien des gens comme nous, Samuel. Et tu ne vaux pas mieux que moi. »* Il referma le carnet et posa sa guitare. Bob avait raison.

♪

– SAM ! NON ! hurla-t-elle en le voyant au loin, debout au bord de la falaise et s'y penchant dangereusement.

Le cœur foudroyé par la peur, Ophelia sauta avant même que la jument ne se soit arrêtée, se précipita vers Samuel, le saisit par la chemise et le tira en arrière si fort qu'ils tombèrent tous deux à la renverse sur le sol humide.

– Ne fais pas ça ! Ne fais pas ça, répéta-t-elle, agrippée à lui.

– C'est ma faute, murmura-t-il.

– Non, Sam, non...

– Tout est ma faute.

– Sam, je t'en prie.

– Je vois encore le sang. Le sang sur le cardigan, le sang sur ta peau qui coulait jusque sur la moquette.

Le tenant fermement d'une main, elle saisit son visage de l'autre et l'embrassa avec ardeur. Puis elle prit son bras, remonta légèrement la manche de sa chemise et déposa un baiser sur le tatouage à l'intérieur de son poignet.

– J'ai lu dans la presse, Sam. j'ai tout lu. Je sais, je sais contre quoi tu te bats. Je sais à quoi se rapporte ce *« Hold on »* sous ta peau. Mais il n'y a rien qui se termine si ce n'est ta vie, si tu sautes. Il n'y a que le néant. Le néant que tu laisseras derrière toi et un vide si profond que je ne parviendrai jamais à le combler, tu comprends ? Tu comprends ça ?

Elle chercha de nouveau à l'embrasser, mais il détourna le regard, encore sous l'emprise d'émotions si anciennes et si denses qu'elles prenaient le pouvoir sur tout le reste, y compris la réalité.

– Je sais par quoi tu es passé, je sais que là, tout de suite, tu te crois indigne de l'amour que je te porte, mais tu te trompes, je te jure que tu te trompes !

– Je ne t'offrirai jamais ce qu'il a à t'offrir, Ophelia. Il n'est pas trop tard pour le choisir lui. Je t'ai tenue recluse. Je t'ai privée du soleil.

– Je suis revenue, Sam. Je suis revenue et je suis là et je t'aime. Je t'aime, tu m'entends ?

– Syndrome de Stockholm.

Elle laissa échapper un rire attendri.

– Mais non. Et... quand bien même ! Je m'en fiche. C'est ce que je veux qui importe. Ce que je veux, c'est être à tes côtés pour le restant de mes jours. Ne fais pas ce choix à ma place. Ne me prive pas de toi. Tu... tu m'avais promis, à l'époque. Je m'en souviens, tu sais. Tu m'avais promis. Ne fais pas comme eux. Laisse-moi choisir à qui offrir mon cœur.

Une fois encore, elle porta ses mains à ses joues, l'invitant à la regarder. Il plongea enfin le bleu de ses yeux en amande dans l'émeraude de ses iris à elle. Il tremblait.

– Tu as peur. Tu es terrifié, parce que tu viens de me retrouver et que tu as peur de me faire du mal. Mais ce n'est pas toi qui as tout gâché. Ce sont les autres. Tu n'avais cherché qu'à m'ouvrir les yeux. Tu m'as appris qui j'étais. Qui je suis. Et ils t'ont détruit, Samuel. C'est pour ça que tu as envie de sauter, c'est parce qu'ils t'ont convaincu les uns après les autres que tu ne mérites pas de vivre. Et pourtant c'est moi qui meurs, si je te perds.

Leurs nez se touchaient, il respirait aussi fort qu'un animal en détresse. Mais Ophelia laissa ses mains glisser dans le cou de Samuel pour mieux le maintenir auprès d'elle et, enfin, il s'abandonna à l'embrasser, emporté par une fièvre d'amour plus puissante encore que l'appel de la mort. Puis, détachant doucement ses lèvres des siennes, Ophelia passa son index sur chacune des cicatrices qui couvraient son visage et lui dit :

– On ne pourra pas remonter le temps, mais on peut faire ce qu'on veut du futur. Laisse-moi panser tes blessures. Tu ne seras plus jamais seul. J'en fais le serment.

# 73

Un mois plus tard

Samuel s'éveilla aux aurores. On lui monta le petit-déjeuner, mais il ne put rien avaler tant son estomac était noué. Il commença par se raser, de très près, comme il l'avait toujours fait, ce qui en soi ne lui demandait ni technique ni un temps considérable car, s'il était doté d'une chevelure magnifique, comme beaucoup d'autochtones d'Amérique, il était quasiment imberbe. Songeant aux habitudes d'Ophelia, il se fit ensuite couler un bain et s'y plongea pour ne plus laisser dépasser que ses narines. Elle avait raison : cela lui permit de faire le vide, d'échapper un bref instant à l'anxiété qui s'écoulait dans ses veines depuis plusieurs jours déjà. Mais cela ne suffit pas. Il se parfuma légèrement, passa une chemise noire dont il retroussa les manches, et un jean délavé. Et, face à l'une des étagères de la large penderie, il hésita. Observant sa coiffe à plumes et la mallette qui contenait son maquillage, il se demanda si cela ne serait pas plus adapté à la situation. S'il ne serait pas plus facile de lui apparaître ainsi, puisque c'est ainsi qu'elle le connaissait. Il n'eut pas le temps de se poser la question plus longtemps ; Vincent frappa à la porte.

– Oui ?

– Monsieur, leur voiture est arrivée au portail principal.

– Bien. Je...

– Voulez-vous que je les fasse entrer et les installe dans le petit salon en bas, Monsieur ? suggéra Vincent qui n'avait pas manqué de noter l'expression indécise de Samuel.

– Je... oui.

– Bien, Monsieur, fit l'homme qui s'apprêtait à refermer la porte.

– Vincent, attendez !

– Oui, Monsieur ?

– Laissez. Je... je vais descendre, en fin de compte, prit-il son courage à deux mains.

Samuel, nerveux, regarda par la haute et large fenêtre de sa somptueuse demeure une énième fois. Mais l'immense jardin dormait toujours, plongé dans une brume qui en couvrait le gazon vert. Il était près de neuf heures, et dans quelques minutes, elles seraient là.

Ophelia et Maxine.

Il avança jusqu'à un grand miroir aux moulures dorées – un de ceux, uniques, somptueux et imposants, qu'on avait retrouvés entre les murs du palais abandonné, environ huit ans plus tôt, quand, devant le succès de Philæ-O et de son compte en banque, il avait racheté le domaine sous un faux nom. Samuel examina son reflet. Allait-elle comprendre ? L'accepter ? L'aimer ?

Il n'allait plus tarder à le découvrir. Pris de palpitations, il frotta ses paupières, ajusta le col de sa chemise et passa ses cheveux en arrière d'une main, puis prit une grande inspiration et descendit.

♪

Samuel se tenait debout en bas des marches où il avait retrouvé Ophelia quelques semaines plus tôt. C'est d'ailleurs elle qu'il vit apparaître en premier. Seule. Vêtue d'un jean slim, d'une blouse ample en soie verte, quelques petites tresses agrémentant ses boucles rousses.

– Dieu que tu es belle, la complimenta-t-il en guise de bonjour.

Elle lui sourit et l'embrassa doucement.

– Ça va ? Tu as l'air préoccupé.

– Pas plus qu'hier. Quoique. Tu es sûre qu'elle est prête ? s'inquiéta-t-il.

– Autant qu'on peut l'être. Et toi, Sam ? Tu es prêt ?

– Autant qu'on peut l'être, répéta-t-il. Où est-elle ?

– Ils arrivent, répondit Ophelia en se retournant.

C'est alors qu'il les vit, côte à côte, sur le sentier. Maxine, qui avançait vers lui en tenant la main de Joshua. Sam les observa, les yeux ronds, et Ophelia, se doutant de sa surprise, l'enlaça tendrement et précisa à son oreille :

– C'est elle qui a insisté.

La petite fille, vêtue d'une robe à l'imprimé liberty bleu et au col Claudine blanc, ne le lâchait pas du regard. Elle se tenait droite, ses longs cheveux, du même roux que sa mère, lui tombant jusqu'à la taille. Contre toute attente, Samuel ne prêta pas tellement attention à la présence de Josh. Non, il était bien trop fasciné et déstabilisé par la ressemblance de Maxine avec... Maxine. Hormis la carnation de sa peau et la couleur de sa chevelure, c'était son portrait craché. Samuel et sa cadette avaient toujours partagé des traits communs, qu'ils tiraient principalement des origines cherokees de Bob. Une mâchoire nette, un nez et des sourcils droits, et des yeux très en amande. Elle ne fut plus qu'à quelques mètres quand elle lâcha la main de Joshua et approcha d'un pas lent et assuré. Frappé par l'intensité de son regard, héritage irlandais de Jane, Samuel s'agenouilla, vaincu.

– Bonjour, dit-elle poliment.

– Bonjour, Maxine. Je suis Samuel.

– Tu as les yeux tout brillants. Tu pleures ? l'interrogea-t-elle sans hésiter.

– Peut-être bien.

– Parce que je ressemble à ta petite sœur.

Samuel, ému, esquissa un sourire doux.

– Papa m'a dit que je te ressemble aussi, ajouta la fillette.

Il jeta un regard empli de gratitude à Joshua, qui, à quelques pas, observait la scène le cœur serré tout en sachant qu'il était précisément à la bonne place.

– Et toi, qu'en dis-tu ? demanda Sam à Maxine.

Elle approcha si près que leurs longs cheveux se frôlaient. Les sourcils froncés, Maxine tendit sa petite main pâle et vint la poser sur la joue mate de Samuel, qui, intérieurement, percevait les battements de son cœur tant il peinait à réaliser qu'elle était bel et bien là, et qu'il était son père.

– J'en dis que sans ton maquillage, ils ont raison. Mais ça veut dire que je suis un peu indienne, moi aussi ? Comme Pocahontas ?

Ophelia, debout derrière Sam, se mit à rire malgré les larmes qui coulaient silencieusement sur ses joues.

– Eh bien, un peu oui, confirma-t-il tandis qu'il la voyait tourner ses bras et ses paumes d'un air désolé. Qu'est-ce qui ne va pas ?

– Je suis toute blanche.

– Comme ta maman.

– Pas comme Pocahontas, déplora-t-elle.

– Ta maman est tout aussi courageuse, et tout aussi belle.

Maxine releva le nez vers lui, et répondit d'un ton assuré :

– Tu dis ça parce que tu l'aimes.

Sam rit à son tour.

– Oui, oui, sans doute, confirma-t-il.

– Alors, c'est toi qui veux épouser ma maman ? lui lança-t-elle de but en blanc.

– Eh bien, oui. Mais ça dépend un peu de toi, tu sais.

– Non, ça ne dépend que de vous.

Tous trois la fixèrent, impressionnés par son franc-parler qui n'était que la manifestation de sa perspicacité et d'une sagesse rare pour son âge.

– Tu as raison, Maxine, intervint Ophelia en se plaçant derrière elle avant de l'embrasser sur la joue. Mais ces dernières semaines ont été mouvementées pour nous comme pour toi, et rien ne presse. On tient tous à te laisser le temps qu'il faudra pour te sentir à l'aise avec cette idée.

– Mais, maman...

– Oui, ma puce ?

– J'adore les mariages.

# 74

Trois mois plus tard

C'était le mois d'octobre. Les maquilleuse, coiffeuse et demoiselles d'honneur, dont Rosie, venaient tout juste de quitter la pièce. Au deuxième étage de ce vaste château qui, récemment, avait été inauguré et officiellement rebaptisé *Ophelia House*, elle se leva du fauteuil sur lequel elle venait de passer trois bonnes heures consacrées à sa mise en beauté. Sur la table basse près de la fenêtre, elle observa la dizaine de magazines empilés à la va-vite, que ses amies et sa sœur, surexcitées, avaient dévorés comme des adolescentes – ce qui avait gorgé le moment d'un enthousiasme formidable. Ophelia ne savait pas tout à fait si c'était surréaliste ou insensé ; elle n'avait jamais été friande de la culture du *gossip* qui allait bon train en Angleterre, et, surtout, elle n'avait pas expérimenté les affres de la célébrité, qui ne l'intéressait guère. Mais, d'un commun accord, ils avaient tous deux jugé raisonnable de ne pas dissimuler leur mariage au monde. Ainsi, « Philæ » avait annoncé ses fiançailles par le biais de leur attaché de presse, lors d'une brève conférence au cours de laquelle Sam avait surtout brillé par son absence, quand ses trois camarades, amusés, s'étaient contentés de refuser les questions des journalistes d'un geste.

Voilà déjà plus d'un mois que la nouvelle faisait la une des tabloïds internationaux, qui n'en finissaient plus d'éplucher chaque mot du communiqué officiel, pourtant très court. Poursuivis plus farouchement encore que d'ordinaire, Nicolas, Joey, Aron et leurs compagnes faisaient face, comme cela avait été à prévoir, à l'avidité de paparazzis plus agressifs et intrusifs les uns que les autres. Pourtant, tout habitués qu'ils étaient à ce déferlement de curiosité, ils trouvaient tous une certaine satisfaction en ce que, trop occupés à tourner autour de leurs propriétés et de la maison de Samuel à Nashville, personne n'ait tout à fait saisi que ce n'était pas aux USA qu'il avait prévu de s'unir à sa mystérieuse fiancée. C'était le plan parfait pour détourner l'attention de ce qui se préparait. En faisant glisser les couvertures et s'attardant sur les titres plus aguicheurs les uns que les autres, agrémentés de photos de Sam maquillé, elle se surprit à sourire : elle venait de réaliser combien il avait réussi, combien, malgré les cicatrices qu'il portait sur son cœur comme à son visage, il avait su bouleverser le monde de la musique au point d'attirer tous les regards sur lui. Certes, les inconvénients de son succès se comptaient par dizaines, mais il vivait de son art, et c'était un artiste accompli. Cerise sur le gâteau : les menaces de Lawrence l'ayant toujours poussé à se cacher derrière les bandes noires et blanches de son personnage, il n'avait jamais publiquement révélé son visage nu, ce qui leur offrait, autant que cela pourrait durer, une certaine intimité qu'il était prêt à défendre bec et ongles. Au-delà de la presse à scandale, ils avaient été contactés quelques semaines plus tôt par la rédaction de Vogue, leur proposant plusieurs pages en exclusivité et nul autre que Mario Testino pour les photographier. Ce qu'ils avaient refusé, mais qui, en y repensant, relevait de l'extraordinaire.

Seule dans cette chambre blanche et or des murs aux meubles, elle avança jusqu'au miroir, contempla longuement son reflet puis passa le bout de ses doigts sur la dentelle de soie qui ornait non seulement le bustier marquant sa taille, mais aussi sa peau, de ses clavicules à ses poignets, dissimulant avec délicatesse la cicatrice que Samuel redoutait tant.

Samuel... elle ne ressentait pas le stress ni la peur qui habite parfois les futures mariées avant la cérémonie. Elle ne pensa plus qu'à lui. À la fierté qu'elle éprouvait pour lui, à son travail remarquable, à la relation qu'il entretenait avec la musique, à celle qu'il avait si bien commencé à tisser avec Maxine. Il n'en avait pas conscience, et c'est ce qui le rendait plus beau encore aux yeux d'Ophelia. Sa pureté, son addiction aux notes, cette sensibilité, les mélodies qui naissaient sous ses doigts... Loin de se demander comment s'échapper par la porte de derrière comme elle l'avait parfois vu chez les mariées qu'elle avait accompagnées, elle n'avait qu'une hâte : s'unir à lui pour de bon et passer le restant de sa vie à savourer sa douce présence. Ce mariage, tout comme l'incroyable robe qu'elle portait, s'annonçait aussi magique que dans ses rêves de petite fille.

Ophelia avait des airs de Grace Kelly. Une splendide jupe d'organza ivoire tout en légèreté et en volume, aux détails floraux brodés au fil doré, exactement comme Maxine le lui avait suggéré – non sans insistance, mais elle avait fort bon goût. Un corset au décolleté en cœur, et une traîne à l'extrémité arrondie, parsemée elle aussi de délicates broderies aux motifs de feuilles de lierre. Une véritable robe de princesse, une œuvre d'art aussi romantique que féérique ; à mille lieues de la simplicité de celle, fluide et d'inspiration vestale, qu'elle avait portée pour ses noces avec Joshua.

*Josh... Où peut-il bien être, à cette heure ?* songea-t-elle soudain avec un pincement au cœur.

Pieds nus, elle avança vers la majestueuse fenêtre et jeta un œil en contrebas. Seul le personnel s'affairait dans l'immense jardin, pour fignoler les derniers détails. D'ici un peu plus d'une demi-heure, les invités entreraient par l'autre côté, mais pour le moment, tout était encore en suspens. Les arbres au-dehors du mur d'enceinte avaient revêtu leur parure de rouges et d'oranges. Elle remarqua un chevreuil au loin, et un écureuil sauta d'une branche à une autre ; la forêt alentour était sublimée par l'automne. Dans l'enceinte de la propriété, on avait installé de discrètes guirlandes le long du mur de pierre, autour des colonnes antiques du kiosque, sur la façade et tout le long du double escalier en marbre blanc. Tout semblait scintiller comme dans un songe. De simples bancs en bois avaient été placés en arc de cercle autour du kiosque, au centre duquel on avait placé un épais tapis rond et écru, puisque c'était là, comme elle l'avait toujours rêvé, qu'ils échangeraient leurs vœux. Au pied des bancs, des bâtiments, des murs et du kiosque, tout, absolument tout était paré de roses blanches et noires. Quelqu'un était d'ailleurs en train de parsemer l'allée avec les mêmes pétales. C'était éblouissant de féérie, le noir des roses contribuant avec finesse à cet esprit rock qui ne manquerait pas de séduire leurs convives.

Rien n'avait été laissé au hasard. Grâce aux prestataires les plus prestigieux et forts de l'expérience professionnelle d'Ophelia, chaque détail sous ses yeux correspondait à ce qu'elle avait imaginé de plus parfait. Car non, contrairement à son premier mariage, Ophelia n'avait jamais envisagé un mariage intimiste comme son idéal. Si elle s'en était autrefois accommodée du fait des circonstances, cette journée-ci s'annonçait bien différente – c'est-à-dire merveilleuse.

Elle n'y avait pas fait attention, mais elle souriait depuis plusieurs minutes déjà, totalement émerveillée. On frappa à la porte.

– Oui ?

Samuel entra.

– Sam ? Mais qu'est-ce que...

Ophelia s'interrompit, interpellée par la tenue pour le moins peu appropriée de son fiancé.

Il ferma à clef derrière lui. Il portait un simple tee-shirt noir et, par-dessus, un bleu de travail. *Un bleu de travail ?*

– Samuel... reprit-elle, ne sachant pas si elle devait rire ou s'inquiéter.

– Attends, la coupa-t-il en avançant vers elle.

Mais il ne put lui expliquer tant la vision d'Ophelia ainsi sublimée lui ôta les mots de la bouche. Elle était étourdissante. L'élégance. La beauté. La grâce à l'état pur. Sa robe lui conférait cette allure d'elfe dont il était tombé amoureux alors qu'encore si jeunes, elle lui était apparue sur son cheval au beau milieu de la brume. Ses cheveux roux étaient rassemblés en un chignon bas et flou agrémenté de petites tresses, et quelques-unes de ses boucles habillaient son visage tout en soulignant avec délicatesse son côté sauvage. On avait légèrement rehaussé son teint de porcelaine d'un rose poudré. Sur ses yeux, quelques ombres à paupières dans des tons chauds mettaient naturellement en valeur le vert de ses iris.

Figé au beau milieu de la pièce, Samuel sentit les larmes lui monter face à cette vision enchanteresse. Émue, elle approcha de lui et se délecta de son air ébloui. Il venait de lui offrir le plus beau des cadeaux. *Le regard du marié.*

– Dieu que tu es belle.

– On dit que ça porte malheur de voir la mariée avant les noces, répondit Ophelia d'une voix taquine.

– Mais le pire est déjà derrière nous. Que pourrait-il nous arriver de plus ?

– Tu as bien raison, s'amusa-t-elle.

Il eut envie de l'embrasser, mais il n'osa pas. Remarquant ses sourcils qui se fronçaient, comme il en avait l'habitude quand il était troublé, elle fit les derniers pas qui les séparaient, posa une main sur son torse et s'enquit :

– Sam. Tu m'expliques ?

Mais il se contenta de lui tendre le même bleu de travail. Elle s'en saisit, mi-étonnée, mi-inquiète.

– J'ai besoin de savoir que tu es sûre de toi, souffla-t-il enfin.

– Je suis sûre de moi, Sam.

– Mais il... il y a quelque chose que je dois absolument te montrer.

♪

Poussée par son instinct, Ophelia avait obtempéré sans demander de détail. Elle avait lu sur le visage de Samuel qu'il ne s'agissait là ni d'une plaisanterie ni d'un doute de dernière minute – la seule chose qu'elle redoutait, c'était qu'il soit rattrapé par ses vieux démons.

Il l'avait aidée à défaire délicatement les boutons qui fermaient le dos de sa robe, qu'elle avait quittée derrière le paravent avant de passer un cardigan en laine puis le bleu de travail par-dessus. Elle sautait dans sa paire de Converse quand Sam jeta un coup d'œil au jardin fin prêt pour la cérémonie et dans lequel, conformément aux instructions qu'il avait données, il n'y avait plus personne.

– Sam, tu as conscience du timing ?

– Oui.

– Mais tu veux quand même qu'on s'éclipse.

– Oui.

– C'est important à ce point ?

– Essentiel, confirma-t-il en la regardant droit dans les yeux.

Il saisit ses mains.

– Je sais que l'heure tourne. Mais il y a quelque chose. Quelque chose que j'ai ignoré, et que peut-être toi aussi, tu as ignoré jusqu'à présent. Ça ne peut plus attendre. Il me reste une question à te poser. Une question avant de prétendre à ce que tu me dises ce « Oui » définitif.

Elle ne sut définir avec certitude si c'était de la terreur ou un amour ardent qui transcendait son regard. Probablement parce que c'étaient les deux.

– OK, Sam. Je te suis.

Sam s'éloigna et appuya sur une moulure de la bibliothèque blanche qui trônait de l'autre côté de la pièce. Elle pivota, découvrant une porte dérobée. Lui tendant la main, il remarqua le sourire émerveillé d'Ophelia et ils s'engouffrèrent tous deux dans le petit escalier en colimaçon qui les mena jusqu'au jardin. Elle n'eut pas de mal à comprendre là où il comptait l'entraîner quand elle le vit se diriger vers le kiosque, en monter les quelques marches et s'accroupir juste devant le tapis au centre. Il le souleva, déverrouilla une poignée en métal fixée au bloc de pierre en dessous, et se tourna vers elle.

– Prête ?

– Prête, répondit-elle sans la moindre hésitation.

♪

Le tunnel était couvert d'un plastique de chantier sur l'intégralité des parois. Il y faisait froid et humide. Samuel y avançait d'un pas sûr, une grosse lampe à la main, qu'il avait saisie dès l'entrée – ce n'était pas la première fois qu'il s'aventurait ici. Ophelia le suivit, du même pas rapide, sans poser de question, même quand ils atteignirent le sas, puis la grosse porte blindée qu'elle aurait pu reconnaître parmi cent autres. Elle ne disait rien, mais elle était envahie de pensées, de souvenirs et d'interrogations. Sam posa la lampe au sol et ouvrit la porte avant d'appuyer sur un interrupteur.

La double pièce s'illumina, et Ophelia découvrit l'ancien studio d'enregistrement.

Les meubles en teck et les étagères assorties n'avaient pas bougé, on les avait seulement repeints en blanc. Les vieilles enceintes étaient toujours là, mais d'autres, modernes, les avaient rejointes. La table de mixage avait été remplacée par une autre plus récente et performante. La vitre entre les deux zones de la pièce était neuve elle aussi. Le sol rouge velours avait laissé place à une moquette beaucoup plus épaisse, dans les tons crème. Et à la place du matelas gonflable où ils s'étaient abandonnés l'un à l'autre pour la première fois se tenait une batterie rutilante auprès d'une rangée de guitares acoustiques et électriques, plus belles les unes que les autres. Sur un petit tabouret à sa gauche, Ophelia découvrit la caissette remplie de petits carnets noirs. Elle n'en croyait pas ses yeux.

– Sam, je...

Mais elle ne trouva pas les mots. Derrière elle, il retenait son souffle, n'osant pas même la toucher tant il était hanté par la vision d'horreur qui ne lui avait jamais laissé de répit. Elle se tenait précisément au même endroit que celui où...

– Sam ? l'appela-t-elle d'une voix assurée en se retournant vers lui. Sam, quelle est ta question ?

– Est-ce que tu te souviens ?

Les textes poignants dans les petits cahiers. La bouteille de shampoing. L'histoire des Beatles et de Jerry Eden Boyle. Ses cheveux noir de jais détachés pour la première fois. La conversation au cours de laquelle elle avait osé parler de son rêve d'être wedding-planner. La chaleur de ses lèvres contre les siennes. Le Walkman. Sequoyah. Leurs corps si parfaitement emboîtés l'un dans l'autre.

– Bien sûr que je me souviens.

– Tu es sûre, Ophelia ?

– Certaine.

– Tu te souviens du coup de feu ?

– Oui. Et de tout le reste.

– Tu es sûre ? Je ne veux pas que tu m'épouses sans m'être assuré d'abord que tu as bien conscience de ce que je t'ai infligé.

Alors, Ophelia se hissa sur la pointe des pieds, jusqu'à frôler les lèvres de Samuel, et, saisissant son visage torturé dans une tendresse infinie, lui récita de mémoire :

*And my hand on your cheek*
Et ma main sur ta joue

*And yours in my neck*
Et la tienne dans mon cou

*And our faces so close*
Et nos visages si proches

*And your lips enlisting me*
Et tes lèvres qui m'enrôlent

Puis elle l'embrassa.

– Alors, tu es sûre, murmura-t-il en l'enlaçant, délesté de cette épée de Damoclès qui n'avait pas quitté le dessus de sa tête depuis douze interminables années.

– Tu crois voir un cauchemar, mais moi j'y vois le plus beau des rêves. C'est ici que j'ai vécu les moments les plus intenses de ma vie, Sam. Les autres, nous n'avons plus qu'à les écrire, ajouta-t-elle en faisant glisser le zip de son bleu de travail avant d'ôter son cardigan.

Elle était à demi nue, mais il ferma les paupières. Comprenant très bien ce qui l'empêchait encore de se laisser aller, elle saisit elle-même la main de Samuel et la posa sur sa cicatrice avant de faire glisser ses doigts lentement pour qu'il en appréhende mieux les contours.

– Tu vois, c'est réparé. C'est presque lisse. Et, si tu ouvres les yeux, tu verras que c'est tout sauf rouge. C'est ivoire. Nacré. Ça n'a rien de ce que tu imagines. C'est là. Ce sera toujours là. Mais moi aussi, je suis là, tout entière, je suis bel et bien en vie, regarde, dit-elle en appuyant la paume de Sam contre son cœur.

Se concentrant sur les battements réguliers sous sa main, Samuel ouvrit lentement les yeux. Et au-delà de la marque du coup de feu, il vit Ophelia. Sublime. Il caressa alors sa peau, de sa taille à la rondeur de son sein. Il l'embrassa à son tour, sur la bouche, l'épaule, le cou. Transporté d'amour, le désir remplaçant les tourments.

Soulagée de le découvrir ainsi libéré, elle éclata d'un rire cristallin et lui susurra à l'oreille :

– Je t'aime.

– Je t'aime aussi, si tu savais.

– Oh ! mais je sais, Monsieur Sequoyah, s'amusa-t-elle. Tout comme je sais qu'il y a une bonne centaine de personnes là-haut qui doivent se demander où nous sommes passés. Alors, pour une fois, on va suivre un peu les codes du classique, et on va monter se marier. Tu me feras l'amour après, d'accord ?

S'écartant et découvrant le sourire malicieux sur le visage d'Ophelia, il lui lança :

– Tu as raison. Viens. Il serait temps.

# 75

Rosie lui apporta la boîte Louboutin qui contenait ses chaussures.

– Vous avez bien failli me faire tomber en syncope, gronda-t-elle en ramassant le bleu de travail qui gisait sur le parquet.

Ophelia, l'air ravi, sortit ses souliers sans mot dire tandis que sa sœur n'en finissait pas de fulminer.

– Quatre-vingt-seize invités, six prestataires et un timing minuté, et ce n'est pas seulement l'un mais bien les deux mariés qui disparaissent ! Non, mais tu te rends compte, un peu ? Bien sûr, que tu te rends compte, c'est ton job.

Ophelia, irradiant de bonheur, se contenta d'ajuster la boucle de ses magnifiques stilettos en velours noir et se leva. Rosie, qui jusque-là s'agitait de part et d'autre, se figea en la découvrant fin prête. Portant ses mains à sa bouche tant elle était stupéfaite et émue, elle ne put prononcer le moindre mot jusqu'à ce qu'Ophelia la gratifie d'un large sourire.

– Oh ! Ça y est. C'est vraiment vrai. Je... tu... tu... Oh là là ! je n'en reviens pas que tu te maries, je n'en reviens pas que ce soit lui ! s'exclama-t-elle en se jetant à son cou, bouleversée.

– Je t'aime, Rosie.

– Je t'aime aussi, je suis tellement heureuse pour toi, Ophelia.

– Ma toute petite sœur...

– C'est le bon. Il... Samuel et toi, vous...

Mais elle ne parvint pas à finir sa phrase.

– Je sais, Rosie, je sais. Et tout va bien, la rassura-t-elle en la serrant dans ses bras.

Elles s'enlacèrent assez longtemps pour sceller ce renouveau. S'écartant doucement, Rosie regarda Ophelia comme on contemple un tableau, puis fronça brièvement les sourcils et souffla :

– Oh ! mon Dieu ! J'ai failli oublier.

Elle se précipita vers la console sur laquelle on avait posé un petit coffret quelques minutes plus tôt.

– Qu'est-ce que c'est ? s'enquit Ophelia, curieuse.

Rosie saisit quelque chose et revint vers elle, une splendide rose noire et une plume blanche délicatement liées au fil d'or, sur une épingle.

– C'est pour... tes cheveux. Sam, il...

– Il porte la même à sa boutonnière, n'est-ce pas ?

Rosie opina en souriant.

– Comment est-il ? tenta Ophelia.

– Pas mal, je dirais, s'amusa Rosie en fixant avec précaution la fleur sur le chignon de son aînée. Et... en retard. Exactement comme toi.

♪

– Attends, laisse-moi faire, dit Nicolas en ajustant la broche avant de faire un pas en arrière et de jeter un œil satisfait à son ami. Bien. Voilà. On y est.

– Qu'est-ce que tu en dis ?

– J'en dis que j'ai eu quelques doutes sur le jabot au début mais que... bon sang, *you rock, man !*

Samuel s'esclaffa et ils rirent tous deux de bon cœur. Puis Nick vint poser une main bienveillante sur l'épaule de Sam, et, se mettant bien face à lui, déclara d'un ton ému :

– Je suis tellement heureux pour toi.

– Merci, Nick.

– Tu l'as attendue comme peu d'hommes attendraient.

– Mais c'est Ophelia.

– T'as raison, Sam. C'est Ophelia. C'était elle depuis toujours, pas vrai ?

– Papa ? fit une petite voix derrière la porte entrouverte.

Les deux hommes sursautèrent et se retournèrent.

– Bonjour, Maxine, lança Nicolas. Ravi de te revoir.

Elle entra, vêtue d'une robe mi-longue en satin noir, dont la jupe évasée était tout en volume. Seul un ruban blanc faisait office de liseré à sa taille. Ses boucles rousses étaient attachées en une queue de cheval simplement accessoirisée des mêmes rose et plume que ses parents.

– Tu es magnifique, Maxine, souffla Sam.

Les pommettes de la fillette rougirent sous ses taches de rousseur.

– Tatie Rosie m'a envoyée te dire qu'il est l'heure.

– On descend, répondit Nick.

Et elle s'échappa comme un renard.

– Ça va aller, Sam ? s'enquit alors Nicolas, qui ne manqua pas de relever l'expression choquée sur le visage de son ami.

– C'est la première fois qu'elle m'appelle « Papa ».

♪

Les premières notes de *That's what Musset used to say,* jouées à la guitare acoustique par Joey, rompirent le silence qui régnait dans l'immense jardin. Il se tenait sur le kiosque, près de Nicolas et Samuel, qui, eux, avaient pris place au centre du large tapis écru. Personne ne reconnut ce morceau qu'il avait gardé secret toutes ces années, n'ayant jamais eu le cœur à le partager publiquement tant sa blessure se réveillait rien qu'à y penser. Mais désormais tout cela était derrière lui, et cette chanson étant à la fois celle qui les avait unis jadis et celle qui leur avait permis de se retrouver, elle leur avait semblé l'évidence même.

Quelques secondes suffirent pour que les convives se retournent, avides de découvrir la mariée. Le *dress-code* fonctionnait à merveille : on leur avait indiqué de venir en noir avec seulement quelques touches de blanc, et tout le monde l'avait suivi scrupuleusement, ce qui venait parfaire l'ambiance rock-chic de l'évènement. La liste des invités était tout aussi prestigieuse que les lieux ; l'élite des proches de la famille Cavendash se mêlait à quelques clients VIP de *When dreams come true*, dont Jimmy et Kate Johnson. Étaient également présents les compagnes, producteurs et amis du groupe Philæ-O, ainsi que plusieurs artistes renommés, et Andy, qui ne lâchait plus le bras d'une certaine Olivia.

C'est Caroline qui apparut la première en haut de l'immense escalier, dans une robe fourreau noire agrémentée d'un ruban en satin blanc à la taille. Manifestement très émue, elle essuya le coin de ses yeux et invita sa fille à la rejoindre d'un geste.

C'est alors qu'Ophelia apparut au balcon, et tous furent éblouis. Elle rayonnait. De par sa beauté, de par sa robe somptueuse, et de par son visage angélique qui traduisait sa joie infinie. Il avait eu beau l'avoir découverte ainsi vêtue peu avant, en la voyant descendre lentement ces marches qui avaient vu naître leur idylle, Maxine tenant délicatement le bout de sa traîne, Samuel fut secoué par un tel sentiment phénoménal d'amour et de gratitude qu'il en porta le poing à ses lèvres.

Ce fut à cet instant précis qu'elle posa les yeux sur lui. Bouleversé, mais d'une beauté unique composée de contrastes dont elle ne pouvait se lasser, plus élégant que jamais. Les deux mèches à l'avant de son visage attachées en arrière par-dessus le reste de la longue chevelure de jais, il portait une splendide veste victorienne en velours d'un noir profond, agrémentée de broderies en arabesques sur le col et les manchettes. Il avait choisi un gilet, noir et brodé de fil d'or, qu'il portait par-dessus une sublime chemise à jabot écrue. On aurait dit le chevalier d'un conte gothique.

Avançant dans l'allée au bras de sa mère, Ophelia succomba sur-le-champ à son allure mi-rock, mi-romantique, qui, associée au bleu intense de ses iris, relevait du merveilleux. Puis Maxine posa délicatement sa traîne sur le sol couvert de pétales blancs et noirs, et, rejointe par sa grand-mère, s'assit au premier rang, à côté de Rosie. Samuel tendit la main à Ophelia.

– Tu vois, tu t'es transformé en prince, finalement, lui murmura-t-elle sitôt l'eut-elle rejoint.

♪

Ce fut Nicolas, dont le Fedora noir au liseré blanc ne quitta pas les longs cheveux ondulés, qui officia la cérémonie. Il le fit de main de maître, jonglant entre émotion, humour et sérieux aussi bien à travers son discours que sa personnalité attachante. On attendit avec impatience qu'Ophelia et Samuel échangent leurs vœux, ce qu'ils firent exactement de la même façon qu'autrefois, six pieds sous terre, dans le secret de leur cachette, c'est-à-dire en se partageant les paroles de ce texte qui les représentait si bien. Après quoi, Maxine leur apporta deux petits écrins de velours noir contenant leurs alliances. Deux anneaux, des plus symboliques ; il ne s'agissait ni plus ni moins que de brins de corde de guitare torsadés, en or rose et blanc, qu'un joaillier de talent avait façonnés sur mesure pour l'occasion.

On rit, on pleura, et ils scellèrent leur union par un tendre baiser. Tout fut tout simplement magnifique ; aussi parfait qu'elle l'avait imaginé jadis, dans un grand classeur ivoire débordant de dentelle et de rêves.

# 76

Tout le monde se délectait des savoureux mets, du champagne et du joyeux brouhaha qui n'avait pas faibli. On avait pleuré à l'écoute du toast de Nicolas, souri à celui d'Andy et éclaté de rire à celui de Joey et Aron. On avait bu on s'était attendri de la danse entre Maxine et Ophelia.

Il était près de minuit. Rosie posa une main sur l'épaule de Nicolas.

– Où sont-ils ?

– Aucune idée, pourquoi ?

– Parce que c'est bientôt l'heure du gâteau.

Elise, qui portait un Fedora blanc à liseré noir elle aussi, lui jeta un regard amusé :

– Il va falloir que tu t'habitues à ce qu'elle envoie valser les règles, elle est mariée avec une rock-star, maintenant. Le seul timing qu'ils respectent c'est le début d'un concert, ajouta-t-elle avant d'embrasser Nicolas sur la joue.

♪

Kate, une coupe à la main et l'autre agrippée au bras de Jimmy, les arrêta à l'entrée de la salle de réception.

– Oh ! Jim, regarde un peu qui voilà !

– Vous passez un bon moment ? s'enquit Ophelia.

– Fantastique, oui ! Quelle beauté, cet endroit ! J'en viendrais presque à regretter de ne pas avoir organisé notre mariage ici ! s'exclama-t-elle, manifestement éméchée.

Sam ne put retenir un rire.

– Kate...

– Quoi, Jim ? C'est vrai, c'est magnifique, ici. Et leur décoration aussi ! Et ta robe, Ophelia, oh ! mon Dieu, tu es divine !

Elle but ce qui lui restait de champagne d'une traite et saisit une nouvelle coupe sur le plateau qu'un serveur leur proposa. Samuel refusa d'un geste et, saisissant Ophelia par la taille, l'embrassa sur la joue et commenta :

– La seule dont je veuille m'enivrer, c'est elle.

Kate porta soudain une main à son cœur, et, leur lançant un regard grave à tous les deux, s'éventa et déclara :

– Oh ! mon Dieu. Oh ! mon Dieu.

– Quoi, Kate ? s'inquiéta Jimmy. Ça va ?

– Mais enfin, Jim, tu te rends compte ? lui dit-elle les yeux ronds et brillants.

– De quoi donc, ma chérie ?

– Mais, Jim ! Sans nous, sans notre mariage, ils ne se seraient jamais rencontrés ! s'écria-t-elle d'une voix aiguë. Aw... oh ! mon Dieu, tout ça, c'est grâce à nous !

♪

Ils en riaient encore quand Sam l'entraîna par la main parmi les longs et somptueux couloirs du palais. Ils passèrent devant une galerie de miroirs aux moulures plus travaillées les unes que les autres, puis à travers un vestibule couvert de peintures à l'huile, du sol au plafond, avant de grimper les marches d'un splendide escalier en colimaçon. Ophelia ne remarqua pas de suite le silence qui s'installait entre ses rires, mais ils s'étaient tant éloignés de la salle de réception qu'on n'entendait plus le moindre écho de la fête. Elle ne savait pas le moins du monde où il comptait l'emmener, ne l'ayant pas arpenté aussi souvent que Samuel. Mais lui le connaissait sur le bout des doigts. Il aurait pu s'y diriger les yeux bandés tant il avait passé des années à le restaurer dans le plus grand secret et à en aménager chaque pièce en caressant l'espoir qu'elle puisse les voir un jour.

– Vous m'emmenez dans l'Aile Ouest, mon prince ? lui lança Ophelia d'une voix malicieuse tandis qu'il ralentissait.

Samuel sourit, mais ne répondit pas. Il tourna à droite et sortit une clef de la poche intérieure de sa veste.

– J'espère que tu préféreras ça à une rose enchantée, lui dit-il à voix basse en la glissant dans la serrure.

La porte s'ouvrit, et elle ne vit rien que du noir.

– Tu n'allumes pas les lumières ?

– Attends, répondit Sam en l'invitant à entrer, avant de refermer à clef derrière eux.

L'obscurité était totale. Cela sentait les roses fraîches, et il y avait aussi une odeur délicatement boisée qu'elle ne reconnut pas mais qui lui rappela celle de ses balades à cheval au beau milieu de la forêt.

– Sam, où est-on ?

– Dans la dix-septième chambre, Madame Sequoyah.

Il appuya sur un bouton et les premières notes de piano emplirent la pièce comme de l'eau emplit un vase : ils étaient comme immergés dans le son.

– Bienvenue dans la version accueillante de notre première chambre, si je puis dire, lui glissa-t-il à l'oreille en la plaquant doucement contre l'une des parois alors que la guitare électrique fit son entrée.

– Qu'est-ce que...

Ophelia laissa ses mains glisser sur le mur derrière elle, qui, si elle ne pouvait qu'en deviner l'aspect, était intégralement couvert de larges capitons de satin. La batterie, lourde et parfaitement maîtrisée, apparut avec une telle résonance qu'elle eut l'impression que sa cage thoracique s'emplissait tout entière de la musique. Elle ne reconnut pas la balade qui se diffusait avec une intensité exceptionnelle autour d'elle, mais l'intro était aussi vibrante que sublime. Samuel mit une main à sa taille et saisit la sienne de l'autre.

– Danse avec moi, chuchota-t-il à Ophelia tandis que depuis les enceintes, sa voix, d'un timbre plus doux et grave encore que d'ordinaire, se superposa au reste sur le premier couplet.

*Let them look for us, let them wait*
Laisse-les nous chercher, laisse-les attendre

*Let's forget them, their rules*
Oublions-les, leur règles

*Their codes, their lies and their hate*
Leurs codes, leurs mensonges et leur haine

*Let's run away, deep in our love*
Fuyons, au plus profond de notre amour

*Come in, lock up, come with me and dive in*
Entre, ferme à clef, viens avec moi et plonge

*In the dark, far from the skies but close to the heart*
Dans le noir, loin des yeux mais près du cœur

Et ils se mirent à danser, seuls au beau milieu de l'obscurité, enveloppés par la musique.

*I took you away, I did it, I must say*
Je t'ai enlevée, je l'ai fait, je l'avoue

*So you could see how much you're free*
Pour que tu puisses voir combien tu es libre

*I took you away, I did it on that day*
Je t'ai enlevée, je l'ai fait ce jour-là

*Yet here you stay, yeah, right here with me*
Pourtant tu restes ici, juste là, avec moi

*Come in, lock up, come with me and dive in*
Entre, ferme à clef, viens avec moi et plonge

*In the dark, far from the skies but close to the heart*
Dans le noir, loin des yeux mais près du cœur

Transportée par la beauté de l'enregistrement et par la résonance exceptionnelle des accords, Ophelia, les paupières closes, oubliant le temps et l'espace, ne remarqua pas tout de suite qu'un éclairage tamisé, diffus et progressif, apparaissait lentement autour d'eux. Plus éprise que jamais, elle peina à poursuivre l'écoute des paroles et se jeta aux lèvres de Samuel, envahie de désir.

– Regarde... parvint-il à lui dire tandis qu'ils s'embrassaient encore.

C'est alors qu'elle ouvrit les yeux sur une immense chambre pourvue de très hauts plafonds – comme toutes les pièces du palais. Tout, absolument tout était noir. Les quatre murs, bel et bien dotés d'épais capitons comme elle l'avait deviné, ainsi que l'imposant lustre, l'intégralité du parquet, les moulures aux fenêtres, les épais rideaux de velours et le mobilier, sur lequel on avait disposé des roses noires dans des vases noirs. Au centre, sur un gigantesque tapis de fausse fourrure, se dressait un somptueux lit à baldaquin d'esprit baroque, dont le bois, les tentures, les oreillers et les draps étaient intégralement noirs aussi. Ophelia n'en croyait pas ses yeux, totalement subjuguée par la façon dont il avait réussi à mêler finesse, rock et prestige.

– Wow, Sam, c'est magnifique...

– Aussi bien isolée qu'un studio d'enregistrement, dotée d'enceintes à la pointe de la technologie du sol au plafond, cette chambre est un cocon géant à l'acoustique exceptionnelle, lui susurra-t-il à l'oreille. Je me suis dit que notre chambre devait être la plus improbable de toutes.

*Come in, lock up, come with me and dive in*
Entre, ferme à clef, viens avec moi et plonge

*In the dark, far from the skies but close to the heart*
Dans le noir, loin des yeux mais près du cœur

La chanson de Samuel emplissait toujours la pièce et Ophelia succomba plus encore aux échos de leur histoire. Elle ne savait pas combien de temps s'était écoulé ni quelle heure il pouvait bien être, mais elle s'en moquait éperdument. Gorgée d'un désir puissant qui grimpait depuis le bas de son ventre, elle lui retira sa veste, la laissa glisser sur le plancher massif et saisit doucement son visage entre ses mains.

– Je t'aime. De la pointe de tes cheveux aux plus profondes de tes blessures, précisa-t-elle en défaisant le jabot de sa chemise.

– Si tu savais combien de fois j'ai marché dans ces corridors en espérant m'y perdre avec toi… Si tu savais combien de fois j'ai regardé mon reflet dans les miroirs cassés qui s'y trouvaient en espérant pouvoir tout réparer et te revoir entre ces murs…

– Sam… tout est réparé, maintenant. Je suis là… prends-moi, ne me prive plus jamais de ta présence, plus une seule seconde. Je t'appartiens, de tout mon être, ajouta-t-elle alors qu'il passait la main dans sa nuque.

De l'autre, Samuel effleura ses lèvres du bout des doigts et, transi corps et âme, lui donna un baiser brûlant.

– Ma femme… mon incroyable femme… murmura-t-il, exalté, avant de déboutonner lentement le dos de sa robe ivoire, seule once de clarté dans cette pièce couleur nuit. Il fit glisser avec précaution la dentelle de soie qui recouvrait ses bras et son décolleté, puis frôla fiévreusement les contours ronds et le bout de sa poitrine nue, avant de décrocher le haut de sa volumineuse jupe. Il la déshabilla avec tant de dévotion qu'elle eut l'impression de s'embraser de l'intérieur. Quand il eut déposé sur le tapis chaque pièce de sa robe de mariée, avec toute la délicatesse du monde, elle se hissa jusqu'à son visage et lui dit :

– Fais-moi l'amour, Sam…

Samuel la hissa alors fermement par les cuisses et Ophelia s'agrippa à son cou comme pour ne plus jamais s'en détacher. Tandis qu'il la portait, elle l'embrassa sur son torse aussi solide qu'imberbe, puis le front, le nez, la bouche, et il s'enivra de l'odeur suave de ses seins. Alors, loin de tout et de tout le monde, ils plongèrent tous deux dans la noirceur des draps qui n'avait d'égale que la profondeur de leur amour.

# Épilogue

Trois jours plus tard

La Ford Thunderbird 1955 rouge décapotable roulait à pleine vitesse sous le soleil éclatant, une pancarte *« Just Married »* attachée au coffre. La voix de Josh Ramsay résonnait dans l'autoradio.

*I can't leave well enough alone*
Je ne peux m'en aller tranquillement tout seul

*I bet you must have noticed*
Je parie que tu l'as remarqué

Ophelia croisa les jambes sur le tableau de bord, un large sourire sur son visage.

*And I'm not the type you bring back home,*
Et je ne suis pas le genre de type que tu ramènes à la maison

*I'm the type that you go home with*
Je suis le genre de type avec qui tu rentres à la maison

Sam lui jeta un regard aussi amoureux qu'amusé et commenta :
– Tu portes drôlement bien les Santiags.
Elle baissa ses lunettes de soleil, lui fit un clin d'œil et remit ses Ray Ban. Samuel monta le son de la musique, accéléra, et leurs longs cheveux s'envolèrent.

*Two shots for the fever*
Deux shots contre la fièvre

*One drink of you and I'm done*
Un verre de toi et c'est bon

*Fill me*
Remplis mon verre

*Any less of you will kill me*
Moins de toi me tuera

*Nobody but lady mine*
Personne d'autre que ma femme

Une guitare acoustique sur le cuir beige de la banquette arrière, la chanson géniale de deux de ses amis accompagnant leur virée, ils passèrent devant le panneau « Route 66 » sous le regard émerveillé d'Ophelia.

*A taste and I'm done*
Un avant-goût et c'est bon

*Fill me*
Remplis mon verre

*Any less of you will kill me*
Moins de toi me tuera

*Nobody but lady mine*
Personne d'autre que ma femme

*Don't you look, don't you look*
Ne ressembles-tu pas, ne ressembles-tu pas

*Like a long lost kiss goodbye?*
À un long baiser d'au revoir ?

# Remerciements

Ce roman n'aurait pu voir le jour sans les textes poignants,
la musique sublime et la poésie de
Chad Kroeger et le groupe Nickelback,
Shaun Morgan et le groupe Seether,
Le groupe Kyo, et en particulier Nicolas Chassagne qui,
après une discussion aussi amusante qu'insolite,
a inspiré le personnage de Nick,
Josh Ramsay, pour sa chanson *Lady Mine,*
sans laquelle l'épilogue n'aurait pas tant de saveur.

♪

J'espère aussi que certains auront reconnu entre les pages
l'ombre de Johnny Depp, que je remercie
du plus profond de mon cœur et qui,
à travers son art et sa personnalité uniques, a inspiré
de nombreux détails de cette histoire.
Bien au-delà, je profite de ce roman pour lui témoigner ma
gratitude infinie puisque, sans qu'il le sache, il m'a sauvé la vie.

♪

Merci à tous ces artistes qui font vibrer
mon cœur autant que mon imaginaire.

♪

Merci du fond du cœur à mon mari Denis,
qui est et a toujours été
mon meilleur soutien et mon premier lecteur.

Merci à mes amies Brittany et Vanessa
qui m'ont accompagnée
avec ferveur tout au long de l'écriture de ce roman.

Merci aussi à Violaine pour son aide précieuse
jusque dans les moindres détails de ce texte.

♪

Merci à Tom pour la sublime couverture.

♪

Merci à mes lecteurs et lectrices dont les retours se changent
toujours en motivation et en inspiration.

Dépôt légal : juin 2023
Achevé d'imprimer en avril 2023 par Booksfactory

*Imprimé en Union européenne*